Serments et deuils

Robin Hobb

Serments et deuils

L'Assassin Royal **********

ÉDITIONS FRANCE LOISIRS

Titre original : *Golden Fool (The Tawny Man* – Livre II*)*
(seconde partie)

Traduit de l'anglais par A. Mousnier-Lompré

Édition du Club France Loisirs,
avec l'autorisation des Éditions Pygmalion.

Éditions France Loisirs,
123, boulevard de Grenelle, Paris
www.franceloisirs.com

ISBN 2-7441-7909-4

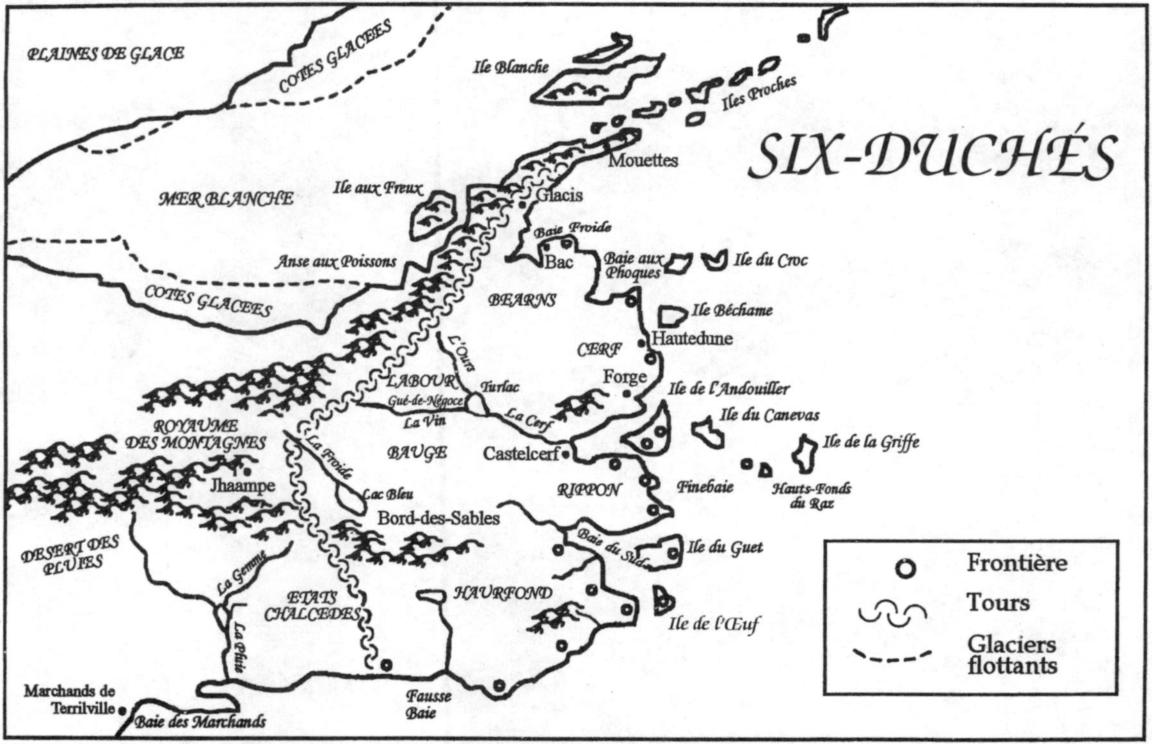
SIX-DUCHÉS
PLAINES DE GLACE
COTES GLACEES
MER BLANCHE
Ile aux Freux
Ile Blanche
Iles Proches
Mouettes
Glacis
Baie Froide
Bac
Baie aux Phoques
Ile du Croc
Anse aux Poissons
COTES GLACEES
BEARNS
Ile Béchame
Hautedune
CERF
Forge
Ile de l'Andouiller
L'Ours
LABOUR
Turlac
Gué-de-Négoce
La Vin
La Cerf
Ile du Canevas
Ile de la Griffe
ROYAUME DES MONTAGNES
BAUGE
Castelcerf
La Froide
Jhaampe
Lac Bleu
RIPPON
Finebaie
Hauts-Fonds du Raz
Bord-des-Sables
DESERT DES PLUIES
La Gemme
Baie du Sud
Ile du Guet
ETATS CHALCEDES
HAURFOND
Ile de l'Œuf
La Pluie
Marchands de Terrilville
Baie des Marchands
Fausse Baie
Frontière
Tours
Glaciers flottants

1

MANUSCRITS

Owan, pêcheur de son état, habitait l'île runique nommée Fedoïs. La maison des mères de son épouse, bâtie de bois et de pierre, se dressait bien au-dessus de la ligne de marée, car la mer peut monter très haut et descendre extrêmement bas en ces parages. Il y faisait bon vivre ; on trouvait des palourdes sur la grève au nord, et assez de pâture sous le glacier pour permettre à sa femme de posséder trois chèvres en propre, sur un vaste troupeau, bien qu'elle fût seulement une cadette. Elle avait donné le jour à deux fils et une fille, et tous aidaient leur père à son labeur. Ils ne manquaient de rien et cela aurait dû suffire au pêcheur ; mais il n'en était rien.

Depuis Fedoïs, par temps clair, l'œil perçant peut distinguer Aslevjal, avec les éclats bleutés de son glacier central qui scintille sous l'azur du ciel. Chacun sait que, lorsque vient la marée la plus basse de l'hiver, une barque peut se glisser sous la glace en suspens et parvenir jusqu'au cœur de l'île. Là, comme on le sait aussi, le dragon dort, son trésor autour de lui. Certains affirment qu'un homme audacieux peut s'y rendre et demander une faveur à Glasfeu endormi, captif du glacier, et d'autres rétorquent qu'il faut être à la fois cupide et fou pour tenter pareille aventure, car il se dit que Glasfeu donnera au visiteur non seulement ce qu'il exige, mais aussi ce qu'il mérite, et qu'il ne s'agit pas toujours d'or ni de bonheur. Pour accéder à Glasfeu par cette voie, il ne faut pas perdre un instant ; quand la marée descendante a découvert la base du glacier, on se précipite dans l'ouverture dès que l'écart entre la mer et le plafond de glace permet le passage d'une embarcation. Une fois à l'intérieur de ce froid saphir, on doit compter les battements de son cœur, car, si l'on s'attarde trop, la marée remontera et l'on se fera broyer avec sa barque entre l'eau et la glace. Et cela n'est pas le pire qui puisse advenir à celui qui se risque en ce lieu ; bien rares sont ceux qui en sont revenus pour narrer leur histoire, et plus rares encore ceux qui ne mentent pas.

Owan savait tout cela, car sa mère le lui avait raconté, son épouse aussi, et la mère de son épouse. « Ne t'avise pas d'aller quémander auprès du dragon, avaient-elles dit, car tu n'obtiendras pas mieux de Glasfeu qu'un mendiant impudent qui frapperait à notre porte. » Même son plus jeune fils reconnaissait la sagesse de ces paroles bien qu'il ne fût âgé que de six hivers. Mais son fils aîné avait dix-sept ans, et son cœur et ses reins brûlaient ardemment pour Gedréna, fille de Sandre des mères Linsfal. C'était un riche parti qui ne s'abaisserait jamais à choisir le fils d'un pêcheur pour compagnon. Aussi, telle une mouche la nuit, le jeune homme bourdonnait-il sans cesse aux oreilles de son père, se lamentant sur son sort et susurrant que, s'ils avaient le courage d'affronter Glasfeu, ils en reviendraient tous deux plus riches.

L'Antre de Glasfeu, manuscrit outrîlien

*

Le lendemain matin, les Outrîliens prirent le départ en profitant de la marée de l'aube. Je ne les enviais pas : la journée était froide et grise, et des bourrasques faisaient voler l'écume du sommet des vagues. Pourtant ils ne paraissaient pas se soucier du mauvais temps qu'ils acceptaient comme un simple élément de leur vie quotidienne. J'appris par la suite qu'une procession descendit jusqu'aux quais, puis qu'une cérémonie eut lieu avant qu'Elliania embarque sur le navire qui devait la ramener dans les Runes du Dieu. Devoir s'inclina devant elle et lui baisa la main ; elle lui adressa une révérence, ainsi qu'à la reine. Ensuite Sangrépée fit ses adieux solennels, imités par ses nobles. Peottre fut le dernier à prendre congé des Loinvoyant ; ce fut lui aussi qui escorta la narcheska lorsqu'elle monta à bord du vaisseau. Enfin, tous se tinrent sur le pont, agitant la main tandis qu'ils quittaient le port. Je crois que les spectateurs furent un peu déçus qu'aucun coup de théâtre ne se produisît à la dernière seconde ; l'atmosphère qui baignait la scène rappelait le calme qui succède à une tempête. Peut-être Elliania restait-elle sous le choc de sa courte nuit et des décisions cataclysmiques de la soirée précédente, et n'avait-elle plus l'énergie de dresser d'ultimes obstacles.

Je le savais, la reine, Umbre, Ondenoire et Sangrépée s'étaient discrètement réunis après le banquet d'adieu ; organisée en hâte, la rencontre avait duré jusqu'aux premières heures du jour. On y avait certainement discuté de l'attitude et de l'entêtement du prince et de la narcheska mais, plus important, on avait intégré la quête du prince à un long déplacement dans les îles d'Outre-mer dont elle ne constituait plus qu'une étape parmi d'autres. Umbre m'apprit ultérieurement qu'on avait moins parlé de l'élimination d'un dragon à l'existence incertaine que de l'emploi du temps du prince, afin de lui permettre non seulement de rencontrer le Hetgurd des Runes du Dieu mais aussi de se rendre à la maison maternelle de la famille d'Elliania. Le Hetgurd était une alliance souple de chefs de tribus dont le fonctionnement rappelait davantage celui d'un comptoir de règlement que d'un gouvernement ; il en allait tout autrement de la maison maternelle d'Elliania. Umbre me rapporta que Peottre avait paru très mal à l'aise quand Sangrépée avait calmement déclaré qu'elle devait s'inscrire dans le voyage de Devoir dans les îles d'Outre-mer ; on eût presque dit qu'il se serait opposé à cette visite s'il en avait eu la possibilité. Le prince et sa suite prendraient la mer le printemps suivant ; je songeai à part moi que cela laissait bien peu de temps à Umbre pour rassembler les renseignements nécessaires.

Je ne fus témoin ni de ces négociations conclues à la hâte ni des cérémonies d'adieu. Sire Doré, à la grande contrariété d'Umbre, refusa toute apparition en public en prétextant sa santé défaillante, et j'avoue que je me réjouis de ne pas devoir l'escorter ; j'avais les muscles endoloris et courbatus d'avoir passé toute la soirée précédente dans un espace confiné, l'œil rivé à un trou d'observation. L'idée de descendre à Bourg-de-Castelcerf par un temps de chien puis de refaire le chemin en sens inverse dans les mêmes conditions ne me séduisait pas du tout.

À la suite du départ des Outrîliens, nombre de seigneurs et dames de la petite noblesse des Six-Duchés commencèrent eux aussi à quitter la cour. Les festivités et les cérémonies des fiançailles du prince étaient achevées, et ils avaient quantité d'histoires et d'anecdotes à raconter à ceux qui les attendaient chez eux. Le château de Castelcerf se vida comme une bouteille renversée, les écuries et les dépendances regagnèrent de l'espace, et la vie reprit son paisible cours hivernal.

Toutefois, et j'en fus le premier atterré, les Marchands de Terrilville demeurèrent. Cela signifiait que sire Doré devait continuer à garder la chambre de crainte d'être reconnu et que je risquais à toute heure de me trouver nez à nez avec Jek lui rendant visite. Le concept de propriété privée restait lettre morte pour cette femme ; fille de pêcheurs, elle avait reçu une éducation rustique et conservait les manières sans gêne de ses origines. À plusieurs reprises je la croisai dans les couloirs de Castelcerf, et, chaque fois, elle me salua d'un « bonjour ! » jovial accompagné d'un sourire radieux ; en une occasion, alors que nos pas nous portaient dans la même direction, elle me donna un petit coup de coude et me dit de ne pas afficher constamment une mine aussi sombre. Je répondis par quelque commentaire qui se voulait neutre mais, avant que j'aie le temps de m'éloigner, elle me saisit le bras et m'entraîna à l'écart.

Elle jeta des coups d'œil à droite et à gauche dans le couloir afin de s'assurer qu'il était désert, puis déclara dans un murmure : « Je vais sûrement au-devant de gros ennuis, mais je ne supporte plus de vous voir ainsi tous les deux. Je refuse de croire que vous ignorez le "secret de sire Doré" ; et, si vous le connaissez... » Elle se tut un instant, puis reprit d'un ton pressant, toujours à mi-voix : « Ouvrez donc les yeux ! Voyez ce qui s'offre à vous ! N'attendez pas. Un amour comme celui qui pourrait être le vôtre ne... »

Je l'interrompis avant qu'elle pût en dire davantage. « Peut-être le "secret de sire Doré" n'est-il pas ce que vous croyez ; ou bien peut-être avez-vous vécu trop longtemps chez les Jamailliens », fis-je, outragé.

Elle éclata de rire devant mon air revêche. « Écoutez, insista-t-elle, vous pouvez me faire confiance, comme “sire Doré” depuis des années. Mon amitié vous est acquise à tous les deux, et sachez que, comme vous, je puis garder les secrets d'un ami quand ils en valent la peine. » Elle détourna légèrement le visage et me considéra comme un oiseau observe un ver. « Mais certains secrets exigent qu'on les trahisse, et celui d'un amour inexprimé est de ceux-là. Ambre est une sotte de ne pas déclarer ses sentiments pour vous ; ces cachotteries ne vous font aucun bien, ni à l'un ni à l'autre. » Et elle me regarda dans les yeux d'un air grave, sans desserrer sa prise sur mon bras.

« J'ignore de quelles cachotteries vous parlez », répondis-je sèchement tout en me demandant avec inquiétude combien de mes secrets le fou avait partagés avec elle. À cet instant, deux servantes apparurent au bout du couloir et se dirigèrent vers nous en bavardant gaiement.

Jek lâcha mon poignet, poussa un profond soupir et secoua la tête dans une attitude de feint apitoiement. « Naturellement, dit-elle, tout comme vous refusez de voir ce qui se trouve sous votre nez. Ah, les hommes ! S'il pleuvait de la soupe, vous essayeriez encore de la manger à la fourchette ! » Elle m'assena une claque dans le dos puis nous nous séparâmes, à mon grand soulagement.

Après cet épisode, l'envie me démangea de plus en plus de tirer les choses au clair avec le fou. Comme on ne peut s'empêcher de tâter du bout de la langue une dent douloureuse, je ressassais sans cesse ce que je voulais lui dire, frustré dans ce désir par son interdiction de pénétrer dans sa chambre, alors qu'il y accueillait apparemment

Jek pour s'entretenir avec elle en privé. Il est vrai que je ne frappai jamais à sa porte en exigeant qu'il me laisse entrer ; j'observais un silence morose en sa présence dans l'espoir avide qu'il me demanderait ce qui me chagrinait. L'ennui, c'est qu'il ne posait jamais la question. Il paraissait avoir la tête ailleurs et ne pas remarquer mon attitude maussade et taciturne. Quoi de plus exaspérant que d'attendre en vain de quelqu'un qu'il fasse éclater une querelle imminente ? Mon humeur s'assombrit encore. Que Jek vît dans le fou une femme nommée Ambre n'apaisait pas mon irritation, bien au contraire ; la situation ne m'en semblait que plus bizarre encore.

Sans succès, je tentai de me distraire en m'intéressant à d'autres mystères. Laurier avait disparu ; aux jours raccourcissants de l'hiver, j'avais noté son absence. Mon enquête discrète aboutit à des rumeurs selon lesquelles elle se serait rendue en visite dans sa famille. Étant donné les circonstances, je restai dubitatif. Quand je m'enquis sans ambages de la grand'veneuse auprès de lui, Umbre me répondit que cela ne me regardait pas, mais que la reine avait décidé de l'envoyer en lieu sûr ; je voulus savoir où, et il me foudroya du regard. « Ce que tu ignores, c'est autant de danger en moins pour elle et pour toi.

— Dans ce cas, y a-t-il certains périls qu'il me faudrait connaître ? »

Il réfléchit un moment, puis il poussa un profond soupir. « Je n'en sais rien. Elle a supplié la reine de lui accorder une audience privée, mais j'ignore ce qui s'y est dit, car Kettricken refuse de me le rapporter : elle a fait à la grand'veneuse la promesse ridicule que leur entretien resterait secret. Ensuite, Laurier s'est évaporée. La reine l'a-t-elle envoyée quelque part ? A-t-elle demandé la permission de partir ? S'est-elle simplement enfuie ? Je n'en ai aucune idée. J'ai averti Kettricken qu'il n'était pas raisonnable de me tenir à l'écart mais elle refuse de revenir sur sa parole. »

Je songeai à ma dernière rencontre avec Laurier : sans doute était-elle partie combattre les Pie à sa façon – laquelle ? Je l'ignorais, mais je m'inquiétais pour elle. « A-t-on des nouvelles de Laudevin et de ses partisans ?

— Nous ne savons rien d'absolument sûr ; mais trois rumeurs valent une certitude, comme dit le proverbe, et nombre de celles qui nous parviennent indiquent qu'il s'est remis de la blessure que tu lui as infligée et qu'il s'apprête à reprendre les Pie en main. La bonne nouvelle, si l'on peut la considérer ainsi, est que certains risquent de lui disputer le droit de les diriger. Espérons qu'il ne manquera pas de dissensions internes à régler. »

Je partageais ardemment cet espoir mais, au fond de moi, je n'y croyais pas.

Par ailleurs, rien ou presque ne venait illuminer ma vie. Le prince ne s'était pas présenté à la tour d'Art le matin du départ de la narcheska, mais je ne m'en étais pas étonné : il s'était couché tard et il avait dû se trouver sur les quais dès l'aube. Cependant, je l'attendis en vain lors de nos deux rendez-vous suivants ; j'arrivais à l'heure dite, constatais son absence, travaillais seul sur la traduction d'un manuscrit, puis, ne voyant rien venir, m'en allais. Il ne m'envoya pas un mot d'excuse. Après avoir ruminé ma colère toute la matinée du troisième jour, je décidai de ne pas le contacter ; ce n'était pas à moi de faire le premier pas. Je tentai de me mettre à sa place : comment aurais-je réagi si j'avais appris que Vérité avait forcé mon allégeance par un ordre d'Art ? Je ne savais que trop bien mes sentiments envers Galen, mon maître d'Art, qui avait obscurci mon esprit pour me cacher à moi-même mon propre talent. Je comprenais la rancune et le royal mépris du prince pour moi ; mieux valait prendre patience jusqu'à ce qu'ils s'essoufflent, puis, quand Devoir serait prêt, je lui fournirais la seule explication possible : la vérité. Je n'avais pas voulu le contraindre à m'obéir mais seulement à l'empêcher de chercher à me tuer. Avec un soupir, je me penchai à nouveau sur mon travail.

Tard le même soir, je me trouvais dans la tour d'Umbre ; j'y avais passé tout l'après-midi dans l'attente de Lourd. Encore une fois, il n'était pas venu. Comme je l'avais dit à Umbre, je n'avais guère de recours, et le vieil assassin non plus, si le simple d'esprit refusait de me rencontrer de son plein gré. Néanmoins, je n'avais pas perdu mon temps : en plus de plusieurs manuscrits parmi les plus anciens et les plus abscons que nous déchiffrions par petits bouts, Umbre m'avait remis deux vieux parchemins qui traitaient de Glasfeu, le dragon des Runes du Dieu. Ils ne rapportaient que des légendes mais il espérait me voir parvenir à distinguer les graines de vérité qui leur avaient donné naissance. Par ailleurs, il avait déjà dépêché des espions dans les îles d'Outre-mer ; l'un d'eux avait embarqué sur le navire même de la narcheska sous le prétexte de rendre visite à sa famille outrîlienne. Sa mission consistait à gagner Aslevjal, ou du moins à rassembler le plus de renseignements possibles sur cette région de l'archipel, et à en rendre compte à Umbre. Le vieil homme craignait que, s'étant engagé à mener sa quête à bien, Devoir ne soit tenu de l'accomplir, et il était déterminé à ne pas laisser le prince se lancer dans l'aventure sans préparation ni bonne escorte. « Il n'est pas impossible que je doive moi-même l'accompagner », m'avait-il confié la dernière fois que nous nous étions croisés dans sa tour. J'avais réussi à étouffer mon gémissement catastrophé : il était beaucoup trop âgé pour se risquer dans un pareil voyage. Par un effort de volonté proprement miraculeux, j'étais parvenu à garder aussi cette réflexion pour moi-même, car je n'ignorais pas la réponse qu'il aurait faite à mes protestations : « Et qui, selon toi, devrais-je envoyer à ma place ? » Or je ne tenais pas plus à visiter Aslevjal qu'à voir Umbre s'y rendre. Ni le prince Devoir, d'ailleurs.

Repoussant le manuscrit sur Glasfeu, je me frottai les yeux. Le document ne manquait pas d'intérêt mais je doutai d'y découvrir des éléments susceptibles d'aider le prince dans sa quête. D'après ce que je savais de nos dragons de pierre, et même ce que le fou m'avait appris de ceux de Terrilville, je jugeais extrêmement peu probable qu'une créature semblable gît endormie dans la glace d'une des îles d'Outre-mer ; en toute vraisemblance, il s'agissait d'une invention dont le sommeil agité servait à expliquer les tremblements de terre et les vêlements du glacier. En outre, j'avais mon content de dragons pour le moment : plus j'étudiais le manuscrit, plus d'inquiétantes images du Terrilvillien voilé menaçaient mon sommeil. Pourtant, je regrettais que ce ne fussent pas là mes seuls soucis.

Mon regard tomba sur un lourd saladier en terre cuite retourné au bord de la table. Il dissimulait un cadavre de rat – enfin, la plus grande partie d'un cadavre de rat. Je l'avais pris au furet la nuit précédente. Je dormais à poings fermés quand un hurlement de Vif empreint d'une atroce douleur m'avait brutalement réveillé. Je n'y avais pas perçu l'extinction habituelle de l'existence d'un petit animal. Quand on possède le Vif, on est obligé de s'endurcir contre ce ressac constant. D'ordinaire, les créatures de taille réduite disparaissent comme des bulles de savon qui éclatent ; seul un homme lié à la victime avait pu émettre un tel rugissement de détresse, de révolte et de souffrance à l'instant de sa mort.

Ainsi tiré violemment du sommeil, j'avais abandonné tout espoir de me rendormir. J'avais l'impression que la blessure laissée par la perte d'Œil-de-Nuit s'était rouverte. Je m'étais levé et, peu désireux de réveiller le fou, j'étais monté à la tour ; en chemin, j'avais croisé le furet qui traînait le rat mort. Jamais je n'avais vu de rat aussi grand ni aussi vigoureux, à en juger par l'aspect luisant de son poil. Après une course suivie d'une petite échauffourée, le furet avait consenti à me l'abandonner. Il m'était impossible de prouver que sa proie avait partagé un lien de Vif avec quelqu'un, mais mon instinct me le criait. Je l'avais gardé afin de le montrer à Umbre. Je savais qu'un espion s'était introduit dans les murs du château ; le brin de laurier attaché par un nœud coulant qu'avait trouvé la grand'veneuse en était la preuve. À présent, il fallait envisager que le rat et son compagnon de Vif se fussent non seulement introduits dans la résidence royale, mais eussent vent de nos repaires secrets. J'espérais que le vieil homme monterait à la tour ce soir.

Je m'intéressai aux deux vieux manuscrits que nous nous efforcions de reconstituer. Ils présentaient plus de difficultés que les parchemins concernant Glasfeu, mais aussi des résultats plus concluants ; pour Umbre, ils faisaient partie du même ouvrage, et il appuyait sa conviction sur l'âge apparent des supports et leur style calligraphique ; j'estimais pour ma part qu'il s'agissait de deux œuvres différentes à cause du choix des termes et des illustrations. Les deux textes étaient passés, le parchemin craquelé, et certains mots, voire certaines phrases, illisibles ; en outre, les lettres avaient un dessin archaïque qui me donnait la migraine. Chaque manuscrit était accompagné d'un vélin neuf sur lequel apparaissait notre traduction ligne à ligne, à Umbre et moi. En observant notre travail, je constatai que mon écriture y prédominait à présent. Je jetai un coup d'œil à la dernière contribution d'Umbre ; il s'agissait d'une phrase qui commençait ainsi : « L'usage de l'écorce elfique. » Fronçant les sourcils, je cherchai la ligne correspondante dans le texte original ; l'illustration annexe s'était dégradée, mais elle ne représentait assurément pas de l'écorce elfique. Le terme qu'Umbre avait rendu ainsi disparaissait en partie sous une tache mais, à force de l'étudier, les yeux plissés, je dus convenir que la configuration des lettres indiquait qu'il avait sans doute raison. Cela ne tenait pas debout, sauf si le dessin n'était pas associé à cette partie du document, auquel cas notre traduction du passage tout entier était peut-être erronée. Je poussai un soupir.

Le casier à vin pivota. Umbre apparut, suivi de Lourd qui apportait de quoi boire et manger sur un plateau. « Bonsoir ! m'exclamai-je en poussant prudemment mon travail de côté.

— Bonsoir, Tom, répondit Umbre.

— B'soir, maître », dit le simple d'esprit, et il ajouta : *pue-le-chien.*

Ne m'appelle pas ainsi. « Bonsoir, Lourd. Je croyais que nous avions rendez-vous tous les deux ce matin ? »

Il posa le plateau sur la table et se gratta. « Oublié », fit-il en haussant les épaules ; mais je vis ses petits yeux se plisser.

Je lançai un regard résigné à Umbre : j'avais fait mon possible ; l'œil revêche du vieil assassin parut affirmer le contraire. Je me creusai la cervelle pour trouver un moyen de me débarrasser de son serviteur afin de lui parler du rat.

« Lourd ? La prochaine fois que tu apporteras du bois

pour la cheminée, pourrais-tu en monter une deuxième fournée ? Il fait très froid ici, parfois, le soir. » De la main, j'indiquai le feu qui mourait : je n'avais plus rien pour l'alimenter et je devais le laisser s'éteindre.

Pue-le-chien froid. Je captai nettement la pensée mais il continua de me regarder, la bouche molle, comme s'il n'avait pas compris ce que je lui demandais.

« Lourd ? Deux brassées de bois ce soir. D'accord ? » Umbre s'était adressé à lui d'une voix un peu plus forte qu'il n'était nécessaire, en détachant soigneusement ses mots. Ne se rendait-il donc pas compte qu'il agaçait son interlocuteur ? Il était simple d'esprit, pas sourd. Ni stupide, à proprement parler.

Lourd hocha lentement la tête. « Deux brassées.

— Tu peux aller les chercher tout de suite, lui dit Umbre.

— Tout de suite », répéta Lourd. Comme il se détournait pour sortir, il me jeta un rapide regard du coin de l'œil. *Pue-le-chien. Encore du travail.*

J'attendis qu'il eût disparu pour ouvrir mon cœur à mon vieux mentor, qui avait disposé le plateau devant les manuscrits. « Il ne tente plus d'attaques d'Art contre moi, mais il m'insulte constamment ; il sait que vous ne l'entendez pas. Je ne comprends pas pourquoi il me déteste à ce point. Je ne lui ai pourtant rien fait ! »

Umbre haussa les épaules. « Ma foi, vous devrez tous deux surmonter cet antagonisme pour travailler ensemble, et vous devrez vous y mettre rapidement. Le prince a besoin d'un clan d'Art pour l'accompagner dans sa quête, même s'il ne s'agit que d'un serviteur dont il pourra puiser l'énergie. Conquiers les bonnes grâces de Lourd, Fitz ; il nous est indispensable. » Comme je ne répondais pas, il soupira, puis il regarda le plateau. « Tu veux du vin ? »

Je montrai ma tasse posée devant moi. « Non merci. Je bois de la tisane ce soir.

— Très bien. » Il contourna la table pour voir sur quoi je travaillais. « Ah ! As-tu achevé les manuscrits sur Glasfeu ? »

Je secouai la tête. « Pas encore, mais je ne crois pas que nous y trouverons d'informations utiles. Ils restent très vagues quant à la description du dragon ; on y parle surtout de tremblements de terre par lesquels il punit un individu de son inconduite, si bien que l'homme comprend qu'il a intérêt à suivre le chemin de la vertu.

— Je te conseille tout de même de les lire jusqu'au bout. Tu y découvriras peut-être un élément, un détail dissimulé qui pourrait nous servir.

— Ça m'étonnerait. Umbre, croyez-vous seulement à la réalité de ce dragon ? Ne pourrait-il s'agir d'une ruse d'Elliania pour retarder son mariage, d'envoyer le prince au diable vert tuer une créature qui n'existe pas ?

— Je suis convaincu qu'un être dont la nature reste à identifier se trouve enfermé dans les glaces de l'île d'Aslevjal. On relève dans certains manuscrits très anciens de nombreuses allusions au fait qu'il est visible ; quelques hivers aux chutes de neige particulièrement abondantes et une avalanche l'ont rendu indiscernable, mais, à une époque, les voyageurs qui traversaient la région faisaient volontiers un détour considérable pour examiner les profondeurs du glacier et spéculer sur ce qu'ils y voyaient. »

Je m'adossai dans mon fauteuil. « Eh bien, tant mieux ! La tâche conviendra peut-être davantage à des ouvriers munis de pelles et de scies à glace qu'à un prince armé d'une épée. »

Un léger sourire voleta sur ses lèvres. « S'il s'agit d'excaver rapidement des masses de glace et de neige, je crois avoir inventé une technique plus efficace. Elle nécessite toutefois encore quelques raffinements.

— Ah ! C'était donc vous, sur la plage, le mois dernier ? » J'avais entendu parler d'une nouvelle déflagration accompagnée d'une vive lumière, dont avaient été témoins plusieurs équipages de navires mouillés au large du port ; elle avait eu lieu en pleine nuit durant une tempête de neige, et nul ne parvenait à se l'expliquer ; on n'avait vu aucun éclair dans le ciel, ce qui n'avait rien d'anormal par un temps pareil, mais personne ne pouvait nier avoir entendu l'explosion, qui avait déplacé un volume considérable de pierre et de sable.

« Sur la plage ? répéta Umbre avec une feinte perplexité.

— Peu importe », fis-je, presque soulagé. Je ne tenais pas du tout à participer à ses expériences sur sa poudre explosive.

« Peu importe, en effet, dit-il, car nous devons nous entretenir de sujets autrement graves. Comment vont les leçons d'Art du prince ? »

Je fis la grimace : je n'avais pas informé Umbre que Devoir ne s'y présentait plus. Je commençai par biaiser. « Je lui ai recommandé de ne pas se servir de l'Art tant que le Terrilvillien au visage écailleux resterait dans nos murs ; nous nous sommes donc contentés d'étudier les parchemins... » Tout à coup, cacher la vérité à Umbre me parut dépourvu de sens, et lui mentir conduire dans une impasse. « Au vrai, il n'a tenu aucun de ses rendez-vous avec moi depuis le banquet d'adieu ; je pense qu'il m'en veut encore de lui avoir imposé un ordre d'Art et de le lui avoir dissimulé. »

Umbre fronça les sourcils. « Très bien ; je prendrai des mesures pour le remettre dans le droit chemin. Ses blessures d'amour-propre ne doivent pas l'empêcher de s'atteler à sa tâche. Il sera là pour sa leçon demain à l'aube ; je me débrouillerai pour qu'il puisse passer une heure chaque matin avec toi sans qu'on remarque son absence. À présent, parlons de Lourd. Tu dois commencer son apprentissage, Fitz, ou au moins faire en sorte qu'il t'obéisse. Je te laisse le choix des moyens pour y parvenir mais, si j'ai un conseil à te donner, les pots-de-vin réussissent mieux que les menaces ou les sanctions, en général. Et maintenant, passons à la question suivante ; comment proposes-tu que nous nous y prenions pour dénicher d'autres candidats à l'Art ? »

Je me rassis et croisai les bras sur ma poitrine, puis je demandai en m'efforçant de contenir ma colère : « Vous avez donc un maître d'Art pour les former, si nous en trouvons ? »

Il plissa le front d'un air perplexe. « Eh bien, tu es là, non ? »

Je secouai la tête. « Non. Je donne des cours au prince parce qu'il m'en a prié, et je dois essayer d'enseigner ce que je sais à Lourd parce que vous m'y forcez, mais je ne suis pas maître d'Art. Même si je possédais le savoir nécessaire, ce serait impossible. Ce que vous me demandez m'engagerait pour toute la vie ; je devrais un jour ou l'autre prendre un apprenti afin de le préparer à occuper la fonction de maître d'Art après ma mort ; je ne vois pas comment me charger d'un groupe d'élèves et leur enseigner la magie des Loinvoyant sans leur révéler à tous ma véritable identité. Non, je refuse. »

Umbre resta sans répondre, la bouche entrouverte, interloqué par ma fureur contenue ; j'eus l'impression d'y puiser une énergie nouvelle et poursuivis : « Par ailleurs, je préfère que vous me laissiez arranger moi-même ma brouille avec le prince ; ce sera mieux ainsi. Il s'agit d'une affaire personnelle qui ne regarde que lui et moi. En ce qui concerne Lourd, quand et où pourrais-je commencer son enseignement ? Jamais et nulle part, fis-je sèchement. Il ne m'aime pas ; il est désagréable, mal élevé et il pue. En outre, au cas où vous ne l'auriez pas remarqué, il est simple d'esprit. Il est un peu risqué de lui confier la magie des Loinvoyant. Mais, même ces considérations hormises, il repousse tous mes efforts pour lui inculquer ce que je sais. » Comme pour me convaincre moi-même, je songeai que c'était vrai : il avait toujours promptement mis fin à mes tièdes tentatives pour engager la conversation en obscurcissant mon esprit d'un nuage d'insultes artisées. « De plus, il est puissant ; si j'insiste trop, son aversion pour moi risque de se transformer en violence. Franchement, il me fait peur. »

Si j'avais espéré provoquer la colère d'Umbre, je fus déçu. Il s'assit lentement en face de moi, but une gorgée de vin, puis me regarda un long moment en silence et enfin secoua la tête. « Je n'accepte pas cette réponse, Fitz, dit-il à mi-voix. Je sais, tu doutes de parvenir à former le prince et à lui fournir un clan dans le temps imparti, mais, comme nous n'avons pas le choix, tu trouveras un moyen, j'en suis certain.

— C'est vous qui êtes convaincu qu'il a besoin de disposer d'un clan avant d'entreprendre sa quête ; pour ma part, je ne suis même pas sûr qu'elle ait la moindre réalité, et encore moins qu'un clan d'Art lui soit plus utile qu'un contingent de soldats armés de pelles et de pioches !

— Quoi qu'il en soit, tôt ou tard, il faudra un clan d'Art au prince avant qu'il se lance à l'aventure. » Il se radossa et croisa les bras. « Et j'ai une idée pour repérer des candidats. »

Je le regardai fixement mais, sans prêter attention à mon refus catégorique de devenir maître d'Art, il aviva encore ma fureur en déclarant : « Je pourrais m'adresser à Lourd. Il a repéré Ortie sans difficulté ; s'il se mettait sérieusement au travail, avec une récompense chaque fois qu'il réussirait, il en trouverait peut-être d'autres.

— Je ne veux rien avoir à faire avec Lourd, murmurai-je.

— C'est bien dommage, répondit Umbre sur le même ton, car cette question n'est malheureusement plus matière à discussion entre nous deux. Je vais être clair : c'est ta reine qui nous l'ordonne. Elle et moi nous sommes vus plusieurs heures ce matin pour parler de Devoir et de sa quête, et elle partage mon point de vue : un clan doit l'accompagner. Elle m'a demandé de quels candidats nous disposions, et je lui ai donné les noms de Lourd et d'Ortie. Elle souhaite que leur formation débute sur-le-champ. »

Je croisai les bras et me tus. Mon abasourdissement ne provenait pas seulement de l'intégration autoritaire d'Ortie dans le clan d'Art : je savais que, dans le royaume des Montagnes, un enfant comme Lourd aurait été abandonné dans la nature dès sa naissance, et j'avais supposé que Kettricken verrait d'un œil atterré un tel homme au service de son fils ; de fait, j'avais compté qu'elle rejetterait sa candidature. Mais, une fois de plus, ma reine m'avait surpris.

Quand je m'estimai capable de m'exprimer d'une voix qui ne tremblait pas, je questionnai : « A-t-elle déjà envoyé chercher Ortie ?

— Pas encore. La reine veut se charger personnellement de cette affaire, avec la plus grande diplomatie. Si elle expose sa demande de but en blanc, Burrich refusera, nous le savons, et, si elle lui ordonne d'obéir, ma foi, nous ignorons quelle peut être sa réaction. Elle souhaite que père et fille accèdent tous deux à sa requête de plein gré ; aussi la forme sous laquelle il faut présenter la chose exige-t-elle une profonde réflexion. Mais, pour le moment, les délégués de Terrilville accaparent tout son temps ; quand ils seront partis, elle invitera Burrich et Ortie au château afin de leur expliquer notre besoin ; et peut-être Molly aussi. » D'un ton circonspect, il ajouta : « À moins, naturellement, que tu ne préfères te faire le porte-parole de la reine et leur soumettre toi-même notre demande. Ainsi, les leçons d'Ortie pourraient débuter plus vite. »

Je relâchai mon souffle. « Non, je ne préfère pas. Et la reine ferait aussi bien de ne pas perdre son temps à songer à la meilleure façon d'aborder le sujet avec eux, parce que je n'enseignerai pas l'Art à Ortie.

— Je me doutais que tu réagirais ainsi. Mais les sentiments n'ont plus leur place dans cette affaire, Fitz. La reine commande et nous ne pouvons qu'obéir. »

Je m'avachis dans mon fauteuil, l'âcre bile de la défaite au fond de la gorge. C'était arrivé : ma reine ordonnait qu'on sacrifiât ma fille pour l'héritier des Loinvoyant. La vie paisible d'Ortie, la sécurité de son foyer s'envolaient comme des fétus au vent des impératifs du trône Loinvoyant. J'avais déjà vécu cette situation, et, autrefois, j'aurais cru n'avoir d'autre solution que d'obéir. Mais c'était un Fitz plus jeune qui pensait ainsi.

Je réfléchis. Kettricken, mon amie, l'épouse de mon oncle Vérité, était une Loinvoyant par la vertu de son mariage. Les vœux que j'avais prononcés enfant, puis adolescent, puis jeune homme me liaient aux Loinvoyant et m'obligeaient à les servir selon leurs ordres, même si je devais y laisser la vie. Envers Umbre, mon devoir me paraissait clair. Mais qu'est-ce qu'un serment ? Des mots dits tout haut avec la ferme intention de s'y tenir. Pour certains, ce ne sont que des paroles qu'on peut oublier quand les circonstances ou le cœur changent ; des hommes et des femmes qui se sont juré fidélité finissent par s'ébattre avec d'autres ou abandonner leur conjoint ; des soldats assermentés à un seigneur désertent dans le froid et la disette de l'hiver ; des nobles qui avaient promis de servir une cause jettent leurs obligations par-dessus les moulins quand un troisième larron leur propose de plus grands avantages. Dans ces conditions, ma parole me contraignait-elle vraiment à obéir à Kettricken ? Je m'aperçus que ma main s'était portée vers la petite épingle à l'effigie du renard piquée dans ma chemise.

Il existait cent raisons pour lesquelles je ne voulais pas exécuter ses ordres, cent raisons qui n'avaient rien à voir avec Ortie. Comme je l'avais déjà dit à Umbre, l'Art était une magie qu'il valait mieux laisser s'éteindre. J'avais accepté de l'enseigner à Devoir, mais les parchemins qui traitaient du sujet ne me confortaient nullement dans cette décision. La puissance que ces manuscrits oubliés prêtaient à l'Art dépassait de loin tout ce que Vérité avait pu imaginer. Pis, plus j'avançais dans mes lectures, plus je prenais conscience que nous disposions, non d'une bibliothèque complète sur cette magie, mais seulement de quelques rares vestiges. Nos textes parlaient des devoirs des enseignants et exposaient les usages les plus complexes et raffinés de l'Art. D'autres expliquaient certainement les points fondamentaux de la magie, la façon dont un artiseur pouvait accroître ses capacités et sa maîtrise pour atteindre le niveau nécessaire à l'exécution des opérations les plus savantes, mais nous ne les possédions pas, et El seul savait ce qu'ils étaient devenus. Les bribes de savoir que j'avais rassemblées m'avaient convaincu que l'Art permettait d'atteindre à des pouvoirs quasi égaux à ceux des dieux : on pouvait blesser ou guérir, aveugler ou éclairer, encourager ou écraser. Je ne me jugeais pas assez sage pour disposer de telles facultés, et pas davantage pour décider qui devait en hériter. En revanche, plus Umbre avançait dans ses lectures, plus son empressement et son avidité grandissaient à faire sienne cette magie dont sa naissance illégitime lui avait barré l'accès. Je m'effrayais souvent de son enthousiasme devant toutes les promesses de l'Art, et j'éprouvais une autre sorte d'inquiétude du fait qu'il persistait à s'y risquer seul. Il n'avait pas évoqué le sujet depuis quelque temps et j'en tirais l'espoir que ses efforts n'étaient pas couronnés de succès.

Malheureusement, cela ne me donnait toujours aucune prise sur la situation. Je pouvais refuser de le former à l'Art, je pouvais m'enfuir, Umbre n'en poursuivrait pas moins son objectif, même sans moi. Sa volonté était arrêtée, autant que son désir de posséder l'Art ; il s'efforcerait non seulement d'apprendre par lui-même, mais aussi de former Devoir et Lourd – et Ortie, j'y songeai tout à coup. Il voyait l'Art, non comme un danger, mais comme un but auquel il voulait parvenir. De son point de vue, il y avait droit ; enfant naturel ou non, il restait un Loinvoyant, et la magie de sa famille lui revenait légitimement. On lui avait refusé le privilège que lui conférait sa naissance parce qu'il était un Loinvoyant bâtard – tout comme ma fille.

Je mis soudain le doigt sur une plaie qui suppurait en moi depuis des années : la magie des Loinvoyant ! Voilà ce qu'était l'Art ! La famille régnante des Six-Duchés y avait soi-disant « droit », et ce présupposé s'accompagnait de l'idée que ses membres jouissaient de la sagesse nécessaire pour en faire usage dans le monde entier. Umbre, né du mauvais côté des draps, avait été jugé indigne et, sans considération pour ses sentiments, on lui avait interdit toute formation. Peut-être n'y présentait-il aucune prédisposition, ou bien son talent s'était-il étiolé par manque d'entretien, mais il n'en restait pas moins que l'injustice de son sort continuait à le ronger malgré les années, et cette ambition contrariée sous-tendait certainement le désir qui le consumait de rétablir l'usage de l'Art. Considérait-il que je privais Ortie de son privilège comme lui-même en avait été dépouillé ? Je le regardai. Si Vérité, Umbre et Patience n'étaient pas intervenus en ma faveur, peut-être partagerais-je aujourd'hui son impression.

« Tu es bien silencieux, fit-il à mi-voix.

— Je réfléchis », répondis-je.

Il fronça les sourcils. « Fitz, il s'agit d'un ordre de la reine, pas d'une supplique soumise à ton bon vouloir. Nous devons obéir. »

Pas d'une supplique soumise à ton bon vouloir. Dans ma jeunesse, j'avais commis bien des actes sans y songer ; j'accomplissais simplement mon devoir. Mais j'étais un enfant alors ; désormais adulte, je n'oscillais plus entre ce qui relevait de mes obligations et ce qui n'en faisait pas partie, mais entre ce qui était bien et ce qui était mal. J'étudiai la question sous un angle plus large : était-il bon d'enseigner l'Art à une nouvelle génération et de préserver cette magie dans notre monde ? À l'opposé, était-il bon de laisser ce savoir s'éteindre et se dérober à l'humanité ? S'il devait toujours échapper à certains, serait-ce justice de l'interdire à tous ? La jouissance de la magie s'apparentait-elle à la garde d'un trésor, ou bien ne fallait-il y voir qu'un talent qu'on possède ou non, comme celui de tirer à l'arc ou de chanter juste ?

Je me sentais assiégé par les questions qui tournoyaient sous mon crâne. Dans mon cœur, une autre menait grand tapage : existait-il un moyen de protéger Ortie du sort qui l'attendait ? Car la perspective m'était insupportable de voir tous mes sacrifices réduits à néant lorsqu'on révélerait le secret de ma naissance et de ma survie à ceux qui en souffriraient le plus. Je pouvais refuser d'enseigner l'Art, mais cela ne préserverait pas ma fille ; je pouvais l'enlever et m'enfuir avec elle, mais cette solution aurait des conséquences aussi désastreuses que celles que je redoutais déjà.

Quand Caudron m'avait appris le jeu des cailloux, j'avais éprouvé un jour une curieuse modification de mes perceptions. Le loup se trouvait à mes côtés. J'avais vu la disposition des petites pierres posées à l'intersection des lignes non comme une situation figée mais comme un point particulier d'un éventail de plus en plus large de possibilités en perpétuel changement. Je ne remporterais pas la partie contre Umbre en répondant non ; mais si je disais oui ?

Tu as toujours choisi de te laisser enfermer par ce que tu es. À présent, choisis de te laisser libérer par ce que tu es.

Je retins mon souffle en sentant cette pensée naître dans mon esprit. *Œil-de-Nuit ?* Je cherchai à la retenir mais son origine était aussi insaisissable que celle du vent. J'ignorais si c'était l'Art qui me l'avait transmise d'une autre personne ou si elle était remontée des profondeurs de mon être ; cependant, d'où qu'elle vînt, elle avait l'accent de la vérité. Je manipulai cette conviction avec délicatesse, craignant de m'y couper. Je me laissais donc enfermer par ce que j'étais. J'étais un Loinvoyant – mais d'une façon étrange, détachée, qui me libérait.

« Je veux une promesse », dis-je d'une voix lente.

Umbre perçut le changement d'orientation qui s'était opéré en moi. Il posa soigneusement son verre de vin. « Tu veux une promesse ?

— Il y avait toujours réciprocité entre le roi Subtil et moi. Je lui appartenais et, en échange, il subvenait à mes besoins et me fournissait une éducation. Il s'est très bien occupé de moi, ce dont je n'ai pris pleinement conscience qu'à l'âge adulte. Je désire un engagement similaire aujourd'hui. »

Le front d'Umbre se plissa. « Il te manque quelque chose ? C'est vrai, je reconnais que ton logement laisse à désirer mais, je te l'ai dit, on peut modifier ta chambre à ton gré, selon tes besoins. Ta monture me paraît bonne, mais si tu en préfères une meilleure, je puis m'arranger pour...

— Ortie, murmurai-je.

— Tu désires qu'on assure l'avenir d'Ortie ? Cela ne présenterait nulle difficulté si nous l'amenions ici, où son instruction serait garantie, où elle bénéficierait de l'occasion de faire la connaissance de jeunes gens de la noblesse et...

— Non. Je ne veux pas qu'on assure son avenir. Je veux qu'on la laisse tranquille. »

Il secoua la tête avec lassitude. « Fitz, Fitz ! Ce n'est pas en mon pouvoir, tu le sais. La reine a ordonné qu'on la conduise ici et qu'elle entame sa formation d'artiseuse.

— Ce n'est pas à vous que je le demande, mais à la reine. Si j'accepte de devenir son maître d'Art, elle doit accepter de me laisser enseigner à qui je le désire, en secret et à ma façon. Et elle doit promettre de ne pas y mêler ma fille. »

Une expression effrayante passa sur les traits du

vieillard. Dans son regard brillait l'espoir fou que je prendrais la fonction de maître d'Art, mais son courage défaillait devant la contrepartie que j'exigeais. « Tu serais prêt à tenter d'obtenir une promesse de ta reine ? Ne crois-tu pas que tu présumes trop de toi-même ? »

Je carrai la mâchoire. « C'est possible. Mais peut-être les Loinvoyant présument-ils trop de moi depuis bien longtemps. »

Il prit une longue inspiration, s'aidant de la perspective que j'avais fait miroiter pour contenir sa colère, et déclara d'un ton glacial et guindé : « Je soumettrai ta proposition à Sa Majesté et je te rapporterai sa réponse.

— S'il vous plaît », répondis-je avec courtoisie, à mi-voix.

Il se leva d'un mouvement plein de raideur et se dirigea vers la sortie sans un mot de plus. À ce mutisme, je sentis que sa réaction avait des racines plus profondes que je ne le croyais, et il me fallut un petit moment pour comprendre : je ne lui ressemblais pas, ni comme Loinvoyant ni comme assassin. J'ignore si je valais mieux que lui pour autant. Malgré mon désir de le voir s'en aller, il me restait à discuter avec lui d'autres sujets.

« Umbre, avant que vous ne partiez, je dois vous avertir : je pense qu'un espion rôdait dans nos couloirs secrets. »

J'eus presque l'impression de le voir écarter sa colère par un effort de volonté. Il se retourna et je soulevai le saladier pour lui montrer le rat. « C'est le furet qui l'a tué la nuit dernière. J'ai capté le cri de douleur de quelqu'un à l'instant de sa mort ; pour moi, c'était la bête de Vif d'une personne qui se trouve dans le château, peut-être la même que j'ai rencontrée sur la route la veille des fiançailles du prince. »

Avec une grimace de dégoût, Umbre se pencha sur le

cadavre et le poussa du doigt. « Existe-t-il un moyen d'apprendre à qui il appartenait ? »

Je secouai la tête. « Pas de façon certaine, non. Mais la mort de cet animal a dû plonger son compagnon humain dans la plus grande affliction, et il lui faudra au moins une journée pour se remettre, à mon avis. Par conséquent, si quelqu'un s'éclipse de la cour pendant ce laps de temps, il serait peut-être intéressant de lui rendre visite pour voir de quoi il souffre.

— Je vais me renseigner. Tu penses donc que notre espion serait un noble ?

— C'est l'aspect le plus épineux du problème : il peut s'agir d'un homme ou d'une femme, d'un seigneur, d'un serviteur ou d'un barde ; nous avons peut-être affaire à une personne qui vit depuis toujours au château, ou à quelqu'un dont l'arrivée remonte seulement au début des festivités des fiançailles.

— As-tu des soupçons particuliers ? »

Je fronçai un moment les sourcils. « Il peut valoir la peine de se pencher sur les Brésinga et leur entourage ; mais cela tient uniquement à ce que certains d'entre eux ont le Vif, nous le savons, et manifestent de la sympathie pour d'autres qui possèdent leur magie.

— Leur groupe est réduit : Civil Brésinga se trouve à Castelcerf, accompagné d'un valet, d'un page et d'un palefrenier, je crois, pour son cheval. Je vais diligenter une enquête sur eux.

— Ce qui m'intrigue, c'est qu'il reste ici alors que tant d'autres nobles ont déjà regagné leur fief. Peut-on essayer, avec discrétion, de découvrir pourquoi ?

— Il s'est lié d'une étroite amitié avec le prince, et l'intérêt de sa famille veut qu'il exploite cette relation.

Mais je me renseignerai sur la situation à Castelmyrte ; j'y dispose d'un agent, une femme, tu sais. »

Je hochai gravement la tête.

« Elle m'a rapporté que la qualité du service de maison paraît décliner depuis un mois environ. De vieux domestiques sont partis et les nouveaux manquent de manières et de discipline. Un incident s'est produit à cause de certains marmitons qui se sont servis dans la cave à vin ; la cuisinière s'est mise dans tous ses états en les découvrant ivres, et encore plus quand elle s'est rendu compte que ce n'était pas la première fois qu'ils puisaient dans les tonneaux. Quand elle a constaté que dame Brésinga ne renvoyaient pas les coupables, c'est elle qui a plié bagage alors qu'elle occupait sa place depuis plusieurs années. Il semble aussi qu'on n'ouvre plus les portes aux mêmes invités qu'auparavant ; au lieu de l'aristocratie terrienne et de la petite noblesse qu'elle accueillait jusque-là, dame Brésinga a reçu plusieurs groupes de chasseurs dont la description m'a donné une impression de rudesse, voire de grossièreté.

— À quoi cela rime-t-il, à votre avis ?

— Dame Brésinga forme peut-être de nouvelles alliances. Je soupçonne ses récentes amitiés d'avoir le Vif, dans le meilleur des cas, et d'appartenir aux Pie dans le pire. Toutefois, ces relations ne s'établissent peut-être pas avec son approbation sans réserve. Mon agent signale que dame Brésinga passe de plus en plus de temps seule dans ses appartements, même lors des repas de ses "invités".

— A-t-on intercepté des courriers entre Civil et elle ? »

Umbre secoua la tête. « Pas au cours des deux derniers mois. Apparemment, ils ne correspondent pas du tout. »

Je levai les sourcils. « Je trouve ça extrêmement curieux. Il y a anguille sous roche. Il faut surveiller Civil plus étroitement que jamais. » Je soupirai. « Ce rat représente le premier indice de l'activité des Pie depuis la découverte de la brindille de Laurier ; j'espérais qu'ils s'étaient calmés. »

Umbre prit une profonde inspiration et la relâcha lentement, puis il revint s'asseoir à la table. « Il y en a eu d'autres, fit-il à mi-voix, mais, comme celui-ci, ils n'avaient rien de probant. »

Voilà qui était nouveau pour moi. « Vraiment ? »

Il toussota. « La reine est parvenue à mettre un terme aux exécutions de vifiers en Cerf – du moins, aux exécutions publiques, car, à mon avis, dans les villages et hameaux, elles pourraient parfaitement se poursuivre sans que nous en sachions rien, ou bien être présentées comme des sanctions pour d'autres crimes. Mais les meurtres ont remplacé les mises à mort légales. S'agit-il de citoyens ordinaires qui tuent des vifiers ? De Pie qui s'en prennent aux leurs pour les obliger à obéir ? Nous n'en savons rien, mais les assassinats continuent.

— Nous en avons déjà débattu. Comme vous l'avez dit vous-même, la reine Kettricken n'y peut pas grand-chose », déclarai-je d'un ton neutre.

Umbre se racla la gorge. « Si tu réussissais à en convaincre Sa Majesté, tu me rendrais un fier service. Cette question la ronge, Fitz, et pas seulement parce que son fils a le Vif. »

Je compris et j'inclinai la tête : elle s'inquiétait aussi pour moi. « Et en dehors de Cerf ? demandai-je.

— C'est plus compliqué. Les duchés ont toujours vu d'un mauvais œil l'ingérence de la Couronne dans ce qu'ils considèrent comme des affaires de pouvoir et de justice internes. Obliger Bauge ou Labour à cesser complètement d'exécuter les gens pour crime de Vif reviendrait à exiger de Haurfond qu'il mette fin à ses attaques de harcèlement sur sa frontière commune avec Chalcède.

— Haurfond se bagarre depuis toujours avec Chalcède à propos de cette frontière.

— Oui, de même que Bauge et Labour condamnent depuis toujours à mort les vifiers.

— Ce n'est pas tout à fait exact. » Je me radossai dans mon fauteuil. Je n'avais pas perdu mon temps depuis que j'avais accès à la collection de manuscrits d'Umbre et à la bibliothèque de Castelcerf. « Avant l'époque du prince Pie, le Vif n'était pas considéré différemment des magies des haies : ce n'était pas un pouvoir très considérable mais, quand quelqu'un le possédait, eh bien, c'était comme ça, et on ne le regardait pas comme un individu ignoble ni porté au mal.

— C'est vrai, en effet, reconnut Umbre ; mais la mentalité actuelle est si bien ancrée qu'il est pratiquement impossible de la modifier. Dame Patience fait de son mieux en Bauge, quand elle ne peut pas empêcher une exécution, elle s'applique à punir tous ceux qui y ont participé. Nul ne peut l'accuser de rester les bras croisés. » Il se mordilla la lèvre. « La semaine dernière, la reine a reçu un message anonyme.

— Pourquoi ne m'a-t-on pas prévenu ? demandai-je aussitôt.

— Pourquoi aurait-il fallu te prévenir ? » répliqua-t-il d'un ton sec. Devant ma mine renfrognée, il se radoucit. « Il n'y avait guère à en dire. On n'y faisait état d'aucune exigence ni menace ; la lettre recensait simplement tous ceux qui avaient été mis à mort pour crime de Vif dans les Six-Duchés au cours des six derniers mois. » Il poussa un soupir. « Cela donnait une liste considérable : quarante-sept noms. » Il pencha la tête. « Elle n'était pas frappée du signe du cheval pie ; nous supposons qu'elle émane d'une autre faction des vifiers. »

Je restai un moment plongé dans mes réflexions. « Les vifiers savent qu'ils ont l'attention de la reine, je pense ; à mon avis, ils l'informent de ce qui se passe afin de voir comment elle réagira. Ne rien faire serait une erreur, Umbre. »

Il hocha la tête, satisfait malgré lui. « C'est ainsi que j'ai interprété ce message moi aussi. Au dire de la reine, il démontre que nous sommes en train de gagner la confiance des vifiers, car ils ne lui enverraient pas une telle liste s'ils la jugeaient incapable d'y mettre bon ordre. Nous cherchons actuellement des parents de chacune des victimes, après quoi la reine informera chaque duché qu'il leur doit une certaine somme en dédommagement de la dette de sang.

— Ça m'étonnerait que vous en trouviez beaucoup. Les gens hésitent à se reconnaître un parent vifier. »

Il acquiesça de la tête. « Nous avons réussi à en découvrir quelques-uns néanmoins. Et l'argent du sang pour les autres restera ici, à Castelcerf, sous la garde du teneur de livres de Kettricken. Quand elle ne trouvera personne, elle ordonnera qu'on placarde des avis pour annoncer aux parents des suppliciés qu'ils peuvent se rendre en Cerf demander compensation. »

Je réfléchis. « La plupart auront peur de se montrer. En outre, proposer de l'or peut leur paraître bien froid ; certains nobles risquent même de considérer ce prix comme une incitation à débarrasser leur fief des vifiers ; ils y verront une récompense à qui élimine les rats d'une maison. »

Umbre courba la tête et se massa les tempes. Quand il

me regarda de nouveau, ses traits étaient tirés. « Nous faisons notre possible, Fitz. As-tu une autre suggestion ? »

Je restai un moment songeur. « Non, pas vraiment. Mais j'aimerais étudier les manuscrits qu'on vous a envoyés, la liste de noms et les précédents – surtout celui qui est arrivé juste avant l'enlèvement du prince.

— Si tel est ton désir, il sera exaucé. »

Je perçus dans sa voix un je-ne-sais-quoi qui me donna la chair de poule, et c'est d'un ton circonspect que je dis : « Je vous ai déjà demandé à les voir, à plusieurs reprises. Je tiens à les examiner, Umbre. Quand en aurai-je l'occasion ? »

Il me lança un regard noir sous ses sourcils froncés, puis il se leva et se dirigea lentement, à pas lourds, vers son étagère à parchemins. « De toute façon, il faudra bien que je te transmette un jour tous mes secrets, j'imagine », fit-il à contrecœur. Puis, sans que je visse comment il s'y prenait, il déclencha un loquet. Le chapiteau du meuble s'abaissa, Umbre glissa la main par l'ouverture et en retira trois manuscrits, petits et roulés serré. Les cylindres ainsi obtenus pouvaient se dissimuler dans un poing fermé. Je me levai mais il referma le parement avant que je puisse distinguer ce qui s'y trouvait d'autre.

« Comment avez-vous ouvert cette cachette ? » demandai-je.

Il eut un mince sourire. « J'ai dit “un jour”, Fitz, pas “aujourd'hui”. » Je reconnus le ton de mon mentor d'autrefois ; il paraissait avoir remisé son ressentiment contre moi. Il revint près de moi et me tendit les trois petits rouleaux posés dans sa main. « Kettricken et moi avions nos raisons. J'espère que tu les trouveras justifiées. »

Je pris les parchemins mais, avant même que j'eusse le temps d'en ouvrir un, la bibliothèque pivota et Lourd entra dans la pièce. Je glissai les manuscrits dans ma manche d'un mouvement si souvent répété qu'il en était quasi instinctif. « Je dois te laisser, FitzChevalerie. » Umbre se tourna vers son serviteur. « Lourd, tu avais rendez-vous avec Tom plus tôt dans la journée. Maintenant que vous voici réunis, je veux que vous appreniez à vous connaître ; je veux que vous deveniez amis. » Le vieil assassin me jeta un dernier regard d'avertissement. « Je suis sûr que vous allez passer un agréable moment à bavarder ; allons, bonne soirée à tous les deux. »

Et, là-dessus, il nous laissa. Était-ce du soulagement que j'avais perçu dans sa voix ? Toujours est-il qu'il se hâta de sortir avant que l'étagère eût repris sa place. Le simple d'esprit portait une double charge de bois dans une bandoulière en tissu jetée sur son épaule. Il parcourut la salle du regard, surpris peut-être par le prompt départ d'Umbre. « Le bois », me dit-il, et il lâcha son fardeau ; il se redressa et s'apprêta à rebrousser chemin.

« Lourd ! » Il s'arrêta au son de ma voix. Umbre avait raison : je devais au moins lui apprendre à m'obéir. « Tu sais que tu n'as pas fini ton travail. Range le bois dans la huche. »

Il me foudroya des yeux en roulant des épaules et en frottant ses mains aux doigts courts l'une contre l'autre. Enfin il saisit une extrémité de la bandoulière et la tira vers le foyer en laissant derrière lui des bûchettes, des bouts d'écorce et d'autres débris. Je me tus. Il s'accroupit près de la cheminée puis, avec une énergie et un bruit hors de proportion, il entreprit d'empiler le bois. Tout en travaillant, il me jeta de fréquents coups d'œil par-dessus son épaule, mais je ne parvins pas à déterminer si ses traits froncés exprimaient l'antagonisme ou la peur. Je me servis un verre de vin en m'efforçant de ne pas lui prêter attention. Il devait exister un moyen d'éviter d'avoir affaire à lui tous les jours. Je ne tenais pas à l'avoir constamment dans les jambes, et encore moins à lui enseigner l'Art. En toute franchise, j'éprouvais une certaine aversion devant son corps difforme et son intellect limité.

Comme Galen devant moi. Comme Galen qui ne voulait pas de moi comme élève.

Cette idée me fit trébucher sur une partie meurtrie de moi-même qui n'avait jamais complètement guéri, et je ressentis de la honte en regardant Lourd exécuter sa tâche d'un air maussade. Pas plus que moi, il n'avait demandé à devenir l'instrument de la couronne des Loinvoyant ; comme dans mon cas, ce devoir lui avait été imposé. Il n'avait pas non plus choisi de naître contrefait et idiot. L'idée grandit en moi qu'il y avait une question que nul n'avait posée jusque-là, une question qui me paraissait soudain très importante et qui risquait de jeter un éclairage nouveau sur la création du clan d'Art du prince.

« Lourd », fis-je. Il grogna. Je me tus en attendant qu'il cessât son travail et tournât vers moi un regard furieux. Le moment n'était peut-être pas idéal pour s'enquérir de ses sentiments mais nous n'aurions sans doute pas d'occasion plus favorable pour tenir la conversation que je souhaitais. Une fois assuré, au vu de ses petits yeux qui me poignardaient, qu'il me prêtait attention, je repris : « Lourd, aimerais-tu que je t'apprenne l'Art ?

— Quoi ? » Il prit un air soupçonneux, comme s'il pensait que je cherchais à me moquer de lui.

Je franchis le pas. « Tu as un talent. » Il fronça davantage les sourcils et je m'expliquai : « Il y a quelque chose que tu sais faire ; d'autres en sont incapables. Parfois tu t'en sers pour obliger les gens à ne pas te voir ; parfois tu t'en sers pour me lancer des insultes qu'Umbre n'entend pas. Des insultes comme "pue-le-chien". » Il eut un sourire railleur dont je ne tins pas compte. « Aimerais-tu que je t'apprenne d'autres moyens de t'en servir ? De bons moyens qui te permettraient d'aider ton prince ? »

Il ne prit même pas le temps de réfléchir. « Non. » Et il se remit à entasser bruyamment les bûches.

La promptitude de sa réponse me laissa légèrement désarçonné. « Pourquoi ? »

Toujours accroupi, il me jeta un coup d'œil par-dessus son épaule. « J'ai assez de travail. » Et son regard entendu passa tour à tour de la réserve de bois à moi. *Pue-le-chien.*

Ne fais pas ça. « Bah, nous avons tous des tâches à accomplir. C'est la vie. »

Sans répondre, il continua d'empiler brutalement les morceaux de bois. J'inspirai profondément en prenant la ferme résolution de ne pas réagir à ses insolences, et je me demandai comment obtenir de lui un peu plus de coopération – car je me découvrais soudain l'envie de le former, de lui donner un début d'enseignement en guise de signe de bonne volonté à l'intention de la reine. Pouvais-je l'amener à essayer d'apprendre l'Art à l'aide de récompenses, comme l'avait suggéré Umbre ? Pouvais-je acheter la sécurité de ma fille en agitant une carotte sous son nez ? « Lourd, fis-je, que désires-tu ? »

Il interrompit son travail, se retourna vers moi et plissa le front. « Quoi ?

— Que désires-tu ? Qu'est-ce qui te rendrait heureux ? Qu'attends-tu de la vie ?

— Ce que je veux ? » Il me regarda en plissant les yeux, comme si, en me voyant plus nettement, il pouvait mieux comprendre mes paroles. « Ce que je veux avoir ? À moi ? »

J'acquiesçai à chaque question. Il se redressa lentement, puis se gratta la nuque. Pendant qu'il réfléchissait, une moue épaissit ses lèvres et sa langue pointa entre elles. « Je veux... je veux l'écharpe rouge de Chahut. » Il se tut et me considéra d'un air revêche ; il devait croire que j'allais refuser. Je ne savais même pas qui était Chahut.

« Une écharpe rouge ; je dois pouvoir te trouver ça. Quoi d'autre ? »

Il me regarda pendant plusieurs minutes avant de répondre : « Un gâteau rose, pour le manger tout entier. Pas brûlé. Et... et un gros tas de raisins secs. » Il s'interrompit à nouveau et me dévisagea d'un air de défi.

« Et quoi encore ? » demandai-je. Jusque-là, rien ne me paraissait difficile à lui procurer.

Il s'approcha de moi, l'œil scrutateur ; il pensait que je me moquais de lui. Je pris une voix douce pour m'enquérir : « Si tu avais tout cela maintenant, que désirerais-tu d'autre ?

— Si je... Les raisins secs et le gâteau à la fois ?

— Les raisins secs, le gâteau et l'écharpe en même temps. Que voudrais-tu de plus ? »

Il plissa les yeux et ses lèvres remuèrent sans qu'aucun son s'en échappe. Il n'avait sans doute jamais envisagé la possibilité d'avoir envie de davantage ; je songeai que j'allais devoir lui apprendre la convoitise pour pouvoir le manipuler, et, simultanément, la simplicité même de ses désirs me fendit le cœur. Il ne demandait pas de meilleurs gages ni de loisirs supplémentaires ; il aspirait seulement aux petites choses, aux petits plaisirs qui rendent supportable une existence pénible.

« Je veux... un couteau comme toi. Et une grande

plume, une de celles qui ont des yeux dessus. Et puis un flûtiau. Un rouge. J'en avais un avant ; ma maman m'avait donné un flûtiau rouge avec une ficelle verte. » Il fronça davantage les sourcils, tâchant de réfléchir. « Mais on me l'a pris et on l'a cassé. » Il se tut un instant, perdu dans ses souvenirs, le souffle rauque. À quand remontait cet épisode ? Les yeux plissés, presque clos sous l'effort, il fouillait sa mémoire. Je l'avais cru trop stupide pour se rappeler son enfance, mais je m'employais désormais à réviser rapidement mon jugement : certes, son esprit ne fonctionnait pas comme le mien ni celui d'Umbre, mais il fonctionnait tout de même. Lourd cligna soudain plusieurs fois les paupières et prit une longue inspiration hachée ; les mots qu'il prononça ensuite s'accompagnaient d'un sanglot. Sa diction, naturellement malaisée, s'en trouvait presque inintelligible. « Ils ne voulaient même pas souffler dedans. J'ai dit : "Vous pouvez souffler dedans, mais ensuite rendez-le-moi." Mais ils n'ont même pas soufflé dedans. Ils l'ont cassé, c'est tout, et puis ils se sont moqués de moi. Mon flûtiau rouge que ma maman m'avait donné. »

Peut-être le spectacle de ce petit homme courtaud, avec sa langue qui pointait entre ses lèvres, en train de pleurer sur la perte de son mirliton présentait-il un élément comique ; j'ai connu beaucoup de gens qui se seraient esclaffés. Pour ma part, je retins ma respiration. Le chagrin irradiait de lui comme la chaleur d'un feu et ravivait chez moi des souvenirs d'enfance longtemps demeurés enfouis : Royal me bousculant, l'air de rien, en me croisant dans le couloir, ou passant exprès dans mes jouets pour les éparpiller alors que je m'amusais tranquillement, assis par terre dans un coin de la salle commune. Je sentis une rupture se produire en moi, un mur se briser que j'avais dressé entre Lourd et moi à cause des différences que je percevais entre nous ; il était simple d'esprit, gros, maladroit, contrefait, sans raffinement, mal fini, malodorant et grossier – et aussi peu à sa place dans ce château où régnaient luxe et plaisir que moi quand j'étais le gamin sans nom qui vivait avec les chiens. Son âge n'avait plus d'importance ; je ne voyais plus que l'enfant, l'enfant qui ne pourrait jamais devenir adulte, qui ne pourrait jamais dire que ces blessures avaient fait partie de son passé alors qu'il était vulnérable. Lourd resterait toujours vulnérable.

J'avais voulu l'acheter ; j'avais cherché à savoir ce qui lui faisait envie afin de l'obliger à m'obéir en agitant une récompense sous son nez, non par cruauté, mais pour obtenir grâce à un marchandage qu'il se plie à ma volonté. En cela, je n'aurais guère agi différemment de mon grand-père quand il avait négocié mon allégeance : Subtil m'avait remis une épingle et promis de me fournir une éducation ; jamais il ne m'avait donné son amour, même s'il avait fini, je crois, par me porter autant d'affection que j'en éprouvais pour lui. Pourtant, j'avais toujours regretté que ce fût son dernier cadeau et non le premier ; vers la fin de sa vie, je l'avais d'ailleurs soupçonné de partager ce vain remords.

Et je me surpris alors à prononcer des paroles avant même de les savoir présentes à mon esprit. « Oh, Lourd, que nous t'avons donc maltraité ! Mais nous allons réparer, je te le promets. Nous allons améliorer ton sort avant que je te prie encore une fois d'apprendre ce que je te demande. »

2

QUERELLE

Les îles d'Outre-mer ne comptent que trois sites dignes du temps du voyageur. Le premier est l'Ossuaire de glace de l'île Perlieuse ; là, les Outrîliens enterrent depuis des siècles leurs plus grands guerriers, tandis que, par tradition, les femmes sont inhumées dans les limites des terres de leur famille : mêler son sang, sa chair et ses os à la terre pauvre de la plupart des propriétés a valeur d'ultime partage offert aux siens. Au contraire, la coutume veut qu'on donne les hommes à la mer. Seuls les plus considérables des héros se voient ensevelis dans le champ de glace de l'île Perlieuse, et les monuments qui se dressent au-dessus des tombes sont sculptés dans la glace. Les plus anciens sont totalement défigurés par les intempéries, encore que, de temps en temps, il semble que les habitants de l'île les renouvellent. Dans la volonté de retarder le lissage inévitable des sculptures, on leur donne des proportions de nombreuses fois supérieures à la réalité, et les créatures représentées reprennent en général les signes claniques des héros. C'est ainsi que le visiteur peut découvrir des ours immenses, des phoques monstrueux, des loutres gigantesques et un poisson qui tiendrait à peine dans un char à bœufs.

Le second site intéressant se nomme la caverne des Vents, où réside l'oracle des Outrîliens. D'après les uns, il s'agit d'une jeune fille nubile qui va toujours nue malgré les bourrasques glacées ; selon d'autres, c'est une vieille femme d'un âge inconcevable, vêtue d'un épais manteau en peau d'oiseau ; d'autres encore affirment que ces deux personnages n'en font qu'un. L'oracle ne sort pas pour accueillir tous les voyageurs qui se présentent à sa porte ; de fait, l'auteur ne l'a même pas entraperçu. Sur plusieurs arpents, le sol autour de l'entrée de la caverne est jonché d'offrandes, et la légende veut qu'on coure à une mort assurée du seul fait de se baisser pour en toucher une.

Le troisième lieu qui vaille les efforts du visiteur est l'immense île de glace d'Aslevjal. L'archipel d'Outre-mer compte de nombreuses terres traversées de bout en bout par des glaciers, mais celui d'Aslevjal recouvre complètement la sienne. On ne peut l'aborder qu'à l'occasion d'une marée particulièrement basse qui dénude la frange d'une grève noire et rocheuse sur le côté oriental de l'île. De là, il faut escalader le flanc du glacier à l'aide de cordes et d'une hache ; on peut se faire assister de guides embauchés sur l'île Rogeon ; leurs services sont chers mais réduisent considérablement les risques, de l'aventure. Le chemin qui conduit au Monstre du glacier est traître ; ce que l'œil prend pour un solide pont de neige compacte peut se révéler n'être qu'une mince croûte de flocons jetée par le vent au-dessus d'une crevasse. Pourtant, malgré le froid, l'inconfort et le danger, l'excursion vaut la peine d'être tentée pour voir le Monstre prisonnier de la glace. À votre arrivée sur place, vos aides s'emploieront à débarrasser de la fenêtre qui donne sur la bête la dernière couche de neige tombée. Une fois le travail fini, le voyageur pourra se laisser aller tout son content à l'ébahissement, car, bien qu'on ne voie guère que l'échine, l'épaule et les ailes de la créature et ce de façon indistincte, la taille gigantesque du Monstre reste incontestable. Chaque année, l'épaisseur de glace rend la vision un peu plus floue, et un jour ce lieu étrange ne survivra plus que dans la mémoire des hommes.

Périples dans les contrées du Nord,
de CRON HEVEFONTFROIDE

*

Pendant une heure, peut-être, après le départ de Lourd, je contemplai fixement le feu rechargé. Ma conversation avec lui m'avait laissé le cœur accablé. Quel fardeau de tristesse il portait à cause de la cruauté de gens qui ne toléraient pas sa différence ! Un flûtiau, un flûtiau rouge... Eh bien, je ferais tout pour lui en procurer un autre, et peu importait que cela le mît ou non dans de meilleures dispositions pour apprendre l'Art.

Je me demandai ensuite comment la reine réagirait quand Umbre lui soumettrait mon marché. J'éprouvais un regret à présent – non d'avoir décidé d'exiger sa promesse, mais de ne pas avoir dit à Umbre que je m'en chargerais en personne. Il me paraissait lâche d'envoyer le vieil homme à ma place, comme si je craignais de me présenter devant ma souveraine. Mais, baste, il n'était plus temps d'y revenir.

Après avoir longuement tourné et retourné le sujet dans ma tête, je me rappelai les petits manuscrits que j'avais fourrés dans ma manche. Je les sortis un à un. L'écorce fine qui avait servi de support au texte était déjà devenue raide et friable et résistait quand j'essayais de la dérouler. Avec d'infinies précautions, je réussis à ouvrir complètement un des manuscrits, et je le maintins à plat en posant un objet pesant à chacun de ses coins ; je dus ensuite approcher un candélabre pour distinguer l'écriture en pattes de mouche à demi effacée. Umbre ne m'avait pas parlé de ce message-là. Il disait simplement : « Sévère Prêtecorne et sa femme Geln de Bourg-de-Castelcerf ont le Vif tous les deux. Il a un molosse, elle un terrier. » Pour toute signature, l'esquisse d'un cheval pie. Rien n'indiquait de quand datait le billet. L'avait-on envoyé directement à la reine ou bien s'agissait-il d'un exemple des placards diffamatoires affichés en place publique afin de dénoncer les membres du Lignage qui refusaient de s'allier aux Pie ? Il faudrait que je pose la question à Umbre.

Quand je déroulai le second parchemin, je reconnus celui dont le vieil assassin m'avait parlé quelques heures plus tôt. C'était le plus récent des trois et le moins difficile à ouvrir. On y lisait simplement : « Selon la reine, avoir le Vif n'est pas un crime. Dans ce cas, pour quel motif a-t-on exécuté ces gens ? » Suivait la liste qu'avait mentionnée Umbre. Je l'examinai en remarquant au passage deux groupes de personnes du même nom qui avaient péri ensemble. Je serrai les dents en formant le vœu que les victimes ne fussent pas des enfants – bien que j'eusse été bien incapable d'expliquer en quoi le supplice d'adultes ou de vieillards eût été plus supportable. Un seul nom me parut familier, sans que je pusse néanmoins avoir de certitude : Relvita Jonc n'avait peut-être rien à voir avec Vita Jonc ; une femme de ce nom vivait dans les environs de Corvecol, et je l'avais croisée plusieurs fois chez Rolf le Noir. À l'époque, je crois, Fragon, l'épouse de Rolf, espérait que Rellie et moi nous éprendrions l'un de l'autre, mais la jeune femme n'avait jamais manifesté plus qu'une politesse sans chaleur à mon égard. Je me mentis en me répétant qu'il ne s'agissait sans doute pas de la même personne, et je m'efforçai de ne pas imaginer les boucles de ses cheveux châtains en train de se racornir sous la chaleur des flammes. Le manuscrit ne portait ni signature ni symbole d'aucune sorte.

Le dernier était roulé si serré qu'on l'aurait cru soudé ; c'était probablement le plus ancien. Comme je l'ouvrais de force, il se brisa en morceaux, deux, trois, et, pour finir, cinq. Je le regrettais mais il n'y avait pas d'autre moyen de le lire ; s'il était resté plus longtemps sous forme de cylindre, il serait tombé en morceaux infinitésimaux impossibles à déchiffrer.

Et, quand j'eus achevé ma lecture, je me demandai si ce n'étaient pas là l'espoir et l'intention d'Umbre.

Le manuscrit était arrivé avant la disparition du prince ; c'était à cause de lui qu'Umbre avait dépêché de toute urgence un cavalier chez moi pour me supplier de me rendre sur-le-champ à Castelcerf, où il m'avait annoncé la menace anonyme. À présent, j'avais le texte sous les yeux. « Faites justice et nul ne saura jamais rien. Dédaignez cet avertissement et nous prendrons les mesures qui s'imposent. »

Mais Umbre avait omis de me rapporter le contenu des lignes précédentes. L'écorce avait bu l'encre de façon inégale, et la surface incurvée ne facilitait pas la lecture ; pourtant, à force d'entêtement, je parvins à reconstituer le texte et à le lire. Alors je me laissai aller contre le dossier de mon fauteuil, le souffle court.

« Le Bâtard-au-Vif est vivant, nous le savons. Il est vivant et vous le protégez parce qu'il vous a servi ; vous l'abritez tandis que vous laissez d'honnêtes gens mourir parce qu'ils sont du Lignage. Ces gens, ce sont nos épouses, nos maris, nos fils, nos filles, nos sœurs et nos frères. Peut-être mettrez-vous un terme à ce massacre lorsque nous vous aurons infligé la douleur de perdre un être cher ; de quelle profondeur doit être l'entaille pour que vous saigniez comme nous ? Beaucoup des secrets que taisent les ménestrels nous sont connus ; le Vif coule toujours dans le sang des Loinvoyant. Faites justice et nul ne saura jamais rien. Dédaignez cet avertissement et nous prendrons les mesures qui s'imposent. » Il n'y avait nulle signature d'aucune sorte.

Je revins très lentement à la réalité. Je songeai aux manœuvres d'Umbre, aux raisons pour lesquelles il m'avait caché cette information. Dès la disparition du prince, dès l'instant où le péril s'était avéré, il m'avait fait mander et croire que les Pie avaient transmis à la Couronne une missive menaçant Devoir avant qu'il s'évanouît dans la nature ; de fait, on pouvait interpréter ce message ainsi. Mais c'était surtout moi qu'on pointait du doigt. Umbre m'avait-il rappelé afin de me protéger ou pour mettre les Loinvoyant à l'abri du scandale ? J'écartai ces questions de mon esprit et me penchai à nouveau sur l'encre passée qui couvrait l'écorce. Qui était l'auteur ? En général, les Pie aimaient signer leurs missives de leur emblème à l'étalon ; celle-ci était anonyme, comme celle qui portait la liste des morts. Je les plaçai en vis-à-vis et je constatai une similarité entre certaines lettres ; elles auraient pu être de la même main. Le texte signé du cheval pie était rédigé d'une écriture libre, aux lettres plus grandes et ornées de fioritures ; cela indiquait peut-être un autre auteur, mais n'avait guère valeur de preuve. Dans les trois cas, le support restait le même, ce qui n'avait rien d'étonnant : le bon papier coûtait cher tandis que n'importe qui pouvait prélever une bande d'écorce sur un bouleau. Cela ne menait pas obligatoirement à la conclusion que ces billets provenaient d'une seule source, ni même de deux. Je m'efforçai d'opposer plusieurs hypothèses pour voir lesquelles résistaient. Avant même l'enlèvement du prince, existait-il déjà chez les vifiers deux factions qui cherchaient à mettre un terme aux persécutions de leurs semblables ? Ou bien partais-je simplement de ces prémisses parce que j'aspirais à ce qu'elles fussent vraies ? Je trouvais déjà inquiétant que Rolf le Noir et ses amis eussent nourri des soupçons sur ma véritable identité et tiré la conclusion que le Bâtard-au-Vif n'avait pas péri dans les cachots de Royal ; je n'avais nulle envie que les Pie apprennent que FitzChevalerie avait survécu.

Je parcourus à nouveau la liste des morts. J'y trouvai un autre nom : Nat des Marais. J'avais peut-être fait sa connaissance lors de mon séjour chez Rolf le Noir, mais je n'en étais pas certain. Tambourinant des doigts sur la table, je m'interrogeai : devais-je risquer une visite à la communauté vifière de Corvecol ? Dans quel but ? Demander aux gens de là-bas s'ils avaient fait parvenir à la reine un message de menace contre ma vie ? À première vue, ce n'était pas la meilleure stratégie. Peut-être cette lettre ne relevait-elle que d'un coup d'audace ; du coup, si je me rendais chez eux, cela confirmerait à leurs yeux que j'étais encore en vie malgré les années, et, à tout le moins, je représenterais pour eux un otage de grande valeur, excellent moyen de placer les Loinvoyant en porte-à-faux si on dévoilait ma véritable identité au public, que je fusse vivant ou mort. Non. L'heure n'était pas aux confrontations ; en vérité, peut-être Umbre avait-il eu raison en m'obligeant à quitter ma maison trop exposée, et en feignant que les menaces n'étaient que du vent. Mon ressentiment contre lui s'effaça. Néanmoins, je devais le convaincre qu'il aurait mieux fait de ne pas me dissimuler la vérité. Que redoutait-il ? Que je ne vole pas au secours du prince et qu'au contraire je me perde dans la nature pour recommencer ma vie ailleurs ? Me croyait-il capable d'agir ainsi ?

Je secouai la tête. Manifestement, il était grand temps que nous nous expliquions, lui et moi. Il devait accepter le fait que j'étais adulte, aux rênes de mon existence et en mesure de prendre seul mes propres décisions. Il fallait aussi que je parle à Kettricken, Je demanderais à Umbre de m'obtenir une audience avec elle ; ainsi, je pourrais lui dire mes craintes pour ma fille et lui demander de promettre de laisser Ortie tranquille. Un entretien avec le fou était indispensable aussi ; mieux valait soigner cette plaie suppurante entre nous. Telles étaient mes pensées quand je quittai la tour d'Umbre et regagnai mon lit.

Je dormis mal. Ortie ne cessa de se cogner contre mes rêves comme un papillon cherchant à se brûler à la flamme d'une lanterne. Je dormis, mais du sommeil de celui qui dort arc-bouté, le dos contre une porte assiégée. J'avais conscience de sa présence. Je la sentis d'abord décidée, puis furieuse ; le matin venant, elle désespéra, et ce fut contre ses implorations que j'eus le plus de mal à maintenir mes murailles dressées. « Je t'en prie, je t'en prie... » Elle ne fit que répéter ces quelques mots, mais son Art les transforma en une tourmente suppliante qui mit à mal tous mes sens.

Je me réveillai le crâne battant d'une migraine sourde. Toutes mes perceptions me semblaient à vif : l'éclat jaune de la bougie me paraissait trop brillant et tous les bruits trop forts ; le remords qui me rongeait d'avoir fermé mon esprit à ma fille n'arrangeait rien. Assurément, c'était un matin où un peu d'écorce elfique me serait nécessaire, et, avec ou sans la bénédiction d'Umbre, j'étais bien décidé à ne pas commencer la journée sans en boire une chope. Je me levai, me débarbouillai, puis m'habillai. Le choc de l'eau glacée sur mon visage et l'obligation de me courber pour lacer mes chaussures me parurent aussi pénibles qu'une rouée de coups.

Je sortis et descendis lentement aux cuisines. En chemin, je croisai le serviteur de sire Doré, Calcin ; je lui donnai congé pour la matinée en lui assurant que je me chargerais du petit déjeuner de son maître. Son sourire ravi et ses remerciements répétés me rappelèrent que j'avais été moi aussi un adolescent qui n'avait aucune peine à trouver une dizaine d'activités lorsqu'il jouissait d'une heure de liberté ; je m'en sentis brusquement vieilli. Devant sa sincère reconnaissance, j'éprouvai une certaine gêne : je voulais rester seul avec le fou dans ses appartements, et je n'avais pas inventé meilleur prétexte pour cela que d'aller chercher moi-même le repas matinal du seigneur Doré.

Les bruits de vaisselle, les vapeurs et les cris de la cuisine n'améliorèrent en rien mon mal de tête. Je garnis le plateau, y déposai une grosse bouilloire pleine d'eau brûlante, puis repris le chemin des escaliers. J'allais atteindre le second palier quand une jeune femme essoufflée me rattrapa. « Vous avez oublié les fleurs de sire Doré, dit-elle.

— Mais nous sommes en hiver ! grommelai-je en m'arrêtant de mauvaise grâce. On ne trouve de fleurs nulle part.

— Qu'importe, répliqua-t-elle avec un sourire chaleureux qui révéla la jeune fille qu'elle était. Il y a toujours des fleurs pour sire Doré. » Je secouai la tête, perplexe devant les curieuses fantaisies du fou. Elle déposa sur le plateau un tout petit bouquet composé de tiges noires surmontées de rubans blancs cousus en forme de bouton, auxquelles deux nœuds, un blanc et un noir, apportaient une touche finale. Je me fis un devoir de remercier la jeune fille, mais elle m'assura que tout le plaisir était pour elle, et puis elle repartit vaquer à ses autres tâches.

Quand je pénétrai dans notre appartement, j'eus la surprise de trouver le fou éveillé, installé dans un fauteuil près de la cheminée. Il portait une des robes de chambre raffinées de sire Doré, mais ses cheveux tombaient emmêlés sur ses épaules. Il ne jouait pas les gentilshommes, et cela me prit au dépourvu. J'avais prévu d'emporter à manger dans ma chambre, puis de frapper à sa porte pour l'avertir que son repas l'attendait. Enfin, au moins, Jek n'était pas là ; peut-être aurais-je l'occasion d'échanger quelques mots en privé avec lui. Il tourna lentement la tête vers moi quand je m'avançai. « Te voici », fit-il d'une voix sans force. On eût dit qu'il avait veillé tard.

« Oui », répondis-je laconiquement. Le plateau fit un bruit sourd quand je le posai sur la table, et je retournai à la porte mettre le loquet, après quoi je me rendis dans ma chambre prendre les couverts que j'avais chapardés peu à peu dans les cuisines et je disposai les affaires du petit déjeuner pour nous deux. À présent que l'instant de l'affronter était arrivé, je ne savais plus par quel bout commencer ; j'avais hâte d'en avoir fini. Pourtant, les premiers mots qui me vinrent furent : « Il me faut un flûtiau rouge, avec une ficelle verte. Crois-tu pouvoir me le fabriquer ? »

Il se leva, un sourire intrigué mais ravi sur les lèvres. Il s'approcha lentement de la table. « Je pense, oui. Te le faut-il rapidement ?

— Le plus vite possible. » Ma voix sonnait monocorde et dure, même à mes propres oreilles, comme s'il m'en coûtait de lui demander ce service. « Ce n'est pas pour moi ; c'est pour Lourd. Il en avait un naguère mais on le lui a pris et cassé, dans l'unique but de lui faire de la peine, apparemment. Il ne l'a jamais oublié.

— Lourd..., fit-il. Un personnage à part, n'est-ce pas ?

— Sans doute », répondis-je d'un ton guindé. Il ne parut pas s'apercevoir de ma réserve.

« Chaque fois que je le croise, il me dévore des yeux, mais, quand je lui rends son regard, il se carapate comme un chien battu. »

Je haussai les épaules. « Sire Doré n'est pas l'aristocrate le plus sympathique du château, du point de vue des domestiques. »

Il poussa un léger soupir. « En effet. C'est une couverture nécessaire, mais il me chagrine de voir cet homme y réagir. Un flûtiau rouge au bout d'un fil vert, c'est dit ; le plus vite possible, promit le fou.

— Merci. » J'avais répondu sèchement. Ses paroles m'avaient rappelé qu'il ne faisait que jouer le rôle de sire Doré, et je regrettais déjà de lui avoir demandé son aide. Requérir un service n'est pas le meilleur moyen d'engager une dispute. Évitant son regard perplexe, je me rendis dans ma chambre avec ma tasse à la main où je fis tomber une mesure d'écorce elfique, puis je retournai à la table. Le fou faisait tourner d'un air absent le petit bouquet entre ses doigts, un petit sourire sur les lèvres. Je versai l'eau bouillante sur mon écorce elfique, puis sur les herbes de la tisanière. Il observa mes gestes et son sourire disparut de ses yeux et de ses traits.

« Que fais-tu ? » demanda-t-il à mi-voix.

Je grognai, puis déclarai d'un ton cassant : « J'ai mal au crâne. Ortie a passé la nuit à cogner contre mes volets. J'ai de plus en plus de difficulté à l'empêcher d'entrer. » Je levai ma tasse et fis tourner le breuvage ; des volutes d'un noir d'encre montaient de l'écorce elfique en infusion. Le liquide s'assombrit et j'y trempais les lèvres. C'était âcre, mais les battements sourds de la migraine s'apaisèrent presque aussitôt.

« Tu es sûr de bien faire ? fit le fou avec mesure.

— Si je ne le pensais pas, je m'en abstiendrais, répliquai-je avec désinvolture.

— Mais Umbre...

— Umbre ne possède pas l'Art, il ignore les douleurs qu'il engendre et il ne comprend pas les produits destinés à soigner ces douleurs. » Je m'étais exprimé d'une voix plus dure que je ne le voulais, jaillie d'un puits de colère jusque-là inconnu. Je pris alors conscience que j'en voulais encore à Umbre de m'avoir dissimulé le texte complet du manuscrit. Comme toujours, il tentait de diriger ma vie. Il est étrange de se rendre compte qu'une émotion qu'on croyait au rancart depuis longtemps continue en réalité à bouillonner sous la surface. J'avalai une deuxième gorgée de mon infusion amère ; comme d'habitude, l'écorce elfique allait déterminer chez moi un état d'accablement en même temps que d'extrême agitation, combinaison désastreuse mais préférable à la traversée d'une journée tout entière avec une migraine d'Art martelant mes tempes.

Le fou garda une immobilité de mort pendant un long moment, puis il me demanda, tout en remplissant délicatement sa tasse, les yeux sur la tisanière : « L'écorce elfique ne va-t-elle pas t'empêcher d'enseigner l'Art au prince Devoir ?

— Le prince lui-même m'en empêche en ne se présentant pas à ses leçons. Écorce elfique ou non, je ne peux rien apprendre à un élève qui ne vient pas me voir. » Encore une fois, j'éprouvai une légère surprise devant mon irritation. Pour une raison que j'ignore, le fait de me trouver à table avec mon vieil ami en sachant que j'allais exiger de lui des explications faisait remonter en moi d'insolites et pénibles vérités, comme si je lui reprochais de m'avoir maintenu à l'écart pendant des semaines tout en laissant son amie croire des mensonges à notre sujet.

Le fou s'adossa dans son fauteuil, sa tasse au creux de ses longues mains gracieuses. Son regard se perdit derrière moi. « Ma foi, il me semble que c'est avec le prince que tu devrais discuter de la question.

— C'est exact. Mais il y a un autre sujet que je dois aborder avec toi. » Malgré moi, j'avais pris un ton accusateur en prononçant ces mots.

Un long silence s'établit entre nous. Un moment, le fou plissa les lèvres comme pour retenir des paroles, puis il but une gorgée de tisane. Il leva les yeux, croisa mon regard, et je fus surpris de son expression lasse. « Vraiment ? » fit-il à contrecœur.

Réticent, je parvins néanmoins à répondre : « Oui, vraiment. Je veux savoir ce que tu as raconté à cette Jek qui lui laisse imaginer que je... que nous... que... » Je m'en voulais d'être incapable de prononcer les mots fatidiques, comme si je craignais de donner voix à ma pensée, de la rendre réelle en l'exprimant tout haut.

Une expression singulière passa fugitivement sur les traits du fou. Il secoua la tête. « Je ne lui ai rien dit, Fitz. "Cette Jek", comme tu la désignes, possède le talent d'échafauder des théories sur n'importe quoi ; elle fait partie de ces gens à qui il n'est même pas nécessaire de mentir : il suffit de lui dissimuler des faits et elle invente aussitôt toutes sortes d'histoires, certaines échevelées et complètement irréalistes, comme tu peux le constater. Elle n'est pas sans rappeler Astérie, par certains côtés. »

Ce n'était pas le nom à prononcer devant moi en cet instant. Astérie aussi avait cru que ma relation avec le fou dépassait la simple amitié, et je me rendais compte à présent qu'il l'avait conduite à cette conclusion par les mêmes moyens qu'il avait employés avec Jek : ne jamais nier, émettre des commentaires et des traits d'esprit tendancieux, le tout destiné à encourager des opinions erronées. Jadis, j'avais trouvé gênant mais amusant aussi de regarder Astérie se casser la tête sur son illusion ; aujourd'hui, je jugeais humiliant et malhonnête de la part du fou de l'avoir menée sur cette voie.

Il reposa sa tasse sur la table. « J'espérais avoir repris des forces, mais je me trompais, déclara-t-il du ton aristocratique de sire Doré. Je pense que je vais me retirer dans ma chambre. Pas de visiteurs, Tom Blaireau. » Et il commença de se lever.

« Assieds-toi, dis-je. Nous devons parler. »

Il acheva de se redresser. « Je ne crois pas.

— J'insiste.

— Je refuse. » Son regard se perdit très loin derrière moi. Il haussa le menton.

Je quittai mon siège à mon tour. « Je dois savoir, fou. Parfois, tu as des façons de me regarder, tu prononces des phrases apparemment pour plaisanter ; mais... Tu as laissé Astérie et Jek imaginer que nous pouvions être amants. » J'avais craché le mot comme une insulte. « De ton point de vue, il n'est peut-être pas grave que Jek te prenne pour une femme amoureuse de moi, mais je suis incapable de traiter ce genre de suppositions par-dessus la jambe. J'ai déjà dû affronter les rumeurs concernant tes préférences en matière de compagnons de lit ; même le prince Devoir m'a interrogé sur ce sujet, et je suis sûr que Civil Brésinga nourrit de forts soupçons. Et ça me met horriblement mal à l'aise. Je ne supporte pas qu'on nous regarde en se demandant ce que tu fais avec ton serviteur la nuit venue. »

Mon ton acerbe le fit frissonner, puis il vacilla comme un baliveau qui sent le premier coup de la hache. Enfin, il dit d'une voix à peine audible : « Nous savons ce qu'il en est entre nous, Fitz. Les questions que les autres peuvent se poser ne nous concernent pas. » Il se détourna lentement pour mettre fin à la conversation.

Je faillis le laisser partir. J'avais acquis depuis longtemps l'habitude de m'en remettre à ses décisions sur ce genre de sujet. Mais j'accordais soudain une grande importance aux commérages du château, aux plaisanteries salaces que Heur risquait d'entendre dans les tavernes de Bourg-de-Castelcerf. « Je veux savoir ! hurlai-je. C'est grave, et je veux savoir une fois pour toutes ! Qui es-tu ? Je connais le fou, je connais sire Doré, et je t'ai entendu t'adresser à cette Jek d'une voix de femme. Ambre ! J'avoue que c'est ce qui me laisse le plus perplexe de tout ; quel besoin aurais-tu éprouvé de vivre à Terrilville sous des traits féminins ? Pourquoi laisses-tu encore croire à Jek que tu es une femme et que tu es amoureuse de moi ? »

Il ne me regardait pas. Je crus qu'il ne me répondrait pas, comme bien souvent par le passé, mais il prit une longue inspiration et murmura : « Je suis devenu Ambre parce qu'elle convenait à mes objectifs et à mes exigences à Terrilville ; étrangère et femme, je pouvais circuler ainsi parmi ses habitants sans qu'ils craignent pour leur sécurité ni leur pouvoir. Grâce à ce déguisement, chacun se sentait libre de me parler, esclave comme Marchand, homme comme femme. Ce rôle se prêtait à mes besoins, Fitz, tout comme celui de sire Doré y répond aujourd'hui. »

Je me sentis percé jusqu'au cœur, et c'est d'un ton glacé

que j'exprimai ce qui m'était le plus pénible. « Ainsi, le fou n'était qu'un personnage imaginaire ? Une identité que tu avais endossée parce qu'elle "convenait à tes objectifs" ? Et quels étaient tes objectifs ? Gagner la confiance d'un roi sénile ? Obtenir l'amitié d'un bâtard royal ? As-tu pris l'apparence de ce que nous désirions le plus afin de t'introduire parmi nous ? »

Il ne me regardait toujours pas mais, quand j'observai son profil immobile, il ferma les yeux. Enfin il parla : « Naturellement. Prends-le comme tu veux. »

Cette réponse éperonna ma fureur. « Je vois ! Tout n'était que faux-semblants ! Ça veut dire que je ne t'ai jamais vraiment connu, c'est ça ? » Je n'attendais pas de réponse quand je me tus, suffoqué de colère et d'outrage.

Pourtant... « Si. Si. Toi plus que n'importe qui au cours de toute mon existence. » Ses yeux étaient baissés à présent et une aura d'immobilité paraissait s'étendre autour de lui.

« Si c'est vrai, je crois que tu me dois la vérité sur toi-même. Quelle est la réalité, fou ? Pas celle sur laquelle tu plaisantes ou que tu laisses les autres imaginer : qui es-tu ? Qu'es-tu ? Quels sont tes sentiments pour moi ? »

Enfin il se tourna vers moi. Son regard était bouleversé. Mais, comme je continuais à le dévisager, exigeant de savoir, je vis la colère s'allumer dans ses yeux. Il redressa soudain les épaules, poussa un petit soupir de dédain comme s'il ne parvenait pas à se convaincre que je lui posais vraiment la question. Il secoua la tête, prit une grande inspiration, puis les mots jaillirent de sa bouche comme un torrent. « Tu sais qui je suis. Je t'ai même confié mon vrai nom ; quant à ce que je suis, tu le sais aussi. Tu cherches un faux réconfort en exigeant de moi que je me définisse par des mots. Les mots ne contiennent ni ne définissent personne. Un cœur en est capable, s'il le veut ; mais je crains que le tien n'y soit pas prêt. Tu en sais beaucoup plus sur moi que quiconque, et pourtant tu persistes à prétendre que tout cela n'est pas moi. Que voudrais-tu que je retranche de moi ? Et pourquoi devrais-je me réduire pour te faire plaisir ? Pour ma part, jamais je ne te le demanderais. Et, par ces mots, admets une autre vérité : tu connais mes sentiments pour toi, depuis de longues années. Seuls ici, toi et moi, ne faisons pas semblant que tu les ignores. Tu sais que je t'aime. Je t'ai toujours aimé et je t'aimerai toujours. » Il s'exprimait d'un ton égal, comme s'il décrivait un fait inévitable ; on ne percevait nulle trace de honte ni d'humiliation dans sa voix. Il se tut ; des paroles comme celles qu'il venait de prononcer exigent une réponse.

Je repoussai tant bien que mal l'accablement induit par l'écorce elfique, puis je décidai de parler franchement et sans ambages. « Tu sais, toi aussi, que je t'aime, fou. Je t'aime comme un homme aime son ami le plus cher, et je n'en éprouve aucune gêne. Mais laisser croire à Jek, Astérie ou n'importe qui que notre relation dépasse les limites de l'amitié, que tu aurais envie de coucher avec moi, c'est... » Je m'interrompis, espérant un signe d'acquiescement qui ne vint pas. Au contraire, il fixa sur moi son regard ambre où je ne vis nulle dénégation.

« Je t'aime, dit-il à mi-voix. Je n'impose pas de limite à mon amour ; aucune. Comprends-tu ?

— Trop bien, malheureusement ! » répondis-je en chevrotant. Je rassemblai mon courage et poursuivis d'une voix rauque : « Jamais je ne... Me comprends-tu, toi ? Jamais je ne pourrais te désirer comme compagnon de lit. Jamais. »

Il détourna les yeux. Ses joues rosirent légèrement,

non de honte, mais sous l'effet d'une passion tout aussi profonde, et il murmura d'une voix parfaitement maîtrisée : « Cela aussi, nous le savons depuis des années. Ces mots qu'il n'avait jamais été nécessaire de prononcer, je devrai désormais les porter pour le restant de mes jours. » Il me fit face de nouveau mais son regard paraissait aveugle. « Nous aurions pu vivre toute notre existence sans avoir cette conversation. Tu viens de nous condamner à ne jamais l'oublier. »

Il se dirigea vers sa chambre à pas lents. Il marchait avec circonspection comme s'il était vraiment souffrant. Soudain il s'arrêta et son regard revint sur moi. La colère brillait dans ses yeux, et je restai interdit qu'elle me fût adressée. « As-tu réellement imaginé un instant que je pourrais vouloir assouvir avec toi un désir que tu ne partages pas ? Je sais parfaitement à quel point cela te répugnerait ; je sais parfaitement que te le demander abîmerait définitivement tout ce que nous avons vécu ensemble par ailleurs. C'est pourquoi je me suis toujours efforcé d'éviter cette discussion que tu as imposée à notre amitié. C'était mal joué, Fitz. Mal joué et inutile. »

Il fit encore un ou deux pas d'une démarche titubante, comme un homme qui vient de recevoir un coup violent, puis il s'immobilisa. D'une main hésitante, il sortit de la poche de sa robe de chambre le petit bouquet blanc et noir. « Ce n'est pas un cadeau de toi, n'est-ce pas ? » demanda-t-il d'une voix tout à coup altérée. Son regard évita le mien.

« Bien sûr que non.

— De qui alors ? » Il chevrotait.

Je haussai les épaules, agacé par cette question incongrue au milieu d'un entretien grave. « De la jardinière. Elle en place un sur ton plateau tous les matins. »

Il inspira profondément et ferma les yeux un instant. « Évidemment. Ils n'étaient pas de toi, jamais; alors de qui ? » Il se tut un long moment. Ses paupières closes et ses traits tirés me firent craindre soudain qu'il ne s'évanouisse; mais il reprit à mi-voix : « Naturellement : ces bouquets ne pouvaient venir que d'une personne capable de voir par-delà mes déguisements, et il ne pouvait s'agir que d'elle. » Il rouvrit les yeux. « La jardinière ! Elle a ton âge à peu près, elle a des taches de rousseur sur le visage et les bras, et les cheveux couleur de paille fraîche. »

J'évoquai l'image de la femme en question. « Pour les taches de rousseur, c'est vrai ; mais elle est châtain, pas blonde. »

Il ferma de nouveau les yeux, les sourcils froncés. « Sa chevelure a dû foncer avec le temps. Garetha travaillait au potager quand tu étais adolescent. »

J'acquiesçai de la tête. « Je me la rappelle, mais j'avais oublié son nom. Tu as raison. Et alors ? »

Il éclata d'un rire sec, presque mordant. « Alors ? Alors l'amour et l'espoir nous aveuglent tous. Je croyais que ces bouquets venaient de toi, Fitz, mais c'était une sotte idée de ma part. En réalité, ce sont les cadeaux de quelqu'un qui, il y a longtemps, s'est entiché du fou du roi. Simple toquade, pensais-je ; mais, comme moi, cette personne aimait sans être aimée de retour. Pourtant, son cœur est resté assez fidèle pour me reconnaître malgré tous mes changements, pour taire mon secret tout en m'apprenant discrètement qu'elle me connaissait. » Il leva le petit bouquet pour le contempler. « Noir et blanc : mes couleurs d'hiver, Fitz, à l'époque où j'étais le bouffon du roi. Garetha sait qui je suis, et elle me conserve une certaine affection.

— Tu croyais que je t'offrais des fleurs ? » Qu'il ait pu imaginer un tel geste de ma part me laissait pantois.

Il détourna vivement les yeux, et je sentis que les mots et le ton que j'avais employés l'avaient humilié. La tête courbée, il reprit à pas lents le chemin de sa chambre. Il n'avait pas répondu à mon interjection, et j'éprouvai un brusque élan de compassion pour lui. C'était mon ami et je l'aimais comme tel. Il m'était impossible de modifier mon point de vue sur ses désirs contre nature mais je ne souhaitais pas le blesser ni le mortifier. Je ne fis donc qu'aggraver la situation en déclarant : « Fou, pourquoi ne pas diriger tes inclinations là où elles seraient bienvenues ? Garetha est une femme très attirante ; peut-être, si tu faisais bon accueil à ses attentions... »

Il pivota d'un bloc vers moi, et la fureur qui naquit dans ses yeux leur donna un profond éclat doré. Sous l'émotion, son teint s'assombrit, et il me demanda d'un ton acerbe : « Eh bien, quoi ? Je pourrais devenir comme toi, assouvir mes envies avec n'importe qui simplement parce qu'on me l'a proposé ? C'est cela que je trouverais "répugnant", moi ! Jamais je ne me servirais de Garetha ni de personne de cette façon, au contraire d'une de nos connaissances communes ! » Il me lança cette dernière phrase avec violence. Il fit deux pas de plus vers sa chambre puis se retourna encore une fois avec un sourire effrayant d'amertume. « Attends, j'ai compris. Tu t'imagines que je n'ai jamais connu cette sorte d'intimité – que je me suis "gardé" pour toi. » Il eut un grognement de mépris. « Ne te flatte pas, FitzChevalerie. Tu n'aurais sans doute pas valu la peine que je t'attende. »

J'eus l'impression d'avoir reçu un coup violent, mais c'est lui dont les yeux se révulsèrent et qui s'effondra par terre en une masse inerte. L'espace d'un instant, je demeurai figé de rage et de terreur mélangées. Comme cela est possible seulement à des amis, chacun de nous avait touché l'autre à l'endroit le plus sensible. La face la plus noire de moi-même m'engageait véhémentement à le laisser gisant au sol : je ne lui devais rien ; mais, en une fraction de seconde, je m'agenouillai à côté de lui. De ses yeux presque clos n'apparaissait qu'une mince ligne blanche, et il haletait comme s'il venait d'achever une course. « Fou ? dis-je, et mon amour-propre glissa malgré moi une note agacée dans ma voix. Que t'arrive-t-il encore ? » D'une main hésitante, je tâtai sa joue.

Elle était tiède.

Ainsi, ces derniers jours, il ne jouait pas la comédie quand il se montrait mal portant. Normalement, la peau du fou était fraîche, plus que celle d'un homme ordinaire, si bien que sa relative tiédeur devait correspondre chez moi à une fièvre brûlante. J'espérais qu'il s'agissait seulement d'une de ces étranges crises qui survenaient de temps en temps, où il se traînait, à la fois fébrile et sans force. Selon mon expérience, il se remettait en un jour ou deux et, telle une mue de serpent, sa peau se détachait en grands lambeaux pour laisser apparaître un teint plus foncé. L'évanouissement auquel je venais d'assister ne tenait peut-être qu'à sa faiblesse lors de ces accès ; pourtant, alors que je me courbais pour le prendre dans mes bras, la crainte me saisit qu'il ne fût plus gravement malade. On pouvait dire que j'avais bien choisi mon moment pour lui demander des explications ! Entre lui qui tremblait de fièvre et moi qui subissais les effets de l'écorce elfique, pas étonnant que notre conversation eût rapidement tourné à l'aigre.

Je le soulevai et l'emportai dans sa chambre dont j'ouvris la porte d'un coup de pied. Il régnait une odeur lourde et oppressante dans la pièce ; les draps étaient froissés et chiffonnés comme s'il avait passé la nuit à se tourner et à se retourner. Mais quel crétin sans cervelle j'avais été de n'avoir pas même envisagé qu'il pût être réellement souffrant ! Je le déposai sur le lit, secouai un oreiller pour le regonfler et le glissai maladroitement sous sa tête, puis m'efforçai d'arranger draps et couvertures autour de lui. Que faire ? Pas question de quérir le guérisseur ; pendant tout le temps où il avait résidé à Castelcerf, le fou n'en avait jamais laissé un seul le toucher. Parfois, il allait demander un remède à Burrich quand celui-ci occupait la fonction de maître des écuries, mais ce recours était désormais hors de ma portée. Je tapotai doucement sa joue mais il ne manifesta par aucun signe qu'il revînt à lui.

Je décidai d'écarter les lourds rideaux des fenêtres, puis je débloquai les volets et les ouvris à leur tour sur la froide journée d'hiver ; un air pur et glacé envahit la chambre. Je pris un des mouchoirs de sire Doré, le déployai, y déposai de la neige prélevée sur un appui-fenêtre, repliai le tissu pour former une compresse et revins auprès du lit. Je m'assis sur le bord du matelas et appliquai doucement le mouchoir sur le front du fou. Il réagit légèrement, puis, quand je posai le linge sur le côté de son cou, il reprit conscience avec une promptitude effrayante. « Ne me touche pas ! » gronda-t-il en repoussant mes mains.

Choqué de voir mes soins ainsi rejetés, je passai aussitôt de l'inquiétude à la colère. « Comme tu veux. » Je m'écartai vivement de lui et jetai la compresse sur sa table de chevet.

« Laisse-moi, s'il te plaît », dit-il sur un ton qui vidait de son sens sa formule de politesse.

J'obéis.

Avec une sorte de fureur, je remis l'autre salle en ordre et rangeai bruyamment la vaisselle du repas sur le plateau. Nous n'avions guère mangé ni l'un ni l'autre. Tant pis ; mon appétit s'était envolé, de toute manière. Je rapportai les affaires aux cuisines, après quoi je tirai de l'eau et rassemblai une provision de bois pour nos appartements. Quand je remontai les bras chargés, je trouvai close la porte de la chambre du fou et j'entendis les claquements des volets qu'on refermait. Je toquai sans douceur à l'huis. « Sire Doré, j'ai du bois et de l'eau pour votre chambre. »

Comme il ne répondait pas, je remplis la huche de l'âtre et approvisionnai en eau ma réserve de toilette. Je laissai le restant devant sa chambre. Colère et douleur s'empoignaient violemment en mon cœur. La plupart de mes reproches s'adressaient à moi-même : pourquoi ne m'étais-je pas rendu compte qu'il était vraiment malade ? Pourquoi avais-je persisté dans cette discussion sans tenir compte de ses objections ? Et surtout, pourquoi ne m'étais-je pas fié à l'instinct de notre vieille amitié au lieu d'écouter les ragots de ceux qui n'y connaissaient rien ? La douleur elle, venait de ce qu'Umbre m'avait souvent répété et que je savais donc parfaitement : demander pardon ne pouvait pas toujours tout réparer ; or, je le craignais fort, les dégâts que j'avais causés aujourd'hui étaient irréparables ; le fou m'en avait averti, la conversation que nous avions eue resterait un fardeau qu'il nous faudrait porter jusqu'à la fin de nos jours. Mon seul espoir était que, le temps aidant, la mémoire émousserait le tranchant de mes paroles. Celles du fou m'entaillaient encore comme des rasoirs.

Je garde des trois ou quatre jours suivants un souvenir

brumeux d'accablement. Je ne vis pas le fou une seule fois. Il laissait encore entrer son jeune serviteur dans sa chambre mais, autant que je pusse m'en rendre compte, lui-même n'en sortait jamais. Jek dut le voir au moins une fois encore avant le départ de la délégation terrilvillienne, car elle m'arrêta un jour dans un escalier pour me dire d'un ton polaire que sire Doré avait complètement clarifié dans son esprit toutes les idées erronées qu'elle pouvait entretenir quant à mes relations avec mon maître. Elle me pria de l'excuser si ses suppositions m'avaient le moins du monde mis dans l'embarras, et puis, dans un murmure sifflant, elle ajouta qu'elle n'avait jamais rencontré quelqu'un d'aussi cruel et stupide que moi. Ce furent les dernières paroles qu'elle m'adressa. Les représentants quittèrent Castelcerf le lendemain. La reine et ses ducs ne leur avaient fourni aucune réponse définitive quant à une éventuelle alliance, mais avaient accepté leur don d'une dizaine d'oiseaux messagers et leur avaient remis autant de pigeons voyageurs. Les négociations se poursuivraient donc.

Peu après leur départ, un incident mit le château en effervescence : tard dans la soirée, la reine en personne sortit avec une compagnie de ses gardes. Umbre m'avoua que lui-même trouvait cette décision un peu excessive, et les ducs renchérissaient manifestement sur cette opinion. Cette excursion avait pour but d'empêcher une exécution à Fontmise, petit village proche de la frontière entre Cerf et Rippon ; la souveraine et ses gardes s'étaient mis en route en pleine nuit, à l'évidence en réponse à un rapport d'espion annonçant la pendaison puis la crémation d'une femme le lendemain matin. La flamme des torches battant au vent comme des pennons, les chevaux soufflant des nuages de vapeur dans l'air glacé, ils étaient partis en hâte.

La reine, vêtue de son manteau violet et de sa tunique en renard blanc, chevauchait au milieu des hommes. J'avais regardé le spectacle depuis la fenêtre en regrettant futilement de ne pas monter à ses côtés ; mon rôle de domestique de sire Doré me condamnait, semblait-il, à me trouver toujours là où je ne le voulais pas.

La troupe était rentrée le lendemain soir, ramenant avec elle une femme en triste état qui tenait à peine sur sa selle. J'en conclus que la reine et ses soldats étaient arrivés au dernier instant et lui avaient littéralement retiré la corde du cou. La foule n'avait opposé aucune résistance active aux gardes armés et montés. Kettricken ne s'était pas contentée de réunir les conseillers du village et de leur infliger une réprimande officielle qui avait duré des heures : elle avait ordonné qu'on rassemble tous les villageois sans exception, de force s'il le fallait, sur la place centrale, où elle leur avait lu en personne la proclamation royale interdisant toute exécution au seul motif de possession du Vif. Ensuite, chacun, jusqu'aux plus petits enfants capables de tenir une plume, avait dû apposer sur le document une marque qui attestait qu'il était présent, qu'il avait entendu le décret et qu'il se pliait à ses termes. Le hameau étant dépourvu d'hôtel de ville, Kettricken avait ordonné que le texte signé fût affiché de façon permanente au-dessus de la cheminée de l'unique taverne. Elle avait averti la population que ses patrouilles passeraient fréquemment vérifier qu'il se trouvait toujours à sa place et intact ; elle avait poursuivi en déclarant que, si l'un des signataires prenait part à nouveau à un attentat contre la vie d'un vifier, le royaume confisquerait ses propriétés et l'interdirait de séjour, non seulement en Cerf mais dans les Six-Duchés tout entiers.

Au retour de la reine, on avait conduit la femme à l'infirmerie de la garde pour soigner ses blessures ; les villageois l'avaient traitée sans douceur. Elle venait d'arriver au hameau et n'y connaissait presque personne, à part sa cousine chez qui elle se trouvait en visite ; c'était elle qui l'avait dénoncée aux conseillers en prétendant l'avoir surprise en train de parler à des pigeons. Comme on mentionna une querelle d'héritage, je me demandai si l'accusée avait vraiment le Vif ou bien si elle ne représentait pas plus simplement une menace pour les biens que possédait sa cousine. Quand elle fut assez remise pour voyager, la reine Kettricken lui fit don d'une somme d'argent, d'un cheval et, dit-on, de terres loin du village de sa cousine ; j'ignore ce qu'il en fut réellement, mais elle quitta rapidement Cerf dès qu'elle se trouva en état de se déplacer.

L'incident devint le sujet de nombreuses controverses. Certains tenaient que la reine avait outrepassé ses droits, que Fontmise chevauchait en réalité la frontière entre Cerf et Rippon, et qu'elle n'aurait pas dû agir sans au moins consulter le duc de Rippon. Celui-ci paraissait voir dans l'intervention personnelle de la souveraine une critique et un affront contre lui ; bien qu'il gardât un silence diplomatique, on commença de murmurer que la reine montagnarde se donnait beaucoup de mal pour nouer des liens avec des étrangers comme les Outrîliens et les Marchands de Terrilville et n'accordait pas à ses ducs et aux duchés qu'ils représentaient le respect qui leur était dû. Ne se fiait-elle donc pas à sa propre noblesse pour régler ses affaires intérieures ? De là, on poussa les récriminations encore plus loin : ne pensait-elle pas qu'une épouse des Six-Duchés suffirait à son demi-Montagnard de fils ? Plus insidieux, on laissa entendre que la lignée du duc Shemshy avait subi un affront, car le prince avait manifesté un intérêt certain pour dame Vanta avant que la reine mère n'y mît un point final. Pourquoi courtisait-elle cette narcheska outrîlienne débordante de morgue alors que le jeune prince lui-même se rendait compte qu'une damoiselle bien plus digne de lui n'attendait que ses avances ?

Le fait qu'aucune de ces attaques n'était formulée de façon officielle empêchait Kettricken d'y répondre clairement ; pourtant, elle le savait, elle ne pouvait y faire la sourde oreille sans risquer d'attiser le mécontentement de Rippon et de Haurfond et de le voir gagner les autres duchés. Elle tenta de dénouer la situation en demandant à ses ducs d'envoyer chacun un représentant, afin de former un conseil ayant pour fonction de trouver des moyens de mettre un terme à la persécution des vifiers, mais j'aurais pu lui prédire moi-même le résultat : les délégués proposèrent que tous les vifiers s'inscrivent sur une liste qui permettrait de s'assurer qu'on ne les maltraitait pas injustement ; il fut suggéré aussi de déplacer les vifiers de certains villages et de les inciter à n'occuper que certaines zones géographiques, pour leur propre sécurité ; enfin, sommet de la générosité, on conseilla d'offrir à toute personne douée du Vif de se rendre en Chalcède ou à Terrilville, où elle recevrait assurément meilleur accueil que dans les Six-Duchés.

Ma réaction à ces propositions fut sans surprise ; l'esprit le plus obtus était capable de comprendre que ces solutions d'inscription sur des listes et de relogement dans des secteurs précis des Six-Duchés pouvaient aisément préparer un massacre à grande échelle ; quant à l'offre d'installation en Chalcède ou à Terrilville, ce n'était guère plus qu'un bannissement déguisé. La reine déclara sèchement aux conseillers que leurs suggestions étaient dénuées d'imagination et elle leur ordonna de reprendre leur ouvrage. C'est alors qu'un jeune homme originaire de Labour fournit sans le vouloir un solide avantage à la souveraine : sur le ton de la plaisanterie, il déclara : « Les exécutions de vifiers ne dérangent pas la plupart des gens ; à la vérité, ceux qui pratiquent la magie des bêtes sont seuls responsables de leur sort. Comme leur mise à mort ne gêne que les vifiers, c'est peut-être auprès d'eux qu'il faudrait chercher la solution. »

La reine saisit l'affirmation au bond ; le sourire ironique du jeune homme s'effaça et les rires étouffés des autres délégués moururent quand elle annonça : « Voilà enfin une proposition imaginative et digne d'intérêt. J'agirai selon les recommandations de mes conseillers. » Seuls, peut-être, Umbre et moi savions qu'elle chérissait depuis longtemps l'idée qu'elle s'apprêtait à mettre en pratique. Elle rédigea une proclamation royale et la fit porter par courriers aux quatre coins du royaume, où elle devait non seulement être lue à la population des villes et des villages mais aussi placardée de façon bien visible. La reine invitait les vifiers, aussi connus sous l'appellation de membres du Lignage, à constituer une délégation pour la rencontrer et discuter avec elle des moyens par lesquels il pouvait être mis fin à l'injuste persécution et aux meurtres dont ils étaient victimes. Elle choisit elle-même ses termes sans tenir compte des injonctions d'Umbre d'employer un ton plus circonspect ; de fait, plus d'un seigneur se froissa de l'accusation indirecte qu'elle portait contre les nobles d'encourager les assassinats dans leurs fiefs. Pour ma part, toutefois, j'appréciai son attitude et supposai une réaction similaire chez d'autres vifiers, sans nourrir guère d'espoir, néanmoins, qu'une délégation se présente chez la reine pour défendre leur cause : pourquoi risqueraient-ils leur vie en dévoilant leur identité ?

Après ma désastreuse tentative pour obtenir des explications du fou et apaiser notre querelle, j'avais acquis au moins assez de sagesse pour me montrer plus prudent avec Umbre, la reine et le prince. Je laissai les fragments de manuscrits sur la table de travail, où je savais que mon vieux mentor les trouverait, et une rencontre imprévue avec lui dans la tour me donna l'occasion de lui demander pourquoi il m'avait dissimulé une partie de leur contenu. Sa réponse, celle de l'assassin professionnel qu'il était, me prit au dépourvu. « Étant donné les circonstances, ces éléments te touchaient de trop près. J'avais besoin que tu m'aides à retrouver le prince et à le ramener sain et sauf à Castelcerf ; si je t'avais fait lire ce texte, cela n'aurait pas été ton objectif premier : tu aurais consacré toute ton énergie à découvrir l'auteur du message alors que nous n'étions même pas sûrs qu'il avait une relation avec la disparition du prince. Il fallait que tu gardes la tête froide, Fitz, or je n'avais pas oublié ton tempérament emporté d'autrefois, qui t'avait souvent conduit à des actes inconsidérés. Je t'ai donc caché ce qui risquait, à mon sens, de te distraire de l'aspect le plus important de ta mission. »

Ces propos n'atténuèrent pas complètement ma rancœur, mais ils me firent prendre conscience qu'Umbre adoptait souvent devant un problème un point de vue très différent de celui auquel je m'attendais, et je crois qu'il resta un peu interdit en constatant que j'acceptais avec calme son raisonnement sans l'accabler de reproches, dont je prévoyais pourtant moi-même de l'abreuver encore peu de temps auparavant. La mine presque penaude, il m'assura, sans que j'eusse rien demandé, qu'il me savait désormais plus mûr, et il reconnut s'être montré cavalier en gardant le message complet par-devers lui.

« Et si je m'y intéressais à présent ? questionnai-je d'une voix posée.

— En effet, il nous serait utile de savoir qui l'a envoyé, répondit-il, mais pas au risque de perdre le maître d'Art du prince ou de le détourner de sa tâche. J'ai suivi avec assiduité toutes les pistes qui pouvaient nous permettre de remonter jusqu'à l'auteur, mais elles se dissipent comme brume au soleil au bout d'un moment. Je n'oublie pas le rat non plus mais, en dépit de toutes mes enquêtes, je n'ai encore trouvé nulle trace d'un espion doué du Vif, et tu sais que notre surveillance de Civil ne donne rien. » Il soupira. « Je t'en prie, Fitz, fais-moi confiance : laisse-moi m'occuper de ces recherches et permets-moi de t'employer là où ton rôle est le plus essentiel.

— Ainsi, vous avez parlé à la reine, et elle accepte mes conditions. »

Son regard vert se durcit et prit la teinte du minerai de cuivre. « Non, je ne lui ai rien dit. J'espérais que tu reviendrais sur tes positions.

— Eh bien, vous aviez raison », fis-je en tâchant de dissimuler l'amusement que j'éprouvai devant son air ébahi. Puis, avant qu'il n'eût le temps de croire que j'avais complètement capitulé, j'ajoutai : « J'ai décidé que je devais m'en entretenir personnellement avec elle.

— Ah ! » Il chercha ses mots. « Là-dessus, nos avis concordent. Je lui demanderai de t'accorder une audience aujourd'hui même. » Et nous nous séparâmes, en désaccord mais sans nous être querellés. Il me lança un regard singulier en sortant, comme s'il n'arrivait toujours pas à comprendre mes motivations ; j'en éprouvai un sentiment de satisfaction mêlé de regret de n'avoir pas appris cette leçon plus tôt.

Aussi, quand il me notifia mon rendez-vous avec la reine, j'abordai cette nouvelle rencontre avec calme. Kettricken avait dressé une petite table garnie de vin et de gâteaux ; je m'étais concentré pour atteindre une certaine équanimité avant d'entrer, et c'est peut-être ce qui me permit de sentir qu'elle se tenait sur ses gardes.

Ma reine était assise bien droite, l'air assuré, mais je reconnus une armure dans son immobilité même : elle aussi s'attendait à des paroles sans mesure et violentes. Son attitude méfiante faillit me pousser à m'offusquer ouvertement du jugement qu'elle portait à l'évidence sur mon caractère, mais je me ressaisis, pris une profonde inspiration et refoulai la marée montante de mon indignation. Je fis un effort pour m'incliner solennellement devant elle, attendre qu'elle m'invite à partager sa table et même échanger quelques lieux communs sur le temps et sa santé avant d'aborder le véritable sujet de ma présence ; malgré cela, je remarquai un léger plissement du coin de ses yeux : manifestement, elle s'attendait à une diatribe. Depuis quand ceux qui me connaissaient le mieux me prenaient-ils pour un homme au tempérament excessif et acariâtre ? Toutefois, je détournai résolument mon esprit de toute considération sur la répartition des responsabilités dans ce domaine, plantai mon regard dans celui de ma reine et demandai calmement : « Qu'allons-nous faire à propos d'Ortie ? »

L'espace d'un instant, ses yeux bleu-vert s'agrandirent, lui donnant l'air presque ébahi, et puis elle se reprit. Elle se radossa dans son fauteuil et me regarda un moment en silence. « Que vous a dit Umbre sur ce sujet ? » fit-elle enfin.

Je ne pus retenir un sourire espiègle ; un instant, j'oubliai toutes les inquiétudes que je nourrissais pour ma fille et je déclarai : « Il m'a dit de me méfier des femmes qui répondent à une question par une autre question. »

Pendant une fraction de seconde, je crus avoir dépassé les limites de la bienséance, et puis Kettricken sourit à son tour. L'air attristé malgré ce léger sourire, elle baissa sa garde, et je perçus tout à coup que, derrière sa façade sereine, elle était lasse et troublée. Trop de préoccupations lui mordaient les talons comme autant de roquets glapissants : les fiançailles du prince avec l'imprévisible narcheska et la « quête » ridicule qu'il avait acceptée, la question des vifiers, les Pie qui semaient la zizanie dans la politique du royaume, la rétivité des nobles, et même Terrilville avec sa guerre et ses dragons, tous ces problèmes se disputaient son attention. Comme une rafale de vent vagabonde ravive une braise mourante, son expression de bête aux abois réveilla en moi un lointain écho de l'amour que Vérité lui portait – car le lien d'Art que je partageais avec mon roi m'avait laissé entrevoir ses sentiments de temps en temps ; néanmoins, j'éprouvai une impression étrange à ressentir cette résonance diffuse de sa tendresse pour elle. Cela, ainsi que l'affection que je lui vouais, déclencha chez moi un élan brusque et irrésistible de sympathie pour elle. Comme elle se laissait aller contre le dossier de son siège, manifestement soulagée de constater que je ne souhaitais pas entrer en conflit avec elle, la honte m'envahit un instant. Dans la confusion de mes propres soucis, j'oubliais trop souvent que les autres peinaient sous des fardeaux tout aussi lourds que les miens.

Elle relâcha sa respiration qu'elle avait retenue. « Fitz, je me réjouis que vous soyez venu en personne me parler de ce sujet. Umbre est un conseiller plein de sagesse et d'expérience, et d'une fidélité absolue au trône des Loinvoyant ; les affaires de l'État n'ont aucun secret pour lui. Il connaît aussi le cœur de mon peuple, et là aussi son opinion est pertinente et fondée. Mais, quand il évoque Ortie, il s'exprime toujours en conseiller de la Couronne. » Elle tendit le bras par-dessus la table et posa ses doigts graciles sur la peau rude de ma main. « Je préfère parler à son père, en amie. »

Je conservai le silence.

Sans ôter sa main de la mienne, elle poursuivit : « Fitz, Ortie doit être formée à l'Art ; vous le savez bien, au fond de vous-même. Il ne s'agit pas seulement de la protéger des dangers que cette magie fait courir au profane – oui, j'ai étudié certains manuscrits sur ce sujet quand il m'a fallu décider quelle attitude adopter face au talent de Devoir – mais aussi de la placer à l'abri à cause de ce qu'elle est : l'éventuelle héritière des Loinvoyant. »

Je restai le souffle coupé. Je m'attendais à discuter de l'opportunité d'enseigner l'Art à Ortie, non à voir ressusciter cette menace plus ancienne et plus grave qui pesait sur elle. Je ne trouvai pas les mots pour exprimer mon désarroi, mais ce fut sans importance, car la reine n'en avait pas terminé.

« Nous ne pouvons changer ce que nous sommes. Pour toujours je serai la reine de Vérité ; vous êtes le fils de Chevalerie, illégitime mais Loinvoyant néanmoins. Pourtant, pour notre peuple, vous n'êtes plus de ce monde ; quant à Umbre, il est trop âgé et la Couronne ne l'a jamais reconnu. Auguste, comme vous le savez, n'a jamais recouvré complètement la raison après que Vérité m'a contactée par son biais. Mon roi, j'en suis certaine, n'a pas voulu les dégâts qu'il a infligés à son cousin, mais les faits sont là. Nous ne pouvons changer ce que nous sommes, et Auguste, même s'il appartient de nom à la famille royale, est devenu avant l'heure un vieillard radotant et l'on ne peut plus le considérer sérieusement comme un héritier possible au Trône, si jamais la lignée de Vérité venait à faillir. »

Fasciné par les emboîtements imparables de sa logique, je me trouvai contraint d'acquiescer à ses propos alors même que je voyais où conduisait inexorablement le train de ses réflexions.

« Cependant, il doit y avoir, il doit toujours y avoir un membre de la famille en réserve, prêt à monter sur le Trône une fois toutes les autres solutions épuisées. » Son regard se perdit derrière moi. « Votre fille, bien qu'invisible aux yeux de son peuple, est la suivante après mon fils. Nous ne pouvons changer ce qu'est Ortie ; les vœux les plus fervents ne la rendront pas moins Loinvoyant. Si cela se révèle nécessaire, FitzChevalerie Loinvoyant, votre fille devra servir le Trône. C'est ce que nous avions conclu il y a de nombreuses années. Je vous y savais opposé à l'époque où les documents officiels ont été signés à Jhaampe, et je vous y sais encore opposé. Mais elle est une Loinvoyant reconnue par vous, son père, et par moi en tant que reine, et une ménestrelle à qui vous aviez confié la vérité en a été témoin. Le manuscrit existe toujours, Fitz, comme il se doit. Même si vous, Umbre, Astérie Chant-d'Oiseau et moi devions périr à l'instant, il n'en demeurerait pas moins dans les archives royales, augmenté d'un codicille indiquant où trouver Ortie. Il doit en être ainsi, Fitz. Nous ne pouvons changer son ascendance, ni annuler sa naissance. D'ailleurs, le désireriez-vous ? Je ne le pense pas. Un tel souhait serait un affront aux dieux. »

Tout à coup se produisit un phénomène dont j'avais déjà fait l'expérience : je vis la réalité par les yeux de quelqu'un d'autre. Cette brusque perception intérieure du mode de pensée de la reine vida ma colère de son contenu. Pour Kettricken, le fait qu'Ortie eût sa place dans la ligne de succession était inéluctable et rien ne pouvait le remettre en cause ; mes désirs ou les siens n'avaient rien à voir dans l'affaire. La situation était ainsi et il était impossible de la modifier. Le cas d'Ortie ne pouvait faire l'objet d'aucune négociation ; jamais la reine ne la délierait d'un devoir auquel sa naissance l'astreignait. Tel était le point de vue de Kettricken.

Je m'apprêtai à parler mais elle leva la main pour me demander de la laisser achever de s'exprimer. « Je le sais, vous tremblez à l'idée qu'Ortie doive endosser le rôle d'oblat. Je forme moi aussi le vœu que cela n'arrive jamais. Songez à ce que cela signifierait pour moi : cela voudrait dire que mon fils unique est mort ou incapable d'assumer sa fonction. En tant que mère, je repousse cette éventualité le plus loin possible au fond de mon esprit, tout comme vous implorez le destin de ne jamais imposer à Ortie le fardeau d'une couronne. Toutefois, en dépit de nos prières ferventes, nous devons nous préparer à ces possibilités, afin que votre fille soit prête à bien servir son peuple. Elle doit apprendre non seulement l'Art mais aussi différentes langues, l'histoire de son royaume et de ses habitants, et les manières et les coutumes attachées au Trône. C'est négligence de notre part de ne pas lui avoir fourni cette éducation, et négligence impardonnable qu'elle ne sache rien de son ascendance. S'il vient un temps où elle doit servir le Trône, croyez-vous qu'elle nous remerciera de l'avoir maintenue dans l'ignorance ? »

Ces mots portèrent un nouveau coup à ma conviction.

Le monde se déforma autour de moi et je me retrouvai soudain en train de remettre en cause chaque décision que j'avais prise concernant ma fille. La conclusion à laquelle je parvins me mit le cœur au bord des lèvres, mais je l'énonçai tout haut : « Elle m'en voudra à mort de ne lui avoir rien dit. Mais je ne vois pas comment y remédier si tardivement sans causer encore davantage de dégâts. » Je me voûtai dans mon fauteuil. « Kettricken, même si vous jugez que je manque à mon devoir, je continue à vous supplier : laissez-la poursuivre son existence actuelle. Si vous accédez à cette demande, je vous promets d'employer toute mon énergie et toute ma volonté à veiller à ce qu'elle ne devienne jamais oblat. » J'avalai ma salive puis, encore une fois, je me liai par ma parole ; encore une fois, je me tins devant un souverain Loinvoyant et remis ma vie entre ses mains. Mais, cette fois, c'est en adulte que je m'engageai. « Je m'efforcerai de former un clan pour Devoir. J'assumerai la fonction de maître d'Art. »

La reine me regarda sans ciller, puis elle s'enquit au bout d'un moment : « En quoi cette proposition est-elle nouvelle de votre part, FitzChevalerie ? Ou votre requête ? »

Je saisis la rebuffade contenue dans ces questions et j'inclinai la tête. « Peut-être en ce que je m'attellerai à la tâche de plein gré et sans que certaines arrière-pensées freinent mes efforts.

— Et accepterez-vous aussi la parole de votre reine sans demander à ce qu'elle vous soit répétée ? Je vais m'exprimer clairement : je permettrai à votre fille Ortie Loinvoyant de rester là où elle est, avec Burrich pour père adoptif, tant que cette situation ne nous mettra pas en danger. Accepterez-vous cette promesse et mon engagement de la respecter ? »

Nouvelle rebuffade. Avais-je froissé son amour-propre

à force d'exiger sur tous les tons qu'on laisse Ortie en paix ? Peut-être. « Oui, répondis-je à mi-voix.

— Bien », fit-elle, et la tension qui s'était accumulée entre nous décrut. Nous restâmes un moment face à face sans rien dire, comme si le silence appuyait l'affirmation de la reine. Puis, sans un mot, elle me servit du vin et posa un petit gâteau épicé devant moi. Pendant quelques minutes, nous nous restaurâmes et parlâmes, mais seulement de sujets sans conséquence. Je ne mentionnai pas que Devoir me battait froid ; je réglerais moi-même la question avec le prince, même si j'ignorais comment.

Quand je me levai pour prendre congé, elle me regarda en souriant. « Je regrette d'avoir si peu l'occasion de m'entretenir avec vous, FitzChevalerie. Ces faux-semblants que nous devons maintenir me pèsent, car ils nous éloignent l'un de l'autre. Vous me manquez, mon ami. »

Je la quittai, mais j'emportai dans mon cœur ces mots comme une bénédiction.

3

PÈRES

Si un capitaine marchand bénéficie de contacts assez bien établis à Jamaillia, il peut parfaitement y remplir ses cales de produits précieux venus de nombreux ports étrangers et lointains. Il aura l'avantage de pouvoir vendre ces marchandises exotiques sans avoir été obligé d'affronter les périls qu'un voyage en haute mer présente toujours pour l'équipage et le navire. Naturellement, il paiera en espèces les angoisses qu'il se sera épargnées, mais c'est le marché que tout négociant avisé doit accepter.

Jamaillia est non seulement le port le plus septentrional dans lequel les marchands de l'île aux Épices font relâche, c'est également le seul de nos côtes où mouille la flotte de la Grand'Voile. Toujours en groupe, les vaisseaux de cette flotte relâchent à Jamaillia (qu'en bons barbares leurs équipages nomment « port de l'Ouest ») une fois tous les trois ans seulement. Les dangers de la traversée qu'ils effectuent s'imaginent aisément si l'on observe la toile déchirée de leurs gréements et la mine exténuée de leurs marins. Les articles qu'ils proposent sont à la fois exotiques et onéreux ; c'est seulement auprès de ces navires qu'on peut se procurer la rougépice et la gomme de sède ; or, comme le palais du Gouverneur en achète toujours les cargaisons entières et n'en remet que d'infimes quantités sur le marché, on peut considérer ces deux produits comme inaccessibles au commun des marchands. Toutefois, d'autres biens que ces navires apportent peuvent se révéler à la portée du négociant avisé qui, jouant à la fois de chance et de flair, passera à Jamaillia au moment où la flotte de la Grand'Voile y jettera l'ancre.

Conseils aux marins marchands,
du CAPITAINE BANROP

*

Une poignée de jours s'écoulèrent encore. Sire Doré émergea de sa chambre, plus distingué et raffiné que jamais, pour annoncer à tous qu'il avait recouvré une santé parfaite. Son maquillage jamaillien, qu'il s'appliquait soigneusement chaque matin, était devenu encore plus extravagant : parfois, il arborait ses écailles en plein jour, et je me demandais s'il ne cherchait pas ainsi à détourner l'attention de l'assombrissement de son teint. Si tel était le cas, il atteignait son but, car nul n'en faisait mention. La cour salua son rétablissement avec enthousiasme : il n'avait rien perdu de sa popularité.

Je retrouvai mes obligations de serviteur. De temps en temps, sire Doré donnait de petites réceptions dans ses appartements, l'après-midi, où il organisait des jeux de hasard ou invitait des ménestrels, et les jeunes gens de la noblesse, tous sexes confondus, se disputaient l'honneur d'y participer. Ces jours-là, je demeurais dans ma modeste chambre, prêt à répondre à ses ordres, ou bien il me congédiait. Je l'escortais lors de ses promenades à cheval en compagnie de membres de l'aristocratie, et je restais debout derrière sa chaise durant les dîners mondains. Toutefois, ces occasions revenaient moins fréquemment qu'auparavant : avec le départ des Outrîliens et des Marchands de Terrilville, la population du château de Castelcerf s'était réduite, la vie reprenant un cours plus normal tandis que la noblesse des Six-Duchés regagnait ses terres. Séances de jeux, spectacles de marionnettes et autres divertissements se firent plus rares, les soirées plus longues et plus calmes. Lorsque j'obtenais une heure de liberté en fin de journée, je la passais souvent dans la grand'salle ; les enfants du château y avaient repris leurs leçons près des vastes cheminées, aux côtés des artisans occupés à tisser la laine ou à fabriquer des flèches. Commérages et anecdotes se déroulaient au rythme du fil sur les quenouilles, les angles de la salle se drapaient d'ombres et, avec un petit effort, je pouvais me croire revenu au Castelcerf de mon enfance.

Mais je ne voyais plus le fou. Aucun mot, aucun signe

de sire Doré n'indiquait que notre relation fût différente de ce que constataient les habitants du château : celle d'un maître à son serviteur. Jamais il ne m'adressait une parole qui détonnât avec son personnage d'aristocrate jamaillien, et, si je me permettais quelque boutade qui sortît des limites de nos rôles respectifs, il feignait de ne rien entendre.

L'abîme que cet ostracisme ouvrait dans mon âme me surprenait, et il était chaque jour un peu plus béant. Un matin où je revenais de ma séance d'entraînement avec Ouime, je trouvai un petit paquet sur mon lit ; je tirai de la bourse en tissu un mirliton rouge attaché à un fil vert. « Pour Lourd »), disait le billet rédigé de la main du fou. J'espérais qu'il s'agissait d'une sorte d'offre de paix mais, quand j'eus le front de remercier sire Doré, il leva les yeux de l'herbier qu'il examinait et m'adressa un regard à la fois absent et agacé. « J'ignore de quoi vous parlez, Blaireau. Je n'ai pas souvenir de vous avoir remis de cadeau, et surtout pas un mirliton rouge. Vous êtes ridicule. Trouvez une autre fadaise pour vous occuper, mon ami. Je lis. »

Et je me retirai, comprenant que le flûtiau n'avait pas été fabriqué pour moi mais comme présent destiné à Lourd, de la part de quelqu'un qui savait parfaitement ce qu'on ressent quand on est l'objet du dédain ou de la moquerie générale. Je n'avais absolument rien à voir dans l'affaire. À cette idée, mon cœur s'alourdit un peu plus.

Le pire était que je ne pouvais confier ma détresse à personne, sauf si je tenais à exposer à Umbre toute l'étendue de ma stupidité. Je la supportais donc en silence en m'efforçant de la cacher à tous.

Le jour où le fou me donna le flûtiau, je me jugeai prêt à rassembler mes élèves épars ; les Marchands de

Terrilville étaient partis et Selden Vestrit avec eux : il était temps de tenir ma promesse à la reine.

Je me rendis d'abord à la tour d'Umbre puis montai au sommet de la tour d'Art. Constatant que, comme d'habitude, Devoir ne me rejoignait pas, j'ouvris en grand les volets sur le froid et l'obscurité de la fin de nuit d'hiver, puis je pris place dans le fauteuil de Vérité, contemplant les ténèbres sans les voir. Mon vieux mentor avait demandé à Devoir de suivre mon enseignement et même arrangé son emploi du temps afin qu'il pût passer plus de temps en ma compagnie, mais en vain : depuis qu'il avait découvert et rompu l'ordre d'Art que je lui avais imposé, le jeune garçon ne s'était pas présenté à une seule leçon. Je l'avais laissé à son insoumission beaucoup plus longtemps que Vérité ne l'aurait toléré de ma part; le prince ne reviendrait pas me voir de son propre chef. J'écartai les doutes que j'entretenais sur la sagesse de mon intervention, respirai lentement et à plusieurs reprises l'air froid du large puis fermai les yeux. Je réduisis mon Art à un point minuscule mais investi de toute mon autorité.

Devoir, venez me rejoindre.

Je ne perçus aucune réaction. Ou bien il ne m'avait pas répondu ou bien il refusait de m'écouter. Je renforçai la conscience que j'avais de lui, mais il continua de me glisser entre les doigts; j'en conclus qu'il me faisait délibérément obstacle, qu'il avait dressé ses murailles d'Art contre moi. Je les palpai et j'acquis alors la quasi-certitude qu'il dormait. J'éprouvai la solidité de ses barrières : je n'aurais aucun mal à les enfoncer. Je pris une grande inspiration et rassemblai mes forces, mais changeai brusquement de tactique; au lieu de porter un coup violent aux murailles de Devoir, je me mis à exercer sur elles une pression insidieuse. Très loin, je sentis un mince sourire étirer mes lèvres : j'employais la technique d'Ortie. Je m'infiltrai dans ses remparts, les franchis et m'introduisis discrètement dans son esprit endormi.

S'il rêvait, je n'en percevais rien. Je sentais seulement l'immobilité de sa conscience en veilleuse qui m'entourait, lisse comme un lac. Je m'y laissai tomber comme une pierre. *Devoir !*

Il s'éveilla, repéra ma présence et réagit aussitôt par l'indignation. *Sortez de ma tête !* Il voulut me refouler mais j'avais déjà franchi ses défenses. Je ne lui opposai qu'une résistance passive ; sans agressivité, je refusai simplement de me laisser expulser. Comme la première fois où nous avions lutté ensemble, il se jeta sur moi avec une fureur dépourvue de toute stratégie. Je soutins l'assaut, supportant ses coups mentaux en attendant qu'il s'épuise.

Quand la fatigue l'eut réduit quasi à l'hébétude, je m'adressai à lui : *Devoir, rejoignez-moi à la tour, je vous prie.*

Vous m'avez menti ! Vous me dégoûtez !

Je ne vous ai pas menti. Je vous ai fait du tort sans le vouloir ; j'ai tenté de le réparer, j'ai cru y être parvenu, et puis, au pire moment possible, je me suis aperçu que je m'étais trompé.

Vous m'avez ligoté, vous m'avez obligé à me plier à votre volonté depuis le premier jour. Vous m'avez sans doute forcé à éprouver de l'affection pour vous !

Cherchez dans vos souvenirs, Devoir ; vous constaterez que c'est faux. Mais je ne débattrai pas davantage cette question de cette manière. Venez à la tour d'Art, je vous prie.

Non.

Je vous attends.

Et je me retirai de son esprit.

Je restai un moment sans bouger, le temps de récupérer mes forces et de réorganiser mes pensées. Une migraine cognait avec insistance à l'huis de mon crâne ; je la repoussai, respirai profondément et tendis à nouveau ma conscience.

Je n'eus aucun mal à trouver Lourd : il irradiait de la musique, une musique semblable à aucune autre, car dépourvue de son. Je la laissai entrer sans entrave dans mon esprit et elle devint encore plus étrange : les notes qui la composaient ne provenaient pas d'instruments de musique. Je m'y immergeai un moment ; à un niveau, les « notes » de la mélodie étaient tirées des bruits ordinaires de la vie de tous les jours : claquement de sabot, choc sourd d'une assiette sur une table, sifflement du vent dans une cheminée, tintement d'une pièce qui tombe sur le pavé. Je m'enfonçai davantage et découvris, non plus de la musique, mais un motif mélodique. Les sons étaient séparés les uns des autres selon leur ton, et leur répétition elle-même suivait aussi une trame. J'avais l'impression de m'approcher d'une tapisserie : on voit d'abord le dessin dans son ensemble, puis un examen plus poussé révèle les divers types de matériaux employés pour créer le tableau, et une étude plus approfondie encore permet de distinguer chaque point, la couleur et la texture de chaque fil.

Non sans mal, je me dépêtrai de la chanson de Lourd et je me demandai comment un esprit aussi simple pouvait concevoir une musique aussi complexe et subtile – et une intuition m'illumina soudain : cette broderie musicale constituait le cadre de ses pensées et de son univers. C'était à ces détails qu'il prêtait attention afin de trouver la place de chaque bruit dans son vaste canevas sonore. Pas étonnant, dans ces conditions, qu'il lui restât bien peu de capacité de réflexion ou de concentration pour s'intéresser aux petits soucis du monde tel qu'Umbre et moi le percevions. Quelle attention prêtais-je au bruit d'un filet d'eau ou au chuintement d'une lame sur une pierre à aiguiser ?

Je revins à moi dans le fauteuil de Vérité. J'avais l'impression que mon cerveau était une éponge qu'on avait plongée dans un bassin rempli de musique. Je dus laisser la chanson de Lourd s'évacuer de mon esprit avant de retrouver mes propres pensées et mes objectifs personnels. Au bout d'un moment, je respirai à nouveau profondément, apprêtai mon Art et projetai ma conscience hors de moi.

Cette fois, je veillai à m'arrêter à la frange de sa musique. Là, j'hésitai : comment l'avertir de ma présence sans l'effrayer ? Avec une délicatesse infinie, je tentai un contact. *Lourd ?*

L'impact de sa peur et de sa colère me fit l'effet d'un coup de poing dans le ventre. Comme un chat réveillé brutalement, il s'enfuit, mais non sans m'avoir griffé au préalable. Choqué, j'ouvris les yeux et vis la mer moutonnante par la fenêtre de la tour ; j'éprouvai pourtant du mal à réintégrer mon corps et à me persuader d'y rester, tant la nausée me submergeait. Encourageant, comme première tentative, me dis-je avec ironie, et je demeurai quelques instants accablé : Devoir ne se présentait toujours pas et Lourd n'accepterait jamais aucune forme d'enseignement de ma part. Pour compléter cette liste d'échecs, je songeai que je n'avais plus aucune nouvelle de Heur depuis que je lui avais ordonné de faire la paix avec son maître, et je m'étonnai de mon talent évident pour susciter la déception et le mécontentement des êtres auxquels je tenais le plus. Enfin, je rassemblai à nouveau mes forces.

Un dernier essai, et puis je retournerais dans ma chambre lugubre pour annoncer à sire Doré que son humble serviteur prenait sa journée, je descendrais à Bourg-de-Castelcerf et j'essayerais de voir Heur. Tel était mon état d'esprit quand je repris place dans le fauteuil. Je sortis le flûtiau rouge de sa bourse et l'examinai : le fou s'était surpassé. Je n'avais jamais vu un flageolet aussi ouvragé que celui-là. Il était orné d'oiseaux minuscules. Je le portai à mes lèvres et tentai d'en tirer quelques notes. Pendant mon adolescence, Patience s'était efforcée de m'apprendre à jouer de plusieurs instruments, sans grand succès ; je parvins néanmoins à retrouver la mélodie simple d'une chanson enfantine, et je la répétai à plusieurs reprises dans l'espoir futile d'en atténuer les à-coups. Je m'adossai ensuite dans mon fauteuil, le flûtiau toujours à la bouche, et, sans cesser de jouer, je tendis mon esprit vers Lourd en tâchant de lui transmettre seulement les notes aiguës du mirliton et en occultant mes pensées et toute autre trace de ma présence. Ma mélodie heurta sa musique et, pendant un moment, leurs discordances s'entrechoquèrent ; et puis sa chanson mourut et il porta son attention sur le son du flûtiau.

Qu'est-ce que c'est ?

La pensée n'était pas dirigée vers moi : il tendait simplement sa conscience pour découvrir la source des notes. Je m'efforçai de rendre la réponse que je lui renvoyai aussi délicate que possible, tout en continuant à jouer. *C'est un flûtiau rouge, avec une ficelle verte. Tu peux le prendre ; il te suffit de venir le chercher. Il est à toi.*

Un long moment de méfiance, et puis il demanda : *Où ?*

Je me tus un instant pour réfléchir. Un soldat montait la garde au pied de l'escalier de la tour ; je ne pouvais pas dire à Lourd d'emprunter ce passage, car il se ferait refouler. Umbre lui avait dévoilé au moins une partie du labyrinthe secret du château, et je savais qu'il vaudrait mieux consulter mon vieux maître avant de lui en révéler davantage, mais l'occasion était trop belle : je voulais voir si j'étais capable de guider Lourd, par le biais de notre lien mental, dans les galeries dissimulées. Non seulement cela me permettrait de découvrir les limites de notre capacité à nous artiser mutuellement, mais cela me donnerait un aperçu de ses compétences intellectuelles. Je refusai de tergiverser plus longtemps. *Rejoins-moi par ce trajet.* Je lui transmis l'image de la salle d'Umbre, puis je lui montrai, pas à pas, le chemin à suivre pour parvenir à la tour d'Art. Je procédai sans hâte mais sans lenteur excessive non plus. Je terminai sur ces mots : *Si tu t'égares, appelle-moi. Je t'aiderai.*

Puis je rompis délicatement le lien entre nous, me laissai aller contre le dossier de mon fauteuil et contemplai la petite flûte que je tenais dans ma main. J'espérais qu'elle suffirait pour l'appâter. Je la posai sur la table et plaçai à côté d'elle une statuette de femme. C'était celle que le prince avait trouvée sur la plage où les piliers d'Art nous avaient conduits. Sans raison précise, je l'avais prise dans la tour d'Umbre afin de la rendre à Devoir. Avec un serrement de cœur, je songeai soudain aux plumes que j'avais ramassées sur la même grève : je n'avais jamais fait part de cette découverte au fou ; l'occasion ne s'en était jamais présentée. Désormais je me demandais si je lui en parlerais un jour. J'écartai cette pensée ; je devais me concentrer sur ma tâche présente.

J'essuyai mon front couvert de transpiration et, en me levant, je m'aperçus que j'avais du mal à tenir sur mes jambes. J'avais plus artisé ce matin-là que cela ne m'était arrivé depuis bien longtemps, et ma migraine avait crû en proportion, au point que mon crâne me semblait prêt à éclater. Si j'avais disposé d'une bouilloire, d'une tasse, d'eau et d'écorce elfique, j'aurais sans doute cédé à la tentation ; mais je me contentai de me servir une rasade d'eau-de-vie et de m'accouder un moment à la fenêtre.

Quand j'entendis des pas dans l'escalier de la tour, je crus qu'il s'agissait du garde. Je pris la bouteille, mon verre, me retirai dans un angle obscur et ne bougeai plus. La clé tourna lentement dans la serrure, la porte s'ouvrit et Devoir entra. Il referma soigneusement derrière lui puis parcourut du regard la pièce apparemment inoccupée. Il était visiblement irrité. Il s'approcha de la table et jeta un nouveau coup d'œil autour de lui. Je pris alors conscience qu'il avait le Vif, certes, mais que son talent était moindre que le mien : dans la même pièce que moi, il ne percevait pas ma présence. Il s'agissait là d'une découverte pour moi : comme l'Art, le Vif pouvait se rencontrer à des degrés de puissance différents selon les individus. Je mis cette idée de côté pour l'examiner plus tard.

« Ici. » Il sursauta au son de ma voix, puis il me vit quand je sortis de l'ombre, bouteille et verre à la main. Il me suivit d'un regard assassin tandis que je me dirigeais vers la table pour m'y débarrasser. « Bonjour, mon prince. »

Il répondit d'un ton sec et empreint de dédain : « Tom Blaireau, vous êtes renvoyé. Je ne veux plus de vous comme professeur. Je vais demander à ma mère de vous faire quitter Castelcerf. »

Je conservai mon calme. « Comme il vous plaira, mon

prince. Ce serait sans nul doute la voie la plus facile pour moi aussi.

— Il ne s'agit pas de facilité ; je parle de traîtrise et de trahison. Vous avez employé votre Art contre moi, votre prince légitime. Je pourrais exiger votre bannissement, voire votre exécution.

— En effet, mon prince. Mais vous pourriez aussi demander que je m'explique.

— Aucune explication ne peut excuser votre geste !

— Je n'ai pas dit que vous pourriez me demander de m'excuser, mais de m'expliquer. »

La conversation buta. Je refusai de baisser les yeux et soutins son regard sans ciller. J'étais résolu : il n'entendrait plus un mot de ma part tant qu'il ne m'aurait pas prié courtoisement de m'expliquer. Il paraissait tout aussi décidé à me foudroyer de son œil princier jusqu'à ce que j'implore son pardon.

Il lâcha prise le premier.

« Vos explications seraient bien tardives.

— Peut-être, en effet », répondis-je. Je me tus à nouveau.

« Expliquez-vous, Tom Blaireau. »

J'aurais apprécié qu'il ajoutât « s'il vous plaît », mais je sentis qu'il ne pouvait ployer davantage. L'amour-propre d'un adolescent est chose fragile.

Je me tournai vers la table et remplis mon verre. Je levai la bouteille en interrogeant le prince du regard, mais il secoua la tête, refusant sèchement de trinquer avec un individu de mon espèce. Je soupirai. « Quels souvenirs gardez-vous de la plage ? Celle où nous a conduits notre fuite par la pierre dressée ? »

Son expression se troubla et il prit l'air méfiant. « Je... » Il hésita, tout près de mentir, puis il se ravisa :

« J'en conserve quelques fragments. L'ensemble se dissipe peu à peu, comme un rêve, mais parfois des images me reviennent parfaitement nettes. Je sais que vous vous êtes servi de l'Art pour nous transporter, et, j'ignore pour quelle raison, je me suis retrouvé sans vigueur et l'esprit confus. Je suppose que vous en avez profité alors pour me jeter votre sort. »

Je poussai un nouveau soupir. Apporter mes éclaircissements s'annonçait encore plus difficile que je ne le craignais. « Vous rappelez-vous un épisode, près d'un feu, où vous m'avez attaqué ? Où vous vous êtes jeté sur moi dans l'intention de me tuer ? »

Il détourna brièvement les yeux puis hocha la tête, comme étonné que j'eusse gardé cet incident en mémoire. « Mais je n'agissais pas complètement de ma propre volonté, vous le savez bien ! Péladine tentait de s'emparer de mon corps, et puis je ne vous connaissais pas alors ! Je vous prenais pour mon ennemi !

— Moi non plus je ne vous connaissais pas – du moins pas comme aujourd'hui. Pourtant, un lien d'Art nous unissait déjà, car, une fois auparavant, j'avais dû voler au secours de votre âme pour la ramener dans votre enveloppe charnelle. » J'hésitai puis jugeai préférable de ne pas mentionner l'autre créature que j'avais rencontrée alors, la grande entité qui nous avait aidés à regagner notre monde. Même pour moi, son souvenir demeurait brumeux ; mieux valait ne pas soulever de questions dont j'ignorais les réponses. Je repris : « Je savais que Péladine vous possédait et qu'elle ne reculerait devant rien pour me tuer, quitte à vous blesser au passage. C'était effrayant ; du coup, poussé par la colère et la peur de mourir, je vous ai donné cet ordre : “Devoir, cessez de me combattre.” C'était un ordre d'Art, qui s'est gravé dans votre esprit beaucoup plus profondément que je ne l'avais prévu. Jamais je n'avais voulu cela, Devoir. C'était un accident, un accident que j'ai regretté et que je me suis efforcé de réparer. J'ai cru que j'y étais parvenu. » Je sentis un sourire involontaire tirer les coins de ma bouche. « Je suis resté convaincu d'avoir effacé cette empreinte jusqu'au moment où j'ai tenté de vous détourner de la déclaration stupide que vous vous apprêtiez à faire dans la grand'salle ; alors seulement je me suis rendu compte qu'il demeurait l'ombre d'un lien, à l'instant où vous l'avez rompu.

— Oui. Je l'ai rompu », répéta-t-il avec satisfaction. Puis il me lança de nouveau un regard noir. « Mais comment vous accorder ma confiance, sachant que cette emprise a existé, sachant que vous pouvez me l'imposer à nouveau ? »

Je cherchais une réponse quand Lourd ouvrit le panneau latéral de la cheminée. Sa corpulence lui rendait le passage encore plus difficile qu'à moi, et il était couvert de poussière et festonné de toiles d'araignée. Il resta un moment à nous regarder, le prince surpris et moi-même, en clignant les paupières, l'air à demi endormi comme toujours. Il avança la mâchoire, pointant pensivement sa langue entre ses lèvres, puis il déclara : « Je viens chercher le flûtiau.

— Et je vais te le donner », répondis-je. Je pris le petit instrument posé sur la table et le lui tendis au bout de son fil vert. Avec douceur, j'ajoutai : « Et tu as très bien artisé, Lourd. Tu as suivi mes instructions et tu es arrivé là où il fallait. »

Il s'approcha de moi en traînant les pieds, l'air soupçonneux. Il ne reconnaissait sans doute pas le prince Devoir hors du contexte du trône et des atours du pouvoir.

Il lui jeta un regard mauvais puis me dit : « Vous m'avez fait beaucoup marcher. » Et il s'empara du mirliton avant que j'eusse le temps de le lui remettre. Il le plaça tout près de ses petits yeux, puis il me fixa en fronçant les sourcils. « Ce n'est pas mon flûtiau,

— Maintenant, si, repartis-je. C'en est un nouveau, fabriqué exprès pour toi. Tu as vu les oiseaux ? »

Il fit tourner l'objet entre ses doigts et reconnut à contrecœur : « J'aime bien les oiseaux. » Puis il fit demi-tour pour sortir, l'instrument serré dans son poing contre sa poitrine.

Le prince l'observait avec une expression d'effarement proche de la répulsion. Je savais le sort réservé aux enfants comme Lourd au royaume des Montagnes : il aurait été abandonné à une mort rapide et peut-être miséricordieuse, tout comme Burrich noyait les chiots malformés. Mais la reine Kettricken avait ordonné que je lui dispense mon enseignement. Le rejet typiquement montagnard des personnes comme Lourd allait-il empêcher Devoir de l'accepter ? Je m'efforçai de ne pas prêter attention à l'espoir qui était né en moi de voir le prince le refuser comme membre du clan. Il fallait que je retienne le simple d'esprit. « Tu ne veux pas l'essayer. Lourd ?

— Non. » Les semelles frottant sur le pavement, il se rapprochait de la porte.

« Tu ne veux pas jouer cet air que tu répètes toujours dans ta tête ? Celui qui fait *la-da-da-da-di...* » Comme je tentais de reproduire la mélodie que j'avais fini par connaître par cœur, Lourd se retourna d'un bloc, ses petits yeux brillant d'indignation.

« C'est ma chanson ! hurla-t-il. Ma chanson ! Ma chanson de ma maman ! » Et il se dirigea vers moi, le meurtre au fond du regard. Il brandit le flûtiau comme un poignard qu'il se fût apprêté à plonger dans ma poitrine.

« Je m'excuse, Lourd. J'ignorais que tu ne voulais pas la partager. » Mais je me rendis compte soudain que j'aurais dû le savoir. Je reculai devant lui. Il était petit et râblé, ses membres courts et malhabiles et son ventre proéminent; si nous en venions aux mains, je pourrais le maîtriser, mais il faudrait pour cela lui faire mal, seul moyen de le terrasser, et je ne le voulais pas. Je désirais qu'il coopère de son plein gré. D'un bond, je me plaçai derrière la table.

« C'est ma chanson ! répéta-t-il. Sale voleur, pue le caca de chien ! »

Le prince ne put retenir un gloussement de rire, sans doute horrifié et fasciné à la fois par le spectacle de l'idiot qui m'agressait à cause d'une simple chanson. Tout à coup, un pli barra verticalement son front. Alors que je courais autour de la table en tâchant de la maintenir entre Lourd et moi tant que je n'aurais pas réussi à le calmer, le prince s'exclama : « Mais je connais cet air ! » Il en fredonna quelques notes et la mine de Lourd s'assombrit encore. « Je l'entends toujours quand j'essaye d'artiser ! Il vient de toi ? » Il paraissait sidéré.

« C'est ma chanson ! brailla Lourd encore une fois. Ma chanson de ma maman ! Tu ne peux pas l'entendre. Rien que moi ! » Il bifurqua et fonça brusquement vers le prince. Il saisit au passage la bouteille d'eau-de-vie et la brandit comme un gourdin sans se soucier de l'alcool qui dégoulinait le long de son bras. Devoir écarquilla les yeux, mais, bêtement orgueilleux, il refusa de battre en retraite devant l'assaut. Sans reculer d'un pas, il se mit en position de combat comme je le lui avais enseigné, tandis que sa main se portait vers son poignard. Lourd réagit en diffusant son nuage hébétant : *Ne me vois pas, ne me vois pas, ne me vois pas !* sans dévier de sa course. Je vis Devoir tenter de résister et je sentis qu'il rassemblait ses forces pour briser l'écran d'Art d'un coup violent.

« Non ! criai-je épouvanté. Ne vous faites pas de mal ! »

Et l'Art sous-tendit ces mots. Le prince et le simple d'esprit tressaillirent, puis tous deux se tournèrent vers moi, les bras levés comme pour parer ma magie. J'eus presque l'impression de la voir ricocher sur eux, mais elle les étourdit un instant. Le choc en retour de l'Art qu'ils m'avaient instinctivement renvoyé m'ébranla moi aussi, mais je m'en remis plus vite qu'eux. Devoir recula d'un pas en titubant tandis que Lourd se cachait les yeux derrière ses mains épaisses. J'étais épouvanté de ma réaction ; toutefois, comme les deux adversaires restaient immobiles et apparemment soumis, du moins pour un moment, je déclarai : « Ça suffit. Je vous interdis de vous attaquer ainsi à nouveau, si vous devez travailler ensemble à maîtriser l'Art. » Je remarquai non sans fierté que ma voix ne tremblait pas.

Le prince secoua la tête et fit d'un ton éberlué : « Vous avez recommencé ! Vous avez osé employer l'Art contre moi !

— En effet, répondis-je, et puis je demandai : Que vouliez-vous que je fasse ? Que je reste les bras croisés pendant que vous vous décerveliez mutuellement ? Avez-vous déjà vu votre cousin Auguste, Devoir ? Ce vieillard branlant, toujours un filet de bave à la bouche ? Lui a été victime d'un simple accident, mais on connaît des exemples d'artiseurs qui se sont infligé des mutilations irréversibles au cours de combats semblables à celui que vous vous apprêtiez à engager. Il y a eu des morts aussi, des morts qui ont provoqué des dégâts presque aussi terribles chez ceux qui tuaient que chez ceux qui étaient tués. »

Devoir prit appui sur la table. Lourd baissa lentement les mains de son visage ; il s'était mordu la langue, et le sang en tombait goutte à goutte. Devoir dit, en s'adressant à nous deux : « Je suis votre prince ! Vous m'avez juré fidélité ! Comment avez-vous l'audace de m'attaquer ? »

Je m'armai de courage et, sans plaisir, endossai le rôle qu'Umbre m'avait imposé. « Pas ici, fis-je d'un ton posé. J'ai juré fidélité aux Loinvoyant, c'est exact ; je les sers du mieux que je le puis. Et, pour les servir au mieux dans le cas présent, je dois vous dire ceci, Devoir : dans cette pièce, vous n'êtes pas mon prince mais mon élève, et, tout comme votre maître d'armes vous porte des coups avec une épée d'exercice, je suis prêt à user de toute la force nécessaire. » Je me tournai vers Lourd qui nous observait avec une moue maussade. « Dans cette pièce, Lourd n'est pas serviteur ; ici, il est mon élève. » Puis je les regardai tous les deux et les sanglai ensemble dans le harnais qu'ils devaient partager. « Ici, vous êtes égaux, élèves tous les deux, mais attention : entre ces murs, pendant les heures de mon enseignement, mon autorité est absolue. » Mes yeux allèrent de l'un à l'autre. « Est-ce bien clair ? »

Le prince avait une expression butée, Lourd soupçonneuse. « Pas serviteur ? demanda-t-il lentement.

— Non, si tu décides de venir ici comme élève pour apprendre ce que j'ai à enseigner et, en fin de compte, être capable d'aider le prince. »

Il fronça les sourcils, s'efforçant de débrouiller ma réponse. « Aider le prince... Travailler pour lui. Serviteur. Ça fera du travail en plus pour Lourd. » Une lueur mauvaise s'était allumée dans ses petits yeux pendant qu'il exposait ce qu'il prenait pour mon intention cachée.

Je secouai la tête. « Non : aider le prince comme membre de son clan. Comme ami.

— C'est grotesque ! fit Devoir d'un ton dédaigneux.

— Pas serviteur. » Manifestement, cette idée plaisait à Lourd, et cela me permit d'en apprendre un peu plus sur lui : je ne l'aurais pas cru assez intelligent pour se préoccuper de sa position sociale. Pourtant, il aurait préféré ne pas être domestique, à l'évidence.

« Oui. Mais seulement si tu deviens mon élève. Si tu ne viens pas ici tous les jours pour essayer d'apprendre ce que j'enseigne, tu n'es pas un élève. Lourd redevient serviteur, il porte du bois et des brocs d'eau. »

Il posa la bouteille vide sur la table et passa rapidement le fil de son mirliton par-dessus sa tête. « Je garde le flûtiau, déclara-t-il avec emphase, comme s'il s'agissait d'un élément essentiel du marché.

— Serviteur ou élève, Lourd garde le flûtiau. Il est à lui. » Cette réponse parut embrouiller sa perception de la situation. Il se mit à réfléchir furieusement, et sa langue pointa davantage entre ses lèvres.

« Vous plaisantez, j'espère, me dit le prince à mi-voix. Ce.. cette créature doit faire partie de mon clan ? »

J'éprouvai à la fois un élan de compréhension et une violente irritation devant son mépris pour Lourd. Je déclarai d'un ton uni : « C'est le meilleur candidat qu'Umbre et moi ayons trouvé jusqu'ici – à moins, bien sûr, que vous n'en ayez un autre à nous proposer qui manifeste les mêmes prédispositions que lui ? »

Il se tut, puis secoua la tête à contrecœur. Une partie de moi-même s'amusait de le voir s'affliger davantage de la perspective de devoir partager son apprentissage avec

Lourd que de mon intention de ne pas le traiter en prince pendant les leçons. Je décidai de profiter de cet instant de distraction. « Parfait ; c'est donc entendu. Je pense que nous en avons tous appris suffisamment pour aujourd'hui. Soyez ponctuels demain matin, tous les deux. Vous pouvez sortir. »

Lourd ne se fit pas prier. Son flûtiau serré dans son poing, il se dirigea en trottinant vers le panneau de la cheminée. Comme il le refermait derrière lui, le prince s'enquit à voix basse : « Pourquoi me faites-vous cela ?

— Parce que j'ai juré fidélité aux Loinvoyant ; je me dois de les servir du mieux possible. Vous pouvez vous en aller. Devoir. »

J'espérais qu'il obéirait mais il ne bougea pas. On frappa brusquement à la porte et nous sursautâmes de concert. Je regardai le prince qui prononça d'une voix forte : « Qu'y a-t-il ? »

La voix d'un jeune page nous parvint, étouffée par le bois épais du battant. « Un message pour vous, monseigneur Devoir, du conseiller Umbre. Il m'a ordonné de vous demander pardon et de vous informer que vous deviez le lire sur-le-champ.

— Un instant. »

Je m'effaçai dans un angle obscur pendant que le prince s'approchait de la porte, la débâclait, l'entrebâillait et recevait un petit parchemin scellé. Comme je le regardais, je songeai avec amertume que, malgré tous ses défauts, le maître d'Art Galen avait eu raison dans plusieurs domaines : ses étudiants n'auraient jamais osé se défier, et encore moins mettre en cause son autorité ; dès l'abord, ils les avaient tous brutalement réduits à l'égalité, encore que j'eusse constitué une exception : tous savaient qu'il me considérait comme encore inférieur à eux. Malgré que j'en eusse, je me voyais contraint d'imiter certains de ses procédés, même si je me refusais à user de la même violence. Discipline n'est pas synonyme de châtiment, me dis-je, et je reconnus dans cet aphorisme l'écho de propos que Burrich m'avait tenus autrefois.

Le prince avait refermé la porte et fait sauter la cire du sceau. Il fronça les sourcils en déroulant le parchemin, car il contenait un second manuscrit, scellé lui aussi. « Ce doit être pour vous, je pense », fit-il d'un air troublé. D'une main que je n'aurais jamais identifiée comme celle d'Umbre, le mot « professeur » avait été écrit sur le dos du document. À la vue de mon emblème, le cerf Loinvoyant tête baissée, imprimée dans la cire, je pris le rouleau des mains du prince.

« C'est exact », dis-je laconiquement. Je tournai le dos à Devoir, brisai le sceau et lus le texte. Il tenait en une seule phrase. Puis, sous le regard intrigué du prince, je fis brûler le manuscrit dans la cheminée.

« De quoi s'agissait-il ? demanda Devoir d'une voix tendue.

— D'une convocation, répondis-je sans m'étendre. Je dois y aller ; mais je vous attendrai demain matin, à l'heure dite, prêt à travailler. Bonne journée, mon prince. »

Interdit, il garda le silence tandis que je me faufilais par le panneau de la cheminée, refermais et bâclais le battant derrière moi. Une fois dans l'étroit passage, je me hâtai tant bien que mal en maudissant les plafonds bas, les tournants étranglés par lesquels je parvenais tout juste à me glisser et les tours et détours labyrinthiques auxquels me forçaient les couloirs dissimulés alors que j'eusse voulu courir le plus vite possible en empruntant le plus court chemin.

Quand je parvins au trou d'observation qui donnait sur

la salle d'audience privée de la reine, j'avais la bouche sèche comme de l'amadou et je haletais comme un chien de retour de chasse. Je respirai profondément à plusieurs reprises, puis attendis d'avoir retrouvé un souffle régulier et inaudible avant de me précipiter sur le petit tabouret et de coller mon œil à la fente minuscule. J'avais du retard ; Umbre et Kettricken étaient déjà présents, la reine assise tandis que le conseiller restait debout à ses côtés. Ils me tournaient le dos. Un jeune garçon d'une dizaine d'années, tout en bras et en jambes, se tenait devant eux ; la transpiration aplatissait ses boucles noires sur son crâne, et de l'ourlet de son manteau tombaient des gouttes d'eau sale. Les chaussures basses qu'il portait n'étaient pas conçues pour servir en hiver. Une croûte de neige à demi fondue collait encore à ses jambières et à ses pieds. Il avait dû marcher toute la nuit. Ses yeux noirs étaient immenses, mais il ne les détournait pas sous le regard de la reine. « Je comprends », dit-elle à mi-voix.

À cette réponse, le garçon parut s'enhardir, et je regrettai de n'avoir pas entendu le début de la conversation. « Oui, madame, fit-il. En apprenant que vous étiez contre ce que subissent les vifiers, j'ai décidé d'aller vous voir. Peut-être qu'ici, à Castelcerf, je pourrai être ce que je suis sans risquer de me faire rosser. Je vous promets de ne jamais l'utiliser pour faire le mal. Je jurerai fidélité aux Loinvoyant et je vous servirai comme vous me le demanderez. » Il leva les yeux et fixa sur la souveraine un regard non pas effronté mais franc et direct, le regard d'un garçon certain d'avoir choisi la bonne voie. Je dévisageai le fils de Burrich, reconnaissant Molly dans ses pommettes et ses cils.

« Et ton père approuve ta décision ? » demanda Umbre, austère mais bienveillant.

Le garçon détourna le visage et répondit avec moins d'ardeur : « Mon père n'en sait rien encore, messire. Je n'en pouvais plus, alors je suis parti. Mais je ne lui manquerai pas. Vous avez vu notre maison ; il a d'autres fils, de bons fils qui n'ont pas le Vif.

— Ce n'est pas pour autant que tu ne lui manqueras pas, Agile. »

Une expression agacée apparut sur les traits de l'enfant. « Je ne suis pas Agile. Agile n'a pas le Vif ; moi, je suis Leste, l'autre jumeau. Raison de plus pour que je ne manque pas à mon père : il a déjà une version de moi qui est parfaite. »

Un silence choqué s'ensuivit, dont la signification échappa sans doute à l'enfant. Kettricken prit la parole et s'efforça d'en atténuer l'effet.

« J'ai connu Burrich il y a bien des années. Il a certainement changé mais je reste persuadée que, doué du Vif ou non, vous lui manquerez. »

Umbre enchaîna : « Quand je lui ai parlé, il m'a paru très attaché à tous ses enfants et fier d'eux. »

Je crus un instant que le garçon allait éclater en sanglots ; mais il reprit son souffle et répondit d'un ton prosaïque : « Vous avez raison, mais c'était avant. » Umbre dut lui adresser un regard perplexe, car il expliqua laborieusement : « Avant que la souillure ne se déclare chez moi. Avant qu'il ne sache que j'avais le Vif. »

Je vis la reine et Umbre se tourner l'un vers l'autre et conférer à voix basse. Au bout d'un moment, Kettricken dit avec douceur : « Dans ce cas, Leste, fils de Burrich, voici ce que je déclare : je suis prête à vous prendre à mon service, mais je pense préférable d'avoir d'abord le consentement de votre père. Il doit savoir où vous vous trouvez ; il n'est pas juste de laisser vos parents dans la crainte qu'il ne vous soit arrivé malheur. »

Pendant ce discours, des éclats de voix s'étaient fait entendre dans le couloir. Des coups légers furent frappés à la porte, suivis d'autres, plus rapides et plus forts, avant que quiconque eût le temps de réagir. De la tête, Kettricken fit signe à un petit page à ses côtés d'aller répondre. La porte s'écarta sur un garde qui s'apprêtait visiblement à transmettre un message. Derrière lui se tenait Burrich, massif et sombre, l'air mauvais, et, malgré les années écoulées, je tremblai devant son regard. L'œil noir et étincelant de colère, il scruta la salle d'audience par-dessus l'épaule de l'homme. Considérant à l'évidence la sentinelle comme quantité négligeable, il dit avant que le garde n'eût le temps d'ouvrir la bouche : « Umbre ! Je voudrais vous parler, s'il vous plaît. »

Ce fut la reine Kettricken qui répondit : « Burrich ! Entrez, je vous en prie ! Page, je n'ai plus besoin de vous, fermez la porte en sortant. Non, Senna, tout va bien, je vous l'assure ; nous n'avons pas besoin de protection. Fermez la porte derrière vous. »

Burrich avait pénétré d'un air furieux dans la salle mais la courtoisie tranquille de Kettricken et son accueil serein le prirent au dépourvu. Sa démarche chaloupée dénotait la raideur d'une de ses jambes.

Il mit un genou en terre devant la souveraine alors même qu'elle s'exclamait : « Oh, Burrich, ce n'est pas nécessaire ! Relevez-vous, s'il vous plaît ! »

Il obéit à contrecœur. Un détail me fendit l'âme quand son regard croisa celui de Kettricken : une cataracte à peine visible, un début infinitésimal de brume commençait à voiler ses yeux noirs. « Ma reine, sire Umbre », fit-il d'un ton formaliste. Puis, comme s'il n'avait plus rien à leur dire, il se tourna vers Leste : « Rentre tout de suite à la maison. » L'enfant eut l'audace de jeter un coup d'œil à la reine pour confirmation et Burrich gronda : « Rentre à la maison, j'ai dit ! Oublies-tu qui est ton père ?

— Non, papa ; non. Mais comment... comment m'as-tu retrouvé ? » Leste avait un ton accablé.

Burrich eut un grognement dédaigneux. « Sans difficulté. Tu t'es enquis auprès du forgeron de Trura de la route de Castelcerf. À présent, je viens de faire un long trajet dans le froid et tu as suffisamment dérangé ces gens. Je te ramène à la maison. »

J'éprouvai alors un élan d'admiration pour Leste qui tint bon devant la colère croissante de son père. « J'ai demandé asile à la reine. Si elle me l'accorde, j'ai l'intention de rester.

— Tu dis des bêtises ; tu n'as pas besoin de protection. Ta mère est folle d'inquiétude et ta sœur ne cesse de pleurer depuis deux jours. Tu vas rentrer à la maison, reprendre ta place et faire ton travail – et sans te plaindre !

— Oui, papa », répondit Leste. Il n'acquiesçait pas, il déclarait simplement avoir entendu son père. En silence, il leva ses yeux noirs vers la reine. Ensemble, Burrich et l'enfant composaient un curieux tableau, l'aîné grisonnant à côté de son fils qui partageait le regard buté de son père.

« Si je puis me permettre une suggestion... », fit Umbre.

Kettricken l'interrompit : « Leste, vous avez accompli un long voyage sans vous ménager. Je suis sûre que vos habits sont mouillés, que vous avez froid et que vous êtes fatigué. Dites à la sentinelle, dans le couloir, de vous conduire aux cuisines, de vous donner à manger, puis de vous installer près de la cheminée pour vous sécher et vous réchauffer. Je souhaite m'entretenir avec votre père. »

L'enfant hésita, et Burrich fronça encore davantage les sourcils. « Obéis, mon garçon ! dit-il d'un ton autoritaire. C'est ta reine qui te parle. Si tu n'as pas la piété filiale d'écouter ton père, montre au moins que tu as assez d'éducation pour suivre les ordres de ta souveraine légitime ! Incline-toi devant elle et va là où elle t'a dit d'aller. »

Je vis l'espoir s'éteindre dans les yeux de Leste. Son salut fut raide mais impeccable, et il sortit, non d'un pas furtif, mais avec dignité, comme s'il se rendait à sa propre exécution. Lorsque la porte se referma derrière lui, Burrich reporta son regard sur Kettricken. « J'implore le pardon de ma reine pour le dérangement qu'a occasionné mon fils. C'est un bon petit, d'ordinaire ; mais il est... à un âge difficile.

— Il ne nous a nullement dérangés. À dire le vrai, j'aimerais qu'on me dérange ainsi plus souvent, si cela nous vaut votre visite. Asseyez-vous, voulez-vous, Burrich ? » Elle indiqua un fauteuil vide dans une rangée devant elle.

Burrich resta debout, l'air guindé. « Je vous remercie, ma dame, mais je n'ai pas le temps de m'attarder. J'ai promis à mon épouse de retourner auprès d'elle avec notre fils aussi vite que possible, et...

— Dois-je vous l'ordonner, mon vieil ami à la tête dure ? Votre bonne épouse vous pardonnera d'avoir pris un moment de repos, j'en suis sûre. »

Il se tut, puis, comme un chien qui a reçu l'ordre de s'asseoir et de ne plus bouger, il s'approcha d'un siège et s'y installa. Il garda le silence.

Kettricken attendit un instant puis elle fit une nouvelle tentative. « Au bout de tant d'années, il est malheureux que nous nous trouvions enfin réunis pour une situation aussi embarrassante ; toutefois, si gênante qu'elle soit, je me réjouis de vous revoir, et aussi de constater que vous avez un fils qui a hérité du caractère indomptable de son père. »

Tout autre que Burrich se fût senti flatté de ce compliment mais il baissa seulement le regard et rétorqua : « Je crains qu'il n'ait hérité aussi de nombre de ses défauts, Votre Majesté. »

Kettricken ne se perdit pas en vains détours. « Comme le Vif. »

Burrich tressaillit comme si elle venait de lui lancer une malédiction.

« Leste nous a parlé de lui, mon vieil ami, et je ne considère pas cette magie comme une tare honteuse. Il m'a dit s'être présenté à moi parce que j'ai interdit la persécution des vifiers, et il a demandé à entrer à mon service. De fait, je serais heureuse d'avoir un page au cœur aussi vaillant ; mais je lui ai répondu qu'il me fallait le consentement de son père. »

Il secoua la tête. « Je ne vous le donne pas, ma dame. Leste est beaucoup trop jeune pour vivre au milieu d'étrangers ; s'élever si haut et si vite au-dessus de sa condition naturelle risquerait de le gâter. Il a besoin de rester auprès de moi quelques années encore, le temps qu'il apprenne à maîtriser les élans de sa jeunesse.

— Le temps que vous éradiquiez le Vif de lui », fit Umbre.

Burrich réfléchit un moment puis fronça les sourcils. « Je ne crois pas cela possible. Je m'efforce depuis de longues années de l'extirper de moi-même mais il demeure toujours. Cependant, si on ne peut pas s'en débarrasser, on peut apprendre à le refuser, tout comme on doit apprendre à refuser d'autres vices.

— Et vous êtes convaincu qu'il s'agit d'un vice, d'une tare méprisable ? » Kettricken s'exprimait avec douceur.

« Pourtant, si vous n'aviez pas eu le Vif, Royal m'aurait tuée autrefois. Si vous n'aviez pas eu le Vif, Fitz serait mort dans les cachots de Royal. »

Burrich prit une courte inspiration. Elle parut se bloquer dans sa gorge, et il inspira de nouveau comme un homme qui s'efforce de contenir ses émotions. Il leva les yeux en battant des paupières et j'eus le cœur déchiré en voyant ses cils brillants de larmes. « Vous prononcez son nom, dit-il d'une voix rauque, mais ne comprenez-vous pas que c'est à cause de lui que j'adopte cette attitude ? Ma reine, sans le Vif, Fitz aurait appris l'Art convenablement. Sans le Vif, on ne l'aurait peut-être pas jeté dans les cachots de Royal. Sans le Vif, qui sait s'il ne serait pas encore vivant aujourd'hui ? Le Vif l'a condamné à mourir, et même pas comme un homme : comme un animal. » Sa respiration était hachée, sa voix gutturale, mais il demeurait droit et se dominait. « Chaque jour de ma vie, je me reproche mon échec. Mon prince, le seigneur Chevalerie, m'avait confié son seul et unique enfant, avec pour toute instruction celle de bien l'élever. J'ai manqué à mon engagement envers mon prince ; j'ai failli à Fitz et à moi-même à cause de ma faiblesse, parce que je n'ai pas eu le courage de faire preuve de sévérité avec le petit quand il le fallait. Du coup, il s'est laissé aller à cette ignoble magie, il l'a pratiquée et il a scellé son sort. Il a payé le prix de mon indulgence coupable. Il est mort de façon horrible, seul, avec l'esprit d'une bête.

» Ma dame, j'ai aimé Fitz, d'abord comme le fils d'un ami, puis comme un ami lui-même. Je l'ai aimé comme j'aime aujourd'hui mon propre fils. Je refuse que cette vile magie me prenne un autre petit. Je ne le permettrai pas ! » Ce fut seulement sur ces derniers mots que sa voix se mit à trembler. Ses mains qui se crispaient se serrèrent en poings fermés, et il embrassa l'homme et la femme devant lui d'un regard embué.

« Burrich, mon vieil ami... » Umbre parlait d'une voix étranglée. « Il y a longtemps, vous m'avez annoncé la mort de Fitz. J'en ai douté alors et j'en doute encore aujourd'hui. Quelle certitude avez-vous qu'il a péri ? Rappelez-vous ce qu'il nous avait dit à tous les deux : il avait l'intention de voyager vers le sud, en Chalcède et au-delà ; peut-être a-t-il tenu parole et...

— Non. » Burrich porta lentement les mains à son col ; il l'ouvrit et tira du revers un petit objet brillant. Mon cœur s'affola dans ma poitrine et des larmes brouillèrent ma vue. Il présenta l'objet scintillant au creux de sa paume calleuse. « Ne le reconnaissez-vous pas ? C'est l'épingle que le roi Subtil lui avait donnée quand il s'est assuré son allégeance. » Il renifla bruyamment, puis s'éclaircit la gorge. « Quand j'ai découvert son corps, Fitz était mort depuis longtemps, sa chair rongée par de nombreux animaux. Mais ce bijou se trouvait toujours piqué dans la chemise qu'il portait lors de son décès. Il a succombé comme une bête sous l'assaut de créatures presque semblables à lui. C'était le fils d'un prince, le fils du meilleur homme que j'aie jamais connu, et il est mort comme un chien. » Il referma brusquement la main sur l'épingle et, sans un mot, l'inséra de nouveau dans son col.

Assis dans l'obscurité, derrière le mur, je me bâillonnais de la main pour étouffer mes sanglots. Je devais garder mon secret ; je devais rester mort à ses yeux. Jamais je n'avais songé à ce que ma disparition pouvait représenter pour lui, ni à la douleur et au remords qu'il devait éprouver en imaginant la façon dont j'avais péri. Burrich demeurait convaincu que j'avais succombé au Vif, que j'avais régressé jusqu'à l'animalité, homme-bête qui avait survécu dans les bois jusqu'au jour où des forgisés l'avaient attaqué et tué. Il n'était pas loin de la vérité. Pendant quelque temps, j'étais devenu un loup dans le corps d'un homme, mais, à force de volonté, j'avais fini par m'extraire de ce refuge et retrouver mon esprit humain. Quand les forgisés avaient attaqué ma maison, je m'étais enfui, et plusieurs jours s'étaient écoulés avant que je me rendisse compte que j'avais oublié ma précieuse épingle. Entre-temps, Burrich avait trouvé le cadavre d'un forgisé que j'avais tué ; l'homme portait la chemise où était piquée l'épingle, et l'ancien maître des écuries de Castelcerf en avait déduit que ce corps était le mien. Depuis, j'avais jugé préférable de le laisser dans l'ignorance de mon véritable sort ; cela me paraissait la solution la plus charitable pour tous. Molly et lui s'étaient découverts amoureux l'un de l'autre et avaient bâti une existence commune ; la révélation de ma survie ne pourrait que détruire le lien qui les unissait. Non, rien ne devait changer. Rien. Pétrifié, plongé dans une sorte d'hébétude, je regardai l'homme qui se jugeait responsable de ma mort. Il devait continuer à porter ce fardeau ; je ne pouvais l'alléger en rien.

« Burrich, je ne crois pas que vous ayez manqué à vos engagements envers quiconque, fit Kettricken d'une voix douce. Et je ne considère pas le Vif de votre fils comme une tare. Laissez-le-moi, je vous en prie. »

Il secoua la tête lentement, pesamment. « Vous n'en diriez pas autant s'il s'agissait de votre fils, s'il courait chaque jour le risque qu'on découvre ce qu'il est. »

Je vis les épaules de Kettricken se soulever : elle prenait son inspiration pour révéler à Burrich que son propre fils avait le Vif, j'en étais sûr. Umbre perçut lui aussi le danger, car il intervint avec diplomatie. « Je comprends vos raisons, Burrich. Je n'y acquiesce pas, mais je les comprends. » Il se tut puis demanda : « Qu'allez-vous faire du petit ? »

Burrich le dévisagea, interloqué, puis il éclata d'un rire bref et sec. « Quoi, vous redoutez que je ne l'écorche vif ? Non ; je vais le ramener chez lui, le maintenir à l'écart des animaux et lui donner tant de travail dans la journée qu'il s'endormira avant même de se glisser dans son lit la nuit venue. Rien de pire. Les reproches de sa mère le meurtriront bien plus efficacement que tous les coups de canne du monde, et sa sœur ne lui pardonnera pas facilement le mauvais sang qu'elle s'est fait pour lui. » Tout à coup, il fronça les sourcils, l'air encore plus menaçant qu'à son entrée. « Vous a-t-il raconté que je menaçais sa vie ou sa santé ? Si oui, c'est un mensonge, il le sait, et il risque une bonne claque !

— Il n'a rien dit de tel, répondit calmement Kettricken ; il a simplement déclaré ne plus pouvoir supporter de vivre chez lui sans avoir le droit de pratiquer le Vif. »

Burrich eut un grognement méprisant. « On ne meurt pas de ne pas avoir le droit de pratiquer le Vif. Y renoncer entraîne un sentiment de solitude, je suis bien placé pour le savoir, mais refuser le Vif n'a jamais tué personne. C'est l'accepter qui tue. » Il quitta brusquement son fauteuil. J'entendis son mauvais genou craquer et il fit une grimace de douleur. « Votre Majesté, pardonnez-moi mais, si je reste assis trop longtemps, mes articulations vont se nouer et le trajet jusque chez moi me sera d'autant plus dur.

— Dans ce cas, demeurez une journée parmi nous, Burrich. Rendez-vous aux étuves et laissez se détendre cette jambe deux fois blessée au service et à la protection d'un Loinvoyant. Restaurez-vous, dormez dans un lit moelleux. Il sera bien assez tôt demain pour rentrer chez vous.

— C'est impossible, ma dame.

— Mais non. Dois-je également vous ordonner de profiter de quelques heures d'agrément ? » Kettricken s'exprimait d'un ton empreint d'affection.

Burrich la regarda dans les yeux. « Ma reine, seriez-vous prête à m'obliger à rompre ma promesse à ma propre dame ? »

Kettricken inclina gravement la tête. « Fidèle ami, la rigueur de votre honneur n'a d'égal que votre entêtement. Non, Burrich, jamais je ne vous demanderais d'enfreindre votre parole : trop souvent ma vie n'a tenu qu'à elle. Je vous laisse donc partir comme vous le souhaitez ; mais vous attendrez toutefois que je prépare quelques cadeaux que j'aimerais remettre aux vôtres par votre entremise. Et, entre-temps, autant que vous preniez un repas chaud et chassiez le froid de votre voyage auprès d'un âtre. »

Burrich se tut un moment puis répondit : « Comme il vous plaira, ma dame. » Encore une fois, lourdement, avec peine, il mit un genou en terre.

Il se releva et attendit la permission de se retirer. Kettricken soupira. « Vous pouvez aller, mon ami. »

Quand la porte se fut refermée derrière lui, la reine et Umbre restèrent un moment sans parler. Il n'y avait plus qu'eux dans la salle. Finalement, Umbre se retourna, porta son regard vers mon trou d'observation et déclara doucement : « Tu disposes d'un peu de temps pendant qu'il mange. Réfléchis bien. Veux-tu que je le rappelle ici ? Tu pourrais t'entretenir seul à seul avec lui ; tu pourrais apaiser sa conscience. » Il s'interrompit. « La décision t'appartient, mon garçon. Ni Kettricken ni moi ne la prendrons à ta place. Mais... » Il laissa la phrase inachevée. Peut-être savait-il que je n'avais nulle envie d'entendre ses conseils sur le sujet. À mi-voix, il reprit : « Si tu souhaites que je lui demande de revenir ici, dis à sire Doré de me faire parvenir un message. Sinon... eh bien, ne fais rien. »

La reine se leva et, accompagnée d'Umbre, elle quitta la salle d'audience. Avant de sortir, elle lança par-dessus son épaule un regard implorant vers le mur qui me dissimulait.

J'ignore combien de temps je demeurai sans bouger sur mon tabouret, dans la poussière et la pénombre. Quand la mèche de ma bougie commença de se noyer, je repris le chemin de ma petite chambre. Les couloirs me parurent longs et lugubres. Je marchais, invisible, dans le salpêtre, les toiles d'araignée et les crottes de souris – comme un fantôme, me dis-je avec un sourire contraint. Comme je traversais ma vie.

Revenu chez moi, je décrochai mon manteau, tendis l'oreille un moment à la porte puis pénétrai dans la pièce principale des appartements de sire Doré. Il était assis à la table, seul. Il avait poussé de côté le plateau de son petit déjeuner et paraissait oisif. Il ne me salua pas et je pris la parole sans préambule.

« Burrich est ici. Il a suivi son fils Leste, le jumeau d'Agile. Leste a le Vif et il est venu chercher asile auprès de la reine et lui demander de le prendre à son service. Burrich refuse de laisser le petit à Kettricken ; il compte le ramener chez lui et lui apprendre à ne pas se servir du Vif, qu'il considère toujours comme une magie mauvaise et qu'il rend responsable de ma mort. Il s'en rend responsable lui aussi, faute d'avoir réussi à me faire passer le goût du Vif. »

Au bout d'un moment, sire Doré se tourna vers moi

d'un air indolent. « Intéressant potin. Ce Burrich n'était-il pas maître des écuries à une époque ? Je ne crois pas l'avoir rencontré. »

Je restai un instant à le dévisager. Il me rendit mon regard sans la moindre trace d'intérêt. « Je descends à Bourg-de-Castelcerf pour la journée », annonçai-je sans ambages.

Il reprit sa contemplation du plateau de la table. « Comme vous voulez, Tom Blaireau ; je n'ai pas besoin de vos services aujourd'hui. Mais tenez-vous prêt à m'accompagner demain à midi. Dame Armérie et sa nièce m'ont invité à une partie de chasse au faucon. Je préfère me passer d'oiseau personnel, vous le savez : ces bêtes abîment les manches de mes manteaux avec leurs serres ; mais je pourrai peut-être ajouter quelques plumes à ma collection. »

J'avais soulevé le loquet de sa porte avant qu'il terminât sa comédie haïssable. Je fermai le battant derrière moi et m'engageai d'un pas exaspéré dans l'escalier. Je savais que je tentais le sort et moi-même : si je croisais Burrich dans le couloir, il me reconnaîtrait. Aux dieux de décider s'il devait poursuivre sa vie dans l'ignorance et les remords ou dans la vérité et les déchirements du cœur. Mais je ne le rencontrai pas dans les salles de Castelcerf et je ne l'aperçus même pas en passant devant la cantine des gardes. Puis j'eus un grognement de dérision : à quoi pensais-je donc ? Assurément, on avait conduit l'hôte de la reine à la grand'salle où on l'avait traité copieusement, de même que son fils indocile. Sans prendre le temps d'imaginer d'autres tentations, je sortis dans la cour et descendis bientôt à grands pas la route de Bourg-de-Castelcerf.

Le temps était beau, clair et froid. L'air glacé me cuisait

les pommettes et la pointe des oreilles, mais la marche m'empêchait de me refroidir par ailleurs. Dans ma tête, je me jouai une dizaine de scènes décrivant la tournure possible d'une rencontre avec Burrich : il me serrait dans ses bras, il me frappait et me maudissait, il ne me reconnaissait pas, il s'évanouissait sous le choc ; dans certaines, il accueillait ma résurrection avec des larmes de bonheur tandis que, dans d'autres, il me vouait à la damnation à cause des années de remords que je l'avais obligé à vivre. Mais dans aucune je ne parvenais à m'imaginer comment nous pourrions parler de Molly et d'Ortie, ni ce qui se passerait ensuite. S'il découvrait que j'étais vivant, pourrait-il le cacher à Molly ? Le voudrait-il ? Parfois il poussait le sens de l'honneur si loin que l'inconcevable d'un autre devenait la seule solution pour lui.

J'émergeai de mes réflexions au beau milieu de Bourg-de-Castelcerf. Les passants s'écartaient de moi et je me rendis compte que je fronçais les sourcils de manière inquiétante, sans compter que je marmonnais sans doute dans ma barbe. Je voulus arborer une expression plus amène mais ne parvins pas à convaincre mes traits de se détendre. J'étais incapable aussi de décider où me rendre. Je me dirigeai finalement vers la boutique de menuiserie où Heur accomplissait son apprentissage et restai à faire les cent pas devant la vitrine jusqu'à ce que je l'aperçusse à l'intérieur ; il tenait des outils. Lui avait-on confié de nouvelles responsabilités ou bien les apportait-il seulement à quelqu'un d'autre ? Enfin, au moins, il se trouvait là où je l'espérais. Je résolus de ne pas le déranger ce jour-là.

Je gagnai ensuite d'un pas flânant l'échoppe de Jinna, mais elle était fermée. Un coup d'œil dans l'appentis me permit de constater que la ponette et la carriole manquaient. Son travail avait dû l'appeler ailleurs. J'ignorais si j'en éprouvais du soulagement ou de la déception. Combler ma solitude en sa compagnie n'aurait probablement pas apaisé ma souffrance mais, si je l'avais trouvée chez elle, j'aurais vraisemblablement cédé à la tentation.

À défaut de cette solution qui n'en était pas une, je pris une décision presque aussi stupide : celle d'aller au *Porc Coincé*. Une taverne à vifiers pour le Bâtard au Vif, quoi de plus approprié ? Je poussai la porte et, comme je me tenais dans l'encadrement, le clair soleil d'hiver entrant à flots derrière moi, je constatai que c'était le genre d'établissement qui gagnait à n'être vu qu'à la lueur des lampes. La lumière du jour révélait non seulement la fatigue des tables accotées aux murs et la paille humide qui se confondait en excuses sur le sol mais aussi l'expression lugubre des clients qui passaient un bel après-midi d'hiver dans un pareil taudis. Des clients comme moi, me dis-je amèrement. Un vieux et un manchot avec une jambe tordue étaient attablés près de l'âtre et jouaient aux dominos ; plus loin, un homme au visage couvert de bleus impressionnants serrait un pot à bière entre ses deux mains en parlant tout seul. Une femme leva les yeux à mon entrée ; elle haussa les sourcils d'un air interrogateur et je fis non de la tête. Sur un dernier regard maussade, elle reprit sa contemplation du feu dans la cheminée. Un garçon muni d'un seau et d'un chiffon nettoyait tables et bancs. Quand je m'assis, il s'essuya les mains sur son pantalon et s'approcha de moi.

« Une chope de bière », dis-je, non parce que j'en avais envie mais parce que je devais commander quelque chose. Il acquiesça, prit ma pièce, alla me chercher ma boisson et se remit à sa tâche. Je bus une gorgée puis m'efforçai de me rappeler pourquoi j'étais descendu à

Bourg-de-Castelcerf ; je finis par conclure que j'avais simplement eu besoin de me dégourdir les jambes – et je me retrouvais installé à une table. Crétin !

Je n'avais pas bougé de ma place quand le père de Svanja entra. Je pense qu'il ne me vit pas tout d'abord, passant de la rue inondée de soleil à la pénombre de la taverne. Pour ma part, je baissai le nez en le reconnaissant, comme si, en évitant de le regarder, je pouvais me rendre invisible. Mon stratagème n'eut pas le succès escompté : j'entendis le bruit de ses lourdes bottes sur la paille détrempée, puis il tira une chaise et s'assit en face de moi. Je le saluai de la tête avec circonspection et il posa sur moi un regard vague. Il avait les yeux rougis, mais il m'était impossible de déterminer s'il avait pleuré, manquait de sommeil ou abusait de la boisson. Ses cheveux noirs étaient bien coiffés mais il avait omis de se raser ce matin-là. Pourquoi n'était-il pas à son travail ? Le garçon lui apporta une chope, accepta le paiement et reprit son nettoyage. Cordaguet avala une lampée de bière, gratta sa barbe naissante et dit : « Eh bien, voilà.

— Oui, voilà », répondis-je d'un ton posé avant de boire à mon tour. Je souhaitais avec tant de ferveur me trouver ailleurs qu'il me paraissait incompréhensible que mon corps demeurât où il était.

« Votre fils... » Cordaguet se déplaça nerveusement sur son siège. « Est-ce qu'il a l'intention d'épouser ma fille ou bien seulement de ruiner sa vie ? » Il s'exprimait avec calme mais je percevais la colère et la douleur qui montaient en lui comme les miasmes du fond d'une eau croupie. Je compris alors, je crois, que nous en viendrions aux mains ; ce fut pour moi comme une révélation : il était prêt à tout pour regagner sa propre estime, et je représentais simplement l'occasion d'y parvenir. Le vieux et le manchot se désintéressèrent de leur partie pour nous observer. Ils savaient comme moi ce qui se préparait ; ils seraient les témoins de Cordaguet.

Il n'existait pas de possibilité d'échapper au dénouement de notre face-à-face, pourtant je tentai d'en trouver une. D'un ton grave, sérieux et mesuré, je m'efforçai de lui parler de père à père. « Heur dit qu'il aime Svanja. Il n'a donc pas l'intention de ruiner sa vie ni de s'amuser avec elle puis de la rejeter. Ils sont très jeunes, tous les deux. Mais, en effet, il y a danger, pour mon fils comme pour votre fille. »

Je commis alors l'erreur de m'interrompre. Si j'avais poursuivi mon discours, peut-être serait-il resté à sa place et aurait-il prêté attention à mes paroles. Je voulais lui demander son avis sur la façon dont nous, parents, pouvions nous y prendre pour refréner nos enfants en attendant que leur passion trouve une sorte d'assise dans un projet d'avenir. Peut-être, si je n'avais pas réfléchi aussi furieusement à ce que je devais lui dire et aux moyens dont nous disposions, aurais-je remarqué que, pour sa part, il réfléchissait furieusement à la meilleure méthode pour me casser la figure.

Il se dressa brusquement, sa chope à la main, la fureur d'un homme aux abois brillant dans ses yeux. « Votre fils baise ma fille ! Ma petite fille, ma Svanja ! Et vous croyez qu'il ne fout pas sa vie en l'air ? »

J'étais en train de me lever à mon tour quand la lourde chope me heurta en plein visage. Une partie de moi-même observa que j'avais mal calculé son coups ; j'avais cru qu'il l'utiliserait pour tenter de m'assommer et j'avais prévu de m'écarter vers l'arrière, mais, quand il l'avait abattue vers moi, je n'avais pas disposé d'un recul suffisant. Elle frappa ma pommette gauche avec un craquement sonore et des filaments blancs de douleur irradièrent du point d'impact.

Sous le coup d'une souffrance aiguë, certains battent en retraite et d'autres restent paralysés. Les tortures que m'avait infligées Royal avaient gravé en moi une réaction différente : celle de contre-attaquer sur-le-champ avant que la situation n'empire, sans laisser le temps à l'agresseur de prendre le dessus au risque qu'il n'eût le loisir ensuite de me tourmenter à son gré. Je m'étais jeté sur Cordaguet par-dessus la table avant même que la chope n'ait touché le sol. Ma douleur au visage atteignit son paroxysme à peu près à l'instant où mon poing percuta sa bouche. Ses dents m'entaillèrent les phalanges, et ma main gauche le frappa au plexus, plus haut que prévu.

Jinna ne s'était pas trompée en me mettant en garde contre lui. Il conserva son équilibre et poussa un rugissement de rage. Je me tenais sur la table, en équilibre sur un genou ; je ramenai l'autre sous moi et me projetai en avant, les mains tendues vers la gorge de mon adversaire. Sous mon poids, il s'écroula en arrière, gêné par le banc derrière lui sur lequel je m'éraflai douloureusement les tibias.

Il était plus vigoureux qu'il ne le paraissait et il se battait sans retenir ses coups, sans se soucier de se protéger ; uniquement préoccupé de me toucher, il ne prêtait aucune attention à sa propre personne, et, comme nous boulions à terre agrippés l'un à l'autre, j'entendis ses doigts craquer chaque fois que son poing me frappa à la tête. Je n'avais pas une bonne prise sur sa gorge, et les bancs et les tables qui encombraient la taverne entravaient nos mouvements. À un moment, il se retrouva au-dessus de moi mais nous avions glissé sous une table ; je réussis à me soulever violemment et il donna brutalement du crâne contre le lourd plateau de bois. Il resta sonné un instant et j'en profitai pour échapper à son étreinte en roulant sur le sol ; je sortis de sous la table et me redressai. Il m'adressa un rictus haineux ; manifestement, sa colère ne se calmait pas.

Dans une rixe, il peut se produire des événements simultanés : à l'instant où je m'apprêtais à lui décocher un coup de pied alors qu'il allait se relever, le tavernier beugla : « J'ai appelé la garde ! Allez vous battre dehors ! », tandis que le vieux s'écriait d'une voix cassée : « Fais gaffe, Rory ! Il va te flanquer sa botte dans le nez, fais gaffe ! » Mais le cri qui rompit ma concentration fut celui de Heur : « Tom ! Ne fais pas de mal au père de Svanja ! »

Rory Cordaguet, lui, ne paraissait pas nourrir de scrupules à l'idée de faire du mal au père de Heur. Il me donna dans la cheville un puissant coup de pied qui me déséquilibra alors qu'il sortait en roulant de sous la table. Je tombai, mais sur lui. Je saisis sa gorge à pleines mains mais il releva le menton dans l'espoir de contrarier mes efforts de strangulation tout en martelant mes côtes de ses poings.

« Garde municipale ! » lança une voix de basse sur un ton d'avertissement, et deux hommes d'armes nous soulevèrent d'un bloc du plancher. Sans perdre leur temps à essayer de nous séparer, ils nous traînèrent sans ménagement jusqu'à la porte et nous jetèrent dans la neige de la rue. Au milieu d'un cercle de badauds, je persistai à vouloir étrangler Rory. Il me saisit par les cheveux et me repoussa tout en me griffant les yeux. « Décrochez-les l'un de l'autre ! » brailla un sergent, et ma détermination me parut soudain vaine. Je lâchai prise et me débarrassai de celle de mon adversaire d'une torsion de la tête. J'y laissai une poignée de cheveux. Quelqu'un agrippa mes bras et me contraignit à me lever, puis il prit mes poignets et les ramena d'un geste expert dans mon dos. Je serrai les dents et me concentrai pour ne pas résister. Comme je restais sans bouger, le souffle court mais docile, je sentis la poigne sur mes avant-bras se détendre légèrement.

Rory Cordaguet ne jouissait pas d'une telle clarté d'esprit. Il se débattit alors qu'un garde l'obligeait à se redresser et il dut lui assener plusieurs solides coups de matraque. Quand il se calma enfin, il était à genoux, et du sang coulait de sa bouche sur son menton et gouttait dans la neige. Il continuait de me regarder d'un œil noir.

« Rixe dans une taverne, c'est six pièces d'argent d'amende. Payez tout de suite et rentrez chez vous tranquillement, ou bien allez au trou et payez deux fois plus pour en sortir. Des dégâts chez vous, tavernier ? »

Je n'entendis pas la réponse de l'intéressé car Heur me souffla d'un ton furieux à l'oreille : « Tom, mais qu'est-ce qui t'a pris ? »

Je me tournai vers mon garçon et il eut un mouvement de recul en découvrant mon visage. Je n'en fus pas étonné : malgré le froid, ma pommette me cuisait et je la sentais enfler. « C'est lui qui a commencé. » Mon explication sonnait plutôt comme l'excuse d'un gamin boudeur.

Le garde qui me tenait me secoua. « Hé, toi ! Écoute un peu ce qu'on te dit ! Le capitaine te demande si tu as les six pièces d'argent ! Alors ?

— Je les ai. Lâchez-moi une main, que j'attrape ma bourse. » Je notai que le tavernier ne nous avait imputé aucun dégât ; peut-être était-ce le bénéfice de ma qualité de client régulier.

Le garde me libéra avec cet avertissement : « Pas de bêtises, hein !

— J'ai commis mon lot de bêtises pour la journée », marmonnai-je, ce qui me valut un petit rire involontaire de l'homme. Mes mains commençaient à enfler et il me fut pénible de défaire les cordons de ma bourse et de sortir le nombre de pièces nécessaire. Bel emploi de la générosité de ma reine ! Mon garde prit mon argent et alla le remettre au sergent, qui le recompta et le fourra dans un sac officiel pendu à sa ceinture. Rory Cordaguet, toujours fermement tenu par deux hommes d'armes, secoua la tête d'un air maussade. « Je n'ai pas la somme », dit-il avec une élocution chuintante.

Un de ses gardiens eut un grognement de mépris. « Vu ce que vous avez dépensé à boire ces derniers jours, c'est à se demander où vous avez trouvé de quoi vous payer de la bière aujourd'hui !

— Bon, au trou, déclara le sergent d'un ton glacial.

— Je l'ai ! » dit Heur tout à coup. J'avais presque oublié sa présence ; il tirait à présent sur la manche de l'officier.

« Tu as quoi ? questionna l'homme, interloqué.

— Le montant de son amende. Je la paierai, mais ne le mettez pas en prison, par pitié !

— Je veux pas de son argent ! Je veux rien lui devoir ! » Rory Cordaguet commençait à s'effondrer entre les gardes qui le tenaient. Sa colère envolée, il s'abandonnait à sa douleur, et soudain il éclata en larmes ; c'était affreux à voir. « Il fiche en l'air la vie de ma fille ! Il détruit notre famille ! Prenez pas son sale fric ! »

Heur blêmit. Le sergent le toisa d'un air froid. L'adolescent dit d'une voix qui se cassait : « Je vous en prie, ne le jetez pas en prison ! Il y a déjà bien assez de mal de fait, non ? » La bourse qu'il ouvrit portait, bien visible, la marque de maître Gindast. Heur en sortit les six pièces demandées et les tendit à l'officier. « Je vous en prie ! » répéta-t-il.

Le sergent se détourna brusquement de lui. « Ramenez Cordaguet chez lui. Je surseois à son amende. » Et il présenta son dos à Heur qui vacilla comme sous l'effet d'un coup de poing, les joues brûlantes d'humiliation. Les deux gardes qui flanquaient Cordaguet emmenèrent leur prisonnier, mais il était évident qu'ils l'aidaient à marcher plutôt qu'ils n'entravaient ses mouvements. Les autres membres de la patrouille s'éloignèrent pour reprendre leurs rondes, et nous nous retrouvâmes tout à coup seuls au milieu de la rue glacée, Heur et moi. Je clignai les paupières et mes plaies et bosses commencèrent à se signaler à mon attention ; la meurtrissure la plus grave était celle de ma pommette, là où la chope m'avait touché. Je voyais flou de ce côté-là, et j'éprouvai un instant un soulagement égoïste à savoir Heur à portée de main, prêt à m'aider ; mais, quand il se tourna vers moi, j'eus l'impression d'être invisible.

« Tout est perdu, dit-il d'un ton désespéré. Jamais je ne pourrai réparer pareil désastre. Jamais ! » Il regarda Cordaguet qui s'éloignait, puis il reporta les yeux sur moi. « Pourquoi, Tom ? demanda-t-il, la voix brisée par l'émotion. Pourquoi m'as-tu fait ça ? Je suis allé habiter chez Gindast comme tu le voulais. Tout commençait à s'arranger, et tu as tout anéanti ! » Il observa les hommes qui s'en allaient. « Plus jamais je ne pourrai faire la paix avec les parents de Svanja.

— C'est Cordaguet qui a déclenché la bagarre, fis-je bêtement, puis je me mordis la langue de présenter une excuse aussi lamentable.

— Ne pouvais-tu refuser le combat ? demanda-t-il d'un air vertueux. Tu m'as toujours répété que la meilleure solution était de l'éviter si possible.

— Il ne m'en a pas laissé la possibilité. » Ma colère commençait à enfler davantage encore que mon visage. Je m'approchai d'une façade et levai la main pour prendre une poignée de neige à peu près propre sur une avancée de toit ; je l'appliquai sur ma joue. « Je ne vois pas comment tu peux me reprocher ce qui s'est passé, repris-je d'un ton maussade. C'est toi qui as tout provoqué, avec ton empressement à flanquer cette fille dans ton lit ! »

L'espace d'un instant, on eût cru, à son expression, que je l'avais frappé ; mais, avant même que j'eusse le temps de regretter mes paroles, la fureur l'envahit. « À t'entendre, on dirait que j'avais le choix, fit-il d'une voix glacée. Mais ça n'a rien d'étonnant, je suppose, de la part d'un homme qui n'a jamais connu le véritable amour. Tu t'imagines que toutes les femmes sont comme Astérie, mais c'est faux. Svanja est celle que j'aime pour toujours, et on ne fait pas attendre l'amour. Ses parents et toi nous auriez empêchés de parachever notre passion, comme s'il était certain que demain viendrait, mais nous avons refusé : l'amour exige qu'on le cueille tout entier, aujourd'hui même. »

Ce discours attisa ma colère. J'étais sûr qu'il n'était pas de lui, qu'il l'avait appris auprès de quelque ménestrel de gargote. « Si tu crois que je n'ai jamais connu l'amour, c'est que tu ne sais rien de moi, répliquai-je. En ce qui te concerne, Svanja est la première fille avec laquelle tu as dépassé le stade du "bonjour" ! Tu la culbutes dans ton lit et tu appelles ça l'amour ! Ce n'est pas une simple affaire de coucherie, mon garçon. Si l'amour n'est pas présent avant et ne survit pas après, s'il n'est pas capable de patience ni de courage face à la déception et la séparation, ce n'est pas l'amour. Il n'a pas besoin de relation physique pour exister ; il ne nécessite même pas de contact quotidien. Je le sais parce que j'ai connu l'amour, sous de nombreuses formes, dont ce que j'éprouve pour toi.

— Tom ! » s'écria-t-il d'un ton de reproche. Il jeta un coup d'œil par-dessus son épaule à un couple qui passait.

« Tu crains qu'ils se méprennent sur le sens de mes paroles ? » fis-je avec une ironie mauvaise. Au ton de ma voix, l'homme saisit le bras de sa compagne et la fit accélérer. Je devais avoir l'air d'un dément mais c'était le cadet de mes soucis. « Moi, je crains que tu ne te sois toujours mépris sur mes conseils. Dès que tu as mis le pied à Bourg-de-Castelcerf, tu as totalement oublié ce que j'avais tenté de t'apprendre. Je ne sais même plus comment m'adresser à toi. » J'allai chercher une nouvelle poignée de neige sur l'avancée du toit. Je tournai la tête vers Heur, mais son regard était glacé, perdu au loin. À cet instant, je renonçai à lui. Il m'avait quitté pour suivre sa propre voie et je n'y pouvais rien. Discuter avec lui n'aurait pas plus d'effet que toutes les mises en garde dont Burrich et Patience m'avaient abreuvé autrefois. Il irait le chemin qu'il avait choisi, commettrait ses erreurs personnelles et, peut-être, quand il atteindrait mon âge, en tirerait ses propres leçons. N'avais-je pas agi de même ? « Je finirai de payer ton apprentissage », dis-je à mi-voix. Je m'adressais autant à moi qu'à lui ; notre trajet commun s'achevait. Il était déjà achevé, à vrai dire, hormis ce marché que je persistais à honorer pour moi-même.

Je me détournai et entamai la longue montée jusqu'à Castelcerf. Chaque fois que je respirais, mes côtes meurtries me faisaient mal, mais je ne pouvais que serrer les dents. Mes mains continuaient à enfler, et je reconnaissais avec dégoût cette sensation familière ; morose, je me demandai quand je serais assez vieux et parvenu à une sagesse suffisante pour cesser de me bagarrer. De même, je m'interrogeai sur la curieuse impression de vide que je ressentais dans ma poitrine, la béance que Heur comblait encore dans ma vie quelques instants plus tôt. On eût dit une blessure mortelle.

Quand j'entendis courir derrière moi, je me retournai d'un bloc, redoutant une nouvelle attaque des Pie. Heur s'arrêta en dérapant devant mon rictus agressif. Un instant d'éternité, le temps se figea et nous restâmes à nous regarder. Puis Heur tendit la main et agrippa ma manche en disant : « Tom, je ne supporte pas cette situation. Je fais des efforts mais je me prends sans cesse les pieds dans le tapis. Les parents de Svanja sont en colère contre elle ; elle s'en est plainte à moi et, quand je lui ai proposé d'aller les voir pour leur promettre de ne rien précipiter avec elle, c'est elle qui s'est mise en colère contre moi. Elle m'accable aussi de reproches parce que j'habite chez Gindast et que je ne peux pratiquement plus sortir le soir. Mais c'est moi tout seul qui ai décidé de rencontrer Gindast pour lui demander de m'héberger. J'ai dû avaler des couleuvres, mais j'ai tenu bon et maintenant ça y est, je lui obéis au doigt et à l'œil comme tu me l'as conseillé. J'ai horreur de me lever aux aurores, de rationner les bougies que je brûle le soir, de ne pas pouvoir sortir toutes les nuits, mais je m'y plie. Et aujourd'hui, pour la première fois, il m'a envoyé faire une course : prendre des garnitures en cuivre chez le forgeron. Maintenant je serai en retard et je devrai supporter ses réprimandes sans répondre, en courbant la tête. Mais je ne peux pas te laisser partir convaincu que j'ai oublié tout ce que tu m'as appris, parce que c'est faux ; je dois seulement trouver l'existence que je veux mener ici, et parfois ce que tu m'as enseigné ne cadre pas avec la façon de penser des gens qui m'entourent ; parfois ce que tu m'as enseigné ne s'applique pas ici. Mais je fais des efforts, Tom. Je fais des efforts. »

Les mots avaient jailli de lui comme un torrent en crue. Quand ils se furent taris et que le silence menaça de retomber entre nous, je passai mon bras sur ses épaules et le serrai contre moi malgré les protestations de mes côtes. « Va vite terminer ta course », lui dis-je à l'oreille. J'aurais voulu ajouter un mot mais rien ne me vint ; je ne pouvais pas lui affirmer que tout se terminerait bien, car je n'en savais rien ; je ne pouvais pas lui assurer que je me fiais à son discernement, car c'était faux. Ce fut Heur qui trouva les mots.

« Je t'aime, Tom. Je continuerai de faire des efforts. »

Je poussai un soupir de soulagement. « Moi aussi, je t'aime et je continuerai à faire des efforts. Et maintenant dépêche-toi. Tu as de longues jambes et tu es rapide à la course ; tu ne seras peut-être pas en retard si tu cours vite. »

Il me lança un sourire à la volée, se détourna et s'en alla au galop en direction de la rue du forgeron. J'enviai la fluidité de ses mouvements. Je repris le chemin du château de Castelcerf.

À mi-pente, je croisai Burrich qui descendait à cheval, Leste en croupe, les bras autour de la taille de son père. La jambe blessée de Burrich s'écartait bizarrement de la selle, et il avait modifié son étrier pour ménager son genou. L'espace d'un instant, je le regardai fixement. Leste me dévisagea bouche bée, sans doute à cause de ma figure tuméfiée. Je réduisis mon Vif à une braise mourante, baissai la tête et poursuivis mon chemin dans la neige sans un autre coup d'œil. Mon cœur me poussa à me retourner sur eux une fois qu'ils furent passés, mais je réprimai cette envie ; j'éprouvais une peur trop terrible que Burrich ne me rendît mon regard.

Je parcourus le reste du chemin jusqu'à Castelcerf transi de froid et l'humeur morose. Je me rendis aux bains ; les gardes qui allaient et venaient ne m'adressèrent pas la parole. J'espérais que l'air humide et chaud calmerait certaines de mes douleurs, mais je me trompais. Je souffris pendant la longue montée jusqu'à ma chambre et, sachant que je ne gagnerais que des courbatures à rester immobile, je n'aspirai néanmoins qu'à retrouver mon lit. J'avais lamentablement perdu ma journée ; je doutais même que mes efforts avec Devoir et Lourd portassent leurs fruits.

Comme j'arrivais aux appartements de sire Doré, la porte s'ouvrit et Garetha, la jardinière, sortit, un panier de fleurs séchées au bras. Alors que je m'arrêtai pour la regarder, surpris, elle leva les yeux et croisa les miens. Elle rougit si violemment que ses taches de rousseur disparurent presque, puis elle se détourna et s'enfuit dans le couloir, non sans que j'eusse eu le temps, cependant, d'apercevoir le pendentif qu'elle portait : une amulette au bout d'une lanière en cuir. La petite rose sculptée avait été peinte en blanc et sa tige noircie à l'encre. Je reconnus l'œuvre du fou. Avait-il décidé de suivre le conseil malavisé que je lui avais donné ? Sans que je comprisse pourquoi, j'en fus accablé. Je toquai avec circonspection et m'annonçai avant d'entrer. Comme je refermai la porte derrière moi en parcourant la pièce du regard, je découvris un sire Doré dans une pose parfaitement étudiée, enfoncé dans le fauteuil devant la cheminée. Un instant, il écarquilla les yeux en découvrant mon visage meurtri, mais il reprit aussitôt son masque impassible.

« Je vous croyais parti pour la journée, Tom Blaireau, fit-il avec entrain.

— C'était mon intention », répondis-je sans chercher à m'étendre. Toutefois, je me sentis comme cloué sur place à le regarder tandis qu'il m'observait avec une maîtrise absolue de lui-même. « J'ai parlé avec Heur. Je lui ai dit qu'il y avait une différence entre aimer quelqu'un et coucher avec cette personne. »

Sire Doré battit lentement des paupières puis demanda : « Et vous a-t-il cru ? »

J'hésitai un instant. « Je ne pense pas qu'il ait tout à fait compris ; mais j'espère que cela viendra avec le temps.

— Il faut du temps pour beaucoup de choses », dit-il. Il plongea de nouveau son regard dans les flammes, et mes espoirs qui avaient bondi une seconde se tempérèrent. J'acquiesçai de la tête et me rendis dans ma chambre.

Je me déshabillai, m'étendis sur le lit étroit et fermai les yeux.

Je m'étais plus dépensé que je ne m'en étais rendu compte, car je dormis non seulement tout l'après-midi mais aussi fort avant dans la nuit. Mon repos fut profond et sans rêve jusqu'au moment où, alors que l'obscurité était tombée depuis longtemps, je me sentis arraché à ce bienheureux néant pour me retrouver dans cet état d'équilibre fragile qui sépare le sommeil de l'éveil. Qu'est-ce qui m'avait dérangé ? À peine me posai-je la question que je connus la réponse : devant mes murailles d'Art, Ortie pleurait. Elle ne lançait plus d'assauts, elle n'exigeait plus avec colère que je la laisse entrer. Elle se trouvait simplement devant mes remparts, accablée d'une tristesse infinie.

Je couvris mes yeux de mes mains comme si j'espérais ainsi la tenir à distance. Puis je rassemblai mon courage et rompis mes murailles. Mon esprit franchit l'infime distance qui me séparait d'elle et je l'enveloppai d'un sentiment de réconfort en lui disant : *Ne t'inquiète pas, ma petite. Ton père et ton frère sont en route pour revenir chez toi. Ils vont bien. Cesse de te ronger les sangs et repose-toi.*

Mais... comment peux-tu le savoir ?

Je le sais. Je lui transmis ma certitude absolue accompagnée de ma brève vision de Burrich et de Leste sur le même cheval.

L'espace d'un instant, elle perdit toute forme, envahie par un immense soulagement. Je commençai à me retirer mais elle s'agrippa soudain à moi. *C'est devenu invivable ici. D'abord, Leste a disparu et nous avons craint qu'il ne lui soit arrivé malheur ; ensuite le forgeron de la ville a dit à papa qu'il lui avait demandé la route du château de Castelcerf. Alors papa s'est mis dans une rage noire, il a pris le cheval et il est parti en trombe, et depuis maman passe son temps à pleurer ou à tempêter ! Elle dit qu'il n'y a pas plus dangereux pour Leste que d'aller à Castelcerf, mais elle refuse d'expliquer pourquoi. Ça me fait peur de la voir ainsi. Parfois elle me regarde sans même remarquer ma présence, et tout à coup elle me crie de me rendre utile, ou alors elle éclate en sanglots et elle ne peut plus s'arrêter. Je n'y comprends rien. Mes frères et moi essayons de nous faire plus petits que des souris, et Agile a l'impression d'avoir perdu la moitié de lui-même, et il s'imagine que c'est sa faute, sans savoir pourquoi.*

J'interrompis le flot de ses pensées. *Écoute-moi : tout va s'arranger.*

Je te crois. Mais comment l'annoncer à ma mère et à mes frères ?

Je réfléchis. Déclarer à Molly qu'elle l'avait vu en rêve ? Non. *Tu ne peux pas ; ils doivent continuer à supporter leur angoisse, malheureusement. Il faut donc que tu sois forte à leur place, puisque tu sais que tout va bien. Aide ta mère, occupe-toi de tes petits frères et prends patience. Si je connais un peu ton père, il arrivera aussi vite que son cheval le lui permettra.*

Tu connais mon père ?

Quelle question ! *Oui, très bien.* Je compris aussitôt que j'avais franchi la limite, que je venais de prononcer des mots dangereux pour nous deux. Avec plus de légèreté encore qu'une feuille de saule flottant au vent, j'employai donc mon Art pour l'inciter à s'endormir, à s'endormir vraiment, et à s'éveiller revigorée au matin. Je la sentis se décrocher de moi et je me retirai en douceur derrière mes murailles. J'ouvris les yeux dans les ténèbres de ma chambre. Je repris mon souffle, roulai sur le côté et me renfonçai dans mes couvertures. J'avais faim, mais l'heure du petit déjeuner arriverait bien assez tôt.

Une pensée maladroite s'introduisit dans ma tête, portée sur des notes de musique. Le contact était hésitant, à cause non d'un manque de talent chez l'artiseur mais du dégoût qu'il éprouvait à toucher mon esprit avec le sien. *Tu as réussi à la faire cesser de pleurer. Maintenant Lourd peut dormir lui aussi.*

Il s'éclipsa aussitôt et je restai les yeux grands ouverts, les idées pêle-mêle. Comme je me ressaisissais et tentais de me convaincre que le contact de Lourd était un pas positif et non une intrusion, un autre esprit effleura le mien. C'était un esprit immense, lointain et infiniment étranger à tout ce que je connaissais, et que je percevais pourtant féminin ; je ne sentis rien d'humain dans ses pensées tandis que l'entité déclarait avec un amusement mitigé : *À présent, tu vas peut-être apprendre à rêver moins fort. Ton semblable n'est pas le seul que cela dérange ; il n'est pas non plus le seul à qui tu te révèles. Qu'es-tu ? Quelle importance as-tu pour moi ?*

Et elle m'abandonna comme une vague abandonne un noyé sur une grève. Je me penchai sur le flanc de mon lit, pris de vomissements secs, plus mis à mal par ce contact prodigieux que par tous les coups de Rory Cordaguet. La nature incompréhensible de l'être qui avait touché mon esprit me laissait détruit et suffoquait mes pensées, comme si j'avais tenté de respirer de l'huile ou de boire du feu. Haletant dans le noir, je sentis la sueur ruisseler sur mon front et dans mon dos, et je me demandai ce que mon Art vagabond avait éveillé.

4

EXPLOSIONS

... et surpris une conversation entre Erikska et le capitaine, qui se plaignait que le vent s'opposait au navire comme si El lui-même leur reprochait leur retour. Erikska a éclaté de rire et s'est moquée de sa croyance en « ces vieilles divinités. Elles se sont affaiblies de muscle et d'esprit. C'est la Dame Pâle qui commande au vent aujourd'hui. Comme elle est mécontente de la narcheska, vous en pâtirez tous ». À ces mots, le capitaine s'est détourné

d'elle, l'air furieux, comme font les Outrîliens quand leur peur leur fait honte et qu'ils cherchent à la dissimuler.

Quant à la servante que vous m'avez ordonné de surveiller particulièrement, je n'ai pas vu signe d'elle. Ou bien elle n'a pas quitté la cabine de la narcheska de toute la traversée, ou bien elle ne se trouve pas à bord du navire. La seconde hypothèse me paraît la plus probable.

Compte rendu anonyme sur le voyage de retour de la narcheska,

adressé à UMBRE TOMBÉTOILE

*

Le sommeil me fuyait. Finalement, je me levai, me vêtis et montai dans ma tour. Il y faisait froid et tout était obscur, hormis la lueur vague de quelques braises mourantes dans la cheminée. Je les attisai pour y allumer des bougies, relançai le feu et enfin humectai un linge que j'appliquai sur mon visage douloureux. Je restai un moment à contempler les flammes puis, dans le vain espoir de me distraire des questions auxquelles j'étais incapable de répondre, je m'assis à la table et m'efforçai de m'absorber dans l'étude des manuscrits qu'Umbre avait sortis. Ils traitaient des légendes concernant le dragon outrîlien, et deux d'entre eux étaient récents, les lettres noires et distinctes ressortant sur le crème clair du vélin. Il ne les aurait pas laissés traîner s'il n'avait pas voulu que je les voie. Le premier rapportait qu'un dragon bleu argenté avait été aperçu survolant le port de Terrilville pendant une bataille décisive entre les Marchands et les Chalcédiens ; sur l'autre s'étalait ce qui ressemblait à l'exercice d'écriture d'un enfant, tant les lettres étaient biscornues et maladroites. Mais Umbre m'avait enseigné, bien des années auparavant, plusieurs codes grâce auxquels nous pouvions communiquer, et celui-là ne résista pas longtemps à mes efforts ; de fait, son chiffre était si simple que je m'inquiétai : le vieil assassin avait-il perdu de vue le secret dont nous devions impérativement nous entourer ? Ou bien la qualité des espions qu'il employait avait-elle baissé ? Car le message se révéla être un rapport de l'agent qu'il avait envoyé dans les îles d'Outre-mer ; il recensait principalement les bruits, les rumeurs et les bribes de conversations que l'homme avait pu surprendre à bord du navire de la narcheska durant son trajet de retour des Six-Duchés. Je n'y découvris pas grand-chose d'immédiatement utile, encore qu'une allusion à une Femme Pâle me troublât ; j'eus l'impression qu'une ombre de mon ancienne existence cherchait à m'agripper, armée de griffes au lieu de doigts sans substance.

Je me préparais de la tisane quand Umbre arriva. Il poussa le casier à manuscrits et entra en titubant. Il avait le nez et les joues rouges, et, sidéré, je crus un instant qu'il était ivre. Il se retint au bord de la table, se laissa tomber dans mon fauteuil et fit d'un ton plaintif : « Fitz ?

— Que se passe-t-il ? » lui demandai-je en m'approchant.

Il me dévisagea puis dit, en parlant trop fort : « Je ne t'entends pas.

— Que se passe-t-il ? » répétai-je en haussant la voix.

Je ne pense pas qu'il m'entendit davantage mais il expliqua : « Une explosion. Je travaillais toujours sur le même mélange, celui que je t'ai montré chez toi, dans ta chaumière, mais cette fois l'expérience a trop bien réussi. Tout a sauté ! » Il porta ses mains à son visage et palpa ses joues et son front. Son expression était poignante, et je compris aussitôt ce qui l'inquiétait. J'allai lui chercher un miroir et il s'y regarda pendant que je me munissais d'une cuvette d'eau fraîche et d'un linge. Je trempai le tissu, l'essorai puis l'appliquai un moment sur ses traits. Quand je le retirai, il avait perdu un peu de sa rougeur mais aussi la plus grande partie de ses sourcils.

« On dirait que vous avez été exposé à une grande vague de feu. Vos cheveux aussi sont roussis par endroits.

— Comment ? »

Je lui fis signe de baisser la voix.

« Je ne t'entends pas, gémit-il à nouveau. Mes oreilles carillonnent comme si mon père adoptif m'avait assommé de calottes ! Dieux, que je détestais cet homme ! »

Le fait qu'il l'évoquât donnait la mesure de sa désorientation : Umbre ne s'était jamais guère épanché devant moi sur son enfance. Il tâta ses oreilles comme pour s'assurer qu'elles étaient toujours en place, puis les boucha et les déboucha d'un doigt. « Je n'entends rien, dit-il. Mais je ne suis pas trop abîmé, n'est-ce pas ? Je ne garderai pas de traces, si ? »

Je secouai la tête. « Vos sourcils repousseront. Quant à ceci (je touchai légèrement sa joue), ça ne me paraît pas plus grave qu'un coup de soleil ou une engelure. Ça passera, et votre surdité aussi, je pense. » Cette dernière prédiction se fondait uniquement sur mon espoir fervent qu'elle se réaliserait.

« Je ne t'entends pas », répéta-t-il d'un ton accablé.

Je tapotai son épaule d'une main rassurante et déplaçai ma tasse de tisane jusque devant lui. Je désignai ma bouche du doigt pour attirer son attention sur mes lèvres et demandai en articulant soigneusement : « Votre apprenti n'a rien ? » Je me doutais bien qu'il ne pouvait mener seul ses expériences à pareille heure.

Il me regarda parler, et enfin, au bout d'un moment, il

dut saisir ma question, car il répondit : « Ne te fais pas de souci. J'ai pris soin d'elle. » Puis il lut sur mes traits le choc que me causait l'emploi de ce pronom féminin et il s'exclama, furieux : « Occupe-toi de ce qui te regarde, Fitz ! »

Sa colère était dirigée contre lui plus que contre moi, et, si son état m'avait moins préoccupé, j'aurais éclaté de rire. Elle ! C'était donc une fille qui me remplaçait. Je refrénai mon envie de deviner son identité ou la raison pour laquelle elle avait été choisie, et réconfortai Umbre du mieux que je le pus. Au bout d'un moment, je constatai qu'il avait retrouvé une certaine capacité auditive, mais faible. Je me laissai aller à espérer qu'il la recouvrerait complètement et m'efforçai de lui communiquer ce sentiment. Il hocha la tête puis écarta le sujet d'un geste qui se voulait désinvolte ; cela ne m'empêcha pas de noter l'expression anxieuse de son regard. Si sa surdité persistait, elle compromettrait gravement son aptitude à conseiller la reine.

Il tâcha pourtant de ne pas s'inquiéter de son infirmité et me demanda – d'une voix trop forte – si j'avais vu les manuscrits qu'il avait laissés sur la table, puis comment diable je m'étais mis la figure dans un état pareil. Afin d'éviter une conversation bruyante, je décidai de répondre à ses questions par écrit ; j'attribuai mon visage meurtri à une rixe de taverne dans laquelle je m'étais trouvé pris par accident, et ses propres soucis retenaient trop son attention pour qu'il doutât de cette explication. Il griffonna sur le bout de papier dont nous nous servions : « As-tu parlé à Burrich ?

— J'ai préféré m'en abstenir », répondis-je par le même moyen. Il pinça les lèvres, soupira et n'ajouta rien, mais je vis bien qu'il aurait voulu m'entretenir davantage de ce sujet. Il devrait garder ses réflexions pour plus tard, quand, la chance aidant, les échanges seraient plus faciles. Nous nous penchâmes ensuite sur les rapports des espions et nous désignâmes mutuellement les passages intéressants tout en convenant qu'ils ne recelaient rien qui pût nous servir dans l'immédiat. Umbre écrivit qu'il espérait recevoir bientôt des nouvelles d'un agent qu'il avait envoyé sur l'île d'Aslevjal vérifier si la légende contenait une parcelle de vérité.

J'aurais aimé lui parler de mes progrès avec Lourd et Devoir, mais je décidai de retarder mon compte rendu, non seulement à cause de sa surdité partielle mais aussi parce que je m'efforçais encore moi-même de déterminer comment je m'en sortais. J'avais déjà résolu de poursuivre mes efforts avec Lourd le lendemain matin.

Je pris alors conscience que le lendemain matin était tout proche, et Umbre parut s'en apercevoir lui aussi. Il m'annonça qu'il allait se coucher et comptait prétexter des douleurs d'estomac pour rester dans ses appartements quand le serviteur viendrait le réveiller.

Le luxe d'un repos tardif m'était interdit. Je regagnai ma chambre le temps de me changer puis me rendis à la tour de Vérité pour y attendre mes élèves. Je redoutais certainement davantage qu'eux la leçon à venir, car la migraine me martelait toujours le crâne ; je lui opposai un front inébranlable tandis que je préparais du feu dans la cheminée, puis allumais quelques bougies et les posais sur la table. Quelquefois, j'avais l'impression d'avoir toujours souffert des douleurs qu'imposait l'Art ; j'envisageai un instant de redescendre chez moi chercher de l'écorce elfique, et, si je rejetai cette idée, ce fut non parce que je craignais de dégrader mes capacités d'artiseur mais parce que j'associais de façon trop étroite ce produit à ma querelle stupide avec le fou. Non, je n'en voulais plus.

Mais il n'était plus temps d'y songer : j'entendais le pas de Devoir dans l'escalier. Il entra, ferma la porte derrière lui et s'approcha de la table. Je soupirai intérieurement : tout dans son attitude indiquait qu'il ne m'avait pas complètement pardonné. Ses premières paroles furent : « Je ne veux pas apprendre l'Art avec un simple d'esprit comme partenaire. On doit pouvoir trouver quelqu'un d'autre. » Son regard se fixa brusquement sur moi. « Que vous est-il arrivé ?

— Je me suis battu. » J'avais répondu avec laconisme à escient, afin qu'il comprenne que je n'en dirais pas plus. « Quant à Lourd, je ne connais pas d'autres candidats satisfaisants que lui. Nous n'avons pas le choix.

— Voyons, il n'est sûrement pas le seul ! Avez-vous lancé une recherche organisée ?

— Non. »

Tout à coup, avant que j'eusse le temps de m'étendre davantage, il prit la figurine posée sur la table. La chaînette oscilla entre ses doigts. « Qu'est-ce ? demanda-t-il.

— C'est à vous. Vous avez trouvé cet objet sur la plage où nous avons rencontré l'Autre ; vous ne vous en souvenez pas ?

— Non. » Il contempla la statuette d'un air d'effroi, et puis, avec réticence, il se reprit : « Si. Si, je m'en souviens. » Il vacilla dans son siège. « C'est Elliania, n'est-ce pas ? Qu'est-ce que ça signifie, Tom ? Pourquoi ai-je découvert cette représentation d'elle avant même de la connaître ?

— Comment ? » Je tendis la main pour qu'il me la remette mais il ne parut pas s'en apercevoir et continua de la regarder fixement, comme pétrifié. Je quittai mon fauteuil et contournai la table ; j'observai le petit visage, la chevelure aux boucles sombres, la poitrine dénudée, les yeux noirs comme la nuit, et je constatai qu'il avait raison : c'était Elliania, non pas telle qu'elle était aujourd'hui, mais telle qu'elle serait adulte. La parure bleue sur ses cheveux était semblable en tout point à celle qu'arborait la narcheska. Je repris mon souffle. « J'ignore ce que cela signifie. »

Avec le débit d'un homme en plein rêve, sans quitter la figurine du regard, le prince dit : « Ce lieu où nous sommes arrivés, cette plage... c'était comme un maelström, un gouffre qui attire la magie à lui, toutes sortes de magies. » Il ferma les yeux un instant, la main serrée sur la statuette. « J'ai failli mourir là-bas, n'est-ce pas ? L'Art m'aspirait et me démantelait. Mais vous êtes venu à mon secours et... quelqu'un vous a aidé. Quelqu'un... » Il chercha le mot juste, en vain. « Quelqu'un d'immense ; quelqu'un de plus grand que le ciel. »

Je n'aurais pas exprimé ainsi ce que j'avais éprouvé mais je comprenais ce qu'il voulait dire, et je pris soudain conscience de ma réticence à discuter des événements qui s'étaient produits sur cette plage, ou même à y penser. Les heures que nous avions vécues alors étaient nimbées d'un halo, d'une lumière qui obscurcissait au lieu d'éclairer, et elles m'emplissaient d'un effroi diffus. Voilà pourquoi je n'avais pas montré les plumes au fou, pourquoi je n'en avais parlé à personne : elles représentaient un point vulnérable chez moi, une porte sur l'inconnu. En les ramassant, j'avais déclenché la mise en mouvement de quelque chose qui me dépassait, que nul ne pouvait maîtriser. Le seul fait d'y songer provoquait un recul dans mon esprit, comme si, en refusant de me souvenir, je pouvais effacer ce que j'avais provoqué.

« Qu'était-ce ? Qu'est-ce que nous avons rencontré dans le courant d'Art ?

— Je l'ignore », répondis-je sèchement.

Un grand enthousiasme brilla tout à coup dans les yeux du prince. « Il faut le découvrir !

— Non. » Je m'interrompis un instant. « Je crois même qu'il faut faire très attention de ne pas le découvrir. »

Il me dévisagea d'un air effaré. « Mais pourquoi ? Vous ne vous rappelez donc pas l'effet de cette présence ? La merveille que c'était ? »

Je ne me le rappelais que trop bien, surtout maintenant que nous en parlions. Je secouai la tête et regrettai brusquement de n'avoir pas gardé la figurine par-devers moi. À sa vue, tous mes souvenirs remontaient à la surface de mon esprit, de la même façon qu'en humant un parfum ou en entendant quelques notes d'une mélodie on se remémore tout à coup la folie d'une soirée. « Si. C'était merveilleux mais aussi dangereux. Je n'avais plus envie de m'en aller, Devoir, et vous non plus. C'est elle qui nous y a obligés.

— Elle ? Cet être n'avait rien de féminin. On aurait dit un... un père, un père fort, protecteur, empreint d'affection.

— Ce n'était rien de tout cela, à mon avis, répondis-je involontairement. Nous lui avons attribué chacun la forme qui nous convenait.

— Vous croyez que nous avons tout inventé ?

— Non. Non, je crois que nous nous sommes trouvés en présence d'une entité qui dépassait notre entendement ; aussi l'avons-nous réduite à une forme familière afin de pouvoir la contempler, afin que notre esprit puisse la concevoir.

— D'où tirez-vous cette idée ? De vos lectures des manuscrits sur l'Art ?

— Non, dis-je avec réticence. Je n'ai lu nulle part mention d'un tel être. Je vous ai exposé cette idée parce que... parce que c'est ce que je pense. »

Il attendit que je poursuive et je haussai les épaules en signe d'impuissance : je n'avais pas de meilleure explication à fournir, à lui comme à moi, et je ne disposais pour la fonder que d'un sentiment exaltant de bonheur au souvenir de la créature que nous avions rencontrée, accompagné d'une impression de menace angoissante.

Je fus sauvé par le raclement du panneau latéral de la cheminée qui s'ouvrait. Lourd entra en éternuant, son flûtiau pendant sur sa chemise. Le contraste entre la peinture brillante du petit instrument et le vêtement loqueteux et taché me fit considérer le simple d'esprit d'un œil neuf, et je restai épouvanté. Ses cheveux étaient aplatis sur son crâne et la peau apparaissait par les trous de ses habits noire de crasse. Je le vis soudain comme Devoir le percevait, et je compris que son aversion ne provenait pas seulement de la difformité physique et de la limitation intellectuelle du domestique : Devoir battit littéralement en retraite sur son passage en fronçant le nez. Les années que j'avais passées en compagnie du loup m'avaient appris à accepter le fait que certains êtres dégagent une certaine odeur ; mais les relents qui émanaient de Lourd ne faisaient pas partie de lui de façon aussi intrinsèque que l'effluve musqué du furet. On pouvait y remédier, et cela serait nécessaire si je voulais que le prince collabore avec lui.

Mais, pour le présent, je dus me contenter de l'accueillir. « Lourd, veux-tu t'asseoir ici ? » dis-je en dégageant le fauteuil le plus éloigné du prince. Le simple d'esprit m'étudia d'un œil soupçonneux, puis il tira le siège à lui, l'examina comme si un piège pouvait s'y dissimuler et enfin s'y laissa tomber. Il se mit aussitôt à se gratter derrière l'oreille gauche. J'observai le prince du coin de l'œil : il paraissait cloué sur place sous le coup d'une fascination horrifiée. « Eh bien, nous voici réunis », déclarai-je, puis je m'interrogeai : qu'allais-je faire de mes élèves ?

Le regard de Lourd se porta sur moi. « La fille recommence à pleurer, m'annonça-t-il comme si c'était ma faute.

— Très bien. Je m'en occuperai plus tard, répondis-je d'un ton ferme tandis que mon cœur se serrait.

— Quelle fille ? demanda aussitôt le prince.

— Rien d'important. » *Lourd, ne parlons pas de la fille. Nous sommes ici pour travailler.*

Il cessa lentement de se gratter, puis laissa tomber sa main sur la table et me regarda gravement. « Pourquoi tu fais ça ? Pourquoi tu parles dans ma tête comme ça ?

— Pour voir si tu m'entends. »

Il grogna d'un air pensif. « Je t'ai entendu. » *Pue-le-chien.*

Pas de ça.

« Êtes-vous en train de communiquer par l'Art ? fit le prince avec un intérêt non feint.

— Oui.

— Pourquoi est-ce que je ne capte pas votre conversation, dans ce cas ?

— Parce que nous nous focalisons l'un sur l'autre pour artiser. »

Le front du prince se plissa. « Comment a-t-il appris cela alors que je n'y parviens pas ?

— Je l'ignore, avouai-je. Apparemment, Lourd a

perfectionné seul son talent pour l'Art, et je ne connais pas ses limites.

— Peut-il cesser d'émettre cette musique sans arrêt ? »

Je déployai ma conscience d'Art et me rendis compte alors que je faisais un effort pour séparer les pensées de Lourd de la mélodie qui les baignait. Je m'adressai à lui. « Lourd, peux-tu interrompre ta mélodie ? Peux-tu m'envoyer tes pensées seules, sans la musique ? »

Il me regarda d'un air inexpressif : « La musique ?

— La chanson de ta maman ; peux-tu l'arrêter ? »

Il resta un moment pensif en suçotant sa grosse langue. « Non, répondit-il brusquement.

« Pourquoi ? » fit soudain le prince. Il avait dû s'efforcer de ne plus entendre la musique pour voir s'il parvenait à surprendre les échanges d'Art entre Lourd et moi ; il paraissait irrité – irrité et jaloux.

Lourd leva vers lui un regard à la fois éteint et dénué d'intérêt. « Je n'ai pas envie. » Il se détourna et se remit à se gratter derrière l'oreille.

Devoir resta un instant interdit, puis reprit son souffle. « Et si je te l'ordonnais en tant que prince ? » Une fureur contenue vibrait dans sa voix.

Lourd le regarda de nouveau, puis ses yeux se portèrent sur moi. Sa langue sortit un peu plus tandis qu'il réfléchissait, et il me demanda : « Tous les deux élèves ici ? »

Je ne m'attendais pas à cette question de sa part ; je ne l'aurais pas cru capable de s'accrocher ainsi à cette notion et encore moins de l'appliquer. J'en conçus à la fois de nouveaux espoirs et de nouvelles craintes. « Tous les deux élèves ici », confirmai-je. Il s'avachit contre le dossier de son fauteuil et croisa ses bras courtauds sur sa poitrine.

« Et moi je suis le professeur, poursuivis-je. Les

élèves obéissent au professeur, Lourd. Peux-tu arrêter ta musique ? »

Il me considéra un moment sans répondre. « Pas envie, dit-il enfin, mais son ton avait changé.

— Peut-être. Mais je suis le professeur et toi l'élève ; l'élève obéit au professeur.

— Les élèves obéissent comme les serviteurs ? » Il se leva, s'apprêtant à partir.

La situation paraissait sans issue, mais j'insistai pourtant. « Les élèves obéissent comme des élèves : pour pouvoir apprendre. Pour que tout le monde puisse apprendre. Si Lourd obéit, il reste quand même un élève ; si Lourd n'obéit pas, Lourd n'est pas un élève. Alors nous renvoyons Lourd et il redevient un serviteur. »

Il se tut et demeura immobile. Réfléchissait-il ? Avait-il seulement compris ce que je lui avais dit ? Je l'ignorais. Devoir s'était enfoncé dans son fauteuil, le menton sur la poitrine, les bras croisés, la mine sombre : manifestement, il espérait le départ de Lourd. Mais, quelques instants plus tard, le petit homme se rassit. « Arrêter la musique », fit-il. Il ferma les yeux puis les rouvrit et me regarda, les paupières plissées. « Ça y est. »

Je n'avais pas eu conscience des coups de bélier que son Art infligeait constamment à mes murailles ; dans le silence qui tomba soudain, j'éprouvai une impression d'immense soulagement, comme lors d'une accalmie en pleine tempête où le vent cesse tout à coup de hurler et où tout bruit s'éteint. Je poussai un grand soupir d'aise, et Devoir se redressa sur son siège. Il se déboucha les oreilles d'un air étonné, puis se tourna vers moi. « Tout cela, c'était lui ? »

Je hochai lentement la tête, sous le choc moi aussi.

Une expression d'intense perplexité se peignit sur les

traits du prince. « Mais je croyais... je croyais que c'était l'Art lui-même. Le grand fleuve dont vous parliez... » Il regarda Lourd et j'observai que son attitude envers le petit homme avait changé. Il le considérait non avec respect mais avec circonspection, préambule fréquent au respect.

Et puis, comme s'abat brutalement un rideau de pluie, la musique s'enroula de nouveau autour de mes pensées, me coupant de Devoir comme la brume empêche deux chasseurs de se voir. Je jetai un coup d'œil à Lourd : ses traits avaient repris leur mollesse habituelle, et je compris alors qu'artiser était une fonction naturelle chez lui ; c'était ne pas artiser qui lui demandait un effort. Mais d'où cela provenait-il ?

Ta maman te parlait-elle ainsi ?

Non.

Alors comment as-tu appris ?

Il fronça les sourcils. *Elle me chantait des chansons. On chantait ensemble. Et elle empêchait les garçons méchants de me voir.*

Je sentis un vif intérêt m'envahir. *Lourd, où est ta maman ? As-tu des frères ou des...*

« Arrêtez ! Ce n'est pas juste ! » Le prince s'exprimait comme un enfant en colère.

Son intervention me tira de mes réflexions. « Qu'est-ce qui n'est pas juste ?

— Que vous artisiez ensemble alors que je n'entends rien ! C'est grossier ! C'est comme tenir des messes basses devant quelqu'un ! »

Je perçus la jalousie qui le tenaillait. Lourd, le simple d'esprit, se révélait capable de ce qui restait inaccessible au prince des Six-Duchés, et cela m'enthousiasmait manifestement. J'allais devoir faire preuve de prudence. Galen, le maître d'Art, en aurait profité pour susciter de la rivalité entre eux afin de les pousser à travailler d'arrache-pied ; mais tel n'était pas mon propos. Non, au contraire, comme deux métaux qu'on allie en les martelant, il me fallait réaliser l'union de ces deux élèves.

« Pardon, vous avez raison : c'est discourtois. Lourd m'apprenait que sa mère employait l'Art pour lui fredonner des chansons, et ils chantaient ensemble. Parfois, elle s'en servait également pour empêcher les garçons méchants de le voir.

— Sa mère possède donc l'Art ? Elle est simple d'esprit elle aussi ? »

Je vis la grimace que fit Lourd à cette expression, tout comme autrefois j'avais ressenti moi-même une cinglure en entendant le terme « bâtard », et cela me fit mal. Je voulus reprendre sèchement le prince, et puis je me rendis compte de mon hypocrisie : en mon for intérieur, n'appelai-je pas moi aussi Lourd « le simple d'esprit » ? Je décidai de me taire pour cette fois, mais également de veiller à ce que le petit homme n'entende plus ces mots de notre bouche.

« Lourd, où est ta maman ? »

Il resta un moment à me regarder sans répondre, puis, avec l'inflexion d'un enfant blessé, il déclara lentement : « Elle est – morte. » On eût dit qu'il s'arrachait le mot de la gorge. Il jeta des coups d'œil autour de lui comme à la recherche d'un objet égaré.

« Peux-tu me raconter comment c'est arrivé ? »

Il fouilla ses souvenirs, sourcils froncés. « On est venus à la ville avec les autres. Pour la foule, pour la fête du Printemps. C'est ça. » Il hocha la tête, satisfait d'avoir retrouvé les mots exacts. « Et puis, un matin, elle ne s'est pas réveillée. Et les autres ont pris mes affaires et ils ont dit que je ne voyageais plus avec eux. » Il se gratta la joue d'un air malheureux. « Après, c'était fini et je me suis retrouvé ici. Et puis... je me suis retrouvé ici. »

Son récit me laissait sur ma faim mais je ne pensais pas obtenir mieux de lui. Ce fut Devoir qui demanda d'une voix douce : « Que faisaient ta mère et les autres quand ils voyageaient ? »

Lourd poussa un grand soupir comme s'il se sentait peiné. « Bah, comme d'habitude : trouver de la foule. Maman chante, Proki joue du tambour et Jimu danse, et maman fait "ne le vois pas, ne le vois pas" pendant que je vais couper les bourses avec mes petits ciseaux en argent. Mais Proki me les a pris, et mon chapeau à glands et ma couverture aussi.

— Tu étais tire-laine ? » fit Devoir d'un ton incrédule. Pour ma part, je me tus en songeant : Quel usage pour l'Art ! Dissimuler quelqu'un pendant qu'il fait les poches des badauds !

L'acquiescement de Lourd s'adressait plus à lui-même qu'à nous. « Et, si je travaille bien, j'ai droit à un sou pour m'acheter un bonbon. Tous les jours.

— As-tu des frères ou des sœurs, Lourd ? »

Il réfléchit, le front plissé. « Maman était vieille, trop vieille pour faire des bébés. C'est pour ça que je suis né bête ; c'est Proki qui l'a dit.

— Eh bien, ce Proki m'a l'air tout à fait charmant », murmura le prince d'un ton ironique. Lourd le regarda d'un air soupçonneux.

J'intervins. « Le prince pense que Proki a été méchant avec toi. »

Lourd suçota sa lèvre supérieure un instant puis il hocha la tête en déclarant : « Il ne faut pas appeler Proki "papa". Jamais-jamais.

— Jamais », approuva le prince avec une sincérité non feinte. C'est à cet instant, je pense, qu'il changea de sentiment à l'égard du simple d'esprit. Il pencha la tête et considéra le petit homme sale et difforme. « Lourd, peux-tu m'artiser sans que Tom entende ce que tu me dis ?

— Pour quoi faire ? demanda l'intéressé.

— Pour être élève, Lourd, répondis-je à la place du prince. Pour être élève et pas serviteur ici. »

Il se tut quelque temps, le bout de la langue recourbé sur sa lèvre supérieure. Tout à coup. Devoir éclata de rire. « Pue-le-chien ! Pourquoi l'appelles-tu "pue-le-chien" ? »

Lourd fit une grimace puis haussa les épaules comme pour dire qu'il n'en savait rien. Aussitôt je flairai un secret ; il n'ignorait pas l'origine de cette épithète : il la cachait. Par peur ?

J'éclatai à mon tour d'un rire qui était pure comédie. « Ce n'est pas grave. Lourd. Vas-y, raconte-lui si tu veux. »

Il prit l'air égaré. Lui avait-on ordonné de me taire des informations ? Qui ? Umbre ? Le front légèrement plissé, il regarda le prince puis s'apprêta à répondre. Je m'attendais à ce qu'il lui révèle savoir que j'avais le Vif et avoir perçu que mon animal de lien était un loup, mais les mots qu'il prononça me plongèrent dans la terreur. « C'est comme ça qu'ils l'appellent quand ils me posent des questions sur lui, ceux de la ville qui me donnent des sous pour m'acheter des noix et des bonbons : chien puant de traître. » Il se tourna vers moi avec un petit air narquois, et, par un effort de volonté, je parvins à élargir mon sourire contraint et même à émettre un léger rire.

« C'est donc ainsi qu'ils parlent de moi, ces chenapans ? » *Souriez, Devoir ! Esclaffez-vous, mais ne me répondez pas !* J'avais réduit mon émission d'Art à un faisceau le plus ténu possible ; pourtant, le regard de Lourd voleta fugitivement entre le prince et moi. Devoir était pâle comme la mort mais il réussit à éclater de rire, d'un rire sec et saccadé qui évoquait plutôt un homme pris de haut-le-cœur. Je tentai ma chance. « C'est sûrement le manchot qui dit ça le plus souvent, non ? »

L'expression de Lourd se fit indécise. Je crus m'être trompé mais il répliqua finalement : « Non, pas lui. Il est nouveau, il ne parle presque pas. Mais quand j'ai fini de répondre et qu'on me donne des sous, des fois il dit : "Surveille ce bâtard. Surveille-le bien." Et moi je dis : "Je le surveille. Je le surveille."

— Et tu t'en tires très bien, Lourd. Tu t'en tires très bien et tu mérites tes sous. »

Il se balança d'avant en arrière dans son fauteuil, content de lui-même. « Je surveille aussi le doré. Il a un joli petit cheval, et un chapeau à plumes avec des yeux dessus.

— C'est vrai, fis-je, la bouche sèche. Comme la plume avec des yeux que tu voulais.

— Je pourrai l'avoir quand le doré ne sera plus là, déclara Lourd d'un ton satisfait. C'est ceux de la ville qui me l'ont dit. »

J'avais l'impression de suffoquer. Lourd restait à hocher la tête, assis sur son fauteuil, l'air très content de lui ; Lourd, le serviteur simplet d'Umbre, trop simplet pour reconnaître un complot pourtant évident, Lourd nous avait vendus pour quelques sous. Tout cela parce que j'étais moi-même trop stupide pour m'apercevoir que celui qui déambule au milieu des secrets d'un autre, même sans le savoir, peut lui-même abriter ses propres secrets. Mais qu'avait-il vu et à qui l'avait-il rapporté ? « La leçon est finie pour aujourd'hui », dis-je d'une voix à peu près ferme. J'espérais qu'il s'en irait mais il demeura sur son siège, apparemment perdu dans ses rêveries.

« Oui, je fais du bon travail. Pas ma faute si le rat est mort. Et d'abord, je n'en voulais pas. Il a dit : « Le rat, ce sera ton ami », et j'ai répondu non, je me suis fait mordre par un gros rat une fois, et il a ajouté : "Prends-le quand même, il est gentil. Donne-lui à manger et rapporte-le-nous chaque semaine." Alors j'ai obéi. Et puis j'ai trouvé le rat mort sous le saladier. Le saladier a dû lui tomber dessus.

— Sans doute, Lourd, sans doute. Mais ce n'est pas ta faute, pas du tout. » J'avais envie de me précipiter dans les passages intérieurs de Castelcerf pour retrouver Umbre, mais, comme une brume glacée, la vérité montait lentement autour de moi et me cernait : le vieil assassin n'avait rien vu ; Umbre ne savait rien ; il n'était plus en mesure de protéger son apprenti. Il était temps que j'apprenne à me défendre seul. Je pointai le doigt en l'air comme si une idée m'était soudain venue. « Ah, Lourd ! Ce n'est pas aujourd'hui que tu vas les voir, n'est-ce pas ? »

Il me regarda comme si j'étais stupide. « Non, pas le jour où on fait le pain. Le jour de la lessive, quand on met les draps à sécher. C'est là que j'y vais et qu'on me donne mes sous.

— Le jour de la lessive, naturellement ! C'est demain. Alors c'est bien, parce que je n'ai pas oublié le gâteau rose. Je voulais te le remettre aujourd'hui. Peux-tu aller m'attendre dans la salle d'Umbre ? Ça me prendra peut-être un peu de temps mais je tiens à te l'apporter.

— Un gâteau rose... » Il fouilla sa mémoire ; il ne devait même pas se rappeler que je le lui avais promis. Je m'efforçai de me souvenir de ce qu'il avait demandé d'autre : une écharpe comme celle de Chahut, une rouge ; des raisins secs... Mon cerveau fonctionnait furieusement, comme à l'époque des jeux qu'Umbre m'imposait. Quoi encore ? Un couteau, une plume de paon, et aussi des sous pour acheter des bonbons, ou bien des bonbons seuls. Il fallait que je me procure tout cela avant le lendemain.

« Oui : un gâteau rose, pas brûlé. Je sais que tu aimes ça. » Je formai le vœu d'en trouver un aux cuisines.

« Oui ! » Dans ses petits yeux soudain brillants naquit une expression que je n'y avais jamais vue : la joie du plaisir anticipé. « Oui, j'attendrai. Tu l'apportes vite.

— Non, pas très vite, malheureusement – mais aujourd'hui. Tu m'attendras dans la salle d'Umbre sans aller ailleurs ? »

Il s'était rembruni quand j'avais dit « pas très vite », mais il acquiesça néanmoins de la tête.

« C'est bien, Lourd. Tu es un très bon élève. Vas-y à présent et attends-moi. »

Dès que le panneau de la cheminée se fut refermé, Devoir ouvrit la bouche pour parler mais je le fis taire d'un geste et je m'assurai que le pas traînant de Lourd l'avait éloigné assez pour qu'il ne pût plus nous entendre. Alors je me laissai tomber dans un fauteuil.

« Laudevin ! » murmura Devoir d'un ton catastrophé.

Je hochai la tête, incapable de prononcer un mot. Laudevin m'appelait « le bâtard ». Était-ce une simple insulte ou bien parlait-il du Bâtard ?

« Qu'allons-nous faire ? »

Je regardai mon prince. Ses yeux noirs paraissaient immenses dans son visage crayeux. Les défenses et les espions d'Umbre s'étaient révélés inefficaces ; j'avais l'impression de rester le seul rempart entre Devoir et les Pie. Peut-être en avait-il toujours été ainsi. Égoïstement, je me félicitai que Laurier se trouvât au loin, hors d'atteinte de Laudevin : au moins je n'avais pas à me préoccuper d'elle. « Vous ne devez rien faire. Rien ! répétai-je avec force alors qu'il s'apprêtait à protester. Rien qui sorte de l'ordinaire, rien qui puisse laisser soupçonner que nous avons vent d'un complot. Il faut vous comporter aujourd'hui comme n'importe quel autre jour, mais vous devez rester dans l'enceinte du château. »

Il se tut le temps d'un soupir puis répondit : « J'ai promis à Civil Brésinga une sortie à cheval avec lui, rien que nous deux. Nous avons prévu de sortir discrètement de Castelcerf pour chasser avec son marguet cet après-midi. Il est venu m'en prier dans ma chambre hier soir, très tard. » Il reprit son souffle et il examina manifestement la requête de Civil sous un jour nouveau. Il reprit d'une voix plus basse : « Il paraissait agité, et on aurait dit qu'il venait de pleurer. Quand j'ai voulu savoir s'il allait bien, il m'a assuré qu'il était seul responsable de ses petits ennuis et que l'aide d'un ami n'y changerait rien ; j'ai supposé une histoire de fille. »

Je pris le temps de digérer ces informations avant de demander : « Son marguet est ici ? »

Le prince acquiesça de la tête, l'air contrit. « Il loue l'appentis d'une vieille femme à l'orée des bois, près de l'appontement du fleuve. Elle nourrit l'animal mais le laisse aller et venir à sa guise, et Civil lui rend visite chaque fois qu'il en a l'occasion. » Il s'interrompit un instant puis avoua : « Je l'ai déjà accompagné une fois, tard le soir. »

Je ravalai les paroles qu'il me démangeait de prononcer, l'heure n'était pas aux réprimandes ; en outre, ma colère était surtout dirigée contre moi-même. Là aussi, j'avais failli à mon devoir. « Bien. Vous n'irez nulle part cet après-midi. Vous avez un furoncle mal placé qui vous empêche de sortir avec lui ; donnez-lui cette raison quand vous vous excuserez.

— Je ne veux... Non, je ne dirai pas ça. C'est trop gênant. Je déclarerai avoir la migraine. Tom, je ne crois pas que Civil soit un traître ; il ne me trahirait jamais.

— Vous allez donner la raison que je vous ai indiquée précisément parce qu'elle est gênante. La migraine, ça fait mauvais prétexte ; pas un furoncle aux fesses. » Je décidai d'aborder mes soupçons en biaisant. « Peut-être Civil n'est-il pas un traître, mais qui sait si quelqu'un ne le manipule pas pour vous attirer hors des murs de Castelcerf ? Si on ne le menace pas de... eh bien, par exemple, de révéler publiquement que sa mère a le Vif s'il ne vous livre pas ? Vous comprenez donc que la question n'est pas de savoir si on peut ou non se fier à lui. Gagnez du temps pour que je puisse agir ; allez vous excuser, mais n'oubliez pas de feindre de marcher avec précaution et d'éviter tout ce que vous éviteriez si vous souffriez réellement d'un furoncle. »

La mine sombre, il acquiesça de la tête, et j'en éprouvai un certain soulagement. Mais il déclara soudain : « Je vais avoir du mal à refuser cette sortie ; il a dit qu'il avait un service à me demander aujourd'hui.

— Lequel ?

— Je n'en sais trop rien ; c'est en rapport avec son marguet, je pense.

— Raison de plus pour ne pas l'accompagner. » Je tâchai d'envisager toutes les ramifications possibles de la situation, et une idée me vint. « Civil vous a-t-il donné un autre animal ? A-t-il essayé de vous offrir un compagnon de Vif ?

— Me croyez-vous assez stupide pour lui faire confiance si c'était le cas ? » Le prince paraissait à la fois interloqué et vexé par ma question. « Je ne suis pas idiot, Tom. Non ; Civil m'a même recommandé de ne me lier à aucune créature avant un an au moins. La tradition du Lignage prévoit une période de deuil précise, de sorte que, lorsque l'humain choisit un nouveau compagnon, on soit sûr que c'est par attirance mutuelle et non pour remplacer l'animal perdu.

— Apparemment, Civil vous a longuement entretenu des coutumes du Lignage. »

Le prince se tut un moment puis il répondit avec froideur : « Vous n'avez pas voulu me les enseigner, Tom, mais je savais, au plus profond de moi, qu'il me fallait les apprendre ; pas seulement pour me protéger mais aussi pour maîtriser ma propre magie. Je refuse d'avoir honte de mon Vif, Tom. Je suis obligé de le cacher à cause de la haine injuste que beaucoup lui vouent, mais je refuse d'en avoir honte ou de le renier. »

Je ne voyais guère que répondre, d'autant qu'une pensée perfide me soufflait qu'il avait raison. N'aurions-nous pas vécu plus heureux, Œil-de-Nuit et moi, si j'avais été formé au Vif avant de me lier à lui ? Pour finir, je déclarai d'un ton guindé : « Mon prince agira selon ce qu'il juge le mieux, je n'en doute pas.

— En effet. » Puis, comme s'il venait de remporter une bataille, il changea de tactique et me demanda de but en blanc : « Je ferai donc semblant de n'être au courant d'aucun complot. Et vous ? Je crains que le péril ne soit aussi grand pour vous que pour moi – non, plus grand, même : mon nom me protégera dans une certaine mesure.

Il faudrait que les Pie parviennent à prouver que j'ai le Vif avant d'être en mesure de se débarrasser de moi. Mais vous, on pourrait vous casser la tête dans une ruelle de Bourg-de-Castelcerf sans que personne y voie plus qu'un incident banal. Vous n'avez pas de nom derrière lequel vous abriter. »

Je faillis sourire. C'était précisément mon anonymat qui me protégeait, et il me fallait impérativement préserver ce bouclier. « Je dois parler à Umbre immédiatement. Si vous tenez à m'aider, informez les cuisines que vous avez envie de gâteaux roses aujourd'hui. »

Il hocha gravement la tête. « Puis-je faire autre chose ? »

La question était sincère et j'en fus ému : il était mon prince et pourtant il m'offrait ses services. J'aurais pu refuser mais je pense qu'il se sentit plus gratifié par ma réponse : « Eh bien, oui. Outre le gâteau rose, il me faut une grosse grappe de raisins secs, une écharpe rouge, un bon couteau de ceinture et une plume de paon. » Alors que les yeux du prince s'arrondissaient, j'ajoutai : « Un saladier de noix et quelques douceurs ne seraient pas malvenus non plus. Si vous pouviez apporter cela ici sans vous faire remarquer, vous me seriez d'une grande aide ; je me chargerai de déposer ensuite le tout chez Umbre.

— Cette liste est pour Lourd ? Vous voulez acheter sa loyauté ? » Il s'exprimait d'un ton scandalisé.

« Oui, c'est pour Lourd, mais pas pour l'acheter. Enfin, pas exactement. Il faut absolument le rallier à notre camp, Devoir, et nous allons commencer par des cadeaux et des marques d'attention – je pense d'ailleurs que ces marques se révéleront finalement plus importantes que les présents. Vous l'avez entendu décrire sa vie ; pourquoi vouerait-il de l'attachement à quiconque ? Permettez-moi de vous dire ce que j'ai appris par expérience, mon prince : n'importe qui, même un roi, peut gagner l'allégeance d'un homme en lui dispensant d'abord des cadeaux. Au début, leur relation peut donner l'impression de s'arrêter à ce simple échange ; mais, peu à peu, la loyauté et même un profond respect peuvent naître entre eux, car, lorsque quelqu'un nous porte de l'intérêt ou que nous-mêmes éprouvons de l'intérêt pour quelqu'un, un lien se crée obligatoirement. » Je me laissai aller un moment à songer non seulement au roi Subtil et à moi, mais aussi à la relation qui nous unissait, Heur et moi, et à celle qui s'était développée entre Burrich et moi, puis entre Umbre et moi. « Voilà pourquoi nous allons offrir à Lourd des présents simples qui pourront le mettre dans de bonnes dispositions.

— Un bain ne lui ferait pas de mal non plus ; et aussi des vêtements neufs. » Le prince réfléchissait à voix haute, sans trace d'ironie dans le ton.

« Vous avez raison », murmurai-je. Il ne comprit pas, sans doute, le sens que je donnais à cette réponse ; je me réjouissais qu'il se creuse la cervelle pour trouver le moyen de gagner le cœur de Lourd, car, en fin de compte, c'était entre eux deux que je cherchais à forger un lien. Je partageai soudain la conviction d'Umbre qu'il fallait un clan d'Art au prince ; un jour viendrait peut-être où seule la phrase « ne le vois pas, ne le vois pas » empêcherait qu'on lui passe la corde au cou.

Nous partîmes chacun vaquer à nos propres affaires. Je retournai rapidement à ma chambre par le labyrinthe secret ; de là, je sortis des appartements du fou sans même prendre le temps de vérifier s'il était réveillé ou non et, quelques minutes plus tard, je gravis quatre à quatre l'escalier de l'aile du château où résidait le plus proche conseiller de la reine. Je regrettais de ne pas disposer d'un moyen plus discret de le contacter, mais j'avais décidé, si on me barrait le chemin, de prétendre lui délivrer un message du seigneur Doré.

La matinée, bien que déjà riche en surprises et en rebondissements, commençait à peine. La plupart de ceux qui circulaient sans bruit dans Castelcerf étaient des domestiques affairés aux tâches destinées à fournir un lever agréable à leurs maîtres ; certains portaient des seaux d'eau pour les ablutions, d'autres des plateaux de petit déjeuner. Une guérisseuse chargée de pansements et de baumes en pot me dépassa malgré mes longues enjambées ; la petite femme trottait d'un pas pressé, les joues en feu, comme si sa vie en dépendait. Je supposai qu'elle se rendait chez Umbre pour traiter ses brûlures ; c'est pourquoi, lorsqu'elle s'arrêta devant moi sans crier gare, je faillis trébucher sur elle. Je gardai l'équilibre en plaquant une main contre le mur puis lui présentai mes excuses.

« De rien, de rien ! répondit-elle. Ouvrez-moi simplement cette porte, s'il vous plaît. »

Ce n'était pas celle d'Umbre – j'avais repéré ses appartements depuis longtemps. Mais ma curiosité avait été piquée, aussi, tout en m'apprêtant à pousser le battant, je m'exclamai d'un ton fervent : « Que de produits vous portez ! J'espère que dame Pudeur n'est pas trop gravement blessée ! »

La guérisseuse secoua la tête d'un air agacé. « Nous ne sommes pas chez dame Pudeur ; c'est dame Romarin qui a besoin de mes services. Une chute de suie s'est produite dans sa cheminée cette nuit et le nuage s'est enflammé devant elle, la malheureuse ! Elle est brûlée aux deux mains et sa belle chevelure est bien roussie. Allons, ouvrez cette porte, mon ami ! »

J'obéis, bouche bée, puis je risquai un rapide coup d'œil dans l'appartement avant de refermer. Dame Romarin avait les joues et le front aussi rouges qu'Umbre. Emmitouflée dans une couverture jaune, elle occupait un fauteuil près d'une fenêtre, et une soubrette empressée coupait les pointes racornies de ses cheveux. Elle tenait ses mains devant elle, bandées de linges mouillés, comme si elles la faisaient souffrir. Ce fut tout ce que j'aperçus avant que l'huis ne se rabattît.

Je vacillai légèrement tandis que les pièces s'emboîtaient dans mon esprit. J'avais découvert un secret de trop ce matin : dame Romarin était le nouvel apprenti d'Umbre ! Mais pourquoi pas, après tout ? Royal lui avait enseigné les rudiments du métier d'assassin quand elle était enfant ; pourquoi refuser un espion déjà formé ? J'éprouvai soudain une profonde tristesse devant une attitude aussi terre à terre. Pourtant, j'avais entendu plus d'un Loinvoyant le dire : l'arme qu'on jette aujourd'hui peut servir demain contre soi. Mieux valait garder dame Romarin bien en main que risquer de la voir utilisée contre nous par un autre.

Je repris mon chemin d'un pas plus lent. Ce que je venais d'apprendre n'ôtait rien à l'urgence de ma mission, mais j'avais l'impression que tant d'idées se bousculaient sous mon crâne qu'il m'était impossible d'en suivre une seule. Arrivé à la porte, je frappai et un gamin d'une dizaine d'années vint m'ouvrir. Je pris une voix sonore et un ton enjoué. « Bien le bonjour, jeune monsieur ! Je m'appelle Tom Blaireau, serviteur de sire Doré, et j'apporte un message pour le conseiller Umbre ! »

L'enfant me regarda, les paupières papillotantes ; il

n'était pas réveillé depuis longtemps. « Mon maître n'est pas bien aujourd'hui, répondit-il enfin. Il ne veut voir personne. »

Je souris d'un air affable. « Oh, il n'a pas besoin de me voir, jeune monsieur. Il lui suffit de m'écouter. Ne puis-je lui parler ?

— Non, je regrette. Mais vous pouvez me remettre votre message, si vous voulez.

— Le seigneur Doré ne l'a pas écrit ; il m'a confié le soin de le répéter. » Je parlais d'une voix tonitruante sans me préoccuper du silence qui régnait dans les couloirs du château et dans l'appartement aux volets clos. L'enfant jeta un coup d'œil furtif à une porte fermée derrière lui ; c'était donc celle d'Umbre, sans doute. Le découragement me gagna : peut-être le vieil homme s'était-il alité pour de bon à la suite de son accident, et, s'il dormait dans une chambre close, l'ouïe affaiblie par sa mésaventure, les chances étaient minces qu'il m'entende et m'invite à entrer.

« Et quel est le message ? » demanda le jeune page d'un ton ferme. Il arborait un sourire aimable mais se tenait bien campé dans l'encadrement, me barrant le passage. À l'évidence, il me rangeait dans la catégorie des hommes d'armes classiques de Castelcerf : pas très malins de naissance, et dont de longues années à prendre des coups sur la tête n'ont pas amélioré l'intellect.

Je m'éclaircis la gorge et hochai la tête. « Sire Doré de Jamaillia invite le seigneur Umbre, grand conseiller de la reine Kettricken des Six-Duchés, ce matin à partager son petit déjeuner et à participer à un jeu de hasard fort distrayant. Il n'en a appris les règles que tout récemment et pense qu'il intéressera le conseiller. On l'appelle le "laudevin" dans la région d'où il provient. Chaque joueur ne reçoit qu'un seul jeu de pions et son sort dépend de sa capacité à prendre des risques supérieurs à ceux de ses adversaires avant l'expiration du délai imparti. Des rumeurs assurent qu'on y joue à Bourg-de-Castelcerf, mais mon maître ignore où exactement. »

La mâchoire inférieure du petit page commençait à s'affaisser. On l'avait certainement bien entraîné à rapporter mot pour mot les messages verbaux, mais pas d'une telle longueur. Souriant imperturbablement, je poursuivis d'une voix tonnante afin de me faire entendre de l'autre côté de la porte : « Mais l'aspect le plus curieux de ce divertissement est qu'on ne le pratique traditionnellement que les jours de lessive. Est-ce croyable ? Naturellement, on peut s'y adonner quand on en a envie, mais les enjeux sont toujours les plus hauts les jours de lessive. »

Le page m'interrompit : « Je répéterai à mon maître qu'il est invité à une partie de laudevin chez le seigneur Doré. Mais je crains qu'il ne refuse; comme je vous l'ai dit, il ne se sent pas bien.

— Bah, ce n'est pas nous qui en décidons, n'est-ce pas ? Notre rôle se borne à transmettre les messages. Allons, merci et bonne journée ! »

Et je m'éloignai en fredonnant, l'air pressé. Aux cuisines, je garnis un plateau d'un repas plus que copieux auquel j'ajoutai, afin de confirmer que sire Doré allait bel et bien recevoir le conseiller Umbre dans ses appartements, des assiettes et des coupes supplémentaires, et j'emportai le tout chez le fou. J'arrivai devant la porte à l'instant où le page d'Umbre allait y frapper : il venait présenter les excuses de son maître, incapable d'accepter l'invitation à cause d'un affreux mal de tête. Je lui promis de transmettre ses regrets au seigneur Doré. J'eus à peine le temps d'entrer, de bâcler l'huis derrière moi et de poser le plateau qu'Umbre sortit de ma chambre. « Que se passe-t-il avec Laudevin ? » lança-t-il d'une voix tendue.

Il offrait un spectacle encore plus affreux que la nuit précédente, si cela était possible : la peau écarlate de son front et de ses joues pelait à présent et lui donnait l'air d'un lépreux. En revanche, il s'exprimait d'une voix moins sonore. Afin d'en avoir le cœur net, je lui demandai très bas : « Votre ouïe s'améliore ? »

Il me jeta un regard noir. « Un peu, mais il faut tout de même que tu parles plus fort si tu veux que je t'entende bien. Mais ce n'est pas le sujet. Que se passe-t-il avec Laudevin ? »

À cet instant, sire Doré apparut ; il terminait de nouer la ceinture de sa robe de chambre. « Ah ! Bonjour, conseiller Umbre ! Je ne m'attendais pas au plaisir de votre visite, mais je constate que mon valet vous a reçu et qu'il a prévu le petit déjeuner pour nous deux. Prenez place, je vous en prie. »

Le vieil assassin le considéra d'un air exaspéré, puis il se tourna vers moi avec la même expression. « Ça suffit ! Vos griefs réciproques ne m'intéressent pas. Nous avons affaire à une menace contre le trône des Loinvoyant et je ne tolérerai pas que vos querelles ridicules entravent nos efforts. Fou, taisez-vous. FitzChevalerie, rends-moi compte. »

Le fou haussa les épaules, s'assit dans le fauteuil en face d'Umbre et, sans cérémonie, entreprit de servir mon ancien mentor. Je conçus une certaine aigreur à le voir accepter de revenir à son identité première pour Umbre mais pas pour moi. Je m'installai à table avec eux ; le fou avait laissé mon assiette vide, et je la remplis tout en narrant par le menu les événements de la matinée. Plus j'avançais dans mon rapport, plus l'inquiétude se peignait sur le visage d'Umbre, mais il ne m'interrompait pas. Rendant la monnaie de sa pièce au fou, je ne lui adressai pas le plus petit coup d'œil. Quand j'eus fini, je versai de la tisane dans la tasse d'Umbre et la mienne, puis j'attaquai mon repas. Je me découvris un appétit de loup.

Après un long moment de silence, le vieil homme me demanda : « As-tu prévu des mesures ? »

Je haussai les épaules avec une désinvolture que j'étais loin de ressentir. « Elles sont évidentes, je pense : il faut empêcher Lourd de quitter le château afin qu'il ne risque pas de révéler ce que nous savons, garder le prince en sécurité chez lui aujourd'hui et demain, interroger Lourd pour apprendre où il va chaque semaine faire son rapport, puis nous y rendre nous-mêmes, éliminer le plus possible de ces gens et nous assurer que, cette fois, Laudevin n'en réchappe pas. » J'avais réussi à conserver un ton égal malgré la répulsion que mes propres paroles m'inspiraient soudain. Et voilà, ça recommence, me dis-je ; il ne s'agit pas de tuer au combat ou en défense, mais de projeter discrètement, de sang-froid, des meurtres pour le compte des Loinvoyant. Avais-je vraiment affirmé que je n'étais plus un assassin et que je ne le redeviendrais plus jamais ? Avais-je prononcé ces mots par hypocrisie ou par stupidité ?

« Cesse d'essayer d'impressionner le fou ; ça ne prend pas », répondit Umbre avec brusquerie.

J'aurais été moins vexé s'il n'avait pas mis aussi précisément dans le mille. Oui, c'était vrai, je plastronnais pour le fou. Sans même oser un coup d'œil pour voir comment il réagissait à la remarque d'Umbre, j'avalai une nouvelle bouchée pour m'éviter d'avoir à parler.

Les propos suivant de mon vieux maître me laissèrent

interdit. « On ne tuera personne, Fitz, et, toi, tu resteras à l'écart de ces gens. Je n'aime pas savoir qu'ils nous espionnent et je suis humilié de n'avoir pas su déjouer la ruse qu'ils ont employée contre nous, mais nous ne pouvons pas prendre aujourd'hui le risque d'éliminer des vifiers sans compromettre la parole de notre reine. Tu sais que Kettricken a proposé de recevoir une délégation de la communauté du Lignage afin de trouver une solution aux persécutions injustes dont ses membres sont victimes ? » J'acquiesçai de la tête et il poursuivit : « Eh bien, des messages lui sont parvenus ces deux derniers jours pour accepter son offre. Je suspecte que Laurier n'est pas étrangère à cette attitude ; pas toi ? »

Le vieil homme m'avait lancé la question à brûle-pourpoint, accompagnée d'un regard sombre. Mais, s'il avait espéré m'arracher un secret par surprise, il en fut pour ses frais. Je réfléchis un moment puis hochai la tête. « C'est bien possible. Ainsi, ils se passent... Cette rencontre s'organise sans votre supervision ? » Je n'avais pas trouvé de tournure plus délicate.

Umbre s'assombrit encore. « Non seulement sans ma supervision mais à l'encontre de mes recommandations. Nous n'avons que faire de nouvelles complications diplomatiques ; toutefois, je ne crois pas que nous y échapperons. Apparemment, la reine laisse tous les détails de l'heure et du lieu de la réunion à la discrétion des vifiers ; ils ont spécifié qu'afin d'assurer leur protection le secret devait rester absolu, et nous n'annoncerons la tenue de l'assemblée qu'au moment où ils nous y autoriseront. À mon avis, ils craignent la réaction de nos nobles s'ils apprennent ce qui se trame – et moi aussi ! » Il reprit son souffle et se domina. « Aucune date précise n'a été fixée mais ils nous ont promis que ce serait "pour bientôt". Il est très possible que Laudevin fasse partie des émissaires ; aussi, le tuer là où il loge avant qu'il ait vu la reine serait... politiquement malvenu.

— Et grossier, au surplus, intervint le fou entre deux bouchées de pain, en brandissant l'index en direction d'Umbre d'un air de remontrance.

— Je dois donc rester les bras croisés ? demandai-je avec froideur.

— Pas exactement, répondit le vieil assassin d'un ton modéré. Ton conseil est judicieux ; empêche Lourd de sortir du château, ne lui donne pas l'occasion de rapporter ce que nous avons appris et vois quels autres renseignements tu peux lui soutirer. Tu as eu raison également de recommander à Devoir de ne pas rester seul avec Civil Brésinga ; l'invitation était peut-être innocente, mais il s'agissait peut-être aussi d'une ruse pour fournir un otage à nos ennemis. Je n'ai pas encore réussi à déterminer quelle part exacte les Brésinga ont prise dans le dernier enlèvement ; les rapports que je reçois de Castelmyrte sont contradictoires : je me suis demandé quelque temps si dame Brésinga ne se trouvait pas elle-même en danger ou en position d'otage, tant ses déplacements étaient limités et son existence monacale ; ensuite, j'ai soupçonné de simples difficultés financières, et, aujourd'hui, on m'apprend qu'elle boit beaucoup plus que d'habitude ; elle se retire très tôt dans sa chambre et se lève tard le matin. » Il poussa un soupir. « Je n'ai encore abouti à aucune conclusion en ce qui la concerne, et je n'ose rien faire contre elle alors que la reine s'efforce de s'attirer l'amitié des vifiers. J'ignore toujours si les Brésinga représentent une menace ou s'ils sont nos alliés. » Il se tut, les sourcils froncés, puis reprit : « Quelle malchance de m'abîmer le visage alors qu'il est impératif que je puisse aller et venir et m'entretenir avec toute sorte de gens ! Mais je ne dois pas non plus exciter la curiosité ; certains risqueraient d'opérer des rapprochements indus. »

Sans un mot, le fou quitta la table et disparut dans sa chambre ; il ressortit, un petit pot à la main. Il le posa près d'Umbre. Devant le regard interrogateur du vieil assassin, il expliqua d'un ton calme : « Cet onguent fait merveille sur les desquamations. Il est aussi légèrement teinté pour éclaircir la peau ; si la couleur est trop vive, dites-le-moi ; je puis la changer. » Je remarquai qu'il n'avait pas demandé à Umbre ce qui lui était arrivé, et que mon ancien mentor ne lui fournit aucune explication. Le fou ajouta d'un ton circonspect : « Si vous le souhaitez, je vous montrerai comment l'appliquer. Nous arriverons peut-être aussi à réparer vos sourcils en partie.

— Je vous en prie », répondit Umbre après une hésitation. Un coin de la table du petit déjeuner fut donc dégagé, le fou apporta ses produits de maquillage et ses poudres, et il se mit à l'œuvre. Il était comme fascinant de le regarder travailler. Umbre parut mal à l'aise tout d'abord, mais il se prit vite au jeu et ne cessa de s'observer dans le miroir tandis que le fou remettait son visage en état. Quand il eut fini, Umbre hocha la tête d'un air ravi et déclara : « Ah, si j'avais disposé de crèmes et d'artifices de cette qualité quand je jouais dame Thym ! Je n'aurais pas été obligé de porter tant de voiles ni de puer si fort pour tenir les gens à distance ! »

Je souris aux souvenirs que ses propos suscitaient, mais j'éprouvai aussi un trouble fugitif : parler avec tant d'insouciance de ses secrets, si vieux qu'ils soient, ne ressemblait pas à Umbre. Supposait-il que j'avais révélé au fou tout ce qui nous concernait ? Ou bien avait-il une confiance absolue en lui ? Il leva la main pour se tâter la joue mais le fou l'arrêta d'un geste. « Touchez votre visage le moins possible. Emportez ces pots, et trouvez un prétexte pour vous isoler avec un miroir après les repas : c'est en ces occasions que vous devrez sans doute retoucher votre maquillage. Et, si vous avez besoin de mon aide, envoyez-moi simplement un billet m'invitant chez vous ; je passerai à vos appartements.

— Dites à votre page que vous avez une question sur les règles du jeu de laudevin », intervins-je. Sans regarder le fou, j'expliquai : « C'est le prétexte que j'ai inventé pour entrer chez Umbre ce matin : sire Doré l'invitait à partager son petit déjeuner et à lui apprendre un nouveau jeu de hasard.

— Invitation que j'ai déclinée pour raison de mauvaise santé », enchaîna le vieil assassin. Le fou hocha gravement la tête. « Je dois m'en aller à présent. Continue sur ta lancée, Fitz, et fais-moi transmettre un message de sire Doré contenant le mot "cheval" si tu souhaites me voir. Si tu parviens à savoir par Lourd où Laudevin loge, informe-m'en rapidement ; j'enverrai quelqu'un fureter sur place.

— Je serais capable de m'en charger moi-même, fis-je à mi-voix.

— Non, Fitz. Il connaît ton visage, et Lourd lui a peut-être révélé que tu travaillais avec moi. Mieux vaut que tu ne t'approches pas de lui. » Il prit sa serviette pour s'essuyer la bouche mais, devant le regard d'avertissement du fou, il se contenta de s'en tapoter les lèvres. Il se leva, fit mine de s'éloigner et se retourna brusquement vers moi. « La figurine trouvée sur la plage des Autres, Fitz... Tu as dit que, selon le prince, elle représentait la narcheska, n'est-ce pas ? Crois-tu que ce soit possible ? »

Je fis un geste d'ignorance. « Cette plage m'a laissé une impression d'extrême étrangeté. Quand je songe à ce qui nous y est arrivé, mes souvenirs restent vagues et brumeux.

— Cela peut provenir du passage par les piliers d'Art, d'après toi ? »

J'hésitai un instant. « Peut-être. Pourtant ce n'est pas la seule explication, je le sens. Qui sait si les Autres ou des êtres inconnus n'ont pas placé cette grève sous l'effet d'un sortilège ? Rétrospectivement, mes décisions me paraissent dépourvues de logique, Umbre. Pourquoi n'ai-je pas tenté de suivre le sentier qui menait à la forêt ? Je me rappelle l'avoir regardé en songeant qu'il n'était pas là par hasard, qu'on l'avait tracé ; et cependant je n'éprouvais aucune envie de l'examiner de plus près. Non, c'était encore plus fort que ça : le bois me donnait une impression de menace comme je n'en ai ressenti devant aucune autre forêt. » Je secouai la tête. « Je crois que ce lieu baigne dans une magie qui lui est propre, qui n'est ni l'Art ni le Vif, et à laquelle je ne tiens pas du tout à me frotter à nouveau. L'Art y prenait une force de séduction exceptionnellement puissante, et... » Je laissai ma phrase en suspens ; je ne me sentais pas encore prêt à parler de l'entité incompréhensible qui nous avait sortis, Devoir et moi, du flot de l'Art et rendu notre intégrité. C'était une expérience à la fois trop immense et trop intime.

« Une magie capable de donner au prince une statuette représentant sa future épouse, non telle qu'elle est mais telle qu'elle sera ? »

Je haussai les épaules. « Quand Devoir m'a fait remarquer la ressemblance, elle m'a paru évidente. J'ai vu de mes yeux dans les cheveux de la narcheska une parure bleue semblable à celle de la figurine ; en revanche, je ne l'ai jamais vue habillée comme la statuette, et elle n'a pas encore de poitrine.

— Il me semble avoir lu quelque part qu'il existe une cérémonie, dans les îles d'Outre-mer, où les jeunes filles se présentent ainsi vêtues pour demander reconnaissance de leur statut de femme. »

Je ne cachai pas que je jugeais la coutume barbare, puis j'ajoutai : « La narcheska et la sculpture ont des traits communs, mais ce sont peut-être simplement ceux que partagent toutes les Outrîliennes. Je ne crois pas qu'il faille y accorder trop d'attention pour le moment. »

Umbre soupira. « Il y a trop de lacunes dans notre connaissance des îles d'Outre-mer et de leurs habitants. Bien, je dois m'en aller; j'ai beaucoup à rapporter à la reine, et quantité de questions à poser à différentes personnes. Fitz, dès que tu auras obtenu des informations précises de Lourd, reviens me voir. Fais-moi transmettre un message du fou contenant le mot "lavande". »

Mon cœur manqua un battement. « Je croyais que c'était "cheval" », dis-je.

Umbre s'arrêta près de la porte de ma chambre. Il était ébranlé, je le savais, mais il tenta de dissimuler son trouble. « Vraiment ? Non, c'est un terme trop courant, je trouve. Je préfère "lavande" ; il y a moins de risque que tu m'en parles par accident. Au revoir. »

Et il sortit, refermant ma porte derrière lui. Je me retournai vers le fou pour voir si l'erreur du vieillard le consternait autant que moi, mais il n'était plus là. Il s'était éclipsé discrètement en emportant ses onguents et ses poudres de maquillage. Je poussai un soupir et entrepris de débarrasser la table. Les brefs moments que je venais de passer en sa compagnie m'avaient fait toucher du doigt à quel point il me manquait; le voir accepter de complaire à Umbre mais pas à moi m'infligeait une profonde blessure.

Et je songeai avec amertume : Du moins, si le fou est bien sa véritable identité.

5

UN GÂTEAU ROSE

Demandez à l'élève de s'allonger sur le dos, ni sur un lit confortable ni sur une surface trop dure : l'un et l'autre distrairaient son esprit. Une couverture pliée au sol suffit. Qu'il ôte ou relâche ses vêtements serrés ; certains pratiqueront mieux l'exercice s'ils sont nus, sans tissu dont le contact sur leur peau risque de les déconcentrer ; chez d'autres, au contraire, la nudité peut créer une impression de vulnérabilité qui détournera leurs pensées de leur objectif. Laissez chacun décider ce qui lui convient le mieux, sans faire de commentaires.

Insistez sur le fait que le seul mouvement doit être celui d'une respiration régulière. Demandez à l'élève de fermer les yeux puis, sans bouger, de prendre conscience de son corps. Il faudra peut-être le guider tout d'abord ; dites-lui de chercher à percevoir ses orteils sans les toucher ni les remuer, puis de penser à ses genoux sans les plier. Poursuivez avec la peau de sa poitrine, de son front, du dos de ses mains, et continuez aussi longtemps que nécessaire à désigner les limites de sa chair jusqu'au moment où vous aurez conduit l'élève à sentir dans leur totalité les confins du corps qu'il habite. Une fois que vous l'aurez ainsi préparé, demandez-lui de trouver les frontières de sa pensée. S'arrête-t-elle à la paroi de son front ? La ressent-il comme captive de son crâne ou prisonnière de sa poitrine ?

À moins d'avoir l'esprit particulièrement obtus, il s'apercevra promptement que le corps n'enferme pas la pensée : elle s'étend au-dehors de notre chair, à l'instar de la vue, de l'ouïe, du toucher, de l'odorat et même du goût, tous sens qui nous relient au monde extérieur en demeurant des fonctions du corps physique. Comme eux, la pensée se projette à l'extérieur, mais sans limites de distance ni de temps. Interrogez l'étudiant : ne sent-il pas l'odeur du vin qui s'échappe d'une bouteille ouverte à l'autre bout d'une pièce ? N'entend-il pas les cris qu'échangent les marins au travail d'un bout à l'autre d'un port ? Alors qu'il ne refuse pas de se croire capable de percevoir les pensées de l'homme à l'autre extrémité du champ.

Préparation des élèves, traduction de BOISCOUDÉ

*

Je me rendis tout d'abord à la tour de Vérité pour voir quels articles de la liste de Lourd le prince avait réussi à se procurer. À ma grande surprise, non seulement il les avait tous trouvés mais il m'attendait en personne.

« Vos amis ne vont-ils pas s'intriguer de votre absence ? » demandai-je en parcourant des yeux les objets sur la table.

Il secoua la tête. « J'ai inventé des prétextes. Parfois, ma réputation de personnage un peu singulier m'est bien utile : personne ne s'étonne de mes brusques besoins de solitude. »

J'acquiesçai en effectuant le tri de ce qu'il avait

apporté. Je pliai l'écharpe rouge et la mis de côté. « Je l'ai vue à votre cou ; si je la remarque, d'autres en feront autant, et, si Lourd l'arbore devant tout le monde, on supposera qu'il l'a volée ou qu'il existe un lien particulier entre vous ; dans tous les cas, cela ne fait pas notre affaire. Il en va de même pour ce couteau ; j'apprécie que vous acceptiez de vous en séparer, mais une arme aussi finement ouvragée entre ses mains ne manquerait pas de soulever des interrogations. » Je posai la dague sur l'écharpe.

Le petit gâteau rose saupoudré de sucre était encore légèrement tiède, et il en montait un appétissant parfum d'amande. La plume de paon était longue, et elle se balança gracieusement quand je la pris. Dans un saladier en terre cuite plein de raisins secs mais charnus luisaient çà et là des noix écalées enrobées de sirop durci. « C'est merveilleux. Merci.

— Merci, Tom. » Devoir se tut un instant puis demanda : « Croyez-vous que Laudevin soit venu vous tuer ?

— C'est possible, en effet. Mais Umbre pense qu'il fait peut-être partie d'une délégation de vifiers envoyée pour négocier avec la reine et il m'a ordonné de me tenir à l'écart jusqu'à nouvel ordre.

— Vous ne pouvez donc rien faire pour l'instant.

— Oh si, j'ai fort à faire ? marmonnai-je. Simplement, je vais me retenir d'aller tuer Laudevin sur-le-champ. »

Le prince éclata de rire et je mesurai soudain l'imprudence de mes paroles ; heureusement, il avait cru que je plaisantais, et je plaquai un sourire sur mes lèvres. « Je vais porter ces cadeaux à Lourd et voir ce qu'il peut nous apprendre de nouveau ; de votre côté, n'oubliez pas d'adopter un comportement aussi normal que possible. »

Cette perspective ne parut pas le ravir mais il en reconnut la nécessité. Je sortis par le panneau de la cheminée ;

tout en gravissant les marches inégales et en négociant les passages étroits, je tâchai d'analyser les implications de la présence de Laudevin à Bourg-de-Castelcerf. Kettricken avait engagé les vifiers à négocier avec elle ; en tant que chef de la faction des Pie, il jouait son rôle en se présentant pour exposer leurs vues ; mais, en tant que responsable de la tentative d'enlèvement du prince, il faisait preuve d'une audace confondante en paraissant devant Kettricken : le Vif ne lui vaudrait pas la potence, mais il méritait assurément la mort pour avoir comploté contre les Loinvoyant. Cependant, il y avait un hic : la reine ne pouvait l'inculper sans révéler que son fils avait le Vif. On avait tu les événements qui avaient entouré la disparition du prince ou bien on en avait donné des explications inoffensives ; les nobles de la cour étaient convaincus qu'il avait simplement fait retraite quelque temps afin de méditer. Laudevin avait-il l'intention de se servir de ces secrets contre les Loinvoyant ? Je soupirai en espérant que d'autres membres du Lignage, plus modérés, se présenteraient aussi. À mes yeux, Laudevin personnifiait les éléments les pires et les plus extrémistes de notre groupe ; c'étaient ses semblables qui suscitaient la haine et la peur du Vif dans la population. S'il venait seul en affirmant parler au nom de tous les vifiers, ces sentiments perdureraient.

J'écartai ces réflexions en parvenant à la salle d'Umbre. À mon entrée, je trouvai Lourd assis, l'air tout triste, sur les pierres d'âtre devant le feu mourant. Il contemplait les flammèches, la langue entre les lèvres. « Tu croyais que je t'avais oublié ? » demandai-je.

Il se tourna vers moi et, comme il apercevait les cadeaux que j'apportais, une vague effrayante de gratitude jaillit de lui et m'enveloppa. Il se leva, tremblant littéralement d'émotion. « Posons tout ça sur la table », proposai-je. Il paraissait abasourdi. Il se mit à s'agiter comme un chiot surexcité pendant que je repoussai d'un geste prudent manuscrits et encriers puis plaçai un par un les objets sur la table. « Le prince Devoir m'a aidé à les trouver, lui dis-je. Tiens, voici le gâteau rose au sucre ; il est encore tiède. Ça, c'est un saladier de raisins secs pour toi, avec des noix glacées en plus. Le prince a pensé que tu aimerais peut-être y goûter. Et voici la plume de paon, la plume avec un œil. Tout est pour toi. »

Il ne toucha à rien ; il resta devant la table, les yeux écarquillés, les mains crispées sur son ventre arrondi. Ses lèvres remuaient sans qu'en sorte un son, comme s'il disséquait mes paroles. « Le prince Devoir ? » fit-il enfin.

Je tirai un fauteuil. « Assieds-toi, Lourd. Ton prince te donne toutes ces choses pour te faire plaisir. »

Il s'installa lentement dans le siège. À gestes hésitants, il avança les mains sur la table et il finit par trouver le courage d'effleurer de l'index le bord de la plume. « Mon prince. Le prince Devoir.

— C'est cela », dis-je.

J'avais cru qu'il se jetterait voracement sur la pâtisserie et les raisins secs, mais non : il resta un moment sans bouger, un doigt courtaud touchant à peine la tige de la plume, puis il prit le gâteau rose et le tourna et le retourna, l'examinant sous tous les angles avant de le reposer avec soin. Délicatement il tira vers lui le saladier, saisit un raisin sec, le regarda, le renifla puis le plaça dans sa bouche ; il le mâcha très lentement et l'avala avant d'en choisir un autre. Je percevais toute l'attention qu'il portait à cette activité ; on eût dit qu'il artisait chaque grain, qu'il en perçait la nature avant de le manger.

J'avais tout mon temps ; monter des seaux d'eau chez le

fou puis dans la salle d'Umbre n'en demeura pas moins une tâche laborieuse, et, avant que je l'eusse achevée, la cicatrice de mon dos me faisait souffrir affreusement et je comprenais que Lourd détestât ce travail. Je versai enfin le dernier seau dans la grande marmite que je mis à chauffer tandis que je préparais le baquet. Lourd ne s'occupait nullement de moi : il continuait à consommer les raisins secs un par un; le gâteau rosé restait sur la table devant lui, intact. La concentration du petit homme était absolue. Comme je l'observais en attendant que l'eau parvienne à bonne température, je m'aperçus que ses dents lui causaient du tracas : il paraissait avoir du mal à mâcher, et cela devint encore plus évident quand il s'attaqua aux noix. Sans rien dire, je le laissai à ses lentes mastications. Quand il eut fini, je pensai qu'il allait s'en prendre au gâteau rose, mais je me trompai encore une fois : il le plaça bien en face de lui et l'admira. Quelque temps plus tard, l'eau commença de fumer et je demandai d'une voix douce : « Tu ne manges pas ton gâteau, Lourd ? »

Il plissa le front d'un air pensif. « Si je le mange, il n'y en a plus. Comme les raisins secs. »

J'acquiesçai lentement. « Mais tu pourrais peut-être en avoir un autre – de la part du prince. »

Son expression redevint méfiante. « Du prince ?

— Bien sûr. Si tu fais de bonnes choses pour aider ton prince, il te donnera sans doute de bonnes choses en échange. » Je lui laissai un moment pour digérer cette déclaration puis demandai : « Lourd, as-tu d'autres vêtements ?

— D'autres vêtements ?

— D'autres que ceux que tu portes. Une chemise et un pantalon de rechange. »

Il secoua la tête. « Non, rien que ceux-là. »

Même moi je n'avais jamais été aussi mal nanti. J'espérais qu'il se trompait. « Que mets-tu quand tu donnes ces habits à la lessive ? » Je versai l'eau brûlante dans le baquet.

« À la lessive ? »

J'abandonnai ; je n'avais nulle envie d'en apprendre davantage. « Lourd, je t'ai monté de l'eau et je l'ai fait chauffer pour que tu puisses prendre un bain. » Sur une étagère, je pris la trousse de couture d'Umbre ; je pouvais à tout le moins raccommoder les accrocs les plus béants.

« Un bain ? Comme la toilette à la rivière ?

— Si tu veux, mais avec de l'eau chaude et du savon. »

Il réfléchit un instant puis répondit : « Je ne fais pas ça. » Il reprit sa contemplation du gâteau rose.

« Tu devrais essayer ; ça te plairait peut-être. C'est agréable de se sentir propre. » Pour le tenter, je provoquai de la main quelques éclaboussures dans le bain.

Il resta un moment à me considérer fixement, puis il repoussa son fauteuil et s'approcha du baquet. Il regarda l'eau ; je l'agitai de nouveau pour créer des remous. Lentement, il s'agenouilla et, se tenant d'une main au rebord de la cuve, il m'imita de l'autre ; avec un grognement amusé, il dit : « C'est chaud.

— C'est agréable de s'asseoir dedans et d'avoir chaud partout ; et puis de sentir bon après. »

Il eut un bruit de gorge qui n'était ni d'approbation ni de refus. Il enfonça davantage sa main dans l'eau et trempa son bras de chemise en lambeaux.

Je me redressai et m'éloignai, le laissant se familiariser seul avec le bain ; il lui fallut quelque temps pour achever ses expériences. Quand ses deux manches furent mouillées jusqu'aux épaules, je lui suggérai qu'il ferait mieux d'ôter sa chemise. L'eau s'était notablement refroidie quand il jugea pouvoir se risquer à enlever ses chaussures et son pantalon et à s'installer dans le bain. Il ne portait pas de sous-vêtements. Il prit un air soupçonneux quand je voulus ajouter de l'eau chaude mais, après réflexion, il me laissa faire. Il s'amusa davantage avec le savon et le linge de toilette qu'il ne les utilisa, et, bien qu'il se détendît peu à peu à la chaleur du bain, le convaincre de se laver non seulement le visage mais aussi les cheveux puis de les rincer ensuite ne fut pas une mince affaire.

Dans le courant de notre conversation décousue, j'appris qu'il n'avait plus fait de toilette depuis la fête du Printemps : nul ne le lui avait rappelé depuis la mort de sa mère. Je mesurai alors combien sa solitude était récente. Quand je lui demandai comment il s'était retrouvé domestique au château, il ne sut me répondre clairement ; il avait dû entrer un jour par hasard et, avec l'arrivée massive de population pour la fête du Printemps puis la cérémonie de fiançailles, les gens de Castelcerf avaient simplement supposé qu'il était employé par un des invités. Il faudrait que je m'enquière auprès d'Umbre sur la façon dont il était entré à son service.

Pendant que Lourd découvrait l'usage du bain et du savon, je ravaudai rapidement ses habits dans la mesure de mes moyens. Là où les coutures avaient cédé, le travail fut assez facile malgré la crasse incrustée dans le tissu, mais il avait troué ses coudes et ses genoux à force d'usure et, sans pièces pour les raccommoder, je dus les laisser en l'état.

Quand des rides apparurent au bout de ses doigts, je le fis sortir du bain, lui trouvai une serviette pour se sécher et lui dis de se placer devant le feu. Je plongeai ses vêtements dans l'eau grisâtre et les frottai rapidement mais avec énergie avant de les pendre à des dossiers de fauteuil ; ils n'étaient pas propres, mais ils étaient moins sales.

Persuader Lourd de s'asseoir et de me laisser défaire les nœuds de sa tignasse me demanda autant d'efforts que le convaincre d'entrer dans le bain. Il continua de se méfier du peigne même après que je lui eus fourni un miroir pour surveiller mes gestes. Jamais ma diplomatie n'avait été mise à aussi rude épreuve depuis que j'avais adopté Heur et dû lui expliquer que lentes et poux ne font pas naturellement partie de la chevelure.

Récuré, séché, peigné, Lourd s'avachit devant le feu, enveloppé dans une des courtepointes d'Umbre, sans doute épuisé par son bain chaud. Je retournai une de ses chaussures trouées entre mes mains ; j'avais appris l'art de la cordonnerie sous la tutelle de Burrich. « Je pourrai t'en fabriquer de nouvelles dès que j'aurai eu l'occasion de descendre en ville acheter du cuir », lui dis-je. Il hocha la tête paresseusement sans plus s'étonner de tant de générosité. J'approchai ses vêtements humides de la cheminée. « En revanche, j'ignore comment te procurer des habits pour l'instant. Mes connaissances en couture concernent les réparations plutôt que la fabrication ; mais nous trouverons. » Il hocha de nouveau la tête. Je réfléchis un moment puis me rendis à la vieille garde-robe d'Umbre dans un coin de la salle ; j'y découvris quelques-unes de ses vieilles robes de travail. L'une d'elles avait été roussie par le feu, et presque toutes les autres portaient des taches et des éclaboussures de toutes sortes ; il y avait sans doute des années qu'il ne les avait plus enfilées, et elles étaient plus propres et en meilleur état que les haillons de Lourd. J'en pris une, la tins à bout de bras pour en juger la longueur et la raccourcis impitoyablement en quelques coups de ciseaux. « Voilà ; ainsi, tu auras quelque chose à te mettre en attendant qu'on te fabrique d'autres tenues. » C'est à peine s'il acquiesça de la tête, à demi assoupi, le regard perdu dans les flammes. Dans cet état de relâchement, la musique de son Art crût en volume. Ma première réaction fut de dresser mes murailles, puis je me ravisai et m'ouvris au contraire.

Je m'installai dans l'autre fauteuil avec la robe et le matériel de couture, et jetai un coup d'œil discret à Lourd. Il paraissait au bord de l'endormissement. Je passai mon fil dans le chas de l'aiguille puis, en commençant à coudre l'ourlet, je lui demandai à voix très basse : « Alors, ils me traitent de “chien puant”, c'est ça ?

— Hmm... » La mélodie changea légèrement, les notes devinrent plus nettes, tintement d'un marteau de forge sur du fer rouge, claquement de porte, bêlement d'une chèvre à laquelle une autre répondit. J'ouvris mon esprit à la musique et la laissai porter mes pensées tout en regardant mes doigts pousser machinalement l'aiguille dans le tissu et la retirer plus loin.

« Lourd, te rappelles-tu la première fois où tu les as rencontrés ? Ceux qui m'appellent “chien puant” ? » *Montre-moi, s'il te plaît.* Je mêlai délicatement ma demande artisée au murmure de ma voix et au mouvement répété de mon aiguille. J'écoutai le chuintement imperceptible du fil dans le tissu, les craquements étouffés du feu et fondis ces éléments infimes à mon message.

Lourd resta un moment silencieux, hormis les notes d'Art qui émanaient de lui ; enfin, j'entendis les bruits de mon aiguille et du feu s'insinuer dans sa musique.

Il a dit : « Pose ton seau et suis-moi. »

« Qui a dit ça ? » demandai-je d'un ton trop avide.

La mélodie se tut et Lourd répondit à haute voix : « Je ne dois pas parler de lui, sinon il me tuera. Il me tuera avec un grand poignard. Il m'ouvrira le ventre et mes tripes tomberont par terre. » En esprit, il voyait ses propres entrailles se répandre sur le pavé d'une rue de Bourg-de-Castelcerf. « Comme des tripes de cochon.

— Ça n'arrivera pas, j'y veillerai », promis-je.

Il secoua la tête d'un air buté, puis se mit à respirer par saccades. « Il a dit : "Personne ne peut m'en empêcher. Je te tuerai." Si je parle de lui, il me tuera. Si je ne surveille pas le doré, le vieux et toi, il me tuera. Si je ne regarde pas par le trou de la serrure et que je n'écoute pas pour lui dire ce que vous dites, il me tuera. Toutes mes tripes par terre. »

Et, unis comme nous l'étions par l'Art, je perçus que Lourd en était absolument convaincu; mieux valait abandonner ce sujet pour le moment. « Très bien », répondis-je d'une voix douce. Je me laissai aller contre le dossier de mon fauteuil et me concentrai à nouveau sur mon ouvrage. « Ne pense pas à lui, fis-je d'un ton insinuant, mais seulement aux autres; ceux que tu as rencontrés. »

Il hocha lourdement sa grosse tête en contemplant les flammes. Au bout de quelques instants, sa musique renaquit. Je réglai ma respiration sur son rythme, puis les mouvements de mes doigts. Peu à peu, discrètement, je rapprochai mon esprit du sien et finis par l'effleurer.

Retenant mon souffle, je piquai mon aiguille dans le tissu et la retirai plus loin, suivie de son long fil ondoyant. Lourd respirait lentement, la bouche fermée, les yeux fixés sur le feu. Je ne lui posai pas de question et laissai son Art s'infiltrer en moi. Il n'avait pas aimé la première rencontre, pas du tout : ni la longue descente à pied, à une allure trop vive, depuis le château jusqu'au bourg, ni la main de son compagnon qui n'avait pas lâché sa manche de tout ce trajet épuisant. Il était plus grand que Lourd, celui qui le tenait ainsi, ce qui avait obligé le petit homme à marcher de guingois et trop vite. Au bout du long chemin qu'il avait parcouru à son corps défendant, il avait les jambes douloureuses et la bouche sèche. Dans ses souvenirs, celui qui tenait sa manche l'avait secoué jusqu'à ce qu'il réponde à toutes les questions qu'on lui avait posées dans la pièce.

Ses réminiscences n'avaient rien de flou ; au contraire, elles étaient surchargées de détails. Il se rappelait aussi clairement son ampoule au talon que les propos de l'homme ; les bêlements d'une chèvre non loin de là et les grincements des lourds chariots qui passaient dans la rue avaient autant de poids que la voix de son interrogateur. On l'avait secoué sans ménagements à plusieurs reprises pour lui arracher des réponses, et il gardait un souvenir vif de la peur et de l'incompréhension où le plongeaient ces traitements.

Le vague des renseignements qu'il avait donnés à l'homme tenait à son ignorance autant qu'à son sens singulier des priorités. Il avait parlé de ses tâches aux cuisines, et on lui avait demandé quels seigneurs il servait, mais il ne savait pas leurs noms. Les inconnus, tout d'abord impatients, avaient ronchonné, et l'un d'eux avait reproché vertement à celui qui avait amené Lourd de leur faire perdre leur temps ; puis le simple d'esprit s'était plaint du travail supplémentaire et des escaliers qu'il devait gravir à cause du vieux à la figure pleine de trous. « Umbre ! Le seigneur Umbre, le conseiller de la reine ! » avait murmuré l'un des hommes d'une voix sifflante, et tous s'étaient rapprochés de Lourd.

Ils avaient appris ainsi qu'Umbre exigeait qu'il range les petites bûches d'un côté, les grosses de l'autre, et qu'il nettoie les marches quand il renversait de l'eau. Il ne devait jamais toucher aux manuscrits, éparpiller les cendres par terre, ouvrir la petite porte si quelqu'un pouvait le voir. Seule cette dernière interdiction avait paru les intéresser, mais, après qu'ils l'avaient interrogé quasi en pure perte sur ce sujet, Lourd les avait sentis à nouveau mécontents ; il avait eu peur mais l'homme qui l'avait amené avait déclaré que c'était seulement la première fois et qu'on pouvait dresser l'idiot à surveiller ce qu'on voulait. Alors quelqu'un lui avait indiqué d'autres cibles. *« Un seigneur jamaillien à fanfreluches, aux cheveux blonds et au teint doré. Il monte un cheval blanc et il a un chien puant de serviteur avec le nez cassé et une cicatrice en travers de la figure. »*

Lourd n'avait reconnu ni sire Doré ni moi, au contraire de l'homme qui le tenait par la manche et qui avait promis de me désigner au simple d'esprit. Quelqu'un avait alors déposé de l'or dans sa main tendue, de grosses pièces qui tintaient, et il avait donné aussi des pièces à Lourd, trois piécettes d'argent qui avaient sonné comme un carillon en tombant dans sa paume ; puis il avait prévenu Lourd et le domestique sans visage qui l'agrippait toujours : *« Méfiez-vous de ce chien puant de traître ; il vous tuera sans hésitation s'il vous soupçonne de l'espionner. »*

Je sentis le regard noir de l'homme vriller le mien. Porté par l'Art au milieu des souvenirs de Lourd, je m'efforçai de distinguer ses traits mais le simple d'esprit ne se rappelait que ces yeux perçants. *« Ce chien puant a tranché le bras d'un homme la dernière fois que je l'ai vu. Tchac ! Comme une saucisse sur la table ! Il vous fera encore pire s'il s'aperçoit que vous le surveillez. Alors, prudence, l'idiot. Ne te fais pas voir. »* Ces mots, accompagnés des bêlements de la chèvre et du grondement des chariots, se mêlaient dans l'esprit de Lourd aux sifflements du vent d'hiver qui soufflait en rafales dans la rue ;

des marteaux de forgeron imposaient un rythme aux sonorités métalliques.

Tandis qu'ils reprenaient le chemin de Castelcerf, le domestique avait répété à Lourd : « *Il ne faut pas que ce chien puant dont il a parlé t'attrape. Tu dois le surveiller sans te faire voir. Tu m'entends, demi-portion ? S'il te repère, tu te feras tuer et moi je perdrai mon boulot ! Alors prends garde ! Ne te fais pas voir. Tu m'entends ? Tu m'entends ?* »

Comme Lourd se recroquevillait en bredouillant qu'il entendait, l'homme avait exigé les pièces qu'il avait reçues. « *Tu ne saurais pas quoi en faire, l'idiot. Donne-les-moi.*

— *Elles sont à moi ; pour m'acheter une friandise, il a dit, un gâteau.* »

Mais le serviteur avait frappé Lourd et pris son argent.

Baignant dans le flot d'Art du simple d'esprit, je revivais l'épisode avec lui. Lorsque l'homme le gifla d'un coup qui lui laissa les oreilles tintantes, la vague d'Art qui s'éleva faillit me submerger. Il était inutile de chercher à distinguer les traits de la brute : Lourd avait rentré le cou dans les épaules et fermé les yeux devant la main qui s'abattait.

Regarde-le, Lourd. Je t'en prie, laisse-moi le voir ! fis-je d'un ton implorant. Mais le souvenir de la peur qu'il avait éprouvée mêlé à la brusque haine que m'inspirait l'homme fit éclater la bulle d'Art que nous partagions. Lourd poussa un cri inarticulé, voulut éviter la gifle qui n'existait plus que dans sa mémoire et tomba de son fauteuil ; sa chute l'amena dangereusement près du feu. Je me levai d'un bond, étourdi par la brutale rupture de notre contact. Je le saisis, enveloppé de sa couverture, pour l'écarter de l'âtre, et il crut sans doute que je l'attaquais car il riposta violemment.

Non, pue-le-chien, non ! Ne me vois pas, ne me fais pas de mal, ne me vois pas, ne me vois pas !

Je m'écroulai comme si j'avais reçu un coup de hache. Je m'étais tant ouvert à son esprit que je restai complètement aveugle pendant un moment, et je sentis même l'odeur âcre d'un chien mangé de gale.

Rapidement, je retrouvai la vue, mais il me fallut toute ma concentration pour dresser mes murailles d'Art. Je laissai encore passer un peu de temps et je réussis à me mettre à quatre pattes ; je passai ma main dans mes cheveux, m'attendant à la ramener couverte de sang tant la douleur était intense, puis je m'assis, agité de tremblements incoercibles, et parcourus la salle du regard. Lourd s'escrimait à enfiler son pantalon humide en poussant des grognements frénétiques de peur et d'exaspération. Je pris une grande inspiration et dis d'une voix croassante : « Lourd, tout va bien. Personne ne te fera de mal. »

Il continua ses efforts sans me prêter la moindre attention. Je me relevai en m'aidant du fauteuil puis je pris la robe que j'étais en train de coudre. « Attends, Lourd, je vais bientôt avoir fini. Tu seras au sec et au chaud. » Et je m'assis avec précaution. J'avais enfin compris ; j'avais compris pourquoi il m'appelait « pue-le-chien », pourquoi il me haïssait et me craignait à la fois, pourquoi il me donnait l'ordre de ne pas le voir ; même ses discours obscurs à propos de quelqu'un qui l'avait frappé et lui avait pris ses pièces s'éclairaient à présent. Lourd n'avait pas cherché à nous dissimuler ses secrets ; c'est nous qui n'avions pas eu l'intelligence de voir ce qui se trouvait sous notre nez. J'avais du mal à distinguer nettement l'aiguille mais je fis un effort et j'y parvins. Une dizaine de points et j'achevai mon travail ; j'arrêtai le fil, coupai le surplus d'un coup de dents et brandis la robe devant moi. « Tiens, mets ça pour le moment, en attendant que tes habits finissent de sécher. »

Il lâcha son pantalon mais ne bougea pas. « Tu es en colère. Tu vas me frapper ; peut-être me couper le bras.

— Non, Lourd. Tu m'as fait mal mais c'est parce que tu avais peur. Je ne suis pas en colère contre toi et je ne te couperai jamais le bras. Je ne veux pas te frapper.

— Le manchot a dit...

— Il ment, et ses amis aussi. Ils disent beaucoup de mensonges. Réfléchis : est-ce que je sens le caca de chien ? »

Il se tut un instant puis répondit avec réticence : « Non.

— Est-ce que je te frappe ou que je te coupe les bras ? Allons, viens prendre cette robe ; tu as l'air d'avoir froid. »

Il s'approcha prudemment. « Non. » Il examina le vêtement avec méfiance. « Pourquoi tu me donnes ça ?

— Parce que c'est comme un gâteau rose, des raisins secs ou une plume ; le prince tient à ce que tu portes de plus beaux habits. Celui-ci te tiendra chaud en attendant que les tiens soient secs ; et, bientôt, le prince t'en fera fabriquer des neufs. »

Remparts dressés, je m'avançai vers lui avec circonspection. J'ouvris le col de la robe, le plaçai au-dessus de lui et l'enfilai sur sa tête. Le vêtement était encore trop long : il fit des plis par terre tout autour de lui, et, quand Lourd trouva enfin les manches, elles pendirent de ses mains. Je l'aidai à les retrousser puis je me servis de la bande de tissu que j'avais découpée pour lui faire une ceinture de fortune. La robe ainsi pincée à la taille, il pouvait se déplacer sans se prendre les pieds dans l'ourlet. Il serra le tissu sur lui. « C'est doux.

— Oui, enfin, plus doux que tes vieilles affaires, peut-être ; c'est surtout plus propre. » Je retournai m'asseoir dans mon fauteuil. Ma migraine commençait déjà à s'estomper ; Umbre avait-il raison quant aux douleurs qu'entraînait l'Art ? En revanche, ma chute brutale au sol avait réveillé les meurtrissures et les bosses que je devais au père de Svanja. Je poussai un profond soupir. « Lourd, combien de fois as-tu vu ces hommes ? »

Il resta un moment pensif, la langue pointant entre ses lèvres. « Les jours de lessive.

— Je sais, tu y vas les jours de lessive ; mais combien de fois y es-tu allé ? »

Sa langue se colla contre sa lèvre supérieure pendant qu'il se plongeait dans ses souvenirs ; enfin, il hocha la tête et déclara d'un ton assuré : « Tous les jours de lessive. »

Je n'obtiendrais pas mieux, je le savais. « Descends-tu seul à la ville ? »

Son visage s'assombrit. « Non. Je pourrais, mais il m'interdit.

— Parce qu'il veut l'argent que les hommes lui donnent, et aussi celui qu'ils te donnent. »

Il se rembrunit encore. « Il frappe Lourd et il prend ses pièces. Alors le manchot se met en colère. Je lui ai dit. Maintenant il prend les pièces mais il me rend quelques sous. Pour acheter des bonbons.

— Qui fait ça ? »

Il se tut un moment. « Je ne dois pas parler de lui. » Je captai un écho de peur lorsque sa musique d'Art enfla soudain, pleine de bêlements et de tintements de harnais. Il se gratta la tête, puis ramena une mèche de sa tignasse devant ses yeux. « Tu vas me couper les cheveux ? Ma maman me coupait les cheveux, quelquefois, après ma toilette.

— Tiens, oui ; c'est une bonne idée. On va s'en occuper. » Je me redressai avec raideur ; j'avais dû me cogner le genou en tombant, car il était douloureux. J'éprouvais un sentiment de frustration mais je savais que, si j'essayais d'arracher de force des renseignements à Lourd, sa peur l'inciterait à les enfouir encore plus profondément. « Assieds-toi à table, Lourd, pendant que je cherche les ciseaux. As-tu le droit de me dire quelque chose sur ces hommes ? Sur le manchot ? Où il habite, par exemple ? »

Sans répondre, il se dirigea vers la table et y prit place. Presque aussitôt, il s'empara du gâteau rose et l'examina soigneusement. Comme il le retournait entre ses mains, il parut oublier tout ce qui l'entourait. Je rapportai les ciseaux. « Lourd, que te dit le manchot ? »

Il ne me regarda pas et s'adressa à la pâtisserie. « Je ne dois pas parler de lui, à personne. Sinon ils vont me tuer et mes tripes vont tomber par terre. » Des deux mains, il tapota son ventre rond comme pour s'assurer qu'il était intact.

Je saisis le peigne et coiffai ses cheveux humides. Il s'apaisa et se remit à contempler le gâteau. « Je vais te les couper à hauteur du menton ; ainsi tu n'auras pas froid aux oreilles ni à la nuque.

— Oui », murmura-t-il, perdu dans sa rêverie.

Ma tâche me fit penser à Heur, et la nostalgie du petit garçon qu'il avait été m'envahit soudain. Lorsqu'il avait dix ans, il m'était facile d'être sûr que je m'occupais bien de lui : lui fournir des repas convenables, lui apprendre à pêcher, veiller à ce qu'il porte des vêtements propres et dorme son soûl, voilà les soins principaux dont avait besoin un enfant. Un adolescent, c'était une autre paire de manches ; peut-être trouverais-je le temps dans la soirée de passer le voir. Les lames argentées cliquetaient et des mèches d'inégale longueur tombaient autour du fauteuil de Lourd. Une nouvelle approche me vint à l'esprit. « Je sais que tu ne dois rien me dire sur le manchot ; je sais que tu ne dois pas parler de lui, alors je ne te demanderai rien sur lui, pas même quelles questions il te pose. Mais tu peux me dire ce que tu lui réponds, non ? On ne te l'a jamais interdit, n'est-ce pas ?

— Euh... n-non », fit-il lentement en réfléchissant. Il poussa un grand soupir et se détendit sous mes mains. Puis il murmura : « Le manchot », et l'image de Laudevin parvint à mon esprit, portée par sa musique. Il était plus maigre que dans mon souvenir, mais cela n'avait rien d'étonnant après une amputation et la fièvre qui s'en était suivie. Je devais lever les yeux pour le regarder et, après un instant de désorientation, j'acceptai le point de vue de Lourd sur l'homme qui le dominait. Malgré tout, ses traits restaient vagues : Lourd se rappelait plus les sons que les éléments visuels ; ce qu'il voyait en esprit n'avait pas du tout la netteté de ce qu'il entendait. J'écoutai la voix de Laudevin ébranler la mémoire de Lourd et je tremblai avec lui devant son mécontentement. *« C'est ça, ta source de renseignements ? Mais à quoi penses-tu, Paget ? Est-ce ainsi que tu te charges de mes priorités ? Il ne fait pas du tout l'affaire ; c'est à peine s'il se rappelle son propre nom ! Comment veux-tu qu'il retienne quoi que ce soit ?*

— Il conviendra très bien », répondit quelqu'un. Je supposai qu'il s'agissait du nommé Paget. *« nous en a déjà appris beaucoup, hein, l'idiot ? Le vieux s'est pris d'affection pour lui, pas vrai, Lourd ? Pas vrai que tu travailles pour le seigneur Umbre en personne, maintenant ? Parle-lui du seigneur Umbre et de sa pièce particulière ».* Il s'adressa ensuite à Laudevin. *« Ça a été un vrai*

coup de chance ; quand le palefrenier nous l'a amené ici, j'ai pensé comme toi qu'il ne nous servirait à rien. Mais au château on laisse ce crétin se promener où il veut, et il en sait très long sur de nombreux sujets ; il suffit de s'y prendre comme il faut pour lui tirer les vers du nez. » Je ne voyais pas Paget par les yeux de Lourd mais je sentais sa présence, celle d'un homme imposant, de carrure plus que de taille, et menaçant, capable d'infliger de la douleur avec ses mains sans recourir aux coups.

Une nouvelle voix s'éleva, féminine celle-là. *« Il travaille bien pour nous, cavalier. Ne tentes pas de... comment dites-vous ? De changer de cheval au milieu du gué ? Oui. Si ce que nous proposons vous intéresse, ne changez pas ce qui nous est utile. »*

J'avais déjà entendu cette voix. Je fouillai ma mémoire pour la remettre, mais parvins seulement à la conclusion qu'elle appartenait à quelqu'un du château. J'opérai cette réflexion dans un petit coin de mon esprit de crainte de rompre le fil des souvenirs de Lourd. Il avait été plongé dans l'incompréhension et la peur ce jour-là, effrayé par l'arrivée du manchot et la façon dont tout le monde parlait sans se préoccuper de sa présence ; pourtant, l'homme qui agrippait sa manche ne l'avait pas lâché une seconde.

Dans la réponse de Laudevin sonnaient les coups d'un marteau de forgeron. *« Je me fiche de ce qui vous est utile, femme, autant que de votre proposition ! Ma vengeance m'appartient et je ne vous la donnerai pas contre de l'or étranger ! Cet Umbre m'est indifférent ; ce que je veux, c'est la tête de sire Doré et le bras du chien qui travaille pour lui ! L'aurais-tu oublié, Paget, trop occupé que tu étais à vendre les Pie au plus offrant ? Ce sire Doré me doit une vie et son traître de valet un bras !*

— Je n'ai pas oublié, Laudevin ! J'étais avec toi ! » La

voix de Paget était fondue au sourd grondement d'un chariot, dont les roues grinçaient de colère et de reproche. « *Ne te souviens-tu pas que j'ai chevauché en croupe avec toi ce jour-là pour t'empêcher de tomber de ta selle? Quand la femme m'a soumis son offre, je me suis dit simplement : "Bah, quelle importance la façon dont ils meurent?" Laissons-les-lui et employons son or pour notre cause, pour renverser le trône des Loinvoyant.* » Il avait pris un ton empreint de vertu mais, dans l'esprit de Lourd, sa déclaration s'était mêlée à un bêlement lointain.

« *La ferme!* » La voix de Laudevin était brûlante et dure, et elle tintait comme des marteaux sur du fer-blanc. « *La façon dont ils meurent m'importe, à moi! Et ma vengeance n'est pas à vendre! "Notre" cause attendra que j'aie satisfait la mienne! Je t'avais donné des instructions, Paget : je veux savoir à quelle heure ils se lèvent, où ils mangent, quand ils sortent à cheval et où ils dorment. Je veux savoir où et quand je peux les tuer. Voilà les renseignements qu'il me faut. Ton demeuré peut-il me les fournir?* » Chaque mot tombait comme un coup de masse sur la colère de Paget et la modelait peu à peu.

« *Oui, il en est capable. Il nous en a déjà donné bien davantage, comme tu le saurais si tu voulais bien m'écouter. Ce seigneur Umbre et ce qu'en sait l'idiot, c'est important; mais si tu ne t'intéresses qu'à la vengeance, sans penser à tout ce que nous pouvons apprendre par ailleurs, eh bien oui, il est en mesure de te dire ce que tu veux, à condition de l'interroger comme il faut. Vas-y, l'idiot, parle-lui du chien puant de traître qui lui a tranché le bras; dis-lui comment le vieux l'appelle. Il comprendra peut-être alors que j'ai mieux œuvré pour les Pie pendant qu'il guérissait de sa blessure que lui à l'époque où il avait encore ses deux mains !* »

À cet instant. Lourd se rappela le bruit d'un poing frappant la chair, puis la voix de Laudevin un peu essoufflé. *« N'oublie pas ta place, Paget, ou tu risques de la perdre !* »

Lourd se pencha brusquement en avant et se prit la tête entre les mains. Il se balança dans son fauteuil en poussant de faibles gémissements d'animal, troublé à l'extrême par la violence dont il avait été témoin. « Non, non, non, non », fit-il d'un ton suppliant, et je n'intervins pas ; je restai immobile, ciseaux et peigne en l'air, en attendant qu'il se calme. Il était cruel de ma part d'obliger le petit homme à revivre sa peur ; je n'y prenais nul plaisir, mais mon devoir me le commandait. Pendant qu'il s'apaisait, j'employai l'Art avec toute la délicatesse dont j'étais capable pour le tranquilliser et le ramener dans la pièce de son souvenir. « Tu peux te rappeler sans crainte, dis-je à mi-voix. Tu es en sécurité ici, avec moi. Ils ne peuvent pas te trouver ni te faire de mal. Tu es en sécurité. » Par notre lien d'Art, je le sentis se raidir et résister. J'exerçai une pression légère et, tout à coup, sa mémoire s'ouvrit à nouveau.

Il prit une longue inspiration et soupira profondément ; je me remis à l'ouvrage sur sa tignasse. Le contact régulier du peigne et le chatouillis des cheveux qui tombaient avaient dû le plonger dans un état proche de la stupeur ; personne ne le touchait guère, sans doute, et encore moins avec douceur. Il se détendait comme un chiot sous la caresse, et il émit un grognement d'acquiescement.

« Alors, après cette scène, de quoi lui as-tu parlé ? » Je m'exprimais d'un ton très apaisant.

« Oh, de rien. Du vieux seulement, comment il range

son bois ; je ne dois pas secouer les bouteilles de vin que je lui apporte ; je dois enlever la vaisselle sale et les restes du repas tous les matins. Je ne dois pas toucher à ses papiers, même s'il te laisse les toucher, toi. Il dit que je dois faire ce que tu me commandes même si je n'ai pas envie de te voir. Il dit que tu veux me parler. Et ils disent : "N'y va pas ! Dis que tu as oublié !" Et quelquefois vous parlez ensemble la nuit.

— Qui ça ? Umbre et moi ? » Je passai lentement le peigne dans ses cheveux et coupai les petites mèches qui dépassaient. Les pointes noires et humides tombèrent au sol tandis que mon cœur se mettait à marteler mes côtes quand j'entendis sa réponse.

« Oui. Vous parlez de l'Art et du Lignage. Il t'appelle autrement ; Fitchavli. Et tu n'es pas content parce que j'entends la fille qui pleure. »

L'effroi qui m'avait saisi à l'audition de mon nom déformé se perdit dans l'angoisse qui m'envahit à la mention de « la fille ». « Quelle fille ? » demandai-je dans une sorte d'hébétude, en formant le vœu qu'il se contente de « la fille » ou « je ne sais pas ». Mon estomac se tordait de terreur.

« Elle pleure tout le temps, fit Lourd à mi-voix.

— Qui ? » La peur me tenaillait le cœur.

« La fille. L'Ortie qui pleurniche la nuit sans s'arrêter. » Il pencha la tête de côté et je taillai trop profondément dans la masse de ses cheveux. « Elle pleure en ce moment. »

La corde de mon angoisse se tendit à se rompre. « Tu es sûr ? » Avec prudence, je baissai mes murailles et m'ouvris à Ortie, mais je ne perçus rien. « Non. On ne l'entend pas.

— Elle pleure pour elle seule, ailleurs.

— Je ne comprends pas.

— Dans l'endroit vide.

— Je ne comprends pas », répétai-je avec une inquiétude grandissante.

Il fronça les sourcils un moment, l'air concentré, puis son visage se détendit soudain. « Pas grave. Elle a arrêté.

— Comme ça, d'un seul coup ? » Je n'en croyais pas mes oreilles. Je posai mes ciseaux et mon peigne.

« Oui. » Il fouilla une de ses narines d'un index nonchalant. « Je m'en vais », annonça-t-il de but en blanc. Il se leva et parcourut la salle du regard. « Ne mange pas mon gâteau ! me dit-il d'un ton menaçant.

— Promis. Tu es sûr que tu ne veux pas rester pour y goûter ? » Je me trouvais dans une espèce d'état de choc qui m'interdisait d'éprouver la moindre émotion. Laudevin avait-il reconstitué mon vrai nom à partir de la bouillie pour chats qu'en faisait Lourd ? En tout cas, il connaissait celui de ma fille. L'abîme s'ouvrait sous nos pas et j'entretenais un simple d'esprit de pâtisserie !

« Si je le mange, il n'y en aura plus.

— Il y en aura peut-être un nouveau.

— Mais peut-être pas, répliqua-t-il avec une logique imparable.

— J'ai une idée. » Je me dirigeai vers un des meubles à étagères les moins encombrés d'Umbre et entrepris d'y ménager un espace. « Nous allons te faire une place ici, et nous y mettrons les affaires de Lourd. Ainsi, tu les retrouveras toujours. »

J'ignore pourquoi, mais il parut avoir du mal à saisir ce concept. Je le lui expliquai de différentes façons, puis je lui fis ranger le gâteau et la plume sur l'étagère. D'un geste hésitant, il prit le saladier qui avait contenu les raisins secs ; il n'y restait qu'une poignée de noix glacées.

« Tu peux le poser aussi, lui dis-je ; je tâcherai de le remplir à nouveau de friandises. » Il s'exécuta, puis recula et admira un moment ses possessions.

« Je m'en vais, répéta-t-il brusquement.

— Lourd, fis-je avec circonspection, demain, c'est jour de lessive. Quelqu'un va-t-il t'emmener voir le manchot ?

— Je ne dois pas parler de lui. » Il était catégorique – et terrifié. Je percevais le trouble de sa musique d'Art.

« As-tu envie d'y aller, Lourd ? D'aller voir le manchot ?

— Je suis obligé.

— Non, plus maintenant. As-tu envie d'y aller ? »

Ma question exigeait manifestement une grande réflexion. Il répondit enfin : « Je veux les sous, pour acheter des bonbons.

— Si tu me disais où se trouve le manchot, je pourrais m'y rendre à ta place ; je prendrais les sous et je t'achèterais des bonbons. »

Il fronça les sourcils et secoua la tête. « Je prends mes sous tout seul. Je préfère acheter mes bonbons tout seul. » Sa méfiance était revenue et il s'écartait de moi en crabe.

Je respirai profondément et me contraignis à la patience. « Dans ce cas, à demain pour notre prochaine leçon. »

Il hocha la tête d'un air sombre et sortit. Je ramassai son pantalon humide qui traînait par terre et le jetai à nouveau sur le dossier du fauteuil. Nul ne s'interrogerait sans doute sur la robe que j'avais donnée à Lourd ; elle était d'un style passé de mode depuis des années à Castelcerf, et les domestiques, surtout du rang le plus bas, portait souvent les vieux habits de leurs maîtres. Je soupirai puis m'assis et me perdis dans la contemplation du feu. Qu'allais-je faire ?

Je regrettais de ne pouvoir obliger Lourd à me révéler

où se cachait Laudevin, ou du moins qui l'emmenait auprès du chef des Pie, mais lui extorquer ces renseignements par la violence ne manquerait pas de l'effrayer et d'anéantir la fragile confiance qui s'était établie entre nous aujourd'hui. Certes, je pouvais le suivre discrètement à Bourg-de-Castelcerf le lendemain, mais je n'y tenais pas : je le mettrais en danger si Laudevin ou un autre repérait ma filature et me reconnaissait. Et, même si on ne me découvrait pas et qu'il se présente à Laudevin, comment devrais-je réagir ? En me précipitant sur les Pie assemblés et donc en révélant ma présence, ou bien en laissant Laudevin interroger le petit homme et en apprendre encore davantage sur nous ? J'envisageai de surveiller Lourd jusqu'à ce que l'agent infiltré à Castelcerf le contacte pour l'emmener à la ville, et capturer alors l'homme ; je ne doutais guère de parvenir à lui arracher l'adresse de Laudevin, mais son absence au rendez-vous mettrait la puce à l'oreille du manchot, or je ne voulais pas risquer d'effrayer l'oiseau avant d'avoir tendu mes rets. La seule stratégie possible paraissait la plus simple : trouver un prétexte pour empêcher Lourd de descendre au bourg le lendemain, le distraire à l'aide de jouets ou, tout bonnement, lui donner une corvée à exécuter là où nul ne pourrait venir le chercher sans attirer l'attention. Malheureusement, cela ne m'apprendrait rien sur Laudevin, et je voulais plus que tout au monde le tenir en mon pouvoir.

Il fallait absolument que je le tue. Je le savais, il n'est pire ennemi que celui qu'on a gravement mutilé ; or je ne l'avais pas seulement privé de son bras mais aussi de sa sœur et de sa vie chétive, et j'avais anéanti leurs vains efforts pour s'emparer du Trône. Peut-être avait-il rêvé naguère d'accroître la puissance de son groupe, celui des Pie, mais il était sans doute animé désormais par la haine qu'il me vouait et sa volonté de se venger des Loinvoyant. Imposait-il des limites à la cruauté de la vengeance qu'il comptait tirer de moi ? Cela m'eût étonné.

Je croisai mes bras sur ma poitrine et me laissai aller contre le dossier de mon fauteuil, les sourcils froncés, les yeux fixés sur le feu. Peut-être me trompais-je du tout au tout ; peut-être Laudevin se trouvait-il à Bourg-de-Castelcerf en seule qualité de représentant des vifiers auprès de Kettricken ; peut-être ses mesures d'espionnage ne répondaient-elles qu'à une simple et honnête prudence. Mais j'en doutais ; j'en doutais fort.

Je ne tenais pas à discuter de la question avec Umbre : c'était mon nom que Laudevin connaissait, mon enfant qu'il menaçait ; c'était donc à moi de décider de son sort à présent. Umbre tempêterait et m'accablerait de reproches, à coup sûr, mais il devrait attendre pour cela qu'Ortie et Devoir fussent hors de danger.

Plus je songeais à la situation, plus l'exaspération que j'éprouvais à me voir incapable d'agir grandissait. Je quittai la salle d'Umbre, descendis les escaliers et sortis par ma chambre. Je ne vis ni le fou ni sire Doré, ce qui n'apaisa pas mon irritation. Il fallait que je réfléchisse mais je ne tenais pas en place ; je me rendis donc aux terrains d'exercice couverts de neige en emportant ma vieille épée de service. La belle arme que le fou m'avait offerte resta pendue au mur, témoin muet et sans pitié de ma stupidité.

La chance me sourit : Ouime était là. Je pratiquai mes assouplissements avec mon épée et m'échauffai rapidement malgré le froid, puis Ouime et moi prîmes des armes émoussées pour nous affronter. Il parut se rendre compte que je désirais seulement m'activer physiquement sans parler ni engager mon esprit plus loin que la maîtrise de mes mouvements. Je chassai mes préoccupations de mes pensées et me concentrai sur un seul objectif : tuer mon adversaire. Quand il recula brusquement d'un pas et déclara : « Assez ! », je crus qu'il désirait que nous nous interrompions le temps de reprendre notre souffle ; mais il baissa la pointe de son épée jusqu'au sol et poursuivit : « Je ne connais pas votre passé, Tom, mais je pense que vous êtes redevenu ce que vous étiez.

— Je ne comprends pas », répondis-je après l'avoir regardé un moment haleter.

Il inspira profondément. « Quand nous avons commencé à nous affûter l'un contre l'autre, j'ai senti en vous un combattant qui cherchait à se retrouver. C'est fait à présent ; vous êtes rentré dans votre ancienne peau, Tom Blaireau. Désormais, je suis capable de tenir devant vous, mais pas davantage. Je serais ravi de continuer à exercer ma technique face à vous, mais, si vous désirez vraiment mettre vos talents à l'épreuve ou si vous cherchez quelqu'un capable de vous en apprendre plus, ce n'est plus à moi qu'il faut vous adresser. »

Il transféra son épée dans sa main gauche et s'avança en me tendant la droite. Une vague de chaleur m'envahit des pieds à la tête ; il y avait des années que je n'avais plus éprouvé une telle fierté, non de moi-même, mais de l'honneur que m'accordait ce vétéran en prononçant ces paroles. Quand je quittai les terrains d'exercice, le fardeau de mes soucis n'avait pas changé, et pourtant il me paraissait allégé par l'idée que je possédais les moyens d'y faire face.

Je m'arrêtai aux étuves en m'interdisant toujours soigneusement de songer à mes futures actions, et j'en ressortis le corps purifié, la volonté affermie et l'esprit clarifié. Je pris la route de Bourg-de-Castelcerf.

J'avais plusieurs courses à effectuer : voir Heur, acheter un couteau et une écharpe rouge, et peut-être chercher une rue passante où l'on entendait bêler une chèvre et sonner au loin des marteaux de forgerons.

6

LAUDEVIN

Le roi Ecu avait un caractère enjoué, comme chacun le savait, et il aimait le vin et la plaisanterie. La maîtresse d'Art de son temps s'appelait Solanel, et il affirmait souvent par moquerie qu'elle était aussi grave que son nom l'indiquait ; de son côté, elle le jugeait exagérément porté sur le badinage et l'humour. Il accéda au trône quand elle avait soixante-dix étés, et, avec la couronne, il hérita du clan qu'elle avait formé pour la reine Perspicace. Ses membres avaient bien servi sa mère mais, comme leur maîtresse d'Art, le nombre de leurs années dépassait largement celui du roi ; il se plaignait souvent qu'ils le traitaient en enfant, à quoi Solanel, du haut de ses sept décennies, rétorquait avec dédain que cela tenait à sa conduite souvent infantile.

Pour s'évader de sa cour vieillissante et oublier ses conseillers chenus, le roi Ecu quittait parfois Castelcerf en toute discrétion pour arpenter les routes, déguisé en étameur ambulant ; il aimait à se mêler au petit peuple dans les auberges et les tavernes de bas étage où il se régalait à conter des histoires paillardes et à entonner des chansons comiques pour le plus grand divertissement des clients de ce genre d'établissements. Un soir, déjà éméché, il entreprit de narrer ses anecdotes et de proposer ses devinettes salaces ; or dans la taverne travaillait un jeune garçon d'à peine onze ans dont l'instruction se réduisait à savoir tirer une chope de bière et nettoyer les tables. Pourtant, à chaque énigme d'Ecu, il donnait la réponse exacte et avec la forme précise sous laquelle le roi avait pris l'habitude de la présenter. Tout d'abord le souverain prit avec quelque déplaisir de se voir ainsi voler la vedette, mais il constata bientôt que son agacement devant la finesse et la vivacité d'esprit du garçon excitait la gaieté du public autant que ses plaisanteries elles-mêmes. Avant de quitter l'auberge ce soir-là, il appela l'enfant et, à mi-voix, lui demanda comment il se faisait qu'il connût les réponses de tant de devinettes ; l'autre parut étonné. « Ne me les murmuriez-vous pas alors même que vous posiez les énigmes ? » fit-il.

Le roi avait autant d'intuition que d'humour. La nuit même, il ramena le garçon à Castelcerf et le confia à maîtresse Solanel avec ces mots : « Ce joyeux drôle a déjà les deux pieds sur le chemin de l'Art. Cherchez-en d'autres comme lui et créez-moi un clan capable de rire aussi bien que d'artiser. » Le nom de Drôle resta à l'enfant, et l'on baptisa le clan qui se forma autour de lui le clan de Drôle.

Histoires, de SLEK

*

L'air était froid et sec. Je descendais à grands pas vers Bourg-de-Castelcerf ; la neige crissait sous mes bottes. Quand j'entendis des bruits de sabots derrière moi, je m'écartai pour laisser passer cavalier et monture, la main sur la garde de mon épée. Astérie régla l'allure de son cheval sur la mienne ; je lui jetai un bref regard et me tus : des personnes que j'avais envie de voir ce jour-là, elle faisait partie des dernières. Cela ne l'empêcha pas de déclarer : « Umbre t'a-t-il transmis mon message ? »

J'acquiesçai de la tête sans cesser de marcher.

« Alors ?

— Alors je ne crois pas avoir de réponse à y apporter. »

Elle tira si brutalement les rênes que sa bête émit un reniflement de protestation. D'un bond, elle mit pied à terre et contourna vivement son cheval pour se camper devant moi. Je m'arrêtai. « Qu'y a-t-il ? Que veux-tu de moi ? demanda-t-elle d'un ton acerbe. Que peux-tu bien attendre de moi que je ne t'aie pas déjà donné ? » Sa voix tremblait, et, à ma grande surprise, je vis des larmes briller dans ses yeux.

« Je... rien. Je ne... Que veux-tu de moi ?

— Ce que j'avais naguère : notre amitié, nos conversations, notre confiance mutuelle.

— Mais... Astérie, tu es mariée !

— Et ça t'interdit de m'adresser la parole ? De me sourire quand tu m'aperçois dans la grand'salle ? Tu fais comme si je n'existais plus. Quinze ans, Fitz ! Nous nous connaissons depuis près de quinze ans, tonnerre d'El ! Un jour tu découvres que je suis mariée, et tout à coup tu n'as même plus le droit de me dire bonjour ? »

Je restai pantois. Astérie produit souvent cet effet sur moi, et je n'ai jamais réussi à m'y habituer. Ma stupeur dura trop longtemps et elle en profita pour attaquer de nouveau.

« La dernière fois que je t'ai vu... j'avais besoin d'un ami et tu m'as repoussée. J'avais toujours été là, moi, quand tu en avais besoin, Fitz ! J'avais partagé ton lit pendant sept ans, espèce de salaud ! Mais tu n'as même pas pris la peine de me demander comment j'allais, et tu as refusé de monter sur mon cheval, comme si j'étais une pestiférée !

— Astérie ! » clamai-je pour interrompre le flot de ses paroles. Je n'avais pas crié par méchanceté, mais elle eut une sorte de hoquet puis elle fondit en larmes. Alors les réflexes de sept années prirent le dessus : je l'attirai contre ma poitrine. « Je n'avais pas l'intention de te faire de la peine », dis-je à son oreille ; ses cheveux soyeux bouffaient sur ma chemise et leur parfum familier m'emplissait les narines. J'éprouvai soudain l'obligation de lui expliquer ce qu'elle savait déjà. « Tu m'as causé une grande douleur quand j'ai découvert que je n'étais pas le seul homme de ta vie. Peut-être étais-je stupide de croire le contraire ; tu ne l'avais jamais démenti. Je me suis bercé d'illusions, je le sais. Mais j'ai eu mal quand même. »

Pour toute réponse, elle sanglota encore plus fort en s'agrippant à moi. Son cheval s'agita nerveusement et piétina ses rênes. Serrant Astérie d'un bras, je me déplaçai en crabe et m'emparai des guides. *Paix. Patience,* transmis-je à l'animal qui courba le cou légèrement.

Je continuai de tenir Astérie contre moi, pensant qu'elle ne tarderait pas à se calmer, mais ses larmes ne se tarirent pas. Je la croyais sans cœur, mais « irréfléchie » la définissait mieux, comme une enfant qui s'approprie ce qui lui fait envie sans s'inquiéter des conséquences ; je possédais une plus grande expérience qu'elle des causes et des effets, et je m'en voulais de mon attitude. Comme je l'espérais, ses sanglots s'apaisèrent pour lui permettre de m'entendre quand je déclarai à mi-voix : « Je tiens à ce que tu saches la vérité ; la dernière fois, quand j'ai prétendu que je pensais à Molly quand j'étais dans tes bras...

c'était faux. Ça n'est jamais arrivé. Ces propos étaient indignes et ils ne nous grandissaient ni l'un ni l'autre. Quand je te tenais contre moi, tu emplissais mes sens. Je regrette d'avoir cherché à te blesser par un mensonge. » Ses pleurs ne cessaient toujours pas. « Qu'y a-t-il, Astérie ? Raconte-moi.

— Ce n'est pas... ce n'est pas seulement parce que tu as été cruel avec moi. C'est... » Elle prit une inspiration hachée. « Je crois... j'ai peur que mon mari ne... Cette nuit-là, il a dit ne s'être jamais rendu compte combien il désirait un enfant. Il n'a aucun espoir d'hériter et il n'a donc pas besoin d'un héritier, mais ce sont ses propres paroles ; et... et je crois qu'il est, enfin, que peut-être... » Elle laissa sa phrase en suspens, incapable de formuler sa plus grande angoisse.

« A-t-il pris une maîtresse ? demandai-je à mi-voix.

— C'est ce que je pense ! fit-elle d'une voix plaintive. Au début de notre mariage, il avait envie de moi tous les soirs ! Je savais bien que ça ne durerait pas éternellement mais, quand ses ardeurs se sont calmées, il a continué néanmoins à... Mais, ces derniers temps, c'est à peine s'il me remarque. Quand je m'absente quelques jours, il ne paraît plus éprouver de désir pour moi à mon retour ; il passe ses soirées à jouer avec ses amis et il se couche ivre. Robes, bijoux, parfums, je fais tout pour attirer son attention, mais en vain. » Ses mots ruisselaient au rythme de ses larmes ; elle passa sa manche sur ses yeux mais ne parvint qu'à étaler son maquillage sans sécher son visage. Je trouvai un mouchoir au fond d'une de mes poches et le lui offris.

« Merci. » Elle s'essuya de nouveau, puis elle prit tout à coup une longue inspiration qui souleva ses épaules, puis relâcha son souffle. « Je crois qu'il est las de moi, qu'il voit une vieille femme quand il me regarde. Lorsque je me tiens devant mon miroir et que j'observe mes seins, mon ventre, mes rides... Fïtz, ai-je tellement vieilli ? Penses-tu qu'il regrette d'avoir épousé quelqu'un qui a tant d'années de plus que lui ? »

J'ignorais la réponse à ses questions. Je passai mon bras autour de ses épaules. « Il fait froid ; reprenons notre marche », dis-je afin de gagner quelques instants pour réfléchir. Elle continua de m'enserrer la taille quand nous nous mîmes en route, son cheval derrière nous. Nous restâmes un moment silencieux.

Puis elle murmura : « Je l'ai épousé par souci de sécurité, tu sais, pour être enfin à l'abri. Il n'avait pas besoin d'enfants, il avait de la fortune, il était bel homme et il me trouvait attirante. Je l'ai surpris un jour en train de dire à un ami le plaisir qu'il éprouvait à ne jamais devoir me présenter autrement que comme sa femme. Chacun me connaissait comme la ménestrelle royale ; à le voir tirer si grande satisfaction de ma renommée, j'en ai moi-même trouvé une fierté nouvelle. Quand il m'a demandé de l'épouser et de devenir sienne à jamais, j'ai eu... j'ai eu l'impression d'entrer enfin dans un port au mouillage sûr, Fitz, après des années passées à ignorer ce que je deviendrais quand ma voix s'éraillerait ou si je perdais les faveurs de la reine. Il ne m'a jamais traversé l'esprit que, pour l'avoir, lui, je devais renoncer à toi. Alors, quand tu as soutenu que c'était ainsi, eh bien... je t'en ai voulu ; pour moi, les moments que nous passions ensemble nous appartenaient à tous les deux, et je n'en revenais pas que tu oses m'en dépouiller sans solliciter mon avis. Mais il me restait mon sire Pêcheur, et je me suis dit que te perdre était un prix bien modique à payer pour assurer ma vieillesse. »

Elle se tut et le vent siffla entre nous. Je crus qu'elle en avait terminé mais elle reprit soudain : « Cependant, s'il trouve une maîtresse et qu'il lui fasse un enfant, ou simplement qu'il la juge plus intéressante que moi... je t'aurai perdu pour rien et je ramènerai mes filets vides.

— Astérie, comment peux-tu imaginer que la reine Kettricken et Umbre pourraient te laisser dans le besoin ? Tu sais bien que tu ne manqueras jamais de rien ! »

Elle poussa un soupir et parut soudain plus âgée. « Le coucher, les repas, les vêtements, oui, tout cela me sera assuré, sans doute ; mais un jour viendra où ma voix me fera défaut et où mes poumons ne pourront plus tenir les notes. Un jour viendra où plus personne ne me jugera séduisante ni désirable. Alors toute estime pour moi disparaîtra et Astérie la ménestrelle deviendra Astérie la vieille dans le coin ; je n'aurai plus d'importance pour personne ; nul ne me regardera avec respect et considération. À la fin, je serai seule. »

Je vis alors Astérie d'un point de vue nouveau, le seul peut-être qu'elle eût jamais eu sur elle-même : elle agissait uniquement en fonction de ses besoins. Elle était bonne musicienne, excellente même, mais elle ne possédait pas le génie qui ouvre la voie de l'immortalité ; elle était aussi une femme incapable de concevoir et elle vivrait constamment dans la crainte que les charmes et la fertilité d'une autre n'éloignent d'elle son compagnon – et, l'âge venant et sa beauté déclinant, cette peur ne pourrait aller que croissant. Sans enfant pour retenir son mari auprès d'elle, elle redoutait de le perdre alors que s'atténuait l'attirance physique qu'elle exerçait sur lui. Peut-être une grande part du charme qu'elle me trouvait venait-elle de là : je l'avais toujours jugée désirable, je ne m'étais jamais lassé de son corps ; en outre, elle portait sur moi un regard de propriétaire : je représentais un terrible secret qu'elle seule et quelques rares privilégiés connaissaient, autant qu'un amant et un homme qui n'exigeait jamais plus que ce qu'elle voulait bien donner. Privée de mon enthousiasme inconditionnel pour sa couche et confrontée à l'ardeur faiblissante de son époux, elle commençait à se demander si elle ne perdait pas sa séduction. Hélas, je ne pouvais pas plus lui offrir une heure d'ébats pour lui prouver qu'elle restait attirante que l'assurer de l'amour indéfectible de son mari ; je me creusai la cervelle.

Finalement, je m'arrêtai, me tournai vers elle et la pris par les épaules ; puis je l'étudiai de la tête aux pieds d'un œil critique comme si je l'évaluais. En vérité, je la voyais toujours sous ses traits familiers et non tel qu'un autre aurait pu la percevoir ; mais j'affichai un sourire appréciateur et déclarai : « Si ton époux ne te juge pas désirable, c'est un imbécile. Nombre d'hommes à Castelcerf se montreraient tout disposés à partager ton lit, j'en suis sûr, et moi le premier, si les circonstances étaient autres. » Je tâchai de prendre l'air songeur. « Veux-tu que je le lui dise ?

— Non ! » s'exclama-t-elle, et puis elle éclata de rire, mais d'un rire fragile. Je la pris par la main pour l'écarter de moi et nous nous remîmes en route. « Fitz, dit-elle d'une petite voix un peu plus tard, tiens-tu encore un peu à moi ? »

Je ne pouvais laisser longtemps cette question sans réponse – et, de fait, la vérité se trouvait sous mon nez. « Oui. » Je la regardai. « Tu m'as fait du mal parfois ; tu as eu à mon égard des paroles cruelles et des attitudes que je n'approuve pas. De mon côté, je t'en ai infligé autant. Mais tu l'as dit, Astérie : nous nous connaissons depuis quinze ans. Quand on a partagé une si longue histoire, on a tendance à prendre l'autre comme il vient ; on accepte sans y penser ses défauts comme ses qualités. Combien de ballades as-tu chantées devant ma cheminée pour moi seul ? Combien de repas t'ai-je préparés ? Au bout de quinze années de fréquentation, on ne prête plus attention aux goûts et dégoûts de l'autre : on se contente d'être. Nous ne nous préoccupions plus de nos sentiments réciproques, pas plus qu'Umbre et moi n'attachons d'importance à nos sautes d'humeur : nous avons la certitude que ce que nous sommes et ce que nous ont appris les années compte davantage que quelques mots prononcés sous l'empire de la colère.

— Je t'ai trompé, fit-elle à mi-voix au bout d'un moment.

— C'est vrai. » Je constatai avec étonnement que je n'en éprouvais aucune rancœur. « Et moi je t'ai déçue. De même, j'ai estimé avoir le droit de décider du chemin que devait emprunter ma vie, et toi aussi. Tu t'es mariée, j'ai pris le parti de l'obscurité ; ces deux choix, et pas seulement le tien, sont venus s'interposer entre nous. Mais je tiens à te l'assurer : quel que soit le nombre d'années qui passent, et même si nous ne partageons plus jamais le même lit, quand nous serons vieux, j'éprouverai toujours la plus haute estime pour toi. Toujours. »

Étais-je complètement convaincu de la véracité de mes propos ? Non. Mais, malgré tout, elle restait une amie, et elle avait besoin de réconfort. Ces paroles satisfaisaient en partie ce besoin et ne me coûtaient rien. Un petit sourire naquit sur mes lèvres : elle couchait naguère avec moi précisément pour les raisons qui me faisaient prononcer aujourd'hui les mots qu'elle avait besoin d'entendre.

Elle hocha la tête et ses pleurs cessèrent. Nous marchâmes un moment en silence, puis elle demanda : « Que dois-je faire à propos de mon mari ? »

J'eus un geste d'impuissance. « Je l'ignore, Astérie. L'aimes-tu encore ? Le désires-tu encore ? »

Avec raideur, elle répondit affirmativement aux deux questions.

« Eh bien, je pense que tu devrais le lui dire.

— C'est tout ? »

Je haussai les épaules. « Je crois que tu frappes à la mauvaise porte pour ce genre de conseils. Il te faudrait quelqu'un de plus heureux en amour.

— Comme Umbre, alors.

— Umbre ? » À la fois épouvanté et amusé, je ne pus résister à la tentation ; impassible, je répondis : « En effet, c'est l'homme idéal. » Que n'aurais-je donné pour assister à leur entretien !

« Tu as raison, je crois. Il satisfait toujours à la discrétion de ses aventures et au plaisir de ses maîtresses – même quand il décide d'en laisser tomber une, fit-elle d'un ton rêveur avant d'éclater de rire devant mon expression abasourdie. Ah, je vois ! Même toi, tu n'es pas au courant de ses liaisons. Décidément, tu as raison, il est l'homme de la situation. Je n'ai jamais entendu parler d'une femme qui lui ait interdit son lit ; c'est toujours le contraire qui se produit. En outre, ce n'est plus un godelureau. Très bien, je lui parlerai ce soir en lui faisant mon rapport. »

Ces derniers mots me mirent la puce à l'oreille. Je risquai le tout pour le tout. « Tu penses donc découvrir où se cache le manchot ? »

Elle me jeta un regard oblique, comme si elle m'accordait un point dans une partie de cartes. « Plus vite que toi. Et Umbre m'a demandé de t'avertir, lorsque je te rattraperais, de ne pas t'occuper de Laudevin – qui ne réside pas sous ce nom à Bourg-de-Castelcerf, sans quoi Umbre l'aurait déjà repéré. Voilà, je t'ai fait part de sa volonté ; il te répète qu'il sait parfaitement ce qu'il faut faire.

— Ou du moins il le croit », répliquai-je d'un ton froid. Ma rencontre avec Astérie ne devait donc rien au hasard ; Umbre avait découvert, Eda savait comment, que j'avais quitté le château, et il avait envoyé la ménestrelle m'intercepter pour me détourner de Laudevin. Me fournir l'occasion de lui présenter mes excuses devait aussi entrer dans son plan. Quel vieux manipulateur ! Je plaquai un sourire sur mes lèvres. « Eh bien, tu aurais intérêt à remonter en selle et à reprendre la route si tu veux mettre la main avant moi sur Laudevin. »

Elle me regarda d'un air intrigué. « Tu continues vers Bourg-de-Castelcerf ?

— Oui. D'autres affaires m'y appellent.

— Lesquelles, par exemple ?

— Heur.

— Il est ici ? Je pensais qu'il serait demeuré à la chaumière. »

Ainsi, Umbre ne partageait pas tous ses renseignements avec Astérie ; j'y puisais un mince réconfort. « Non ; une des raisons de mon retour à Castelcerf, une des raisons majeures, était que j'y voyais la possibilité de donner un bon apprentissage à Heur. Il étudie chez Gindast.

— Vraiment ? Et il s'en tire bien ? »

Dieux, que l'envie me démangeait de mentir et de répondre qu'il excellait à son travail ! « Il a eu du mal à se faire à la vie citadine, dis-je en biaisant, mais je crois qu'il commence à s'y habituer.

— Il faudra que je passe le voir. Gindast est un de mes grands admirateurs ; s'il me voit m'intéresser à Heur, ça ne fera pas de mal au petit. » Il y avait tant d'innocence dans sa confiance en son influence et sa renommée que je ne trouvai pas le courage de m'en offusquer. Elle se tut soudain puis, avec une moue perplexe, comme étonnée de la pensée qui lui était venue, demanda : « Il ne m'en veut plus, n'est-ce pas ? »

Elle infligeait les pires blessures sans y songer ; croyait-elle les autres capables de pardonner aussi aisément ? Peut-être était-ce là la malédiction des ménestrels : le don de faire mal par la parole. Comme j'hésitais, elle reprit : « Il m'en veut encore, c'est ça ?

— Franchement, je n'en sais rien, répondis-je. Tu as durement entamé son amour-propre, en effet, mais il a été très occupé depuis, tout comme moi, et je n'en ai jamais discuté avec lui.

— Bon, eh bien, il faudra que je répare le tort que je lui ai fait. Si l'occasion s'en présente, je le prendrai un après-midi avec moi ; Gindast ne s'y opposera pas, j'en suis sûre. Après un bon repas, nous irons visiter des quartiers de Bourg-de-Castelcerf qu'un apprenti a peu de chances de traverser. Ne fais pas cette tête ; ce n'est qu'un enfant et j'aurai bientôt guéri sa sensibilité meurtrie. En attendant, comme tu le disais, je dois me hâter. Fitz, je suis contente que la situation se soit arrangée entre nous ; tu me manquais.

— Toi aussi, tu me manquais », répondis-je, renonçant à toute velléité de sincérité. Comment Heur allait-il réagir à son invitation ? Mesurerait-elle seulement combien il avait grandi et changé ? À la vérité, j'aurais souhaité qu'elle le laissât tranquille, mais je ne voyais pas comment l'en prier sans la vexer à nouveau. À l'évidence, Umbre tenait à ce qu'elle se montrât bien disposée à mon égard, et je comptais bien lui en demander la raison, mais plus tard. J'aidais Astérie à se mettre en selle puis je lui souris ; elle me rendit mon sourire, et je m'aperçus qu'en effet elle m'avait manqué – et que je préférais son affection à la colère rentrée qu'elle nourrissait contre moi. Elle faillit tout anéantir en déclarant avec une lueur égrillarde dans l'œil : « Allons, dis-moi la vérité, que la dernière insulte que je t'ai adressée perde son venin : sire Doré préfère-t-il les hommes aux femmes ? Est-ce pour cela que les dames ont si peu de succès auprès de lui ? »

Je réussis à conserver mon expression amicale. « Autant que je le sache, il préfère coucher seul. Malgré les cours échevelées auxquelles je l'ai vu se livrer, jamais je n'ai dû tirer personne de son lit le matin venu. » Je m'interrompis puis poursuivis à voix plus basse, avec un profond sentiment de dégoût envers moi-même : « Je crois qu'il a un caractère très réservé, et je ne suis que son garde du corps, Astérie. Je ne peux pas connaître tous ses secrets.

— Ah ! » fit-elle, manifestement déçue. Les ménestrels sont toujours à l'affût de la plus petite bribe de scandale ; elle répétait souvent qu'on trouve les meilleures chansons au bout d'une piste de ragots. Je pensais qu'elle allait reprendre sa route, mais elle me surprit à nouveau. « Et comment se passent tes journées en ce moment ? »

Je poussai un profond soupir. « J'imite mon maître : je dors seul, merci.

— Rien ne t'y force, dit-elle d'un air malicieux.

— Astérie...

— Bon, d'accord ! » Elle éclata de rire et je m'aperçus que, curieusement, ma réponse l'avait rassurée : personne ne l'avait remplacée. En refusant sa proposition, je me contraignais à l'abstinence de mon plein gré, et cela devait la flatter. Elle m'envoya un baiser et reprit son chemin. Je secouai la tête en la regardant s'éloigner puis poursuivis ma route dans la neige.

Quelques minutes plus tard, Civil Brésinga me dépassait à bonne allure malgré la pente et le sol glissant. Il ne ralentit pas et c'est à peine s'il m'accorda un coup d'œil ; il ne me reconnut sûrement pas, et, dans le cas contraire, cela lui eût été indifférent : il chevauchait sans gants et tête nue, sa cape battant derrière lui, comme s'il avait quitté le château en toute hâte. Cette précipitation avait-elle un rapport avec le refus du prince de l'accompagner ce matin-là ? Devait-il avertir quelqu'un qu'un plan avait échoué ? Jurant à mi-voix, je pressai le pas, mais il avait déjà disparu au loin.

Je m'arrêtai, haletant. Du calme, me conseillai-je, du calme. J'ignorais ce qui poussait Civil à descendre au bourg à si vive allure. Mieux valait que je m'en tienne à mon projet d'origine et tâche de repérer Laudevin ; j'avais le pressentiment que mes recherches me permettraient peut-être d'apprendre où se rendait Civil.

Je fis halte d'abord au marché hebdomadaire, où j'achetai une écharpe rouge et un bon couteau de ceinture et demandai où trouver de la viande de chèvre fraîche pour certain plat jamaillien dont mon maître avait envie. On me fournit diverses directions, mais la plupart concernaient des bergers qui vivaient dans les collines derrière Castelcerf ; seules deux désignaient des négociants résidant en ville, et un seul d'entre eux habitait près de la rue des Forges.

Le jour baissait déjà quand je me rendis à l'adresse indiquée, et cette pénombre me convenait parfaitement. Le chevrier qu'on m'avait recommandé n'élevait que quelques bêtes, pour le lait plus que pour la boucherie ; je repérai sa maison autant à l'odeur que grâce aux indications que j'avais recueillies. Je m'en approchai discrètement en profitant de la lumière déclinante et, par une fenêtre, observai un couple avec trois enfants en train de se préparer pour la soirée. La petite dépendance à l'arrière abritait une dizaine de chèvres et des fromages rangés sur les poutres ; je n'aperçus rien de plus inquiétant qu'un vieux bouc rébarbatif aux yeux jaunes et malveillants. Je rebroussai chemin sans bruit en me demandant si je n'avais pas été le jouet d'une illusion : peut-être les sons que j'avais perçus en partageant les souvenirs de Lourd n'avaient-ils aucun rapport avec le repaire de Laudevin ; ce que j'avais entendu se rattachait peut-être à un lieu de rendez-vous provisoire et non au logement proprement dit du chef des Pie.

Silencieux comme une ombre, je visitai trois autres maisons proches et n'y découvris que des familles s'apprêtant à dîner. Entre un appentis à l'abandon et la bâtisse voisine, je tombai sur la monture de Civil à l'attache ; elle portait sa selle et fumait encore. L'avait-on menée dans ce recoin afin de la dissimuler ? Je me figeai : si j'approchais de la tanière de Laudevin, des vifiers, hommes aussi bien que bêtes, devaient monter la garde ; peut-être avaient-ils même déjà repéré ma présence. À cette idée, je sentis une sueur glacée couler dans mon dos, mais je me repris aussitôt : si c'était le cas, je n'y pouvais rien. Je longeai la maison et tâchai d'étouffer le bruit de mes pas en marchant dans la neige vierge.

Comme je m'arrêtais un instant, à demi accroupi, j'entendis un cheval s'engager dans la rue. On ne voit guère d'animaux de monte dans Bourg-de-Castelcerf : l'escarpement et le pavage des chaussées ne leur conviennent pas et ils reviennent cher à entretenir dans une ville où ils sont pratiquement inutiles. Celui-là était grand et costaud, s'il fallait en juger par le bruit de son déplacement. Les chocs sourds de ses sabots s'interrompirent devant le bâtiment, et, presque aussitôt, la porte s'ouvrit ; quelqu'un s'avança d'un pas pesant sur l'auvent et accueillit le cavalier en ces termes : « Ce n'est pas ma faute. Je ne sais pas pourquoi il est descendu et il refuse de me parler. Il dit qu'il ne veut s'entretenir qu'avec toi. » J'identifiai la voix d'après les souvenirs de Lourd : c'était le premier homme auprès duquel on l'avait conduit.

« Je vais m'en occuper, Paget. » La voix de Laudevin. Son ton coupa court aux explications de l'autre. Je l'entendis mettre pied à terre et je m'accroupis derrière le cheval de Civil, « Martel, accompagne-le », dit Laudevin à sa monture, et j'aperçus la silhouette d'un solide gaillard qui passait devant ma ruelle, la bête de Vif de son chef à la bride, et se dirigeait vers l'appentis délabré. D'un coup d'œil, je le reconnus : la première fois que je l'avais vu, il montait aux côtés de Laudevin. Celui-ci entra dans la maison et referma la porte derrière lui avec un claquement sonore ; quelques minutes plus tard, Paget revint et l'imita.

La construction était bien entretenue : on avait comblé tous les interstices des murs et les volets clos jointoyaient parfaitement, barrant efficacement le passage au froid nocturne. Je ne discernais donc rien de l'intérieur ; toutefois, des éclats de voix me parvenaient, dont je ne distinguais hélas pas le sens. Je me pelotonnai dans les ombres profondes et, plaquant mon oreille contre la paroi de la maison, j'écoutai attentivement.

« Qu'est-ce qui vous prend de vous présenter ici ? Vous aviez l'ordre de ne jamais descendre me voir, de ne chercher aucun contact ! » Laudevin s'exprimait d'une voix grave et empreinte de colère.

« Je suis venu vous dire que nous en avons fini avec

vous ! Nous en avons fini avec vous ! » Il me sembla reconnaître la voix de Civil, mais la peur la rendait stridente.

« Croyez-vous ? » J'eus la chair de poule en percevant le ton menaçant de la question.

La réponse m'échappa, mais elle dut être provocante, car Laudevin éclata de rire. « Eh bien, vous vous trompez. C'est moi qui déciderai quand vous en aurez fini ; et, ce jour-là, ce sera parce que vous ne me serez plus utile. Vous le saurez parce que ce sera aussi le jour de votre mort. Est-ce clair, Civil Brésinga ? Soyez utile, petit, pour le bien de votre mère sinon pour le vôtre. Alors, quels renseignements me rapportez-vous cette fois ?

— Pour le bien de ma mère, je ne vous rapporte rien, et je ne vous rapporterai plus jamais rien. » La voix du jeune garçon tremblait de peur et de détermination à la fois.

Laudevin ne s'embarrassait pas de manières, j'étais bien placé pour le savoir, et il avait apparemment appris à se servir de sa main gauche, car j'entendis le choc sourd que fit Civil en heurtant le mur ; le Pie demanda d'un ton enjoué : « Et pourquoi ça, petit ? »

Il n'y eut pas de réponse. L'homme était puissant ; avait-il tué le garçon d'un seul coup de poing ? « Relève-le », ordonna-t-il à quelqu'un. On déplaça une chaise dont les pieds raclèrent le sol, sans doute pour y asseoir Civil. Quelques instants plus tard, Laudevin reprit : « Je t'ai posé une question, petit. Pourquoi me trahis-tu ? »

Sans doute touché à la bouche ou à la mâchoire, l'adolescent répondit d'une voix étouffée : « Je ne vous trahis pas. Je ne vous dois rien.

— Ah non ? » Laudevin s'esclaffa. « Ta mère est toujours en vie, et c'est à moi que tu le dois. Tu es toujours en vie, et c'est à moi qu'elle le doit. Allons, pas de bêtises, petit; tu crois aux fausses promesses de la reine montagnarde ? Tu la crois vraiment prête à nous écouter, à prendre les mesures nécessaires pour améliorer notre sort ? Peuh ! Elle veut seulement nous appâter comme des rats attirés par du grain empoisonné. Tu me considères comme dangereux, tu penses que je peux te tuer en te dénonçant, et c'est vrai, mais seulement si tu me dénonces le premier. Pour le moment, je te tiens en mon pouvoir et je te protège en même temps; je suis un interlocuteur beaucoup plus raisonnable que certains des Pie qui me suivent. Tu peux me remercier de leur serrer la bride. Alors assez de bêtises ; nous avons trop en commun, toi et moi, pour nous opposer. « Il prit un ton amical pour demander : « D'ailleurs, pourquoi toute cette effervescence ? »

D'une voix sifflante, Civil fit une réponse que je ne compris pas.

Laudevin éclata de rire. « C'est donc ça ! Mais c'est une femme, petit, et elle est des nôtres ! C'est difficile, je sais, pour un gamin de voir sa mère comme une femme, mais c'en est une, et avenante de surcroît. Elle devrait prendre ça comme un compliment, et aussi une façon de lui rafraîchir la mémoire; elle a vécu trop longtemps à l'écart de nous, en niant sa nature et en fricotant avec la "noblesse", comme si elle valait mieux que nous. Mais la boucle va se boucler, mes braves Brésinga; estimez-vous heureux que nous vous ayons acceptés de nouveau dans nos rangs, car, quand nous parviendrons au pouvoir, ceux du Lignage qui auront renié leur magie, ceux qui auront tourné le dos à leurs frères, voire qui nous auront trahis au profit des immondes Loinvoyant... tous ceux-là mourront. Ils périront dans leur Cirque du roi, là où cette charogne de Royal a tué tant des nôtres – et dans quel but ? Pourquoi tant de nos parents, accompagnés de leurs bêtes, ont-ils été massacrés dans ces cirques ? Pour trouver un traître prêt à traquer et à éliminer le Bâtard-au-Vif ! Il est temps et plus que temps que les Loinvoyant paient ces atrocités. »

L'oreille plaquée contre le bois glacé, accroupi dans le froid et les ténèbres grandissants, je me sentis envahi d'une horreur familière. Une fois encore, le passé des Loinvoyant revenait nous hanter – car ce que disait Laudevin était exact : Royal me détestait et me craignait tant qu'il avait imaginé, pour se débarrasser de moi, de chercher un vifier qui accepte de l'aider. D'innombrables hommes et femmes avaient péri sous la torture avant qu'un individu ne consente à chasser le Lignage pour lui. Je devais la cicatrice encore douloureuse de mon dos à la flèche de ce traître. Or, ces crimes dont je tenais Royal pour seul responsable, voici qu'on les imputait à tous les Loinvoyant.

Civil déclara d'une voix basse mais distincte : « Ma mère ne prend pas cela comme un "compliment", mais comme une insulte et une agression des plus ignobles. Vous m'avez forcé à m'installer à Castelcerf afin d'y espionner pour votre compte en la laissant seule et vulnérable ; vous avez écarté d'elle tous ses domestiques de confiance et ses amis fidèles ; et aujourd'hui vos sbires l'ont déshonorée sous prétexte de lui permettre de retrouver son héritage de "Pie". Eh bien, elle n'en veut pas et moi non plus. Si c'est ce que vous entendez quand vous parlez de la communauté du Lignage, je préfère ne pas y appartenir. »

C'est d'un ton presque languissant que Laudevin répondit : « Petit, ou bien tu es idiot ou bien tu n'ouvres pas assez grand tes oreilles. Qu'es-tu si tu n'es pas avec nous ?

— Je suis libre, gronda Civil.

— Non : tu es mort. Tue-le, Paget. »

Il cherchait seulement à l'effrayer, j'en étais certain ; mais j'étais tout aussi certain que Civil s'y laisserait prendre : les Pie l'obligeraient à obéir par la terreur. Pour ma part, je n'avais aucune raison de le protéger, que ce soit d'une correction ou d'un meurtre, hormis le fait, peut-être, qu'il n'était qu'un enfant et qu'il se retrouvait dos au mur, soumis à la volonté d'autrui, par le seul hasard des circonstances. L'estomac noué, les dents serrées, j'attendis la suite de son calvaire.

Le déchaînement d'Art de Devoir faillit me jeter à genoux. *Trouvez Civil Brésinga ! Il est en grand danger ! Par pitié, Tom, allez-y tout de suite ! Je crois qu'il est descendu à Bourg-de-Castelcerf !* La supplique pressante du prince avait jailli comme une crue subite ; j'eus vaguement conscience que Lourd, saisi, avait interrompu son incessante musique.

Je repris mes esprits et lui renvoyai une réponse. *Je ne suis pas loin de lui. Il est en danger, mais pas autant que vous le craignez. Comment l'avez-vous su ?*

Un flot d'Art empreint d'angoisse s'abattit sur mon esprit. *C'est son marguet qui m'a prévenu. Civil me l'a apporté enfermé dans un sac et m'a demandé de le garder chez moi sans le laisser sortir sous aucun prétexte. C'était le service dont je vous ai parlé. Il a déclaré qu'il ne pouvait l'emmener là où il devait se rendre. Tom, agissez sans attendre ! D'après le marguet, le péril est tout à fait réel ; ils vont le tuer !*

Je le protégerai. Ma promesse faite, je dressai mes murailles et rompis le lien avec Devoir, puis je contournai la petite maison au pas de course. Il est curieux d'observer la rapidité avec laquelle la perception d'une situation peut changer. Civil avait accepté la confrontation en pensant y laisser la vie ; il l'avait prévue et, en conséquence, il avait confié son animal de Vif à Devoir, de peur qu'il ne se fasse tuer en cherchant à défendre son compagnon humain. L'épée à la main, j'ouvris la porte d'entrée d'un coup d'épaule ; un homme s'écroula, essayant de retenir ses entrailles qui glissaient entre ses mains. Il n'était pas armé, il ne me menaçait pas : il me barrait seulement le chemin. Je bloquai l'écho de sa douleur et fonçai tête baissée dans la pièce voisine.

D'un coup d'œil, je constatai que Devoir ne s'était pas trompé. Assis à une table, un verre de vin devant lui, Laudevin regardait Paget étrangler le garçon. L'homme y prenait un plaisir manifeste. Il avait la force nécessaire pour accorder une mort rapide à Civil s'il l'avait voulu, mais il était passé derrière lui, l'avait saisi par le cou, soulevé de terre, et il lui broyait lentement la gorge pendant que sa victime ruait frénétiquement en l'air. Rouge vif, les yeux exorbités, l'adolescent griffait en vain le cuir qui couvrait les avant-bras de son bourreau. Un petit chien hargneux, espèce de roquet à poil court, tournait autour d'eux en sautillant joyeusement et s'efforçait de mordre les talons de Civil. À cette vue, la fureur du combat abattit son voile rouge sur moi, gonfla ma poitrine et fit tonner mon cœur. Mon esprit se vida et seule y demeura cette idée : j'allais tuer les deux hommes.

Laudevin était confortablement adossé dans son fauteuil et regardait le spectacle quand je fis mon entrée. Sans s'affoler, il ordonna sèchement à Paget : « Achève-le » tout en se levant d'un mouvement souple pour parer mon attaque. Il avait dégainé une épée courte. Soudain, il me reconnut et son expression changea. Du coin de l'œil, je vis les doigts de Paget assurer leur prise sur la gorge du jeune garçon.

Je pouvais dévier la botte de Laudevin ou sauver Civil, mais non les deux. La table me séparait de l'adolescent. Je m'élançai, bondis et retombai sur elle, un genou plié. Ma lame ensanglantée évita le garçon et s'enfonça profondément dans le thorax de Paget ; au même instant, je sentis la morsure de l'épée de Laudevin. Elle perfora les muscles en bas de mon dos, entre ma hanche droite et mes côtes. Avec un cri strident, je roulai sur le flanc, et l'acier déchira ma chair en la quittant. Je contre-attaquai mais je ne pus mettre aucune force dans mon coup ; je dégringolai de la table et, par chance, ma jambe droite céda sous moi : Laudevin riposta trop haut et me manqua. Je repris mon soufflet et hurlai à Civil : « Fuyez ! » Il s'était effondré comme une poupée de chiffon quand Paget l'avait lâché pour porter ses mains sur sa blessure, et il restait étendu par terre, les doigts crispés sur sa gorge, à inspirer convulsivement de longues goulées d'air. Paget était tombé à genoux, essayant de retenir le flot écarlate qui s'échappait de sa poitrine tandis que sa bête de Vif courait autour de lui en poussant des glapissements de désarroi.

Laudevin contourna la table pour se dresser au-dessus de moi, son arme dans sa main gauche. Je roulai entre les pieds du meuble, avec un cri de douleur quand ma blessure toucha le sol, et je me redressai tant bien que mal de l'autre côté. Le plateau de bois nous séparait, mais la haute taille de mon adversaire lui donnait une grande allonge malgré l'arme courte qu'il maniait. Je me penchai en arrière pour esquiver sa première attaque. « Je vais te tuer, sale bâtard de traître ! » fit-il avec une satisfaction farouche.

Ces mots réveillèrent le loup en moi. La douleur ne disparut pas mais elle perdit soudain toute importance. Tuer d'abord, lécher ses blessures ensuite – et montrer davantage les crocs que l'ennemi. « Je ne te tuerai pas, répondis-je d'un ton suave. Je vais simplement te couper l'autre main et te laisser vivre. » L'expression d'horreur qui passa fugitivement dans son regard m'apprit que mes paroles avaient touché juste. Je saisis la table par le bord, la soulevai et la poussai violemment contre lui en m'y appuyant lourdement ; le plateau le heurta de front. Il recula et trébucha soudain sur Paget, ou peut-être sur son chien de Vif qui glapissait toujours ; au lieu de lâcher son épée pour amortir sa chute, il s'y cramponna par un réflexe stupide et tomba de tout son long. Je profitai de cette erreur pour renverser la table sur ses jambes et les bloquer. Couché sur le dos, gêné par le corps de Paget sur lequel il avait chu, il me porta un coup de taille sans aucune puissance ; je l'évitai sans mal, ainsi que le retour, puis je sautai sur la table et l'immobilisai sous mon poids. Je pris mon épée à deux mains et la plongeai dans sa poitrine. Il poussa un grand cri, et j'entendis le hennissement de rage d'un cheval de combat y faire écho. Mon arme glissa puis pivota quand je m'y appuyai de toute ma masse pour l'enfoncer entre ses côtes jusque dans ses organes vitaux. Il continuait à hurler, si bien que je dégageai ma lame et la plantai à nouveau, cette fois dans sa gorge.

Dans la rue, des gens vociféraient et lançaient des questions tandis qu'un grondement s'élevait, rappelant un orage lointain. Un cheval hennissait furieusement. Quelqu'un s'exclama : « Il est enragé ! » Un autre lança d'un ton affolé : « Appelez la garde municipale ! « D'après le vacarme que j'entendais, la monture de Laudevin détruisait les parois de l'appentis à coups de sabots afin de se libérer pour se porter au secours de son compagnon de Vif. L'homme agonisait par terre, le sang jaillissant par saccades de sa gorge ouverte, le regard encore empreint de furie et de terreur. Dans un éclair de lucidité, je m'adressai à Civil. « Je n'ai pas le temps de vous aider. Relevez-vous et sortez par-derrière. Évitez les gardes et remontez à Castelcerf. Racontez tout à Devoir ; tout, vous m'entendez ? »

Les yeux du jeune garçon étaient écarquillés et ses joues ruisselaient de larmes, mais j'ignorais s'il réagissait ainsi à la peur, au choc ou à sa récente strangulation. Le roquet de Paget se précipita vers moi alors que je me dirigeais vers la porte. J'endurcis mon cœur, me retournai puis écrasai le petit animal sous ma botte. Il poussa un glapissement aigu et ne bougea plus. Paget mourut-il à cet instant ? Je n'en sais rien. Mais, comme je débouchais d'un pas chancelant dans la rue, je vis le grand cheval de Laudevin ébranler avec violence la charpente de l'abri qui le retenait prisonnier. De l'autre côté de la venelle, les enfants du chevrier regardaient le spectacle bouche bée, serrés les uns contre les autres dans l'encadrement de la porte ouverte. Les énormes sabots ferrés de l'animal furieux avaient rompu les parois en planches de l'appentis ; il avait affaibli la structure du vieux bâti qui s'effondrait à présent de guingois sur lui et contrariait ses efforts pour défoncer les murs.

Toutefois, ce n'était désormais plus un simple animal. Ce que je percevais de lui par mon Vif me laissait désorienté, impression d'humain et de cheval fondus en une seule créature. Je vis l'étalon reculer de l'ouverture qu'il avait réussi à pratiquer et soudain évaluer la situation avec l'intelligence d'un homme. Il ne fallait surtout pas lui laisser le temps d'imaginer un moyen de s'échapper ; sans me soucier des badauds, je me précipitai vers lui en poussant un hurlement inarticulé. Le cheval de bataille se cabra pour se servir de ses pattes antérieures aux sabots meurtriers, mais l'appentis était bas de plafond et n'avait pas été prévu pour abriter un animal de sa taille ; sa réaction eut pour seul résultat de me présenter son poitrail sans défense. Je calai la garde de mon épée contre ma poitrine et, porté par mon élan, enfonçai ma lame aussi loin que possible dans sa vaste cage thoracique.

La bête émit un grand hennissement et me *repoussa* d'une explosion de fureur et de haine qui faillit abattre mes murailles. Je fus projeté en arrière et lâchai mon arme qui resta plantée entre ses côtes. Il se jeta contre les parois fracturées avec des hurlements de rage, et, si l'ossature branlante de l'abri n'avait pas entravé ses mouvements, il m'aurait certainement tué ; mais il finit par s'écrouler sans parvenir à se dégager, la bouche et les naseaux dégoulinant de sang, alors que les gardes de la ville arrivaient. La flamme de leurs torches, couchée par le vent d'hiver, créait des ombres mêlées qui passaient sur moi comme des loups bondissants.

« Que se passe-t-il ici ? » lança le sergent ; puis nous nous reconnûmes et il gronda : « C'est la deuxième fois que vous semez le désordre dans mes rues ; je n'aime pas ça. »

Je tentai d'inventer une explication plausible mais ma jambe droite fléchit brusquement et je m'écroulai dans la neige piétinée. « Il y a deux morts là-dedans ! » cria quelqu'un. Je tournai la tête et vis une jeune fille en uniforme, blanche comme un linge, sortir de la maison de Laudevin. Je clignai les paupières et parcourus du regard la rue obscure ; le cheval de Civil avait disparu ; ou bien il s'était détaché et enfui, ou bien le garçon avait réussi à s'échapper. Je voulus me relever et pris alors conscience du ruissellement chaud de mon sang le long de mon flanc. Je portai la main à ma plaie pour freiner l'hémorragie.

« Debout ! aboya le sergent.

— Je ne peux pas », fis-je d'une voix hoquetante. Je lui présentai ma main ensanglantée. « Je suis blessé. »

Il secoua la tête, furieux ; manifestement, il n'aurait pas été mécontent d'aggraver mon état. Il faisait de ses responsabilités une affaire personnelle. « Que s'est-il passé ici ? »

Je tentai de reprendre mon souffle avant de répondre, et je remerciai intérieurement le fils du chevrier qui se précipita pieds nus dans la rue en criant que le cheval s'était emballé, qu'il avait commencé à défoncer l'appentis pour se libérer et que j'étais alors sorti et l'avais abattu. La neige s'imbibait de chaleur et d'humidité sous mon dos, et la nuit commençait à rétrécir mon champ de vision.

Tom ? La question affolée du prince se faufila à travers mes remparts en ruine. *Tom, êtes-vous blessé ?*

Allez-vous-en !

Le sergent se pencha sur moi et répéta d'un ton menaçant : « Que s'est-il passé ici ?

Aucun mensonge ne me vint à l'esprit ; je répliquai par la vérité. « Le cheval est devenu enragé. J'ai dû le tuer.

— Oui, ça, je le sais. Mais qu'est-il arrivé aux hommes qui se trouvent dans la maison ? »

Tom ? Êtes-vous blessé ?

Je voulais répondre au prince mais, à présent, la douleur se répandait en moi par vagues brutales. Je tentai de me déplacer pour l'atténuer, mais alors une grande pique de souffrance me cloua dans la neige. La foule se rassemblait autour de nous ; je parcourus les visages du regard, cherchant en vain quelqu'un qui pût m'aider : les badauds contemplaient la scène, l'œil écarquillé, en échangeant des explications avec force gesticulations. Soudain j'aperçus des traits familiers. L'espace d'un instant, la femme s'approcha de moi avec une expression d'inquiétude apparemment non feinte. Henja, la domestique de la narcheska, m'observa, un pli soucieux sur le front, et puis, comme mon regard croisait le sien, elle se détourna brusquement et se fondit dans la masse.

Umbre ! Elle est encore ici, elle est à Bourg-de-Castelcerf ! Une seconde durant, je perçus l'importance de ce renseignement ; il était essentiel qu'Umbre l'apprît. Et puis la douleur balaya toute pensée de mon esprit. J'agonisais.

Arrête ! Mais arrête ! Tu abîmes la musique ! L'incompréhension angoissée de Lourd martelait mon cerveau comme le ressac la côte.

« Répondez ! »

Mensonge et vérité s'étaient enfuis de moi. Je levai les yeux vers le sergent, tentai de parler, et puis je me sentis glisser » m'éloigner de lui et tomber dans les ténèbres. *Monte la garde, Œil-de-Nuit,* dis-je d'un ton suppliant ; mais il n'y eut pas de réponse et nul loup ne se tenait près de moi.

7

CLAN

Le peuple des Six-Duchés a toujours eu un caractère indépendant. Le fait que le royaume demeure divisé en six régions séparées, toutes fidèles à la monarchie des

Loinvoyant mais dirigées par leurs propres seigneurs, témoigne de cet esprit d'autonomie. Chaque duché représente l'annexion d'un territoire, généralement par voie de guerre ; souvent, le conquérant Loinvoyant a fait preuve de sagesse et laissé en place une partie de l'aristocratie locale ; cela est surtout vrai en Bauge et en Béarns. L'un des avantages de cette méthode consiste en ce qu'elle adapte les lois générales à la situation particulière de chaque duché et aux coutumes séculaires de ses habitants. Illustration de cette concession à la souveraineté locale, les cités et les grandes villes qui non seulement possèdent leur propre milice afin d'assurer l'ordre mais la financent grâce à un système de taxes commerciales et d'amendes pénales.

Du gouvernement des Six-Duchés, de GEAIREPU

*

Tom.

Tom.

Tom.

Tout d'abord je ne réagis pas. Je m'étais abîmé si profondément que la mer elle-même ne descendait pas jusqu'à moi. Tout était obscur, et, tant que je ne bougeais pas, la douleur ne pouvait me trouver. Et puis l'appel s'insinua peu à peu jusqu'au-devant de mon esprit ; on eût dit un marteau frappant mon crâne à coups sourds.

Pas Tom, répondis-je, agacé. *Va-t'en.*

Pas Tom ? Le soudain intérêt de Devoir me poussa au bord de l'éveil. Par réflexe, je dressai mes murailles pour me protéger de la curiosité de l'adolescent. Un instant plus tard, une sensation d'inconfort extrême me priva de toute volonté et de toute énergie pour artiser. J'étais couché à plat ventre sur ce qu'il convient d'appeler une paillasse, bien qu'il n'y restât plus assez de paille pour me prémunir du froid qui montait du sol de pierre. J'étais ankylosé et glacé de la tête aux pieds, sauf en bas de mon dos où j'éprouvais une sensation de brûlure. Quand je voulus me soulever, la souffrance m'attaqua sauvagement. Je poussai un gémissement défaillant et j'entendis un bruit de pas.

« Réveillé ? »

J'agitai vaguement une main et entrouvris les paupières. Pourtant faible, la lumière me fit l'effet d'une agression. Je regardai l'homme penché sur moi ; petit, mal accoutré, les cheveux hirsutes, il avait le nez et les joues rouges du buveur impénitent.

« Le guérisseur t'a raccommodé. Il a dit de te prévenir qu'il fallait remuer le moins possible. » À mon grognement d'acquiescement, il eut un sourire malicieux. « M'est avis que t'avais pas besoin qu'on te le signale, hein ? »

Je grognai à nouveau. À présent que j'étais complètement réveillé, je mesurais l'étendue de ma douleur. Je m'interrogeais aussi sur ma situation, mais j'avais la bouche trop sèche pour parler. Le bavard près de moi paraissait assez bienveillant ; peut-être s'agissait-il de l'assistant du guérisseur. Je remuai les lèvres puis, quand je m'en sentis le courage, j'inspirai profondément et fis d'une voix croassante : « De l'eau.

— Je vais voir ce que je peux faire », assura-t-il. Il se dirigea vers la porte. Je le suivis des yeux et remarquai alors que la petite ouverture qui perçait le bois épais était munie de barreaux. Il cria par ce judas : « Hé ! Le crevard est réveillé ! Il veut de l'eau ! »

S'il obtint une réponse, je ne l'entendis pas. Il s'écarta de la porte et s'assit sur un tabouret à côté de ma paillasse.

Peu à peu, je percevais plus clairement mon environnement : des murs de pierre, un broc posé dans un coin, un semis de paille sur le sol... Ah, ah ! Mon ami était mon compagnon de cellule. Avant que je pusse pousser davantage ma réflexion, il reprit : « Alors, il paraît que tu as zigouillé trois bonshommes et un cheval ? Chouette combat, je parie. Dommage que je l'aie pas vu. Moi aussi je me suis battu hier soir, mais j'ai tué personne. Je me suis bagarré avec une grande perche, la figure pleine de trous comme le Grêlé. C'était pas ma faute ; je parlais peut-être un peu fort, d'accord, mais tu sais ce qu'il m'a dit ? Il m'a dit : "Ferme ton clapet ! C'est ce que t'as de mieux à faire. Les types comme toi, ça croit expliquer, mais ça embrouille tout ! Tu ferais mieux de laisser parler les copains." Il m'a balancé un coup de poing et je le lui ai rendu. Les gardes se sont pointés, ils m'ont embarqué et me v'là dans le même trou à rats que toi. »

Non sans mal, j'acquiesçai de la tête afin d'indiquer que j'avais reçu le message : l'homme appartenait aux informateurs d'Umbre, et le vieil assassin m'ordonnait de me taire et d'attendre son intervention. Je m'interrogeai : était-il au courant de la gravité de ma blessure ? Civil avait-il regagné le château ? Tout à coup, je me rappelai que je n'étais pas obligé de rester dans l'incertitude. Je laissai mes paupières se fermer, rassemblai mes pitoyables forces et tendis faiblement mon esprit. *Devoir ?*

Tom ? Allez-vous bien ? Son Art se diffusa dans ma conscience comme l'encre dans le papier humide. Ses paroles me traversèrent et s'effacèrent alors que je tentais de les retenir.

Je voulus prendre une grande inspiration pour mieux me concentrer, mais la douleur me poignit. Je respirai moins profondément puis artisai avec hésitation : *Non.*

Laudevin m'a donné un coup d'épée dans le dos et je suis en prison. Je l'ai tué, ainsi qu'un autre nommé Paget. Dites à Umbre que j'ai vu Henja dans la foule ; c'est très important. Elle n'a pas quitté Bourg-de-Castelcerf.

Oui, il le sait, je le lui ai appris. Ce sont les derniers mots que vous m'avez transmis. En quoi est-ce important ?

Je négligeai sa question. J'en ignorais la réponse et j'en avais d'autres plus pressantes à poser. *Que se passe-t-il ? Pourquoi suis-je encore ici ? Civil est-il revenu ?*

Oui, oui, il est revenu. Maintenant, écoutez-moi sans m'interrompre. Surexcité, effrayé, l'adolescent se dominait mal, et son Art claquait sur ma conscience comme des sabots affolés sur le pavé ; il craignait que je ne perde connaissance à nouveau, je le savais. *Umbre vous demande de ne rien dire. Il travaille à monter une histoire qui tienne debout. En ville et au château, on ne parle plus que de votre affaire ; on n'a pas vu de triple meurtre à Bourg-de-Castelcerf depuis des années, si même c'est déjà arrivé, et c'est sous ce jour que les commérages présentent l'événement. Trop de gens vous ont vu tuer le cheval ; il sera impossible de soutenir que vous n'avez pas assassiné Laudevin et ses hommes ; du coup, Umbre cherche à fournir un motif à votre geste qui ne fasse pas de vous un meurtrier. Mais il ne peut pas descendre vous sortir de prison sans explication. Vous comprenez, n'est-ce pas ?*

Je comprends. Personne ne devait pouvoir établir de rapport entre le conseiller de la reine et un garde du corps qui avait assassiné trois hommes, de rapprochement entre la souveraine et l'homme qui avait tué les délégués du Lignage, de relation entre le prince et celui qui avait exécuté ses ordres. Oui, je comprenais ; j'avais toujours compris. *Ne vous inquiétez pas pour moi,* transmis-je avec froideur.

Je percevais que Devoir s'efforçait de maîtriser son angoisse mais elle n'en imprégnait pas moins son Art, et ses peurs franchissaient sa garde : Et si Umbre ne parvenait pas à trouver d'histoire cohérente ? Si Tom mourait d'infection ? Douce Eda, il les a tous tués, hommes et animal ! Mais qui donc est-il pour tuer ainsi ? Qui ? Je lui fermai mes murailles pour faire taire ses craintes ; de toute façon, j'étais trop épuisé pour artiser encore et il m'avait transmis tout ce qu'il me fallait savoir pour le moment. Je sentis que je me coupais non seulement du prince mais de tous ceux qui l'entouraient. Je m'enfermai en moi à double tour et je ne fus plus que Tom Blaireau, domestique de Castelcerf, incarcéré, coupable d'avoir tué trois hommes et abattu un cheval de bonne race. Rien d'autre.

Le garde apparut au judas, ordonna à mon compagnon de s'éloigner de la porte puis entra avec un seau et une louche, qu'il posa près de moi. Les yeux mi-clos, je voyais ses bottes. « Il a l'air d'être toujours dans les pommes.

— Il s'est réveillé une minute ; l'a pas dit grand-chose ; juste “de l'eau”.

— S'il se réveille encore, appelle. Le sergent veut lui causer.

— D'accord, je vous préviendrai. Mais ma femme est toujours pas venue payer mon amende ? Vous avez envoyé un gamin l'avertir, hein ?

— Je t'ai déjà dit que oui ; c'était hier. Si elle se pointe avec l'argent, on te laisse sortir.

— Y aurait moyen de bouffer ici ?

— On t'a déjà donné à manger. On n'est pas dans une auberge. »

Le garde sortit et la porte claqua derrière lui. J'entendis plusieurs verrous glisser dans leur logement. Mon ami s'approcha du judas, vérifia que l'homme s'éloignait, puis revint auprès de moi. « Tu arriveras à boire ? »

Sans répondre, la tête branlante, je me soulevai de la paillasse. Il porta la louche pleine à mes lèvres et je pris une gorgée d'eau avec précaution ; patiemment, accroupi, il maintint l'ustensile en place pendant que je me désaltérais. Je devais procéder avec lenteur : jamais je ne m'étais rendu compte que boire et tenir la tête droite mettait en jeu les muscles de mon dos. Au bout d'un moment, je me laissai retomber sur la paille et l'homme replaça la louche dans le seau. Je restai allongé, le souffle court. L'obscurité commença de rétrécir mon champ de vision, puis recula lentement. « Il fait nuit ?

— Il fait toujours nuit en prison », répondit-il d'un ton lugubre, et, l'espace d'un instant, j'entrevis la réalité de mon compagnon, celle de quelqu'un qui a trop souvent connu la situation où nous nous trouvions. Je me demandai depuis combien de temps il travaillait pour Umbre, puis songeai qu'il ignorait sans doute qui l'employait pour de pareilles tâches. Il s'approcha de moi en traînant son tabouret sous ses fesses et dit à mi-voix : « C'est l'après-midi. Ça fait deux jours que tu es enfermé. Quand on m'a amené, le guérisseur s'occupait de toi ; je croyais que tu étais réveillé. Tu ne t'en souviens pas ?

— Non. » J'y serais peut-être parvenu avec un effort, mais, soudain le cœur au bord des lèvres, j'avais la conviction qu'il valait mieux ne pas me rappeler ces moments. Deux jours ! L'accablement me saisit. Si Umbre avait eu les moyens de me tirer rapidement de ce guêpier, j'aurais été déjà libre ; ce séjour prolongé indiquait sans doute que je devais m'attendre à croupir encore longtemps en prison. Une pointe de souffrance interrompit violemment mes réflexions. Je m'efforçai ensuite de me reconcentrer. « Personne n'est venu me voir ni proposer de payer mon amende ? »

L'homme écarquilla les yeux. « Ton amende ? Mais tu as tué trois personnes, mon vieux ! On ne s'en sort pas avec une amende ! » Il s'adoucit tout à coup et, comme je me pénétrais de l'idée que je risquais la potence, il ajouta : « Si, il y a quelqu'un qui est venu quand le guérisseur a fini de te retaper – un grand seigneur, vêtu à l'étrangère avec des fanfreluches. Tu avais tourné de l'œil et les gardes voulaient pas le laisser entrer ; alors il a demandé où était passée une bourse qu'il t'avait confiée, et, quand les argousins ont répondu qu'ils en savaient rien, il s'est mis en rogne et il leur a dit de bien réfléchir parce que, si on lui rendait pas son bien intact, il prendrait des mesures radicales. D'après lui, c'était une petite bourse rouge que tu portais, avec un oiseau brodé dessus, un... euh, un faisan. Il a pas précisé ce qu'elle contenait, juste que ça avait beaucoup de valeur, que c'était à lui et qu'il voulait le récupérer.

— Sire Doré ? demandai-je tout bas.

— Oui, c'est ça, c'est son nom. »

Je ne voyais pas du tout de quoi parlait le fou. « Je ne me rappelle pas cette bourse », dis-je. La douleur enflait comme un mascaret. Je voulus retenir mes pensées mais en vain ; je repoussai ma peur et découvris, cachée en dessous, ma colère : je ne méritais pas un tel sort ! Pourquoi m'abandonnait-on dans cette cellule ? Je risquais de mourir !

Aux limites de mon esprit, je sentais Devoir qui tentait maladroitement de m'atteindre. « Je suis trop fatigué », soupirai-je ; j'avais eu l'intention d'artiser mais j'avais parlé tout haut. Ma blessure m'élançait sourdement dans la jambe, me brûlant la hanche et le genou ; toute force avait abandonné mon bras droit. Je fermai les yeux, me centrai sur moi-même et tâchai de contacter le prince, mais les ténèbres m'engloutirent.

Les jours suivants passèrent comme autant d'images aperçues à la faveur des éclairs pendant un orage : j'en garde de rares souvenirs d'une parfaite netteté mais si fragmentaires qu'ils en perdent presque tout sens. Un personnage, sans doute le guérisseur, examinait un fond de mon sang dans une cuvette et le décrétait trop sombre ; mon compagnon de cellule se plaignait d'un ton acerbe à quelqu'un de l'autre côté du judas qu'il régnait une puanteur à tuer un bouc ; je regardais fixement un curieux dessin formé par des fétus de paille au sol et j'écoutais Heur agonir quelqu'un d'obscénités ; l'angoisse au cœur, je formais le vœu qu'il se taise, de crainte qu'on ne le tue lui aussi. Être conscient, c'était avoir peur, être malade, blessé, effrayé. Seul. On me laissait crever dans mon trou pour que je ne fasse pas de vagues. Le sommeil ressuscitait les vieux cauchemars d'Œil-de-Nuit où il se trouvait prisonnier d'une cage répugnante à la merci d'un gardien qui le battait.

L'Art est une magie qui requiert de la vigueur physique, une grande capacité de concentration et une puissante volonté. Tout cela m'avait abandonné. Des vagues d'Art envoyées par Devoir me heurtaient, déferlaient en moi et s'écoulaient sans laisser de résidu compréhensible. Je savais seulement qu'il cherchait à m'atteindre et je souhaitais de toute mon âme qu'il cessât : je n'aspirais qu'au silence et à l'immobilité pour me dissimuler de ma souffrance. Je percevais aussi parfois la présence d'Ortie ; je ne pense pas qu'elle se rendît compte qu'elle m'effleurait.

Entre ces éclairs d'éveil et de sommeil hanté de cauchemars, je vivais une autre existence. Le blanc des collines arrondies par la neige tranchait sur le ciel gris. On n'y voyait nul arbre, nul buisson, pas même un rocher ; il n'y avait que la neige, le vent murmurant et le crépuscule éternel. Seule rupture dans le tapis blanc, les empreintes d'Œil-de-Nuit qui filaient devant moi. Je les suivais obstinément : je le trouverais et je continuerais ma route avec lui. Il ne devait pas avoir beaucoup d'avance. À un moment, le vent tourna et j'entendis des loups hurler au loin ; je voulus presser le pas, et cet effort me ramena dans la puanteur glacée de la cellule de prison. Je m'étais agité et un liquide brûlant et fétide coulait de ma plaie. Je refermai les yeux pour chercher la paix des collines enneigées.

Il me fallut plusieurs semaines avant de reconstituer la trame complète des événements. On retrouva la bourse de sire Doré, avec les pierres précieuses brutes qu'elle contenait, dans la maison de Laudevin, lequel avait d'ailleurs changé d'identité en arrivant à Bourg-de-Castelcerf. Astérie avait raison : ses voisins connaissaient le manchot sous le nom de Keppler. Un témoin avait attesté avoir vu un homme répondant à ma description pénétrer chez Keppler à la poursuite d'un autre homme répondant à la description de Paget ; à l'évidence, on m'avait dérobé la bourse de mon maître alors que je portais les pierres chez un lapidaire. J'avais pris les voleurs en chasse, ils m'avaient attaqué et je les avais tués au prix d'un grave coup d'épée dans le dos. J'avais ensuite courageusement abattu le cheval pris de folie avant qu'il n'eût le temps de se libérer de l'appentis et de blesser des gens dans la rue. D'accusé inculpé d'un triple meurtre, je me vis soudain propulsé au statut de fidèle serviteur prêt à risquer sa vie pour la propriété de son maître ; comme nul ne se présenta pour contester cette fable ni même demander la restitution des corps de « Keppler » et Paget, l'histoire devint la vérité établie à Bourg-de-Castelcerf, et les voisins du chevrier ne tardèrent pas à évoquer les nombreux visiteurs qui paraissaient aller et venir chez Keppler aux heures les plus indues.

C'est ainsi que sire Doré reçut enfin l'autorisation d'envoyer chercher ce qui restait de moi. Deux serviteurs se présentèrent à la prison et me chargèrent, puant et à demi conscient, sur un brancard pour un trajet cahoteux dans le froid jusqu'au château de Castelcerf. Je ne connaissais pas ces hommes et je n'offrais guère d'intérêt à leurs yeux. Chacun de leurs pas m'ébranlait jusqu'aux os et j'en aurais pleuré si j'en avais eu la force ; la douleur était telle qu'elle m'interdisait de m'évanouir. D'après les commentaires qu'ils échangeaient, les deux solides gaillards se réjouissaient de l'air froid et de l'absence de vent qui rendaient plus supportable l'odeur de ma blessure suppurante. Ils me portèrent chez le seigneur Doré qui, un mouchoir parfumé plaqué sur son nez et sa bouche, leur commanda de me déposer sur mon lit ; il les paya ensuite grassement en les remerciant de m'avoir ramené chez moi pour me permettre de mourir dans l'obscurité de ma chambre confinée. Je fermai les yeux, décidé à suivre ce programme.

Des bribes de conversations tournoyaient dans ma mémoire comme des feuilles mortes ; elles tombaient dans ma tête et l'encombraient tels des meubles inconnus entassés dans une pièce naguère familière. J'étais incapable de m'en dégager ; je me sentais retenu au milieu d'elles aussi fermement que par la main qui serrait la mienne.

« ... pourrait pas le déplacer à nouveau, même si on parvenait à monter un brancard jusqu'ici. Vous devez opérer ici.

— Je ne sais pas comment. Je ne sais pas comment. *Je ne sais pas comment!* » C'était Devoir qui parlait. « El et Eda, Umbre, je n'y mets aucune mauvaise volonté ! Croyez-vous que je ne le sauverais pas si j'en étais capable ? Mais j'ignore comment m'y prendre ; je ne comprends même pas précisément ce que vous me demandez ! »

Il pue encore plus que du caca de chien maintenant. Lourd s'ennuyait et aurait bien voulu s'en aller.

Patiemment, Umbre réitéra ses explications. « Peu importe que vous sachiez ou non que faire : il mourra si nous n'agissons pas. Si votre tentative le tue, au moins son agonie sera plus brève que ce qu'il vit actuellement. Allons, étudiez attentivement ces dessins ; je les ai tracés moi-même il y a bien des années. Celui-ci montre l'aspect que doivent présenter ces organes intacts... »

Je m'éloignai d'eux et sombrai un moment dans une obscurité heureuse. À l'instant où je retrouvais les collines enneigées, ils me ramenèrent brutalement. Leurs mains me touchaient, on découpait mes vêtements. Quelqu'un fut pris de haut-le-cœur, et Umbre, respirant à petits coups, lui ordonna de sortir et d'attendre dehors qu'on l'appelle. Des linges rêches, de l'eau tour à tour bouillante et glacée sur ma blessure, et tout près de moi une femme déclara d'un ton accablé : « L'infection est trop étendue. Ne peut-on le laisser partir en paix, tout simplement ?

— Non ! » Je crus entendre le roi Subtil puis je me rendis compte que c'était impossible. J'avais dû confondre la voix d'Umbre avec celle de son frère. « Faites rentrer le prince. Il est temps. »

Les mains froides du prince se posèrent sur ma chair brûlante de part et d'autre de ma blessure. « Envoyez votre Art dans son organisme, dit Umbre. Pénétrez en lui, repérez les dommages et réparez-les.

— Je ne sais pas comment m'y prendre », répéta Devoir, mais je le sentis tendre sa conscience. Son esprit cogna contre le mien comme un papillon contre le verre d'une lampe. Il tentait d'entrer dans ma tête, non dans mon corps ; je le repoussai faiblement. Il faisait erreur.

L'espace d'un instant, nos pensées se touchèrent et se connectèrent. *Non,* lui dis-je. *Non. Laissez-moi tranquille.*

Ses mains me quittèrent. « Il refuse notre intervention, fit Devoir d'un ton hésitant.

— Ça m'est égal ! » Umbre était furieux. « Il n'a pas le droit de mourir ! Je le lui interdis ! » Tout à coup, sa voix devint plus forte ; il cria dans mon oreille : « Fitz, m'entends-tu ? M'entends-tu, mon garçon ? Je n'ai pas l'intention de te laisser mourir, alors autant coopérer ! Cesse de pleurer sur ton sort et bats-toi !

— Fitz ? » Je perçus à la fois de l'étonnement et de l'horreur dans la question de Devoir.

Le silence tomba une seconde puis Umbre déclara d'un ton brusque : « Il est né bâtard comme moi. C'est une vieille plaisanterie entre nous : le terme ne fait mal que proféré par quelqu'un à qui il ne s'applique pas. »

J'aurais voulu répondre : Un peu faible comme explication, Umbre, et Devoir vous connaît trop pour s'y laisser tromper.

On ramena mes cheveux en arrière de mon front et on me prit la main. Je supposai qu'il s'agissait du fou. J'essayai de serrer ses doigts fins pour lui faire comprendre que j'aurais aimé lui demander pardon, puis je songeai soudain à tous ceux à qui je n'avais pas fait mes adieux :

Heur, Kettricken, Burrich, Molly... J'avais toujours eu l'intention d'apurer mes comptes avec chacun avant de mourir. « Patience, maman », fis-je, mais nul ne m'entendit ; peut-être même n'avais-je pas prononcé ces mots.

« Montrez-moi votre dessin », dit sire Doré. Il lâcha ma main et je chus brusquement dans les ténèbres. Je tombai jusqu'à la mort. Du sommet moelleux d'une butte enneigée, j'aperçus le pays de l'été. Une tache grise et floue se déplaçait au milieu des hautes herbes. Œil-de-Nuit ! criai-je. Il se retourna, me regarda et me montra les dents pour m'empêcher d'avancer. Je voulus m'élancer pour le rejoindre mais je me sentis à nouveau remonter à la surface. Je me débattis frénétiquement comme un poisson au bout d'une ligne, mais mon corps demeura immobile.

« ... déjà fait – du moins une opération similaire. J'étais présent quand il s'est servi de l'Art pour guérir son loup. Et, il y a des années, je me suis longuement intéressé au fonctionnement du corps humain. Certes, je ne possède pas l'Art, mais je connais Fi... Tom. Si vous pouvez employer l'Art à travers moi, je suis prêt à tenter l'aventure. » Le fou s'exprimait d'un ton insistant.

« J'ai envie d'aller faire pipi.

— Très bien, Lourd, mais reviens tout de suite après. Tu comprends ? Reviens dès que tu as fini. » Je percevais de l'agacement dans la voix d'Umbre, et de l'hésitation aussi. « Bah, quel mal cela peut-il faire ? Allez-y, essayez. »

Alors je sentis le fou toucher mon dos. Si les mains du prince avaient paru froides à ma peau brûlante, les doigts du fou étaient comme des glaçons qui me sondaient de leurs pointes hivernales. Toute l'éternité s'écoula dans ce contact craint et désiré à la fois.

Longtemps auparavant, le fou m'avait accompagné jusque dans les Montagnes où je m'étais rendu en quête de Vérité. Alors qu'il m'aidait à soigner notre souverain à bout de forces, ses doigts avaient rencontré fortuitement les mains gantées d'Art du roi, sur lesquelles cette manifestation physique de la magie brillait comme du vif-argent. Le contact avec ce pouvoir à l'état pur avait provoqué un choc terrible chez le fou et l'avait marqué à jamais. Les macules argentées à l'extrémité de ses doigts s'étaient ternies avec le temps mais conservaient en partie leurs vertus, car j'avais vu le fou s'en servir pour sculpter le bois : elles lui permettaient de connaître intimement ce qu'il touchait, bois, plante ou bête – ou moi. Il avait laissé autrefois trois empreintes digitales sur mon poignet, et un gant recouvrait toujours la main de sire Doré pour le protéger de tout contact accidentel ; mais à présent elle était posée sur mon dos, nue.

Je sus l'instant précis où ses doigts effleurèrent ma peau. Tels de petits poignards glacés, ils plongèrent en moi, plus aigus que l'épée qui avait perforé mes entrailles ; il n'y eut ni douleur ni plaisir mais liaison pure et simple, comme si nous occupions le même corps. Je restai immobile sous son examen, trop faible même pour trembler, tout en formant le vœu fervent qu'il n'aille pas trop loin ; mais mes craintes se révélèrent vaines : je sentis l'honneur du fou dans ce contact, un honneur qui nous gardait l'un de l'autre comme une armure. Il sondait mon corps, non mon cœur ni mon esprit. Avec un remords aussi soudain que terrible, je mesurai alors combien mes accusations l'avaient blessé : plus jamais il ne me demanderait rien que je ne lui eusse d'abord offert. Je l'entendis parler et l'Art répercuta ses paroles dans ma tête alors même que leur son frappait mes oreilles.

« *Je vois les dégâts, Umbre. Les muscles ressemblent à des cordes tranchées que la tension a enroulées sur elles-*

mêmes. Là où la lame s'est enfoncée, la gangrène s'est installée, le pus s'écoule de ses viscères et le sang le charrie dans tout son organisme. L'empoisonnement ne se limite pas à sa blessure : l'infection brasille dans tout son corps comme la teinture qui se répand dans l'eau ou la pourriture qui gagne sous l'écorce d'un arbre. Il est submergé, Umbre. Le mal ne se limite pas à la plaie que lui a infligée l'épée ; il se retrouve ailleurs, où ses organes tentent de le combattre et succombent au poison.

— Pouvez-vous réparer les dommages ? Pouvez-vous le guérir ? » La voix d'Umbre me parut défaillante et voilée, mais peut-être le tonnerre des pensées du fou l'étouffait-il.

« *Non. Je vois où se situe le mal mais cela ne me permet pas d'intervenir. Je n'ai pas affaire à un simple morceau de bois dont je pourrais exciser les parties pourries et ne garder que les saines.* » Le fou se tut mais je sentis la lutte qu'il mena pendant ce silence. Enfin il déclara d'un ton empreint de désespoir : « *Nous avons échoué. Il se meurt.*

— Non, oh non ! Pas mon petit, pas mon Fitz ! Par pitié, non ! » Légères comme des feuilles d'arbre, les mains du vieil homme se posèrent sur moi. Je perçus avec quelle effrayante ferveur il désirait me sauver, soudain j'eus l'impression que ses mains s'enfonçaient en moi et que leur chaleur se répandait dans mes veines, brûlante comme l'alcool. Quelqu'un émit un hoquet de surprise et je sentis, oui je sentis alors le fou unir son esprit à celui d'Umbre, et ils se lièrent en moi, fragile construction d'Art. La voix d'Umbre se fêla quand il s'exclama : *« Devoir, prenez ma main ! Prêtez-moi de l'énergie ! »*

Le prince se joignit à eux. Son intrusion rompit l'équilibre, et la lumière disparut dans une explosion de ténèbres. « Allez chercher Lourd ! » cria quelqu'un. C'était désormais sans importance. Je tombai longtemps en m'amenuisant au fur et à mesure de ma chute. J'entendais des hurlements de loups qui se rapprochaient.

Tout à coup je pris conscience d'une lumière. Elle ne dispensait aucune chaleur mais elle était terriblement pénétrante ; je plongeai en elle et ne fis plus qu'un avec elle. J'avais l'impression qu'elle provenait de l'intérieur même de mes yeux ; je ne pouvais lui échapper. Brûlant tout, elle n'illuminait rien et je n'y voyais pas. Son éclat insoutenable s'accrut soudain et je hurlai, tout mon corps hurla sous le coup de boutoir de la lumière qui m'envahit tout entier. J'étais un membre brisé violemment redressé, un fleuve endigué brusquement libéré, une chevelure emmêlée brutalement peignée. La perfection de la santé me parcourait comme une déchirure. Le traitement était pire que le mal. Mon cœur cessa de battre. Des cris affolés s'élevèrent. Puis, dans un bruit de tonnerre, il se remit en marche. L'air calcina mes poumons en y pénétrant.

Je connus un instant d'éveil exarcerbé où je vis tout, sus tout, perçus tout. Ils formaient un cercle autour de moi ; le fou appuyait ses doigts argentés d'Art sur mon dos, Umbre tenait sa main libre et, de l'autre, celle de Devoir. Devoir agrippait le poignet potelé de Lourd, et Lourd ne bougeait pas, impassible, immobile et pourtant rugissant comme un immense brasier. Les yeux d'Umbre étaient si arrondis qu'on voyait du blanc tout autour de ses iris, et il découvrait ses dents en un rictus de joie. Devoir fermait les yeux, blême de terreur. Et le fou, le fou... c'était l'éclat de l'or, le bonheur et un vol de dragons scintillants dans un ciel d'azur immaculé. Il s'écria brusquement d'une voix aiguë comme celle d'une femme : « Assez ! Assez ! Assez ! C'est trop, nous sommes allés trop loin ! »

Ils s'écartèrent de moi et je poursuivis ma course sans eux. Je ne pouvais plus m'arrêter. Je filais comme une crue subite qui dévale un ravin et emporte à la fois les débris accumulés et les arbres vivants qu'elle arrache aux versants. Étais-je en train de guérir ? Non. La guérison est douceur, récupération, longueur de temps. Elle n'est pas, comme je le compris soudain, l'intervention d'un homme sur un autre, mais celle de l'organisme sur lui-même pourvu qu'on lui fournisse le temps, le repos et l'alimentation nécessaires. On aurait pu illustrer le processus dans lequel j'étais engagé par l'image d'un homme mettant le feu à ses pieds pour se réchauffer les mains ; mon corps évacuait les chairs corrompues et les fluides viciés qu'il renfermait, mais on ne peut arracher des blocs d'un bâtiment sans les remplacer, et il faut bien prendre les nouvelles briques quelque part. Mon organisme se dépouillait lui-même, je le sentais à l'œuvre mais j'étais incapable de l'en empêcher. Chacun de mes organes finit par retrouver la salubrité, mais au prix de la solidité de l'ensemble ; comme un mur construit avec du mortier en quantité insuffisante, mon corps, par manque de matériaux, avait dû sacrifier sa résistance. Quand tout s'acheva et que le monde retrouva ses assises dans un grand rugissement d'orage, je regardai ceux qui m'entouraient et, allongé dans la bouillie de sanie et de pus que mon organisme avait rejetée, je n'eus même pas la force de cligner les yeux.

Les quatre hommes qui avaient reconstruit mon corps me rendaient mon regard : le vieillard, l'aristocrate doré, le prince et l'idiot partageaient la même expression où l'ébahissement se mêlait à l'effroi et la satisfaction au regret. C'est ainsi que fut formé le clan de Devoir, et je n'aurais pu imaginer pire moyen de souder cinq personnes ; depuis le groupe d'infirmes de Feuxcroisés, on n'avait pas vu réunion d'artiseurs aussi mal assortis. Le fou ne possédait pas l'Art mais seulement les ombres argentées au bout de ses doigts et le mince fil de conscience d'Art qui nous reliait, lui et moi, depuis de longues années ; chez Lourd, la magie abondait mais le savoir lui manquait et il n'avait nulle envie de l'acquérir. Je savais artiser mais mon Art fluctuait sans cesse, se tarissant puis jaillissant de façon imprévisible, inculte et inconstante. Quant à Umbre, les dieux nous viennent en aide, il découvrait son talent au déclin de sa vie ; il le maniait comme un jeune garçon une épée en bois, sans se rendre compte du danger que représentait l'arme réelle. Il avait des connaissances, une volonté de fer, mais pas la compréhension instinctive de Lourd sur le phénomène. Chez notre prince seul l'Art s'équilibrait entre intelligence et ambition, mais il était souillé par le Vif. Je contemplai l'œuvre que j'avais créée par l'unique vertu de mon agonie et le courage m'abandonna. Le beau catalyseur que je faisais ! Un clan doit pouvoir prêter son énergie au souverain Loinvoyant en cas de nécessité ; le mien était incapable d'opérer sans la présence du monarque. En outre, il aurait dû se fonder sur les liens de camaraderie nés du choix mutuel de ses membres ; ce que je voyais ressemblait davantage à une réunion fortuite de voyageurs dans une taverne.

L'accablement que je ressentais dut transparaître sur mon visage, car Umbre s'agenouilla et prit ma main. « Tout va bien, mon garçon, fit-il d'un ton rassurant. Tu ne mourras pas. »

Il pensait m'annoncer une bonne nouvelle, je le savais. Je fermai les yeux pour échapper à l'affreuse allégresse qui brillait dans son regard.

Je dormis quatre jours et quatre nuits d'affilée. On baigna mon corps épuisé et on me vêtit sans que je m'en rendisse compte ; on m'apprit plus tard que j'avais absorbé du vin et du gruau ; quelqu'un s'était chargé de ma propreté. Je n'en conserve aucun souvenir et je m'en réjouis. Peut-être est-il exact que je bus pendant mon sommeil. On me dit qu'Astérie passa prendre de mes nouvelles à plusieurs reprises, et que Leste apporta une potion reconstituante tirée des recettes de sa grand-mère. Ni l'une ni l'autre ne furent autorisés à me voir. Je l'avoue humblement, je ne me rappelle rien de tout cela. En revanche, je revécus des scènes dont j'ignorais la présence dans ma mémoire : je suivais une meute de loups de colline en colline, je la regardais vivre en aspirant à me joindre à elle, mais toujours, quelque part, un fil me retenait et me remémorait qu'il me faudrait un jour emprunter le chemin du retour.

J'ai gardé souvenance d'un épisode toutefois : une femme passa son bras autour de mes épaules, me redressa et porta une chope de lait tiède à mes lèvres. Je n'ai jamais aimé le lait tiède et, quand j'en sentis l'odeur, je voulus écarter la main, mais la femme insista. Je n'avais pas le choix : je devais boire ou m'étrangler. La plus grande partie du liquide passa dans ma gorge. C'est seulement quand elle reposa ma tête sur mes oreillers que je reconnus la force de volonté de ma reine. J'entrouvris les yeux. « Pardon », fis-je d'une voix croassante alors que Kettricken essuyait le lait qui avait coulé sur le chaume de mon menton et ma chemise de nuit.

Elle me sourit et je lus du soulagement dans son regard. « C'est la première fois que vous avez la force de faire le difficile. Dois-je y voir un signe de rétablissement et de la résurrection prochaine de votre personnalité ? »

Derrière la taquinerie, je perçus la détente à laquelle elle se laissait enfin aller. Elle posa la serviette et prit mes mains entre les siennes ; je sentis mes os frotter les uns contre les autres malgré la délicatesse de son étreinte : décharnés, mes doigts ressemblaient à des serres. Je ne pus supporter cette vision, pas davantage que la tendresse qui embuait le regard bleu de la reine ; j'observai le décor de ma chambre et fronçai les sourcils avec perplexité, car je ne le reconnaissais pas. Kettricken avait surpris mon coup d'œil. « J'ai tout changé, dit-elle ; je ne pouvais tolérer de vous savoir gisant dans cette cellule nue. »

Un épais tapis montagnard couvrait le sol. J'étais couché sur un lit bas et ma reine exaltée assise en tailleur sur un coussin dodu, par terre près de moi. Dans un angle, sur des étagères en spirale étaient posées de grosses bougies parfumées qui réchauffaient et illuminaient la pièce ; un gracieux pot à eau et une cuvette occupaient le dessus d'une commode à la façade gravée ; j'aperçus l'ourlet en dentelle d'un napperon sous le broc de toilette. Sur une table basse à côté de mon lit, je vis la chope vide et un bol de bouillon où nageaient des croûtons ; l'arôme qui en montait me fit saliver, et Kettricken dut remarquer mon regard, car elle prit le récipient et y plongea une cuiller.

« Je crois pouvoir me débrouiller », fis-je précipitamment. Je voulus me redresser et, à ma grande humiliation, Kettricken dut m'aider. Assis, je découvris la tapisserie pendue au mur en face de moi. On l'avait nettoyée et réparée, mais un roi Sagesse exagérément étiré en hauteur continuait de me dévisager alors qu'il traitait avec les Anciens. Lisant sans doute mon saisissement sur mon visage, Kettricken sourit et dit : « Umbre pensait que vous seriez surpris et heureux de la retrouver. Pour ma part, je la trouve sinistre, mais, selon lui, vous l'avez toujours appréciée. »

La tapisserie cachait le mur tout entier. Mon jugement n'avait pas varié depuis l'époque où elle décorait ma chambre d'enfant : elle avait tout d'un cauchemar, et le vieil assassin le savait pertinemment. Malgré mon état de faiblesse, son humour rosse me fit sourire. Je protestai néanmoins : « Mais il faut conserver à cette pièce l'aspect humble d'un logement de domestique. À part la taille et l'absence de fenêtre, elle ressemble à présent aux appartements d'un prince. »

Kettricken soupira. « Umbre m'en a fait le reproche lui aussi, mais je n'ai rien voulu entendre. Il me semble déjà intolérable que vous deviez souffrir dans une chambre aussi réduite et lugubre ; je refuse d'y ajouter l'indigence et le froid.

— Pourtant vos propres appartements sont simples et dépouillés, à la mode des Montagnes. Je ne...

— Quand vous serez assez remis pour recevoir des visiteurs, vous pourrez tout enlever si cela vous chante, mais, pour le moment, je vous veux confortablement installé – à la mode des Six-Duchés. » Elle soupira puis poursuivit d'un ton moins âpre : « Comme toujours, on a inventé un mensonge pour expliquer ce décor : sire Doré tient à récompenser son serviteur de sa rectitude et de sa bravoure. Il ne vous reste plus qu'à l'accepter. »

Le ton n'admettait pas de réplique. Elle plaça des oreillers dans mon dos pour m'aider à me tenir assis et je dégustai les croûtons imbibés de bouillon ; j'en aurais volontiers mangé davantage, mais elle me prit le bol des mains en m'exhortant à une convalescence sans précipitation. La fatigue s'abattit brusquement sur moi. Je m'allongeai, terrassé d'épuisement et en même temps stupéfait de ne ressentir aucune douleur, et je me rendis compte soudain que j'étais étendu sur le dos. Je dus changer d'expression, car Kettricken, inquiète, me demanda ce qui n'allait pas.

Je roulai sur le flanc et approchai précautionneusement ma main de ma blessure. « Je n'ai pas mal », dis-je.

Il n'y avait pas de pansement.

Sous mes doigts, je sentis la peau intacte, puis les ressauts de mes vertèbres, et mes côtes qui pointaient comme celles d'un chien famélique. Je me mis à trembler et à claquer des dents. Kettricken remonta les couvertures sur moi. « La plaie a disparu, fis-je d'une voix chevrotante.

— Oui. L'entaille est close et la chair saine ; il ne reste plus aucune trace du coup d'épée. C'est une des raisons qui nous font interdire les visites : on ne manquerait pas de s'en étonner, et on s'interrogerait aussi sur votre maigreur et votre faiblesse, comme au sortir de plusieurs semaines de maladie. » Elle se tut ; je crus qu'elle allait poursuivre ses explications, mais non : elle me sourit tendrement. « Ne vous inquiétez de rien pour le moment. Vous avez besoin de vous reposer, Fitz, pas de vous ronger les sangs. Dormez, mangez, et vous serez bientôt sur pied. » Ma reine effleura ma joue hérissée de barbe puis lissa mes cheveux en arrière.

Mille questions se pressèrent tout à coup dans mon esprit. « Heur est-il au courant que je vais bien ? Est-il venu me voir ? Se fait-il du souci pour moi ?

— Chut ! Vous n'allez pas encore bien. Il est venu, oui, mais nous avons jugé préférable de l'empêcher de vous voir. Sire Doré l'a reçu et lui a assuré que vous receviez les meilleurs soins et alliez vous rétablir. Il lui a confié la reconnaissance qu'il éprouvait pour vous d'avoir risqué votre vie pour défendre son bien, et il a obtenu la promesse que Heur le préviendrait si jamais il se trouvait dans le besoin pendant votre convalescence. Une femme du nom de Jinna s'est présentée aussi, mais nous l'avons également refoulée. »

Je comprenais la nécessité de cette attitude : Heur comme Jinna seraient restés stupéfaits devant mon apparence ; mais j'espérais que mon garçon ne nourrissait pas trop d'inquiétude à mon égard. Brusquement, comme si une vanne s'était ouverte en moi, toutes mes autres questions m'assaillirent. « Y avait-il d'autres Pie en dehors de Laudevin et Paget ? Et Henja ? J'ai vu Henja en ville, et je ne pense pas qu'il s'agît d'une coïncidence. Et puis j'ai cru comprendre que la mère de Civil vivait sous la menace ; Umbre doit envoyer quelqu'un l'aider. Et il reste un espion au château, celui qui emmenait Lourd chez Laudevin ; il faut qu'Umbre...

— Il faut que vous vous reposiez, dit Kettricken d'un ton ferme. D'autres s'occupent de tout cela en ce moment même. » Elle se leva d'un mouvement souple, traversa ma chambre en deux enjambées et souffla toutes les bougies ; elle en laissa une seule allumée, dont elle se munit. Je m'aperçus alors que ma reine ne portait qu'une chemise de nuit et un saut-de-lit. Ses cheveux tombaient dans son dos en une lourde tresse dorée.

« C'est la nuit, fis-je stupidement.

— Oui. Il est très tard. Dormez à présent, Fitz.

— Que faites-vous ici à une heure aussi tardive ?

— Je veille sur votre sommeil. »

Je n'y comprenais rien : c'était elle qui m'avait réveillé. « Mais le pain et le lait ?

— J'ai envoyé mon page les quérir pour moi ; je lui ai dit que je ne parvenais pas à dormir, et c'était la vérité. Puis je vous les ai apportés. » Elle paraissait presque sur la défensive. « Tout le mal dont vous avez été victime a un résultat bénéfique : il m'a rappelé brutalement tout ce que je vous dois et combien je vous estime. » Elle se tut et me regarda un instant. « Si je vous perdais, reprit-elle comme à son corps défendant, je perdrais le seul qui connaisse toute mon histoire, le seul qui, quand il me voit, sait ce que j'ai vécu avec mon roi.

— Mais Astérie était là, et sire Doré aussi. »

Elle secoua la tête. « Pas de bout en bout, et ni l'un ni l'autre ne l'aimait comme nous l'aimions. » Puis, sa bougie à la main, elle se pencha et baisa mon front. « Endormez-vous, FitzChevalerie. » Et, quand elle posa ses lèvres sur les miennes, j'eus l'impression de me désaltérer longuement à une source fraîche, et je sus que ce baiser n'était pas pour moi mais pour l'homme qui nous manquait à tous deux. « Reposez-vous et reprenez vos forces », m'ordonna-t-elle avant de se redresser et de sortir par le passage secret. Elle avait emporté la chope et le bol, et aucune trace ne demeurait de sa présence hormis son parfum qui flottait dans l'obscurité. Je soupirai puis m'enfonçai dans un sommeil profond mais presque normal.

8
CONVALESCENCE

Les Pierres Témoins se dressent au sommet des falaises près de Castelcerf depuis l'édification de la forteresse et probablement depuis plus longtemps. Hautes et noires, les quatre Pierres pointent du sol rocheux en formant un carré. Le temps ou la main de l'homme a rendu indistincts les signes qui marquaient autrefois chacune de leurs faces, et les runes sont aujourd'hui illisibles. Le matériau dans lequel on les a taillées paraît très semblable à celui des blocs noirs du château de Castelcerf, hormis de fines veines argentées qui courent comme des lézardes sur les piliers. Nul ne se rappelle l'origine de la tradition qui consiste à prendre ces pierres à témoin d'un vœu ou de la vérité d'une affirmation. Parfois des combats se déroulent à leur pied, la croyance populaire voulant que leur présence assurera la victoire à l'adversaire dont la cause est juste. De nombreuses superstitions entourent l'espace enclos entre les quatre Pierres : selon certaines, une femme stérile pourra y concevoir un enfant, et, selon d'autres, elle pourra demander aux piliers de la débarrasser de ce qui grandit en son sein.

Coutumes du duché de Cerf, de DAME CLARINE

*

Je quittai mon lit le lendemain. Dans l'obscurité de ma chambre close, je franchis les trois pas qui me séparaient de mon coffre à vêtements, puis je m'effondrai sans parvenir à me relever. Je restai allongé par terre et décidai, non d'appeler à l'aide, mais d'attendre d'avoir retrouvé assez de forces pour regagner ma couche. Cependant, presque aussitôt la porte s'ouvrit ; accompagné d'air frais et de lumière, sire Doré apparut. Sa silhouette découpée sur le rectangle clair de l'encadrement, il posa sur moi un regard empreint de désapprobation aristocratique. « Tom, Tom ! fit-il en secouant la tête. Faut-il donc toujours que vous fassiez preuve d'un entêtement aussi lassant ? Allons, retournez dans votre lit et restez-y tant que le seigneur Umbre l'ordonne. »

Comme d'habitude, la vigueur que dissimulait sa frêle carrure me surprit. Il ne m'aida pas à me redresser : il me souleva carrément dans ses bras et me déposa au milieu de mes draps. À tâtons, je cherchai ma couverture ; il la saisit par le coin et la jeta sur moi. « Je ne peux quand même pas demeurer allongé des jours et des jours sans rien faire ! » protestai-je d'un ton plaintif.

Sire Doré prit l'air amusé. « Il me plairait de vous voir essayer de vous livrer à une autre activité, car vous en êtes à l'évidence incapable. Je laisse la porte ouverte afin de vous fournir un peu de lumière. Désirez-vous aussi une chandelle ? »

Je secouai lentement la tête, glacé par ses manières à la fois impersonnelles et indulgentes. Il sortit mais, par l'encadrement, je vis le feu qui flambait dans sa cheminée impeccablement tenue. Il se rassit à l'étroit bureau qu'il avait manifestement délaissé pour m'aider, reprit sa plume et se mit à écrire avec énergie sur un parchemin.

Peu après, on frappa à sa porte et, sur son invitation, Calcin entra, un plateau de petit déjeuner entre les mains. Le jeune serviteur le posa sur la table et le débarrassa à gestes minutieux ; quand il eut fini, il y restait plusieurs bols et une chope. Il l'avait repris et se dirigeait vers ma chambre quand sire Doré déclara sans lever le nez de son courrier : « Laissez-le ici, Calcin. » L'adolescent se retira et son maître continua de griffonner. Un moment plus tard, on frappa de nouveau ; cette fois, le garçon apportait des seaux d'eau, accompagné d'un homme aux bras chargés de bois pour le feu. Ils s'activèrent dans la pièce sans que le seigneur Doré leur accordât un regard. Quand ils eurent tous deux pris congé, il poussa un soupir, quitta son bureau et alla bâcler la porte.

Enfin il s'adressa à moi : « Voulez-vous manger dans votre chambre ou à table, Tom ? »

En guise de réponse, je me redressai ; une robe bleue toute neuve était étendue sur le pied de mon lit. Je l'enfilai par la tête puis me levai. Le châlit bas me compliqua la tâche et, une fois debout, je demeurai immobile pendant quelques secondes, saisi de vertige ; j'entamai ensuite d'un pas prudent le trajet jusqu'à la table. Je m'arrêtai à la porte et me retins au montant pour reprendre mon souffle, puis je poursuivis ma progression. Sire Doré s'était déjà assis et ôtait les couvercles des plats que le domestique avait disposés devant lui. Je finis par prendre place, à mouvements lents, dans le fauteuil en face de lui.

On m'avait préparé un repas de malade : bouillon, gruau délayé et pain trempé dans du lait. Le menu de sire Doré se composait d'œufs à la crème, de saucisses, de tartines beurrées, de confitures et d'autres gourmandises qui me mettaient l'eau à la bouche, et, l'espace d'un instant, j'éprouvai une rancœur violente et irrationnelle envers mon convive. Enfin j'avalai ce qu'on m'avait servi et fis descendre le tout avec une tasse de camomille tiède, puis je quittai mon siège et retournai me coucher. Nous n'avions pas échangé un mot. Pour finir, l'ennui eut raison de moi et je m'endormis.

À mon réveil, j'entendis parler à voix basse. « Il est donc assez remis pour se lever et manger à table ? demandait Umbre.

— À peine, répondit sire Doré. Mieux vaut ne rien brusquer ; ses réserves d'énergie sont épuisées mais cela ne l'empêchera pas, si vous évoquez devant lui des missions en attente, de...

— Je ne dors plus ! » lançai-je, mais je ne réussis qu'à émettre un feulement rauque. Je m'éclaircis la gorge. « Umbre, je ne dors pas ! »

Il s'approcha de ma porte d'un pas vif et me sourit. Ses boucles blanches brillaient et il paraissait plein de vie et de dynamisme. Il regarda d'un air dédaigneux le coussin que Kettricken avait laissé près de mon lit. « Le temps de chercher un fauteuil, mon garçon, je m'installe et nous allons bavarder un peu. Tu as bien meilleure mine.

— Je peux me lever.

— Vraiment ? Ah ! Eh bien, prends ma main et debout. Non, laisse-moi t'aider, ne sois pas têtu. Nous allons nous asseoir près du feu, d'accord ? »

Il s'adressait à moi comme si j'étais légèrement simplet. Je choisis d'y voir une marque de son inquiétude et j'acceptai son appui pendant que je sortais de la chambre. Je pris place avec précaution dans un des fauteuils capitonnés devant la cheminée, et il s'assit dans celui d'en face avec un soupir. Je cherchai le fou des yeux mais sire Doré s'était remis au travail à son bureau.

Umbre me sourit à nouveau et tendit ses jambes devant lui. « Je me réjouis que tu remontes si bien la pente, Fitz. Tu peux te vanter de nous avoir fait une belle peur ! Nous avons dû puiser au plus profond de nous-mêmes pour te ramener.

— Oui, et il faut que nous en discutions, dis-je d'un ton grave.

— En effet, mais pas maintenant. Pour le moment, tu dois prendre ton temps et ne pas te fatiguer ; ce qu'il te faut surtout, c'est dormir et manger.

— De vrais repas, déclarai-je avec fermeté, avec de la viande. Jamais je ne retrouverai mes forces en me contentant de la bouillie qu'on m'a donnée ce matin. »

Il haussa les sourcils. « On fait le difficile ? Enfin, c'était à prévoir. Je laisserai des ordres pour qu'on t'apporte de la viande à midi. Tu vois, il suffisait de demander. Après tout, je n'ai pas entendu un mot de toi depuis qu'on t'a ramené au château. »

C'était irrationnel, je le savais, mais je sentis la colère m'envahir et les yeux me piquèrent. Je me détournai, tentant de me dominer. Que m'arrivait-il ?

Comme s'il avait perçu mes pensées, Umbre dit : « Fitz, mon garçon, tu es encore très fragile. Je t'ai vu traverser bien des épreuves difficiles mais celle-ci était la plus dure. Comme à ton organisme, laisse à ton esprit le temps de se remettre. »

Je repris mon souffle et m'apprêtai à répondre que j'allais bien, mais je m'entendis déclarer : « Je croyais que j'allais mourir en bas, tout seul. » Et toutes les images incohérentes de mon séjour en prison me revinrent en un flot irrésistible ; je me remémorai ma terreur et mon désespoir, et la fureur s'empara de moi à l'idée que je devrais désormais porter ces souvenirs en moi. Ils m'avaient tous abandonné, Umbre, le fou, Kettricken, Devoir... tous.

« Je le craignais moi aussi, fit Umbre à mi-voix. Ça a été un terrible moment à passer pour nous tous, mais pire encore pour toi. Toutefois, si tu m'avais écouté...

— Ah, naturellement, c'est ma faute ! Comme toujours ! »

Par-dessus son épaule, sire Doré dit à Umbre : « On ne peut pas discuter avec lui quand il est dans cet état ; cela ne fait que l'enfoncer davantage. Mieux vaut laisser passer la crise.

— Tais-toi ! » hurlai-je, mais ma voix se brisa et mon exclamation s'acheva en couinement de souris. Umbre me regarda fixement avec une expression où se mêlaient reproche et inquiétude. Je ramenai mes genoux contre ma poitrine et serrai mes bras autour d'eux. Des sanglots convulsifs entrecoupaient ma respiration. Entre deux hoquets, je passai ma manche sur mes yeux ; je refusais de pleurer. Ils s'attendaient à me voir m'effondrer mais il n'en était pas question. J'avais été malade et j'avais eu une peur bleue, rien de plus. Je pris une profonde inspiration pour me calmer. « Racontez-moi, s'il vous plaît », dis-je à Umbre d'un ton implorant. Je dépliai mes jambes qui commençaient à trembler et posai les pieds bien à plat sur le sol. Me voir dans une telle faiblesse me faisait horreur. « Racontez-moi ce qui se passe, ça vous épargnera mes questions stupides. Commencez par Civil. »

Le vieil homme soupira. « Ce n'est pas raisonnable ; tu as autant besoin de te reposer intellectuellement que physiquement. » Je voulus protester mais il m'interrompit : « Toutefois je cède. Très bien. Civil a retrouvé son cheval et regagné Castelcerf le plus vite possible sans attirer l'attention ; quand il s'est présenté à Devoir, il pouvait à peine parler tant sa gorge était douloureuse. Il a tout de même réussi à lui faire comprendre que le serviteur de sire Doré l'avait tiré des pattes d'une bande d'assassins à Bourg-de-Castelcerf. Il n'en a pas révélé davantage au prince, mais cela a suffi à Devoir pour me rapporter ses propos, et à moi pour lancer des recherches. »

Il s'éclaircit la gorge et avoua : « Normalement, nous n'aurions pas dû tant tarder à te récupérer, mais je ne m'attendais pas à ce que tu tues ces hommes et je n'aurais pas imaginé que tu te laisserais prendre vivant par la garde municipale. Cependant, dès que j'ai appris ton arrestation et ton inculpation, j'ai introduit un de mes agents dans ta cellule. Par malchance, un guérisseur de la garde t'avait déjà examiné ; je ne pouvais donc pas envoyer un des miens. Le sergent refusait obstinément de te relâcher ; il était convaincu que tu avais assassiné les trois hommes, d'autant plus qu'une rixe à laquelle il t'avait précédemment trouvé mêlé te désignait à ses yeux comme un fauteur de troubles. Sire Doré a dû se plaindre à trois reprises de la disparition de ses bijoux avant qu'un garde n'ait enfin l'idée de fouiller le logis de Laudevin et ne les y découvre ; pour ma part, j'avais déjà fourni un témoin attestant que tu n'étais pas à l'origine de la bagarre, mais je ne pouvais guère donner de coup de pouce supplémentaire. Le temps que le sergent comprenne enfin que tu avais seulement défendu le bien de ton maître et te remette à nous, il était presque trop tard.

— Vous ne pouviez guère donner de coup de pouce supplémentaire », répétai-je d'une voix atone. J'étais tout seul, transi de froid et à l'article de la mort, et lui donnait des « coups de pouce » !

« La reine voulait davantage ; elle désirait envoyer carrément sa garde te tirer de ta cellule. Je ne pouvais le permettre, Fitz : il y avait d'autres Pie. Le lendemain de la mort de Laudevin, des placards ont fleuri dans le bourg sur lesquels il était écrit que Laudevin et Paget avaient le Vif, et que des agents de la Couronne les avaient occis, leurs bêtes de lien et eux, le tout en raillant la prétendue volonté royale de mettre un terme aux persécutions injustes des vifiers. On exhortait ceux du Lignage à ne pas commettre l'erreur de faire confiance à la reine et à ne pas répondre à sa convocation, et le texte s'achevait par l'affirmation que la souveraine et ses spadassins ne manqueraient pas d'assassiner quiconque tenterait de dévoiler publiquement la vérité, à savoir que son propre fils avait le Vif. » Il se tut un instant. « Tu comprends donc que j'étais obligé de te laisser en détention. Ce n'était pas mon souhait, et je ne devrais pas avoir à te le dire. »

J'enfouis mon visage dans mes mains. Oui, j'aurais dû écouter Umbre. Mon emportement était responsable de la situation. « J'aurais mieux fait de laisser Civil se faire tuer, puis de dénoncer le meurtre, j'imagine.

— C'eût été une solution, répondit le conseiller de la reine ; mais, à mon avis, ta relation avec Devoir en aurait souffert, même si tu lui avais caché que tu aurais pu empêcher la mort de son ami. Allons, cela suffit pour aujourd'hui, je crois. Retourne t'allonger.

— Non ; achevez au moins cette partie de l'histoire. Quelles mesures avez-vous prises en réaction aux placards qui accusaient Devoir ?

— Aucune, naturellement. Nous les avons traités par le mépris et la dérision ; de même, nous avons veillé à ce que la Couronne ne manifeste nul intérêt particulier pour le serviteur emprisonné de sire Doré. La garde municipale tenait son coupable, la justice n'avait plus qu'à suivre son cours. Les accusations affichées étaient ridicules et ne constituaient qu'une tentative aberrante pour ternir le nom du prince ; elles étaient même ridicules à double titre, car l'héritier du trône portait encore les impressionnantes cicatrices que lui avait laissées le marguet de son ami ; or, à coup sûr, jamais une bête de chasse n'attaquerait une personne douée du Vif : chacun sait l'empire des vifiers sur les animaux. Et ainsi de suite ; finalement, on a pu démontrer que les victimes des meurtres n'étaient que des voleurs. Le Vif n'avait rien à voir avec les événements, pas davantage que la Couronne : un serviteur fidèle avait simplement protégé le bien de son maître contre trois larrons.

— C'est donc à cause des assertions concernant le Vif

du prince que vous avez dû me laisser pourrir en prison. » J'avais tenté d'exprimer que j'acceptais les faits. D'un côté, je comprenais Umbre ; de l'autre, je le haïssais.

Le choix de mes termes le fit sourciller, mais il hocha la tête. « Je regrette, Fitz. Nous n'avions pas d'autre solution.

— Je sais ; et j'étais seul responsable de ce qui m'arrivait. » J'avais quasi réussi à chasser toute aigreur de ma voix. Je me sentais tout à coup terriblement fatigué mais je voulais en apprendre davantage. « Et Civil ?

— Une fois que j'ai découvert l'identité des trois morts, j'ai compris qu'il me fallait l'interroger. Je lui ai arraché toute la vérité, jusqu'au motif de son geste. Sa mère s'est suicidée, Fitz ; elle lui a envoyé un message où elle le suppliait de la pardonner et se déclarait incapable de continuer à vivre en sachant ce à quoi il était réduit pour acheter leur sécurité, alors même que les hommes la violentaient à loisir dans le fallacieux abri de son propre château. »

L'horreur sordide que sous-entendaient ces mots m'emplit de dégoût. « Civil avait donc l'intention de se faire assassiner.

— Sa mère était morte ; à mon avis, il voulait tuer les trois Pie sans s'inquiéter d'y laisser la vie ou non, mais il n'avait aucune idée de la façon de s'y prendre. Il avait l'esprit farci d'idéaux, de duels et de défis loyaux, mais Laudevin ne lui a même pas laissé le choix des armes.

— Quel est le statut de Civil désormais ? »

Umbre se tut un instant. « C'est compliqué. Devoir a insisté pour demeurer près de lui pendant que je l'interrogeais. Civil est à présent dévoué corps et âme au prince qui l'a défendu face à moi. S'il doit avoir un vifier auprès de lui, au moins nous avons limé les crocs à celui-là. Le prince est convaincu, et je ne suis pas loin de l'être moi-même, que les Brésinga agissaient sous la contrainte ; si le garçon éprouvait quelque fidélité envers les Pie, le suicide de sa mère et les traitements qu'ils lui avaient infligés auparavant l'en ont guéri. Il leur voue une haine sans commune mesure avec la nôtre. Ils ont obligé dame Brésinga à offrir la marguette à Devoir sous peine de les dénoncer, son fils et elle, comme vifiers. Mais, une fois qu'elle s'est exécutée, elle s'est trouvée entièrement en leur pouvoir : non seulement elle avait le Vif mais elle avait commis un acte de haute trahison envers son prince. Alors les Pie ont séparé la mère et le fils ; Civil a été envoyé à Castelcerf avec mission d'entretenir l'amitié qui le liait à Devoir, de l'entraîner davantage dans le Vif et d'espionner pour le compte des Pie. S'il obéissait, ils garantissaient la sécurité de sa mère dont Castelmyrte, son foyer, s'est transformé en prison. Les Pie sont vite devenus gourmands : ils se sont d'abord approprié sa demeure, puis sa cave à vin, puis sa fortune. Si elle s'opposait à eux, ils brandissaient des menaces contre son fils ; pour finir, certains ont profité de la maîtresse des lieux elle-même, et elle ne l'a pas supporté. À mon avis, ils ont sous-estimé sa force de volonté ainsi que celle de son fils. » L'histoire était triste et odieuse mais je ne m'y attardai pas ; des soucis plus immédiats appelaient mon attention.

« Et qu'en est-il d'Henja ? Le prince vous a-t-il averti que je l'avais vue ? »

Umbre prit une expression grave. « Oui, mais... est-il possible que tu te sois mépris ? Mes espions au bourg n'ont pas entendu un murmure sur elle. »

Je rassemblai mes souvenirs et les examinai. « J'étais blessé, il faisait sombre. Pourtant... je ne crois pas m'être trompé. Et je suis sûr qu'il s'agit de la femme qui se trouvait chez Laudevin et Paget en même temps que Lourd ; elle leur a offert de l'or contre le fou et moi... du moins il me semble ; j'avais du mal à comprendre ce qu'elle voulait acheter précisément. Sa présence contrariait Laudevin. Je pense qu'elle est mêlée à cette affaire, mais j'ignore comment. »

Umbre leva la main, paume en l'air. « Si c'est le cas, elle a bien couvert ses traces : je n'ai pas détecté le moindre signe d'elle à Bourg-de-Castelcerf. »

Maigre consolation : ses espions n'avaient pas non plus découvert où se cachait Laudevin. Je gardai pour moi cette remarque.

« Il reste un agent des Pie au château même – l'homme qui conduisait Lourd à leur chef. »

Umbre prit un air neutre. « Le palefrenier de Civil a été victime d'un malencontreux accident : on l'a trouvé mort dans le box d'un étalon, tué à coups de sabots. Ce qu'il faisait là demeure un mystère. »

Je hochai la tête ; encore une piste condamnée. « Et la mère de Civil ? Sa propriété ? »

Le vieil assassin se détourna de moi. « La nouvelle de la tragédie nous est parvenue le lendemain de ton arrestation : dame Brésinga a succombé à un empoisonnement alimentaire, ainsi que plusieurs de ses invités et domestiques. L'affaire est très attristante mais ni gênante ni scandaleuse. La dame du château a été la première qu'on a retrouvée sans vie mais, les jours suivants, d'autres sont tombés malades et ont péri rapidement. Un plat de poisson avarié, m'a-t-on rapporté. La dépouille de dame Brésinga a été transportée chez sa mère pour y être inhumée ; Civil se charge de cette lugubre tâche. Le prince Devoir l'a fait escorter de sa propre garde d'honneur en signe de l'estime qu'il lui porte. Civil sait qu'une fois l'enterrement achevé et les détails de la succession réglés il devra revenir à Castelcerf et y demeurer jusqu'à sa majorité. Le château de Castelmyrte sera fermé, mais Sa Majesté la reine a placé du personnel et un intendant sous les ordres de Civil pour qu'ils entretiennent les lieux en son absence. »

J'acquiesçai lentement de la tête. Le jeune Brésinga apparaissait comme un ami au prince, mais il passerait les années à venir dans une cage dorée sous la surveillance attentive d'Umbre. La solution était habile : à lui de décider s'il préférait se considérer comme protégé ou comme prisonnier. Tout avait été mené de main de maître ; je me demandai si dame Romarin avait trouvé un motif urgent d'aller rendre visite à son amie de Castelmyrte ou bien si c'était l'agent d'Umbre sur place qui s'était occupé de l'empoisonnement. L'apprentie assassin aurait eu du mal à voyager avec les brûlures dont elle souffrait. Je regardai brusquement Umbre qui soutint mon œil scrutateur avec une expression intriguée. Je me penchai vivement et, avant qu'il pût reculer, passai mon doigt sur sa joue : aucune trace de maquillage. Sa peau était rosé et saine, sans marque d'inflammation.

« Oh, Umbre ! fis-je d'un ton de reproche, la voix tremblante de saisissement. Soyez prudent, je vous en conjure ! Vous foncez tête baissée dans le noir sans que nul d'entre nous sache le prix à payer ! Personne ne le sait ! »

Il eut un petit sourire. « Peu m'importe le prix maintenant que je connais le bénéfice : mes brûlures sont guéries, pour la première fois depuis des années je n'ai plus mal aux hanches ni aux genoux quand je marche, mes douleurs ne me réveillent plus la nuit, et ma vue s'est même améliorée.

— Vous ne parvenez pas seul à ces résultats. »

Il se tut, le regard provocateur, et je sus la réponse.

« Vous puisez dans l'énergie de Lourd, repris-je à mi-voix d'un ton accusateur.

— Ça ne le dérange pas.

— Vous ignorez les dangers de l'entreprise et lui n'en comprend pas les risques.

— Toi non plus ! rétorqua-t-il sèchement. Fitz, il y a un temps pour la prudence et un temps pour l'audace. L'heure a sonné de prendre ces risques ; il nous faut apprendre toutes les véritables possibilités de l'Art. Quand le prince s'en ira tuer Glasfeu, tu l'accompagneras, et tu devras alors connaître les pouvoirs de l'Art et savoir les manier. Ceci (il se frappa solidement la poitrine du plat de la main) est un miracle et un prodige ! Si nous avions disposé de cette connaissance à l'époque où Subtil était malade, jamais il ne serait mort. Imagine où nous en serions aujourd'hui !

— C'est cela, imaginons, dis-je. Imaginons Subtil toujours vivant et toujours sur le trône, puis demandons-nous pourquoi ce n'est pas la réalité. Il n'avait pas été formé par Galen mais par Sollicité ; ne peut-on supposer qu'il en savait bien davantage sur l'Art que nous ? Assez, peut-être, pour prolonger ses jours ? Dans ces conditions, posons-nous la question : pourquoi n'en a-t-il rien fait ? Pourquoi Sollicité elle-même n'en a-t-elle rien fait ? Savaient-ils qu'il y avait un prix à payer, un prix trop élevé ?

— Ou bien ne manquait-il pas à Subtil un clan pour soutenir ses efforts, tout simplement ? contra Umbre.

— Il aurait pu se servir de celui de Galen, dans ce cas.

— Peuh ! Tu n'en sais rien et moi non plus. Pourquoi tant de pessimisme ? Pourquoi dois-tu toujours envisager le pire ?

— Peut-être parce que j'ai appris la prudence auprès d'un vieillard sage qui se conduit aujourd'hui stupidement. »

Le rouge monta aux joues d'Umbre et la colère brilla dans ses yeux. « Tu n'es pas toi-même – ou peut-être est-ce pire : tu es toi-même. Écoute-moi, petit roquet : j'ai assisté à l'agonie de mon frère. J'ai vu le roi Subtil dépérir, j'étais à ses côtés les jours où il ne se rendait pas compte que ses pensées battaient la campagne, j'étais à ses côtés les jours où il avait conscience de la faiblesse de son corps et de son esprit et qu'il en pleurait d'humiliation. J'ignore lesquels étaient les plus affreux à supporter. Si son Art lui avait permis de changer son état, il n'aurait pas hésité, quel qu'en soit le prix. Nous avons perdu ce savoir ; j'entends le retrouver et m'en servir. »

Il s'attendait, je pense, à une réaction violente, à des vociférations de ma part ; je m'y attendais à demi moi-même, et peut-être eusse-je effectivement explosé si je n'avais pas été en proie à un mélange de fatigue, de désespoir et de peur. Il m'avait plongé dans un profond effroi quand j'avais constaté sa santé physique et mentale défaillante et craint qu'il ne perde son réseau d'informateurs et la masse prodigieuse de renseignements qu'abritait son cerveau. Aujourd'hui, éclatant de santé, brûlant d'ambition, il m'emplissait de terreur. Je connaissais l'existence de cette facette chez lui, cette soif inextinguible d'acquérir l'Art, mais je n'avais jamais imaginé devoir me dresser sur son chemin. Après un instant de silence, je demandai calmement : « Est-ce à vous de prendre cette décision ? »

Un pli barra son front. « Comment cela ? Qui devrait la prendre à ma place ?

— C'est peut-être le maître d'Art qui devrait avoir la

haute main sur la façon dont cette magie est employée à Castelcerf, surtout par des élèves sans expérience. » Je soutins gravement son regard. En vérité, si j'avais accepté la responsabilité de cette fonction, c'était sur ses instances; se mordait-il les doigts à présent de voir son entêtement se retourner contre lui ?

Il n'en croyait pas ces oreilles, à l'évidence. « Tu veux dire que tu me l'interdis ? Et tu espères que je vais t'obéir ? » Les mains sur les genoux, il se pencha vers moi d'un air menaçant.

Je n'avais nulle envie d'opposer ma volonté à la sienne : j'étais trop fatigué; aussi contournai-je la question. « Un autre Loinvoyant a tenté d'utiliser l'Art pour ses propres desseins. Son talent n'était ni puissant ni très affiné mais il puisait dans l'énergie de son clan pour parvenir à ses fins; il se servait de ses membres brutalement, sans se préoccuper du mal qu'il leur faisait alors qu'il les saignait à blanc et déformait leur personnalité. Voulez-vous devenir un nouveau Royal ?

— Je n'ai rien de commun avec lui ! cracha Umbre. Tout d'abord, il ne s'intéressait qu'à lui-même, or tu sais parfaitement bien que j'ai passé toute mon existence à œuvrer sans relâche pour la couronne Loinvoyant ! Autre différence : moi, j'acquerrai mon Art propre ! Je ne resterai pas longtemps dépendant de la force d'un tiers !

— Umbre... », fis-je dans un chuchotement fêlé. Je m'éclaircis la gorge mais sans grande amélioration. « Vous acquerrez votre Art propre, c'est possible, mais pas à la manière dont vous vous y prenez actuellement, en menant vos études seul, en frôlant constamment l'abîme, et désormais en faisant courir des risques à Lourd qui n'a aucune idée du péril que vous représentez pour lui. » J'ignorais s'il m'écoutait : son regard vert se perdait au loin derrière moi. Je continuai pourtant mon discours alors que ma voix faiblissait et devenait de plus en plus rauque. « Vous devez connaître les dangers de cette magie, Umbre, avant de vous y aventurer et de la manipuler à votre gré. L'Art n'est pas un jouet et nul ne doit l'employer à son seul profit.

— Ce n'était pas juste ! s'écria-il soudain. On m'en a refusé l'enseignement, cet enseignement qui me revenait de droit ! J'étais tout autant Loinvoyant que Subtil ! On aurait dû me former ! »

Je sentais la fatigue me gagner rapidement. Il fallait que j'obtienne la victoire ou tout au moins une partie nulle avant d'aller m'effondrer sur mon lit. « En effet, ce n'était pas juste, dis-je, mais vous servir de Lourd comme béquille ne l'est pas non plus, et cela ne remplacera pas le véritable apprentissage dont vous auriez dû bénéficier : c'est vous-même qui devez vous le fournir, par vos propres moyens. Lourd possède un Art puissant, mais il ne se rend pas compte du danger que cette magie recèle ; sa volonté ne lui permet pas non plus de vous empêcher de l'utiliser à vos propres fins. Il ne pourra vous avertir quand vous puiserez en lui exagérément, et vous-même ne vous en apercevrez que trop tard. Vous n'avez pas le droit de détourner sa force à votre profit comme celle d'un taurillon attelé à votre carriole. Il a beau être simple d'esprit, dans l'Art au moins il est notre égal ; c'est un membre de notre clan et vous devez vous traiter mutuellement en frères, quelles que soient vos aptitudes particulières.

— Notre clan ? » Umbre me regardait bouche bée, l'air abasourdi, et je compris qu'il n'avait pas vu ce qui, pour moi, crevait les yeux.

« Notre clan, répétai-je. Vous, moi, Devoir, le fou et

Lourd. » Je me tus pour lui permettre de répondre mais ce fut le raclement étouffé de la chaise que le fou reculait de son bureau que j'entendis, puis le bruit quasi imperceptible de ses pas quand il s'approcha de nous. J'aurais aimé voir son expression mais je ne détournai pas les yeux du regard d'Umbre. Comme il restait muet, je repris : « Umbre, j'étais conscient ; je n'avais pas la pleine possession de mes esprits, c'est vrai, mais il aurait fallu que je sois mort pour ignorer ce qui m'est arrivé, ce que vous avez accompli sur moi, vous quatre unis. N'avez-vous donc pas saisi que c'est ainsi qu'opère un clan ? En mettant en commun l'énergie et les talents de tous pour parvenir à un but ? Car vous n'avez rien fait d'autre. La puissance de Lourd, votre connaissance de l'organisme humain, la maîtrise et la concentration de Devoir, le lien entre le fou et moi, tous ces éléments étaient nécessaires au succès de l'opération, et ils restent à votre disposition si le besoin s'en fait sentir. Devoir dispose de son clan à présent, un clan boiteux par bien des aspects mais un clan tout de même – à condition que nous collaborions dans l'unité. Si vous détournez Lourd pour vous servir de lui comme réservoir d'énergie, vous nous détruirez avant que nous ayons découvert ce que nous valons. »

Je me tus. J'avais la bouche sèche et le souffle court. En toute autre circonstance, ma débilité m'aurait épouvanté, mais, en l'occurrence, je n'avais pas le temps de m'en préoccuper ; je me sentais parvenu à un point d'équilibre avec le vieil homme. Depuis toujours il était mon mentor et mon guide. Apprenti, j'avais rarement remis en question sa sagesse ou ses méthodes, certain qu'il prenait toujours les meilleures décisions. Mais, l'été précédent, j'avais commencé à constater que son esprit brillant connaissait des défaillances et qu'il n'avait plus une maîtrise de sa mémoire aussi parfaite qu'autrefois ; pire encore pour nous deux, je m'étais mis à porter sur ses choix et même sur sa pensée un regard d'adulte, et je refusais désormais de croire aveuglément qu'il avait toujours raison. Quand, du haut de mes trente et quelques années d'existence, j'examinais les orientations qu'il avait données à ma vie et à la politique des Loinvoyant par le passé, je n'étais pas sûr d'y adhérer encore. S'il ne jouissait pas de la science infuse, il me paraissait légitime de lui demander de reconnaître qu'en certains domaines j'en savais plus que lui. Je revendiquais une égalité un peu particulière qui n'affirmait pas que je détenais autant de connaissances que lui mais plutôt que, même s'il restait plus compétent que moi sur bien des sujets, sur certains il devait me céder le pas.

Je le considérais depuis si longtemps comme un mentor, un guide au conseil incontestable, qu'il était douloureux pour moi de le voir comme un homme, et pour lui aussi. Prendre conscience de ses défauts me faisait horreur, et il m'était pénible d'être celui qui lui tendait un miroir. Pourtant, aussi difficile que ce fût, j'étais contraint à m'avouer qu'il avait toujours été ambitieux et assoiffé de pouvoir. Limité par la politique dans la quête de sa magie, défiguré par un accident qui l'avait condamné à œuvrer dans l'ombre, il n'en avait pas moins acquis une influence majeure, et c'est sa volonté qui avait maintenu le trône des Loinvoyant en place alors que le roi Subtil déclinait et que ses deux fils survivants se disputaient sa succession, son réseau d'espions et d'agents qui avait aidé la reine Kettricken à conserver le pouvoir en attendant que son fils fût en âge de régner ; il se trouvait aujourd'hui à deux doigts de réussir à installer un autre Loinvoyant sur le trône.

Pourtant, rien qu'en le regardant, je voyais que ces succès ne lui suffisaient pas. Ses victoires n'en seraient que le jour où il aurait acquis ce qu'il convoitait depuis toujours. Il jouissait désormais du pouvoir et de ses apparats, et sa position de conseiller royal lui permettait de le manier ouvertement ; mais, au fond du haut dignitaire rôdait toujours le bâtard frustré, l'enfant déshérité. Nul triomphe ne le satisferait tant qu'il n'aurait pas maîtrisé l'Art et qu'il ne l'aurait pas annoncé publiquement.

Je redoutais qu'à vouloir atteindre ce but il ne sape tout ce qu'il avait bâti par ailleurs, aveuglé par son obstination. Je l'observai tandis qu'il pesait mes paroles et préparait sa réponse. Il ne pouvait inverser le cours des ans ; l'Art lui-même était incapable de le rajeunir. Mais peut-être, à l'instar de Caudron, pouvait-il arrêter son vieillissement et réparer les dommages que ce processus avait causés chez lui ; sa chevelure restait aussi chenue qu'avant, ses rides aussi profondes ; cependant ses mains avaient perdu leur aspect noueux et une saine vigueur rosissait ses pommettes. Le blanc de ses yeux était immaculé.

Comme je le dévisageai, je vis à son expression qu'il était parvenu à une décision. L'accablement me saisit quand il se leva brusquement, car, dans sa hâte de sortir, je déchiffrai son désir de mettre un terme à notre conversation. « Tu n'es pas encore bien, Fitz, dit-il. Il s'en faut de nombreux jours avant que tu n'aies retrouvé assez de force pour continuer à enseigner à Devoir et à Lourd ce que tu sais de l'Art, et cela représente du temps que je refuse de perdre. Par conséquent, pendant que tu récupéreras, je poursuivrai mon exploration de l'Art. J'avancerai avec prudence, je te le promets, et je n'exposerai personne d'autre que moi au danger. Mais à présent que j'ai commencé, que j'ai senti pour la première fois tout ce que cette magie peut m'apporter, je ne reculerai pas. C'est hors de question. »

Et il se dirigea vers la porte. Je pris une inspiration hachée ; j'arrivais pratiquement au bout de mon rouleau. « Ne comprenez-vous donc pas, Umbre ? Ce que vous avez senti, c'est l'attraction contre laquelle on met en garde tous les élèves artiseurs ! Vous vous risquez dans le courant de l'Art au péril de votre vie. Si nous vous perdons, c'est la force du clan tout entier qui est diminuée ; si vous entraînez Lourd avec vous, vous anéantissez le clan. »

La main sur le loquet, il répondit sans se retourner : « Tu as besoin de repos, Fitz ; ne t'énerve donc pas ainsi. Quand tu seras un peu remis, nous reprendrons cette discussion. Je suis quelqu'un de prudent, tu le sais ; fais-moi confiance. » Et il sortit, refermant la porte derrière lui. Il avait fait très vite, comme un enfant qui tente d'échapper à une réprimande – ou un homme qui fuit une vérité qu'il ne veut pas entendre.

Je me tassai dans mon fauteuil, la bouche et la gorge sèches, la migraine martelant mes tempes. Je portai mes mains à mes yeux pour les protéger de la lumière. Dans cette petite obscurité, je demandai : « T'est-il déjà arrivé d'éprouver de l'affection pour quelqu'un et de te rendre compte un jour qu'au fond tu n'apprécies guère sa nature ?

— Je trouve curieux que ce soit à moi que tu poses cette question », répliqua sèchement le fou dans mon dos. Je l'entendis quitter la pièce.

Je dus m'endormir, car, à mon réveil, l'après-midi s'avançait et j'étais ankylosé d'être resté assis trop longtemps dans la même position. Je découvris un plateau de nourriture sur une table près de mon fauteuil ; malgré le couvercle destiné à conserver la chaleur du repas, des globules de graisse figée flottaient à la surface du bouillon et la viande s'était refroidie. Au bout de deux bouchées, la mastiquer commença de m'épuiser ; je me forçai à la terminer, mais je la sentis ensuite qui pesait sur mon estomac. On m'avait préparé du vin coupé d'eau et, encore une fois, des morceaux de pain baignant dans du lait. Cette vue n'éveilla pas mon appétit, mais j'eus été bien en peine de dire de quoi j'avais envie ; je fis un effort et avalai le contenu du bol.

Je me trouvais dans un tel état de faiblesse que je me sentais constamment prêt à éclater en larmes comme un enfant malade. Je regagnai ma chambre d'un pas hésitant de vieillard. Je voulais me passer de l'eau sur le visage dans l'espoir d'effacer ma léthargie. Le broc était plein, je disposais d'un linge pour me sécher, mais mon miroir avait disparu, sans doute emporté lorsque Kettricken avait fait modifier ma décoration. Je m'éclaboussai la figure mais ne m'en sentis pas revigoré. Je me couchai.

Deux jours s'écoulèrent dans la même brume d'abattement et d'extrême fatigue. Je mangeais, je buvais, mais mes forces me paraissaient affreusement lentes à revenir. Umbre ne revint pas me voir. Je ne m'en étonnai pas, mais je ne vis pas Devoir non plus. Le vieil assassin lui avait-il ordonné de rester à l'écart ? Sire Doré n'avait guère à me dire et refoulait mes visiteurs sous le prétexte que je n'étais pas encore assez remis pour les recevoir. À deux reprises je reconnus la voix inquiète de Heur, et j'entendis une fois Astérie. Je n'avais pas d'énergie mais l'inactivité me pesait. Je passais mon temps allongé dans mon lit ou assis dans le fauteuil près du feu, rongé de souci et d'ennui ; je songeais aux manuscrits d'Art qui m'attendaient dans la vieille salle d'Umbre mais la perspective d'affronter les escaliers qui m'en séparaient me décourageait, et ma fierté m'interdisait de demander au fou de me les apporter : non seulement il ne se départissait jamais de sa façade de sire Doré mais nous étions tous deux embourbés dans une attitude d'indifférence mutuelle enrobée de politesse glacée. Dans ces conditions, notre relation ne pouvait que s'envenimer, je le savais, mais j'avais la nuque trop raide pour m'abaisser à tenter une autre approche ; il me semblait avoir accompli assez d'efforts pour réparer et n'avoir essuyé que des rebuffades pour tout remerciement. J'attendais qu'il manifeste son désir de revenir à de meilleurs termes avec moi, mais en vain. Deux jours lugubres s'écoulèrent ainsi.

Le troisième, je me réveillai résolu à me reprendre en main ; si je me levais et m'occupais comme si j'étais en pleine forme, peut-être mon organisme croirait-il qu'il remontait la pente. Je commençai par me débarbouiller, puis décidai de me raser : le chaume qui couvrait mes joues et mon menton prenait les proportions d'une vraie barbe. À pas lents, je me rendis à ma porte et jetai un coup d'œil dans la salle ; assis à la table, sire Doré examinait une dizaine de mouchoirs en soie dont la teinte variait du jaune à l'orange et les comparait en les posant les uns sur les autres. Je toussotai ; il ne réagit pas. Très bien.

« Sire Doré, veuillez me pardonner de vous déranger, mais je désire me raser et je ne trouve pas mon miroir. Pourrais-je vous en emprunter un ? »

Sans lever la tête, il répondit : « Croyez-vous que cela soit avisé ?

— D'emprunter un miroir ? Certainement plus que me raser à l'aveuglette, il me semble.

— Non : pensez-vous avisé de vous raser, voulais-je dire ?

— Il est plus que temps, à mon sens.

— Parfait, dans ce cas. À vous de voir. » Il s'exprimait d'un ton à la fois neutre et froid, comme si je me lançais dans une entreprise dangereuse à laquelle il refusait de se trouver mêler. Il revint de sa chambre avec son miroir personnel à la bordure d'argent délicatement ouvragée.

Je le tins devant moi, inquiet à l'idée de contempler mon visage émacié, mais le spectacle qui m'attendait me frappa d'une telle stupeur que j'en laissai tomber l'objet, et c'est pure chance s'il ne se brisa pas en touchant le tapis. Je m'étais déjà évanoui de douleur mais jamais, je crois, de saisissement ; je ne perdis d'ailleurs pas complètement conscience mais mes genoux fléchirent, je m'assis lourdement par terre et je m'avachis sur moi-même.

« Tom ? » fit sire Doré d'un ton où se mêlaient l'agacement et la surprise.

Je ne lui prêtai nulle attention. Je tirai le miroir vers moi sur le tapis et m'y contemplai, puis je me touchai le visage. La balafre que je portais depuis si longtemps avait disparu. L'arête de mon nez n'était pas d'une rectitude absolue mais sa cassure ancienne était beaucoup moins visible. Je rentrai les mains dans ma robe et tâtai mon dos : du coup d'épée, il ne restait plus trace, certes, mais rien non plus de la cicatrice aux fréquents élancements que m'avait laissée l'infection d'une pointe de flèche. J'examinai mon cou à la jonction de l'épaule ; des années plus tôt, un forgisé m'avait arraché là d'un coup de dents un morceau de chair en me laissant une marque froncée. La peau était lisse.

Je levai les yeux et vit sire Doré qui me regardait d'un air atterré.

« Pourquoi ? demandai-je avec affolement. Au nom d'Eda, pourquoi m'avoir fait ça ? Tout le monde le verra ! Comment expliquerai-je ces changements ? »

Sire Doré s'approcha d'un pas et je lus du désarroi dans ses traits. Avec réticence, il déclara : « Nous ne vous avons rien fait, Blaireau. » J'ignore quelle expression prit mon visage à cette réponse, mais il eut un mouvement de recul. Il reprit d'une voix atone : « Je vous assure que nous ne sommes pas responsables de ces modifications. Nous œuvrions à refermer votre blessure au flanc et à purger votre sang des poisons qu'il contenait ; quand j'ai vu la cicatrice au milieu de votre dos commencer à grigner puis à expulser des bouts de chair, j'ai crié qu'il fallait nous arrêter. Mais, même après que nos mains se sont lâchées et que nous nous sommes écartés... »

J'essayai en vain de me rappeler cet instant. « Peut-être mon organisme et mon Art ont-il poursuivi seuls le processus que vous aviez mis en branle. Je ne me souviens de rien. »

Les yeux baissés sur moi, il se couvrit la bouche de la main. « Umbre... » Il hésita puis fit un effort et continua d'une voix qui était presque celle du fou : « Je crois que le seigneur Umbre s'est senti... Je ne devrais pas émettre de conjectures quant à ses sentiments, mais il est persuadé, je crois, que vous possédiez ce savoir et que vous le lui aviez caché.

— Par El et Eda réunis ! » fis-je dans un gémissement. Umbre avait raison : je restais aveugle à ce qu'éprouvaient les gens tant qu'ils ne me l'écrivaient pas noir sur blanc. J'avais bien perçu une gêne entre nous mais jamais je n'aurais imaginé qu'il s'agît de cela. Même si j'avais su que toute cicatrice avait disparu de mon corps, je n'aurais pas soupçonné qu'Umbre pût se sentir lésé à cause d'un soi-disant secret. C'était donc la raison de son air pincé quand il m'avait quitté : il était bien décidé à découvrir seul ce que je lui cachais. Je ramenai mes jambes sous moi et me relevai sans aide – aide que sire Doré ne m'offrit d'ailleurs pas. Je lui rendis son miroir et me dirigeai vers ma chambre.

« Vous ne voulez donc plus vous raser, Blaireau ? me lança sire Doré.

— Pas pour l'instant, non. Je monte à la vieille salle d'Umbre. Si tu peux l'avertir que j'aimerais l'y voir, je t'en saurai gré. » Je m'adressais à lui comme au fou. Je n'attendais pas de réponse et je ne fus pas déçu.

Je n'avais plus aucune réserve. Je dus m'arrêter si souvent dans les escaliers pour me reposer que je craignis de tomber en panne de bougie et de me retrouver dans le noir. Arrivé à la salle, j'avais perdu toute ambition. Quand j'ouvris la porte, Girofle, le furet, bondit et se lança dans une danse endiablée pour me défier de lui arracher son territoire. « Je te le laisse, lui dis-je. De toute façon, tu me battrais sans doute. » Sans prêter attention à ses galopades effrénées entre mes pieds, j'allai m'asseoir sur le bord du lit, puis m'allongeai et sombrai aussitôt dans le sommeil. Je dus dormir longtemps.

Quand j'ouvris les yeux, je trouvai le furet assoupi sous mon menton, mais il s'enfuit dès que je commençai à m'agiter. Je remarquai tout de suite que quelqu'un était entré et ressorti, et j'éprouvai une angoisse diffuse à l'idée que je ne m'étais même pas réveillé. À l'époque où j'étais lié au loup, il montait toujours la garde par le biais de mes sens et il m'aurait alerté sitôt qu'il aurait repéré par mes oreilles la présence d'un intrus. En posant les pieds par terre, je songeai que j'en étais venu à me reposer exagérément sur ces perceptions d'animal sauvage ; j'étais devenu trop dépendant de tout et de tous.

On avait dégagé une extrémité de la table pour y disposer des plats et une bouteille de vin ; une marmite de soupe chauffait près du feu et la réserve de bois avait été remplie. Je me levai, m'approchai du repas qui m'attendait, m'assis et entrepris de me restaurer. Tout en mangeant, je parcourus des yeux les manuscrits qu'on avait sortis à mon intention. Le premier était un rapport sur Glasfeu et les dragons outrîliens, un autre était le compte rendu d'un espion sur les activités des Marchands de Terrilville et leur conflit avec Chalcède. Sur un vieux parchemin, un dessin des muscles du dos avait été récemment modifié et annoté de la main d'Umbre ; au moins, mon périple entre les mâchoires de la mort avait débouché sur de nouvelles connaissances. Trois autres documents aux bords déchirés et à l'encre passée étaient roulés ensemble, tous écrits par le même scribe ; ils décrivaient une série d'exercices d'Art spécialement conçus pour « le solitaire ». Le terme me laissa perplexe jusqu'à ce qu'une lecture de quelques minutes m'éclairât : il s'agissait d'exercices destinés aux artiseurs dépourvus de clan. Il ne m'était jamais venu à l'esprit qu'une telle situation pût exister mais, en réfléchissant, c'était logique ; n'en étais-je pas moi-même un exemple ? Il y avait eu de tout temps des gens inadaptés ou qui préféraient la solitude, tout simplement. Lors de la création des clans, certains s'en trouvaient naturellement exclus, et les leçons que j'avais sous les yeux s'adressaient à eux.

À mesure que j'avançais dans les parchemins, il m'apparaissait probable que ces gens avaient servi comme espions ou guérisseurs : les techniques du premier manuscrit portaient principalement sur les utilisations subtiles de l'Art pour écouter discrètement les pensées de quelqu'un ou y implanter des suggestions ; le second traitait de la façon de réparer les lésions de l'organisme. Je le lus avec le plus grand intérêt, non seulement parce que j'avais été moi-même l'objet de sa mise en application mais aussi parce qu'il confirmait ce que je soupçonnais : le corps prenait souvent la suite d'un processus déclenché par l'Art et la volonté, et il comprenait le mécanisme de la guérison ; cependant, il comprenait aussi que parfois il valait mieux des réparations rapides plutôt que parfaites, que refermer une blessure était plus important qu'assurer une cicatrice lisse et nette, selon les propres termes du manuscrit ; le corps avait la notion de la conservation de son énergie et de ses réserves en prévision des besoins futurs. Le texte avertissait les artiseurs de ne point négliger les penchants naturels de l'organisme et de se méfier d'une ardeur excessive à le remettre en état. Umbre avait-il lu ce passage ?

Le troisième parchemin parlait de la manière d'entretenir son propre corps. Les notes récentes d'Umbre y contrastaient fortement avec le texte ancien à l'encre passée, et elles tenaient la chronique de ses premiers et vains efforts jusqu'à ses derniers succès. C'était ce journal qu'il tenait que je lise ; c'était pour cela qu'il l'avait laissé sur la table. Il voulait me faire savoir que, depuis son entrée en possession des manuscrits d'Art, il avait essayé sans résultats de réparer ses propres déficiences ; il connaissait la réussite seulement depuis qu'il avait assisté à ma guérison et découvert qu'il pouvait puiser dans le talent de Lourd pour soutenir ses tâtonnements hésitants.

Je lus le récit de sa frustration et de la peur qui l'accompagnait. Je savais par expérience ce que c'était d'occuper un corps abîmé, et le déclin d'Œil-de-Nuit m'avait permis de ressentir les effets du vieillissement. Umbre n'avait commencé à mener une vie normale qu'au cours de la dernière décennie ; il avait passé le reste de son existence enfermé dans la salle même où je me trouvais, à travailler dans l'ombre ou déguisé. Quelle rancœur pouvait-on éprouver à pénétrer enfin dans un monde peuplé de gens, de musique, de danse, de conversation, où l'on disposait du pouvoir et de la fortune nécessaires pour jouir de ces plaisirs, et à constater qu'on risquait de s'en voir privé par sa propre déchéance physique ? Il m'était impossible de lui reprocher ses tentatives malgré les dangers auxquels il s'était exposé ; je le comprenais trop bien. Je redoutais d'ailleurs le jour où je devrais affronter semblable décision, car je craignais de choisir comme lui.

Je relus soigneusement et à plusieurs reprises le document sur les réparations de l'organisme à l'aide de l'Art ; j'y appris nombre de détails utiles mais pas tout ce qu'il me fallait savoir. J'avais la triste certitude qu'Umbre m'avait caché ces manuscrits : s'ils m'étaient tombés sous les yeux, j'aurais compris qu'il tentait d'acquérir l'Art par ses propres moyens. Et, manifestement, il s'était lancé dans cette quête des années avant que je n'accepte de retourner à Castelcerf.

Je me radossai dans mon fauteuil et m'efforçai de me mettre à sa place. Qu'avait-il imaginé, quels rêves avait-il entretenus ? Je remontai le temps. La guerre contre les Pirates rouges est enfin achevée ; les dragons des Six-Duchés ont chassé l'ennemi, le pays a retrouvé la paix, la reine est grosse de l'héritier Loinvoyant, Royal a non seulement rendu la bibliothèque manquante mais aussi péri opportunément après avoir réaffirmé son allégeance à la Couronne. Et Umbre, après avoir vécu dissimulé toute sa vie, peut apparaître au grand jour sous le titre de premier conseiller de la reine ; il peut se déplacer librement dans le château, savourer plats et vins et jouir de la société de la noblesse. Que peut-il souhaiter de plus ? Rien, hormis ce qui lui a été refusé bien des années plus tôt.

On n'enseignait pas l'Art aux bâtards royaux même

s'ils s'y montraient prédisposés ; certains souverains faisaient administrer de l'écorce elfique aux enfants illégitimes afin d'éradiquer chez eux toute faculté d'artiser, et, sans doute, d'autres monarques Loinvoyant, plus pressés, les avaient tout bonnement éliminés. J'avais appris l'Art uniquement sur l'insistance de dame Patience et d'Umbre, et, si l'époque n'avait pas exigé la création d'un clan, je suis convaincu que le roi Subtil aurait refusé ma candidature.

Umbre, lui, n'avait reçu aucune formation, et, comme tous les enfants, j'avais accepté ce fait sans me poser de questions. « A-t-on cherché à savoir si vous aviez un don ? Avez-vous demandé à entrer en apprentissage et vous a-t-on rejeté ou bien n'avez-vous pas une fois soulevé le sujet ? » Je n'avais jamais tenté de connaître les détails. Il aspirait à cette connaissance interdite, je le savais au mal qu'il s'était donné pour m'en ouvrir les portes et à son espoir démesuré de m'y voir briller. Mon échec à maîtriser la magie avait été aussi cuisant pour lui que pour moi.

Pourtant, jusqu'ici, je n'avais jamais songé à rapprocher tous ces éléments et à imaginer sa réaction lorsque les manuscrits d'Art étaient parvenus entre ses mains. Depuis sa visite chez moi, dans ma chaumière, je savais qu'il les avait lus, et, le connaissant j'aurais dû me douter qu'avec ou sans l'aide d'un professeur il tenterait d'appliquer leurs préceptes. J'aurais dû lui proposer de lui enseigner ce que j'avais appris. Chaque fois qu'il évoquait le sujet des postulants au clan d'Art, espérait-il secrètement que je penserais à lui ? Moi-même, pourquoi n'avais-je jamais envisagé sérieusement sa candidature ? Certes, une fois, je l'avais citée devant lui, comme on jette un os à un chien affamé pour qu'il se tienne tranquille, mais je ne l'avais jamais regardé comme vraiment capable d'apprendre. Pourquoi ?

Je m'aperçus que mes interrogations commençaient à porter davantage sur moi-même que sur Umbre. Tout en réfléchissant, je mis de l'eau à chauffer puis allai chercher son miroir ; dans son armurerie d'assassin je trouvai quantité de couteaux assez effilés pour servir de rasoir. Je les employai comme tels, en prenant mon temps et en regardant apparaître peu à peu mon visage remis à neuf. J'étais assis à la table, occupé à me mirer, quand Umbre entra. Je ne lui laissais pas le temps de parler.

« Je ne m'étais pas rendu compte que mes anciennes cicatrices avaient disparu. Je crois que le clan a mis en branle ma guérison et qu'elle a poursuivi sur sa lancée comme une charrette dans une pente. Le processus s'est continué sans mon intervention consciente et je ne sais même pas exactement comment il s'est déroulé. »

Umbre répondit d'un ton aussi humble que le mien : « Oui, c'est ce que sire Doré a réussi à me faire comprendre. » Il s'approcha puis examina mon visage, la tête penchée. Je croisai son regard et il sourit d'un air nostalgique. « Oh, mon garçon, comme tu ressembles à ton père ! Beaucoup trop pour le bien de nos desseins ; tu n'aurais pas dû te raser : au moins, la barbe dissimulait certaines modifications. À présent, il faut attendre qu'elle ait assez repoussé pour camoufler l'étendue des changements avant que tu puisses te présenter à nouveau dans les couloirs de Castelcerf. »

Je secouai la tête. « Ça ne suffira pas, Umbre, même avec une barbe fournie. » Une dernière fois, je me contemplai tel que j'eusse pu apparaître, puis j'éclatai de rire et reposai le miroir. « Venez, asseyez-vous. Vous connaissez comme moi la solution. J'ai lu vos manuscrits mais ils ne traitent pas de cette question particulière ; nous allons devoir travailler à l'aveuglette ce soir. »

Notre collaboration se révéla difficile ; par nature, nous étions l'un et l'autre des artiseurs solitaires, je pense, et pourtant il nous faudrait apprendre à coopérer en tant que membres du clan de Devoir. Nous multipliâmes donc les faux départs, nous exaspérâmes de la chape de brouillard que Galen m'avait imposée, maudîmes mon usage de l'écorce elfique et la courte vue de ceux qui avaient refusé tout apprentissage à Umbre dans sa jeunesse. Mais, finalement, l'Art se mit à circuler entre nous avec hésitation, et, comme cela m'était arrivé bien souvent par le passé, je m'en remis aux longues mains d'Umbre. Je lui fournissais mon énergie et mon Art, car son talent se réduisait encore à un filet de magie sporadique, et sa connaissance de la structure du corps humain se combinait à la conscience que mon organisme avait de lui-même pour nous guider dans notre entreprise. Par certains aspects, notre tâche présentait plus de difficultés que celle de ma guérison, car il fallait traiter chaque partie séparément et à l'encontre de ce que ma chair savait juste, mais nous finîmes par l'emporter.

Alors je repris le miroir : ma nouvelle balafre ressortait moins que l'ancienne et l'arête de mon nez déviait moins que naguère, mais cela suffirait. Mes signes distinctifs étaient revenus, tout comme la vieille marque de morsure près de mon cou, l'étoile de la pointe de flèche près de ma colonne vertébrale et une plaque de tissu cicatriciel tout neuf là où l'épée de Laudevin m'avait touché. Ces marques artificielles étaient plus faciles à supporter que les originales, car elles n'affectaient que la peau et nous ne les avions pas rattachées aux muscles ; elles provoquaient pourtant des tiraillements agaçants auxquels, je le savais, je finirais par m'habituer. C'est Umbre qui remarqua les racines sombres de ma « mèche de blaireau » ; il secoua la tête. « J'ignore comment modifier cela ; nulle part on ne mentionne dans les manuscrits la façon de changer la couleur des cheveux. Si tu veux mon conseil, teins en noir la mèche tout entière. Si ça saute aux yeux, on te croira devenu coquet, et la coquetterie s'explique aisément. »

J'acquiesçai puis posai le miroir. « D'accord, mais plus tard. Pour l'instant, je suis épuisé. » C'était la pure vérité.

Il me regarda d'un air étrange. « Et ta migraine ? »

Je fronçai les sourcils et portai la main à mon front. « Rien de pire qu'une migraine ordinaire, malgré tous les efforts d'Art que nous avons fournis. Vous aviez peut-être raison ; il suffisait peut-être que je m'habitue. »

Il secoua lentement la tête et contourna la table pour tâter mon crâne du bout des doigts. « Ici, dit-il en suivant la cicatrice désormais disparue qui avait donné naissance à ma mèche blanche. Et ici. » Il appuya sur une zone proche de mon œil.

Je tressaillis par réflexe, puis me pétrifiai. « Je ne sens rien. J'éprouvais toujours une douleur à la tête quand je me coiffais et la figure me faisait mal quand je restais trop longtemps exposé au froid. Je n'en avais jamais pris conscience.

— Pour moi, ta blessure près de l'œil remonte à l'époque où Galen a voulu te tuer au sommet de la tour, dans le Jardin de la reine, alors que tu suivais son enseignement. Burrich disait que tu avais failli devenir borgne. As-tu oublié les coups dont il t'a roué ? »

Je secouai la tête sans répondre.

« Eh bien, ton corps non plus. Je t'ai vu de l'intérieur, Fitz ; j'ai vu les dégâts qu'a subis ton crâne dans les cachots de Royal, et d'autres fractures mal ressoudées sur les os de ton visage et tes vertèbres. La guérison d'Art a réparé nombre d'anciennes dégradations ; je note avec intérêt que tu ne souffres plus de migraine après avoir artisé, et je suis encore plus curieux de savoir si tu vas enfin échapper à la menace de tes crises. »

Il me quitta pour se diriger vers sa bibliothèque ; il en revint avec le plus horrible des ouvrages, *La Chair de l'homme,* de Verdad l'Écorcheur. C'était un objet magnifique aux feuillets reliés entre deux couvertures en bois d'allu gravé, et il sentait l'encre fraîche ; il s'agissait à l'évidence d'un exemplaire récent. L'auteur, prêtre jamaillien corrompu et cruel, avait passé des années à dépecer et démembrer des cadavres dans un monastère de son lointain pays, et, quand on avait découvert sa dépravation, sa notoriété avait grandi pour s'étendre jusqu'aux Six-Duchés. J'avais entendu parler de son traité mais jamais je ne l'avais eu sous les yeux.

« Où l'avez-vous trouvé ? demandai-je, étonné.

— Je l'ai fait rechercher il y a quelque temps ; il m'a fallu deux ans pour mettre la main sur cette édition, mais le texte a manifestement été retouché : Verdad ne se décrivait pas lui-même comme « l'écorcheur » ainsi qu'on le voit dans ce document ; en outre, je doute qu'il se fût délecté de l'odeur de la putréfaction comme on l'affirme ici. Non, c'est pour les illustrations que je me suis procuré ce livre, pas pour les ajouts apocryphes au texte. »

Umbre ouvrit l'ouvrage avec révérence et le posa devant moi. Docilement, je laissai de côté la calligraphie jamaillienne surchargée pour m'intéresser aux dessins détaillés de l'intérieur du corps humain. Enfant, j'avais vu les études qu'Umbre en avait tracées, ainsi que d'autres de la main de son maître, mais c'étaient des ébauches grossières à côté de celles-ci. On ne peut comparer les schémas indiquant les points du corps où l'insertion d'une dague provoquera une mort rapide avec la représentation précise des organes vitaux. Les couleurs étaient si réalistes qu'elles firent ressurgir en moi l'image des entrailles fumantes d'un cerf éventré. Comment expliquer le sentiment de vulnérabilité qui me saisit soudain ? Tous ces objets mous, d'un rouge profond aux luisances grises, ce foie brillant et ces intestins aux enroulements complexes occupaient des places définies dans mon organisme, et Laudevin les avait transpercés d'un coup d'épée. Par réflexe, je portai la main à la fausse cicatrice au bas de mon dos ; là, nulle côte pour me protéger, rien que des bandes musculaires entrecroisées. Umbre remarqua mon geste. « Tu comprends à présent mon inquiétude pour toi ; dès le début j'ai eu la conviction que seul l'Art pourrait te remettre en état.

— Refermez ce livre, s'il vous plaît », dis-je et je me détournai du précieux ouvrage, me sentant défaillir. Sans m'écouter, Umbre passa au dessin suivant, celui d'une main à la peau et aux muscles écartés et fixés sur le côté pour laisser voir les os et les articulations.

« Celui-ci, je l'ai appris par cœur avant de me traiter moi-même. Ces croquis ne sont pas absolument exacts, à mon avis, et pourtant j'ai l'impression qu'ils m'ont aidé. Qui aurait imaginé qu'il existait tant d'os dans la main et les doigts ? » Il leva enfin le regard vers moi, s'aperçut de mon malaise et rabattit la couverture du grimoire. « Quand tu seras en meilleure forme, je te recommande d'étudier ce document, Fitz ; d'ailleurs, il serait peut-être bon que tous les artiseurs t'imitent.

— Même Lourd ? » demandai-je avec un sourire mi-figue mi-raisin.

À ma grande surprise, il haussa les épaules. « On ne perdrait rien à le lui montrer ; il est parfois capable d'une étonnante concentration, Fitz. Qui sait ce qui se grave dans son crâne difforme ? »

À ces mots, une réflexion me vint. « Difforme... Penseriez-vous qu'on puisse employer l'Art sur lui, réparer ce qui est défectueux chez lui et le rendre normal ? »

Umbre secoua lentement la tête. « "Différent" ne veut pas dire obligatoirement "défectueux", Fitz. L'organisme de Lourd se perçoit comme en bon état ; pour lui, ses différences ne sont pas plus... C'est pure hypothèse, je sais, mais certains sont grands, d'autres petits, et je pense que, du point de vue de Lourd, ses dissemblances sont du même ordre. Son corps s'est développé suivant un plan particulier. Il est ce qu'il est. Nous devrions peut-être remercier les dieux de nous l'avoir envoyé, tout simplement, malgré sa différence.

— Je vois que vous avez étudié le sujet avec application. » Je m'étais efforcé de ne pas m'exprimer d'un ton accusateur.

« Tu n'as aucune idée de ce que j'éprouve, Fitz, répondit-il à mi-voix. J'ai l'impression que la porte de ma cellule s'est ouverte et que j'ai le droit d'aller où bon me semble. Tout ce que je vois m'éblouit. Pour un prisonnier libéré, un brin d'herbe recèle autant d'émerveillement que toute une vallée. Je fulmine contre ce qui me détourne de cette exploration, je dois prendre sur moi pour dormir et me restaurer, j'ai du mal à m'intéresser aux affaires de la Couronne. Qu'ai-je à faire des Marchands de Terrilville, des dragons et de la narcheska ? L'Art s'est emparé de mon imagination et de mon cœur, et je n'ai d'autre désir que celui de le parcourir dans toutes ses dimensions ! »

J'étais accablé. Je reconnaissais les symptômes :

combien de fois j'avais déjà vu Umbre en proie à ce genre d'obsession fébrile ! Quand son esprit jetait son dévolu sur un domaine d'étude, il n'en démordait plus tant qu'il ne l'avait pas examiné sur toutes les coutures – ou qu'un autre objet de fascination n'avait pas détourné son attention. Je tentai de prendre un ton léger. « Cela veut-il dire que vous laissez de côté pour quelque temps vos expériences explosives ? »

Un instant, il eut l'air égaré, comme s'il avait oublié l'épisode auquel je faisais allusion, puis il répondit : « Ah, ça ? Je pense avoir découvert ce que je cherchais à déterminer : ce mélange peut se révéler utile dans certains cas mais il est trop difficile à doser pour servir de façon fiable. » Il eut un geste désinvolte. « J'ai mis le sujet en suspens ; il est beaucoup plus important pour moi d'étudier l'Art.

— Umbre, fis-je à mi-voix, il ne faut pas vous risquer seul dans cette entreprise, et encore moins y entraîner Lourd. Vous comprenez maintenant, j'espère, que c'est mon inquiétude pour vous qui me fait parler ainsi, et non la volonté égoïste de vous dissimuler un secret. » Je m'interrompis pour récupérer mon souffle. « Vous avez besoin d'un socle. Quand j'aurai recouvré mes forces et que nous aurons repris nos leçons ensemble, Devoir, Lourd et moi, vous devrez vous joindre à nous. »

Il resta un moment à m'observer d'un œil scrutateur. « Et sire Doré ? » Il pencha la tête. « Tu as dit que lui aussi faisait partie du clan.

— Vraiment ? » Je feignis la perplexité. « Ah oui ! Il était présent à ma guérison ; et, en effet, j'ai cru sentir... Pensez-vous qu'il y ait réellement contribué ? »

Umbre m'adressa un regard étrange. « N'es-tu pas

mieux placé que moi pour en juger ? Tu me l'as affirmé il y a moins d'une journée. »

Je tentai d'analyser ma singulière et profonde répugnance à inclure le fou dans nos leçons d'Art. Il ne s'y présenterait pas, de toute façon ; pourtant... en étais-je bien sûr ? Je biaisai. « Je percevais sa proximité mais pas ce qu'il faisait. »

L'air grave, Umbre répondit : « J'avais l'impression qu'il nous guidait. Il disait avoir participé à une opération similaire pour sauver Œil-de-Nuit. » Il se tut puis poursuivit d'un ton sans inflexion : « Il te connaît bien ; c'est en cela, je pense, qu'a consisté la majeure partie de son intervention : il te connaît bien et il paraissait savoir comment... accéder en toi. » Il soupira. « Tu l'as déjà avoué toi-même, Fitz.

— Il était là quand j'ai employé à la fois du Vif et de l'Art pour éviter la mort à Œil-de-Nuit, c'est vrai, mais il est resté spectateur ; en revanche, il m'a aidé ensuite à me remettre d'aplomb. » Je m'interrompis soudain, puis je poursuivis au bout d'un moment. « Se peut-il qu'on prenne l'habitude de la réserve et du secret ? Je vous jure, Umbre, j'ignore pourquoi... Et puis zut ! Oui, le fou et moi sommes unis par un lien d'Art, ténu mais réel ; il date de l'époque où le fou s'est maculé d'Art l'extrémité des doigts au contact de Vérité, puis m'a touché. Il s'est renforcé lorsqu'il s'en est servi pour me ramener dans mon corps, et, à mon avis, si je l'examinais aujourd'hui, je le trouverais encore plus solide depuis ma guérison. Je ne pense pas que le fou possède l'Art de façon inhérente ; il ne dispose que des traces au bout de ses doigts, et son lien ne le rattache peut-être qu'à moi seul. »

Umbre eut un sourire presque penaud. « Eh bien, me voici soulagé à double titre, d'abord de t'entendre me dire la vérité, et ensuite d'apprendre que... Ma foi, je connais le fou depuis longtemps, et je lui porte une grande estime, mais il demeure chez lui une étrangeté, même quand il joue son rôle de sire Doré, qui me met parfois mal à l'aise. En certaines occasions, il paraît en savoir trop, et, en d'autres, je me demande s'il se sent concerné par ce que nous jugeons essentiel. À présent que j'ai fait l'expérience de l'Art et que je sais à quel point il nous met à nu les uns devant les autres... Comme tu l'as dit, on prend l'habitude de la réserve et du secret, et nous devons la conserver si nous voulons survivre. L'idée de confier tous mes secrets au fou m'est aussi odieuse que celle de partager les siens. »

Je restai pantois devant sa franchise et interdit devant son opinion ; pourtant il avait raison. La sincérité que je sentais entre nous me mettait du baume au cœur. « J'entretiendrai moi-même sire Doré de sa place dans le clan, dis-je. Ce qu'il est prêt à accepter ou non pèsera lourd, et nul ne doit nous aider sous la contrainte.

— En effet. Profites-en pour clore cette querelle ridicule qui vous oppose. En votre présence à tous les deux, on se sent aussi à l'aise qu'entre deux chiens qui se montrent les dents : on se demande qui va se faire mordre quand ils se décideront à passer à l'attaque. »

Je glissai sur le sujet. « Et vous participerez à nos leçons dans la tour d'Art ?

— Oui. »

Je me tus puis estimai qu'il fallait poser franchement la question. « Et vos expériences personnelles sur l'Art ?

— Je les poursuivrai, répondit-il calmement. Il le faut. Tu me connais, Fitz, et tu sais comment je fonctionne. J'ai toujours appris seul, discrètement, et, chaque fois que j'ai découvert un filon de savoir que je pensais devoir m'approprier, je l'ai toujours suivi avec ardeur. Ne me demande pas de changer cela aujourd'hui : j'en suis incapable. »

Il disait la vérité, j'en suis convaincu. Je poussai un grand soupir sans trouver le courage de lui interdire ses recherches. « Soyez prudent, mon ami ; soyez très prudent. Les courants sont violents et les prises traîtresses ; si jamais vous perdiez pied...

— Je ferai attention », dit-il. Là-dessus, il sortit ; je regagnai lentement le lit qui était désormais le mien plus que le sien et sombrai dans un sommeil sans rêves.

9

RAPPROCHEMENTS

Votre estimation des fonds nécessaires à ce voyage s'est révélée très en dessous de la réalité ; en outre, jamais je n'aurais entrepris cette enquête si j'avais été prévenu du temps épouvantable, de la cuisine détestable et du caractère encore plus exécrable des gens qu'on trouve sur ces îles. J'escompte une prime exceptionnelle à mon retour.

J'ai enfin réussi à visiter votre île maudite. Pour payer le trajet jusqu'à ce caillou glacé j'ai dû verser jusqu'au dernier sou de la somme insuffisante que vous m'aviez allouée et travailler une journée à ranger de la morue salée pour une harengère dotée d'un tempérament abominable. L'esquif qu'on m'a fourni, d'un modèle inconnu de moi, impossible à gouverner, prenait l'eau et ne disposait même pas de rames dignes de ce nom. C'est un miracle que je sois parvenu à franchir les eaux qui me séparaient d'Aslevjal. À mon arrivée, j'ai débarqué sur une grève noire et rocheuse ; le glacier qui couvrait autrefois l'île tout entière jusqu'à la ligne de marée paraît avoir reculé ; on reconnaît encore un appontement abandonné et des piliers, mais tous les éléments récupérables et aisément transportables ont disparu. De la grève, on passe à un désert de roche noire ; dans de petites poches de terre poussent de la mousse, une herbe rude, et rien de plus. Peut-être des bâtiments rudimentaires se sont-ils dressés là jadis mais, comme dans le cas de l'appontement, on a emporté tout ce qui pouvait servir. Des traces évidentes indiquent qu'on a pratiqué l'extraction de la pierre dans le passé mais, d'après l'aspect actuel de la mine, cette activité a cessé depuis au moins dix ans. D'énormes blocs ont été taillés et alignés comme pour former une muraille immense, mais une muraille d'une seule rangée d'épaisseur ; apparemment, on a commencé à travailler cette masse au ciseau pour lui donner l'aspect d'une statue horizontale, mais on a abandonné l'ouvrage avant d'en avoir achevé le quart. Il m'a été impossible de déterminer ce que cette sculpture devait représenter.

J'ai parcouru toute la partie accessible de la grève et me suis aventuré brièvement sur le glacier lui-même jusqu'à ce que la nuit m'y surprenne. Je n'ai vu aucun dragon, ni libre ni prisonnier de la glace, ni rien qui pût évoquer une créature vivante. J'ai regagné la plage dans la pénombre du crépuscule et passé une nuit fort froide abrité derrière les blocs de pierre, n'ayant pu trouver le plus petit morceau de bois pour allumer un feu. J'ai mal dormi, assailli par d'épouvantables cauchemars où je faisais partie d'une foule d'habitants des Six-Duchés enfermés dans une affreuse prison de pierre, et, l'aube venue, c'est avec soulagement que j'ai quitté l'île. Si d'autres y débarquent après moi, qu'ils prennent soin de se munir de tout ce qui leur est nécessaire, car assurément cette terre ne dispense aucun don.

Rapport à Umbre Tombétoile, ANONYME

*

Recréer mes cicatrices avait retardé le recouvrement des forces. Les trois jours suivants, je me retirai en moi-même et, me concentrant exclusivement sur le rétablissement de ma santé, je ne fis que dormir, manger et dormir encore. Je restai dans la salle de travail d'Umbre, qui se chargea d'apporter mes repas ; il ne suivait aucun horaire précis, mais apportait chaque fois de copieuses portions ; cette irrégularité ne me dérangeait guère, car, grâce à la cheminée, je pouvais me préparer de la tisane et réchauffer ma soupe à toute heure.

Aucune fenêtre ne perçait les murs de la pièce et je perdis rapidement toute notion du temps. Je repris les habitudes de loup auxquelles j'avais obéi de si longues années : à l'aube et au crépuscule, alors que j'avais l'esprit au plus vif, j'étudiais les manuscrits, et je passais le reste de la journée à manger, à somnoler au coin du feu ou à dormir dans le lit. La lecture n'occupait pas seule mes heures de veille : je m'amusais à dissimuler des bouts de viande quand Girofle était absent, puis, à son retour, à le regarder les chercher et les dénicher par toute la salle ; je réalisai de petits projets au gré de ma fantaisie : je fabriquai ainsi pour jouer aux Cailloux un tablier à l'aide d'une plaque de bois sur laquelle je traçai des lignes avec une pointe rougie au feu, puis je sculptai des pions dans une défense de narval dont Umbre m'avait donné la permission de me servir. J'en peignis un quart en rouge, un autre quart en noir, et laissai aux autres leur couleur naturelle. Mais c'est en vain que j'attendais de jouer une partie avec Umbre : il évoquait rarement ces études de l'Art et, quand il me rendait visite, il paraissait toujours pressé. Sans doute cela valait-il mieux : je dormais plus profondément quand je restais seul.

Il se montrait aussi très réservé quant aux autres nouvelles du château, et le peu que je parvenais à lui arracher m'emplissait d'inquiétude. La reine continuait à négocier avec les Marchands de Terrilville, mais elle avait gracieusement autorisé les ducs de Haurfond et de Bauge à peser à leur gré sur Chalcède le long de leurs frontières. Il ne s'agissait pas d'une déclaration de guerre officielle, mais les opérations de harcèlement et de pillage qui se déroulaient sur la limite entre Chalcède et les Six-Duchés se multiplieraient avec la bénédiction tacite de la souveraine. Certes, tout cela n'était guère nouveau : les esclaves chalcédiens savaient depuis des générations que la liberté les attendait dans notre royaume, et, quand ils parvenaient à s'échapper, ils se retournaient souvent contre leurs anciens maîtres, lançant des razzias sur les troupeaux dont ils s'occupaient naguère. Malgré tout, le commerce entre Chalcède et nos duchés limitrophes demeurait actif et prospère. Mais, si les Six-Duchés prenaient clairement le parti de Terrilville, cet état de fait risquait de se voir anéanti.

La guerre qui opposait la cité marchande à Chalcède avait considérablement gêné le flux de renseignements que ses espions dans cette région envoyaient à Umbre ; il devait se contenter de rapports de seconde, voire de troisième main, évidemment chargés de contradictions par trop d'intermédiaires, et nous tenions en grand scepticisme les « faits » qui nous parvenaient. Oui, les Marchands de Terrilville possédaient un élevage de dragons en amont de la Pluie ; on avait vu un ou peut-être deux dragons en vol ; on les décrivait parfois comme bleus, parfois comme argent, ou encore comme bleu et argent. Les Terrilvilliens leur procuraient leur provende, et, en retour, les bêtes fabuleuses protégeaient leur port ; toutefois, elles refusaient de s'éloigner de la côte, ce qui expliquait que la flotte chalcédienne demeurât en mesure de menacer les routes commerciales maritimes de la ville. Des êtres hybrides, mi-dragons mi-hommes, assuraient la gestion de l'élevage, situé au beau milieu d'une cité magnifique aux murs ornés de merveilleuses pierres précieuses qui brillaient la nuit. Les humains qui y résidaient habitaient d'altiers châteaux de bois au sommet d'arbres immenses.

De tels contes nous laissaient plus frustrés qu'éclairés. « Croyez-vous qu'ils nous aient menti à propos de leurs dragons ? demandai-je à Umbre.

— Non, ils nous ont dit sans doute la vérité, répondit-il sèchement. C'est toute l'utilité des espions : ils nous rapportent toutes les versions d'une même histoire afin que, de leur total, nous puissions extraire notre propre vérité. Mais ces amuse-gueules ne font en aucun cas un repas et nous laissent sur notre faim. Que pouvons-nous déduire de certaines de ces rumeurs ? Seulement qu'on a bel et bien vu un dragon et qu'il se trame d'étranges événements sur les rives de la Pluie. »

Il refusa de s'étendre davantage sur le sujet, mais je le soupçonnai d'en savoir bien plus long qu'il ne l'avouait et d'avoir d'autres fers au feu dont il ne me parlait pas. Mon temps continua de s'écouler entre sommeil, étude et repos. Un jour, alors que je fouillais la bibliothèque d'Umbre à la recherche d'un manuscrit sur l'histoire de Jamaillia, je tombai sur les plumes que j'avais ramassées sur la plage aux trésors. Je restai un long moment immobile à les contempler dans la pénombre, puis je les rapportai à la table de travail où je les examinai sous un meilleur éclairage. Leur simple contact me troublait ; il réveillait le souvenir des heures que j'avais passées sur cette grève perdue et soulevait des centaines de questions.

Elles étaient cinq, à peu près de la taille des plumes courbes de la queue d'un cochelet, et sculptées avec un tel luxe de détails qu'on en distinguait nettement chaque barbe. Elles paraissaient sculptées dans un bois de teinte grise mais pesaient curieusement lourd dans mes mains. Je tentai de les égratigner à l'aide de divers ustensiles métalliques ; seul le plus tranchant y laissa une marque à peine perceptible ; si ce matériau était bien du bois, il avait quasi la dureté du métal. Leur gravure jouait étrangement avec la lumière : grises et ternes à première vue, elles paraissaient ruisseler de couleur quand je les regardais du coin de l'œil. Elles ne dégageaient aucune odeur particulière, et, quand je posai le bout de ma langue sur l'une d'elles, je sentis tout d'abord un goût vaguement salé, comme celui des embruns, suivi d'une légère âcreté. Ce fut tout.

Ayant soumis les objets à l'épreuve de tous mes sens, je me résignai à leur mystère ; j'avais toutefois le sentiment qu'ils devaient se fixer sur le Coq Couronné que le fou m'avait montré. Encore une fois, je m'interrogeai sur la provenance de cette étrange parure. Quand il me l'avait présentée, elle était empaquetée dans un tissu si extraordinaire qu'il ne pouvait l'avoir trouvé qu'à Terrilville ; pourtant l'ornement de bois paraissait trop humble pour avoir été fabriqué dans cette cité de prodiges et de magie.

Lorsque le fou l'avait déballé, je l'avais reconnu aussitôt : je l'avais déjà vu en rêve. Dans mon souvenir, il était peint de couleurs vives et des plumes éclatantes y étaient plantées qui ondulaient au gré du vent. Il ceignait le front d'une femme aussi pâle que le fou alors, et les badauds d'une ville des Anciens avaient interrompu leurs festivités pour s'esbaudir de ses propos comiques. À l'époque, j'avais vu en elle une sorte de bouffon, mais je me demande aujourd'hui si la scène n'avait pas une signification plus subtile qui m'avait échappé. Je contemplai les plumes disposées en éventail devant moi, et un malaise diffus et glaçant me saisit soudain : elles nous reliaient, le fou et moi, non seulement l'un à l'autre mais aussi à une autre existence. En hâte, je les roulai dans un tissu et les cachai sous mon oreiller.

Pourquoi m'étaient-elles échues ? Je l'ignorais et je ne tenais pas à en discuter avec Umbre pour le présent. J'avais le pressentiment que le fou connaissait peut-être les réponses à mes questions, mais j'éprouvais une curieuse répugnance à lui apporter les plumes, à cause, certes, de l'abîme que notre dispute avait ouvert entre nous, mais surtout du fait que je les détenais depuis longtemps sans lui en avoir jamais parlé. Attendre davantage n'arrangerait rien, j'en avais conscience, mais je me sentais encore trop faible pour les lui montrer, et ce n'était pas seulement un mauvais prétexte. Elles restèrent donc sous mon oreiller pendant que je dormais.

Dans les profondeurs de ma troisième nuit dans la salle d'Umbre, Ortie investit mon sommeil. Elle se présenta sous l'apparence d'une femme en sanglots. Dans mon rêve, une statue se dressait au milieu de sa rivière de larmes ; ses pleurs lui faisaient une robe argentée et sa peine la nimbait comme une brume. Je demeurai un moment immobile à la regarder. Chaque goutte d'argent roulait sur ses joues et formait en tombant un fil arachnéen qui se fondait à son vêtement avant de se perdre dans le courant à ses pieds. « Qu'y a-t-il ? » demandai-je enfin à l'apparition.

Elle ne répondit pas et continua de pleurer. Je m'approchai d'elle et posai finalement la main sur son épaule en m'attendant à sentir sous mes doigts le froid de la pierre, mais la femme se tourna vers moi, les yeux gris comme le brouillard, entièrement composés de larmes. « Je vous en prie, fis-je, dites-moi pourquoi ces larmes. »

Et elle devint tout à coup Ortie. Elle posa son front contre ma poitrine et sanglota de plus belle. Quand je la rencontrais dans mes songes jusque-là, j'avais toujours l'impression qu'elle me cherchait ; cette fois, c'est moi qui étais allé à elle, attiré par son chagrin en un lieu où elle seule avait habituellement accès. J'eus le sentiment que mon apparition la surprenait, inattendue mais non malvenue.

Qu'y a-t-il ? Au fond de mon sommeil, je sus que je m'adressais à elle par l'Art.

« Ils se disputent. Même sans qu'ils parlent, leur querelle envahit la maison comme des toiles d'araignée et chaque mot que quelqu'un prononce s'y trouve empêtré. Ils se conduisent comme si je ne pouvais les aimer tous les deux, comme si je devais choisir entre eux, et c'est impossible ! »

Qui se dispute ?

« Mon père et mon frère. Ils sont rentrés sains et saufs comme tu l'avais prédit, mais, dès qu'ils sont descendus de cheval, j'ai senti l'orage gronder entre eux. J'en ignore la cause ; mon père refuse d'en parler et il a interdit à mon frère de me la révéler, mais c'est quelque chose de honteux, de maléfique et d'horrible. Pourtant mon frère ne veut pas en démordre ; il y tient de tout son cœur. Cela me dépasse : Leste est un gentil garçon, doux et obéissant, qui n'élève jamais la voix. Qu'a-t-il bien pu découvrir qui exerce une telle séduction sur lui et provoque une telle horreur chez mon père ? »

Je voyais son esprit échafauder à tâtons de noirs soupçons sur son frère à la nature pourtant aimable, tant elle désirait savoir ce qui le déshonorait si profondément aux yeux de son père, mais elle était incapable d'imaginer de malignité assez grande chez un enfant de son âge. Du coup, elle en venait à penser que son père n'avait plus toute sa raison ; mais cette idée n'était pas plus admissible, et ses idées oscillaient ainsi sans cesse entre deux pôles insupportables. Entre-temps, la tension grandissait dans sa famille.

« Il ne laisse plus mon frère sortir seul ; il l'oblige à l'accompagner dans tous ses travaux de la journée. Mais il lui défend de promener ou de soigner les chevaux ; c'est mon père qui s'en occupe et Leste doit le regarder sans intervenir. Je n'y comprends rien et mes autres frères non plus ; mais, quand nous posons des questions, papa prend un air sévère et se tait. Ça nous rend tous malheureux et je ne sais pas combien de temps encore Leste courbera l'échine. Je crains qu'il ne se laisse aller à un geste désespéré.

Que redoutes-tu ?

« Je l'ignore, sinon je serais en mesure de l'empêcher. »

Je n'ai aucune idée de la façon dont je pourrais t'aider. J'avais soigneusement formulé ma réponse pour en élaguer tout savoir personnel. Que penserait-elle de Leste si elle apprenait qu'il avait le Vif ? En quels termes Burrich et Molly parlaient-ils de cette magie chez eux, si même ils l'évoquaient ? Ortie n'avait pas mentionné la réaction de sa mère, et je ne trouvais pas le courage de m'en enquérir.

« Je n'espérais pas que tu pourrais m'aider, Fantôme-de-Loup ; c'est pourquoi je n'ai pas fait appel à toi. Mais je te remercie d'être venu, même si tu ne peux rien. » Soupir. « Quand tu te coupes de moi, j'éprouve un sentiment de solitude que je ne m'explique pas. Tu as toujours été là, aux confins de mes rêves, à les observer à travers moi, et puis, tout à coup, tu t'es retiré. Je ne sais toujours pas pourquoi, pas plus que je ne sais qui tu es. Ne veux-tu pas me le révéler ? »

C'est impossible. Je perçus la dureté de mon refus et sentis l'Art vibrer de la peine d'Ortie. Malgré moi, j'essayai d'adoucir ma réponse. *Je ne peux rien te révéler. Par certains côtés, je représente un danger pour toi, aussi m'efforcé-je de rester à l'écart de toi. Tu n'as pas vraiment besoin de moi. Néanmoins, dans la mesure de mes moyens, je te garderai et je te protégerai, et je viendrai à toi quand je jugerai pouvoir t'être utile.*

« Tu te contredis : tu es un danger pour moi mais tu me protèges ? Je n'ai pas besoin de toi mais tu viendras à moi quand j'aurai besoin de toi ? Ça ne veut rien dire ! »

En effet, reconnus-je avec humilité. *C'est pour ça que je ne peux rien t'expliquer, Ortie. Voici le seul conseil que j'aie à te donner : ce qui se passe entre ton père et ton frère ne regarde qu'eux ; ne laisse pas leur désaccord se dresser entre eux et toi, même si c'est difficile. Ne retire ta confiance à aucun d'entre eux, ni ton amour.*

« Comme si j'en étais capable, fit-elle d'un ton amer. Si je pouvais ne plus les aimer, je ne souffrirais plus de leur antagonisme. »

Je m'effaçai de son rêve et notre conversation s'arrêta là. Cette rencontre ne m'avait apporté aucun réconfort et n'en avait sans doute guère procuré davantage à Ortie, et je partageais désormais son souci. Burrich avait toujours fait preuve d'un caractère rigoureux, quoique juste selon sa propre définition de l'équité ; il s'était souvent montré dur avec moi, mais jamais cruel. S'il m'avait fréquemment donné une calotte ou une bourrade impatiente, il m'avait rarement battu, et les quelques corrections qu'il m'avait administrées visaient toujours à m'inculquer une leçon, non à me faire souffrir ; les punitions corporelles qu'il m'avait infligées m'apparaissaient aujourd'hui justifiées, mais je craignais que Leste, au contraire de moi, ne se rebelle ouvertement, et j'ignorais quelle serait la réaction de son père. Burrich était convaincu qu'un enfant placé sous sa responsabilité avait péri d'une mort horrible parce qu'il n'avait pas su le débarrasser du Vif ; regarderait-il comme son devoir de protéger son fils d'un sort semblable, dût-il pour cela employer les méthodes les plus impitoyables ? J'avais peur pour eux deux et ne disposais d'aucun exutoire pour mon angoisse.

À l'aube du quatrième jour, je me réveillai avec une impression de vigueur retrouvée et des fourmis dans les jambes. Je me jugeai assez remis pour aller faire un tour dans le château ; il était temps de reprendre le cours de mon existence. J'empochai les plumes cachées sous mon oreiller et descendis dans la chambre de Tom Blaireau pour m'habiller. J'avais à peine refermé la porte de l'escalier dérobé qu'on frappa à l'autre. Je franchis en deux enjambées la distance qui m'en séparait et l'ouvris ; sire Doré recula d'un pas, l'air surpris. « Ah ! Je crois qu'il est réveillé, finalement – et vêtu, en outre, à ce que je constate. Eh bien, vous sentez-vous davantage vous-même, Blaireau ?

— Un peu », répondis-je en essayant de voir par-dessus son épaule celui ou celle au bénéfice de qui il jouait la comédie. J'eus tout juste le temps de remarquer l'expression de saisissement qui se peignit sur son visage à la vue de ma balafre revenue et de mon nez à nouveau cassé avant que Heur ne le bouscule presque pour arriver jusqu'à moi ; mon garçon me prit par les épaules et me contempla avec épouvante.

« Tu as une mine affreuse ! Recouche-toi, Tom. » Et, dans le même souffle, il s'adressa à sire Doré : « Messire, je vous demande pardon. Vous aviez raison ; je croyais que vous exagériez son état, mais vous avez bien fait d'interdire qu'on lui fasse visite, je m'en rends compte. Je vous présente mes plus humbles excuses pour mes méchantes paroles. »

L'intéressé eut un petit toussotement bourru. « Bien. Je n'espère pas d'un jeune campagnard qu'il connaisse les manières courtoises, et je conçois l'inquiétude que vous inspirait votre père. Aussi, bien que je n'aie guère apprécié vos apparitions intempestives qui me tiraient du lit à des heures indues ni votre impolitesse quand je vous refusais de voir Tom, je pardonne votre conduite, de même que vous m'excuserez tous deux, je n'en doute pas, de me retirer pour vous permettre de jouir de vos retrouvailles. »

Il s'en alla et nous laissa seuls dans ma chambre exiguë. Heur n'eut guère à insister pour que je m'asseye sur le lit bas : la longue descente depuis la tour d'Umbre m'avait vidé de mes forces. Le jeune garçon prit place à côté de moi, une main sur mon épaule ; il me dévisagea avec une grimace d'apitoiement devant mon émaciation, « Ça me fait plaisir de te voir », dit-il d'une voix étranglée. Il me parcourut du regard encore un moment, les traits figés, puis ses yeux s'emplirent soudain de larmes et il enfouit sa figure dans ses mains en se balançant d'avant en arrière. « Tom, j'ai cru que tu allais mourir ! » fit-il entre ses doigts, et puis il se tut, le souffle court, luttant pour maîtriser les sanglots qui montaient en lui. Je le pris par les épaules, le serrai contre moi, et il éclata en pleurs convulsifs. Il était redevenu mon petit garçon, et un petit garçon qui avait eu très peur. D'une voix entrecoupée, il déclara : « Je suis venu tous les matins avant l'aube depuis qu'on t'a ramené ici, et chaque fois sire Doré m'a répondu que tu étais trop faible pour recevoir des visites. J'ai d'abord tâché de me montrer patient, mais ces derniers jours... » Il avala sa salive. « J'ai été très grossier avec lui, Tom ; je me suis comporté en vrai malotru. J'espère que tu n'en pâtiras pas. Je voulais seulement... »

Je l'interrompis, la bouche contre son oreille, d'un ton calme et rassurant. « J'ai été gravement malade et je me remets encore lentement, mais je ne vais pas mourir, mon fils, pas cette fois. Tu pourras encore passer me voir ici quelque temps. Quant à sire Doré, il t'a dit qu'il te pardonnait ; tu n'as donc plus à t'inquiéter. »

Il saisit ma main posée sur son épaule entre les siennes et la serra fort ; au bout d'un moment, il se redressa et se tourna vers moi. Ses joues étaient sillonnées de larmes. « J'ai cru que tu allais mourir sans que j'aie le temps de te dire que je r-r-regrettais ma conduite. Je savais que tu avais presque renoncé à t'occuper de moi parce que tu m'adressais à peine la parole et tu ne venais plus me voir. Et puis tu as reçu cette blessure et on ne m'a pas laissé te rendre visite dans ta cellule, ni après d'ailleurs, quand on t'a ramené ici. Et moi, je ne cessais de me répéter que tu allais disparaître persuadé que j'étais un imbécile et un ingrat qui ne mesurait pas tout ce que tu avais fait pour moi. Mais tu avais raison, tu sais : j'aurais dû t'écouter ;

c'est ça que je tenais à te dire : tu avais raison. Et mes yeux se sont dessillés.

— À quel sujet ? » demandai-je, le cœur serré, car je connaissais déjà la réponse.

Il renifla en détournant le regard. « Au sujet de Svanja. » Il poursuivit d'une voix grave et voilée : « Elle m'a repoussé, Tom, du jour au lendemain ; et il paraît qu'elle a déjà quelqu'un d'autre – et ça ne date peut-être pas d'hier : c'est un marin d'un gros navire de commerce. » Il baissa la tête et avala sa salive. « Ils devaient déjà être... intimes avant son dernier embarquement au printemps. Il est revenu maintenant, et il lui a rapporté des boucles d'oreilles en argent, de belles robes et du parfum d'épice de l'autre bout du monde ; il a offert des cadeaux à ses parents aussi. Ils l'apprécient beaucoup. » Il avait baissé le ton à mesure qu'il parlait, si bien que j'avais eu peine à entendre ses derniers mots. « Si j'avais su... », fit-il, puis sa voix mourut.

Je jugeai opportun de me taire.

« Une nuit, je l'ai attendue et elle ne s'est pas présentée. J'ai commencé à me ronger les sangs, à m'effrayer pour elle ; j'avais peur qu'il ne lui soit arrivé malheur alors qu'elle venait me rejoindre. Finalement, j'ai rassemblé mon courage et je me suis rendu chez elle ; comme je m'apprêtais à frapper à la porte, j'ai entendu son rire à l'intérieur. Je n'ai pas osé toquer parce que son père ne peut pas me voir ; avant, sa mère me détestait moins que lui, mais du jour où tu t'es battu avec son mari, elle... Enfin, bref. J'ai cru que Svanja n'avait pas pu sortir, tout simplement, ou plutôt s'éclipser discrètement pour aller me retrouver, parce que son père s'était mis à la tenir drôlement à l'œil. » Il s'interrompit, rougissant. « C'est étrange : quand j'y repense, notre attitude me paraît ridicule et puérile, nos rencontres en cachette, à l'abri des regards de son père, les mensonges qu'elle débitait à sa mère pour passer du temps avec moi. Je n'avais pas cette impression sur le moment, pas du tout; je croyais vivre une grande histoire d'amour à laquelle nous vouait le destin. Svanja le répétait toujours : nous étions faits l'un pour l'autre et rien ne devait se dresser entre nous; les tromperies et les faux-semblants n'avaient pas d'importance parce que nul ne pouvait nier la vérité de notre amour. » Il se frotta le front de la paume des mains. « Et j'y croyais. J'y croyais dur comme fer. »

Je soupirai mais me sentis contraint de répondre : « Si tu n'y avais pas cru, Heur... ton comportement n'aurait pas été seulement stupide, mais inqualifiable. » Puis je me tus : ne venais-je pas de jeter de l'huile sur le feu ?

« Je me sens ridicule, reconnut-il au bout d'un moment. Et le pire, c'est que je l'accueillerais à bras ouverts si elle me revenait; je la sais infidèle, naguère à lui, aujourd'hui à moi, mais je serais prêt à tout recommencer – même si je devais toujours me demander si je saurais la garder. » Après un silence, il poursuivit à mi-voix : « Est-ce ce que tu as éprouvé quand je t'ai appris qu'Astérie était mariée ? »

La question était délicate, surtout parce que je me refusais à lui avouer que je n'avais jamais vraiment été amoureux de la ménestrelle. Je me contentai donc de répondre : « Je ne pense pas qu'il existe deux chagrins exactement semblables, Heur; mais quant à se sentir ridicule, oh oui, j'y suis passé moi aussi !

— J'ai bien cru en mourir, reprit-il avec feu. Le lendemain, maître Gindast m'a envoyé faire une course – il me confie désormais ses emplettes en ville parce que je suis très pointilleux sur ce qu'il désire et le prix qu'il accepte d'y mettre. Alors que je marchais d'un bon pas, j'ai vu un couple venir en sens inverse, et j'ai songé : "C'est incroyable ce que cette jeune fille ressemble à Svanja, on croirait sa sœur !" Et je me suis rendu compte soudain que c'était Svanja elle-même, mais parée de boucles d'oreilles en argent et d'un châle d'une teinte violette que je n'avais encore jamais vue. Son bras était passé dans celui de l'homme qui l'accompagnait, et elle le regardait avec une expression qu'elle me réservait jusque-là. Je n'en croyais pas mes yeux. Je suis resté planté dans la rue, bouche bée, et, comme ils me croisaient, elle m'a lancé un coup d'œil. Tom, elle a rougi mais elle a fait semblant de ne pas me reconnaître. Je... je ne savais pas comment réagir. Nous avions dû tant nous cacher pour nous aimer que je me suis dit que l'homme devait être son oncle ou une relation de son père, et qu'elle devait feindre de ne pas me voir ; mais, en réalité, j'avais compris que c'était faux. Quand je me suis rendu au Porc Coincé deux jours plus tard dans l'espoir de l'y rencontrer, les clients de la taverne se sont moqués de moi et m'ont demandé quel effet ça faisait de se retrouver menu fretin à présent que le gros poisson mordait à nouveau. Je n'ai pas saisi tout de suite le sens de leurs railleries, mais ils me l'ont vite expliqué, et en détail. Jamais je n'ai éprouvé pareille humiliation, Tom ! C'est tout juste si je ne me suis pas enfui de l'établissement, et ma honte est telle que je n'y ai plus remis les pieds de peur de tomber nez à nez avec les tourtereaux. D'un côté, j'en meurs d'envie, pour révéler son infidélité à son compagnon et lui dire, à elle, que j'ai ouvert les yeux sur sa nature méprisable ; de l'autre, pourtant, je n'aspire qu'à me battre avec lui et le vaincre pour voir si ça me la ramènerait. J'ai l'impression d'être à la fois un crétin et un lâche.

— Tu n'es ni l'un ni l'autre, répondis-je, bien conscient qu'il lui était impossible de me croire. Le plus sage consiste à refermer la parenthèse. Bats-toi, reconquiers-la, et qu'auras-tu gagné ? Une femme semblable à une chienne en chaleur qui choisit le chien le plus fort. Dis-lui ses quatre vérités, attire-toi son dédain, et tu n'auras réussi qu'à mettre le comble à ton humiliation. Si ça peut te consoler, songe qu'elle s'étonnera toujours de la facilité avec laquelle tu l'as laissée partir.

— Triste consolation. Les femmes fidèles existent-elles, Tom ? » Il s'exprimait avec tant d'accablement que mon cœur se serra de le voir si tôt désabusé.

« Oui, elles existent, répondis-je avec conviction. Tu es encore jeune, tu as toutes les chances d'en trouver une.

— Non, pas vraiment, fit-il en se levant brusquement, un sourire las sur les lèvres. Je n'ai pas le temps de chercher. Tom, pardonne-moi de rester si peu, mais je dois me dépêcher si je veux être à l'heure à l'atelier. Le vieux Gindast est un vrai tyran ; depuis que j'ai appris que tu étais blessé, il m'octroie un délai à l'aube pour me permettre d'essayer de te voir, mais il exige que je rattrape mon travail le soir.

— Il a raison : le travail, c'est le meilleur remède contre les soucis – et les peines de cœur. Absorbe-toi dans les tâches qu'on te confie, Heur, et ne te fais pas reproche de ta stupidité ; chacun commet sa part d'erreurs dans ce domaine. »

Il me regarda un moment sans parler puis il secoua la tête. « Chaque fois que je crois avoir un peu grandi, je me surprends à me conduire encore comme un gamin. Je viens prendre de tes nouvelles, rongé d'inquiétude à ton sujet, et, dès que je te vois capable de tenir debout, je n'ai rien de plus pressé que de m'épancher sur toi de mes malheurs. Tu ne m'as rien dit de ce qui t'était arrivé. »

Je réussis à sourire. « Et je préfère que cela reste ainsi, fils ; j'aime mieux oublier ces souvenirs. Laissons-les au passé.

— Alors, adieu pour le moment. Je repasserai te voir demain matin.

— Non, non, je t'en prie. Si tu es venu tous les jours, et je n'en doute pas, tu dois en avoir assez. Ma convalescence avance bien, comme tu peux le constater ; je descendrai bientôt te rendre visite, je demanderai à Gindast qu'il t'accorde ton après-midi et nous pourrons bavarder à notre aise.

— Ça me ferait plaisir », dit-il, et sa sincérité me fit chaud au cœur. Il me donna une dernière étreinte et je craignis que sa vigueur juvénile ne brisât comme verre mes os affaiblis ; puis il sortit et je restai à regarder l'encadrement de la porte, perdu dans mes réflexions. Pour la première fois depuis des mois, j'avais le sentiment d'avoir retrouvé mon Heur. Comme, à gestes laborieux, je tirais des vêtements propres de mon coffre et les enfilais, je songeai que mon soulagement se teintait de culpabilité : je ne devais pas empêcher Heur de grandir ; je ne devais pas espérer qu'il restât « mon Heur » davantage qu'Umbre ne pouvait m'obliger à demeurer « son garçon ». Me réjouir que sa peine et sa déception l'eussent rapproché de moi et convaincu de ma sagesse constituait une sorte de trahison. À notre prochaine rencontre, il me faudrait lui avouer n'avoir nullement prévu l'infidélité de Svanja, mais seulement m'être inquiété parce qu'elle le détournait de son apprentissage. Cette perspective ne me souriait pas.

Enfin habillé, je gagnai les appartements de sire Doré.

Je ne me déplaçais plus comme un vieillard branlant mais je devais conserver une allure lente et prudente. Le serviteur n'avait pas encore apporté le petit déjeuner; le fou était assis devant le feu, l'air las. Je le saluai d'un hochement de tête puis posai le paquet contenant les plumes sur la table. « Je crois que ceci t'est destiné », dis-je d'une voix sans inflexion; comme je déroulais le tissu, il quitta son fauteuil, s'approcha et me regarda sans un mot disposer les plumes côte à côte.

« Elles sont extraordinaires. Où les avez-vous trouvées. Blaireau ? » demanda-t-il enfin, contraint par mon silence à m'interroger. Je ressentis comme un camouflet qu'il persistât à s'exprimer avec l'accent jamaillien du seigneur Doré.

« Quand Devoir et moi avons traversé le pilier d'Art, il nous a conduits sur une plage, et c'est là que je les ai découvertes. Elles gisaient parmi les morceaux de bois et les algues, comme si la mer les avait rejetées là; je les ai ramassées les unes après les autres en suivant la ligne de marée.

— Tiens donc ! Je ne connaissais pas cette anecdote. »

Une question se dissimulait dans cette remarque apparemment détachée : lui avais-je caché ma trouvaille de façon intentionnelle ou bien n'y avais-je pas attaché d'importance et l'avais-je oubliée ? Je répondis du mieux que je pus. « Je garde un souvenir étrange de mon séjour sur cette grève, comme si elle existait hors du temps. À mon retour, les événements se sont précipités : le combat pour reprendre Devoir, la mort d'Œil-de-Nuit, puis notre trajet jusqu'à Castelcerf sans possibilité de nous entretenir seul à seul; ensuite, il y a eu les fiançailles et tout le reste. » Alors même que je les énonçais, mes raisons me paraissaient mauvaises; pourquoi ne lui avais-je pas parlé des plumes ? « Je les ai déposées dans la salle de travail d'Umbre, et depuis je n'ai jamais trouvé l'occasion de te les apporter. »

Il continua de regarder fixement les plumes sans rien dire ; je l'imitai. Côte à côte sur le tissu grossier, grises et ternes, elles n'offraient apparemment aucun intérêt particulier ; pourtant, il émanait d'elles une impression de profonde étrangeté, objets trop parfaits pour avoir été créés de main d'homme et néanmoins artificiels à l'évidence. J'éprouvais une singulière répugnance à les toucher.

« Je vois, fit enfin sire Doré. Eh bien, merci de me les avoir montrées. » Et il retourna près de la cheminée.

Je ne comprenais pas sa réaction. Je fis une nouvelle tentative. « Je crois qu'elles font partie du Coq Couronné, fou !

— Vous avez raison, sans aucun doute », répondit-il d'un ton égal et dépourvu d'intérêt. Il s'assit devant l'âtre, jambes étendues ; au bout d'un moment, il croisa les bras et posa son menton sur sa poitrine, les yeux fixés sur le feu.

Une violente colère m'envahit, semblable à une flamme purificatrice, et, l'espace d'un instant, j'eus envie de le saisir au col et de le secouer en exigeant qu'il redevienne le fou ; puis ma fureur retomba et je demeurai tout tremblant et au bord de la nausée. Je sentis alors que j'avais tué le fou, que je l'avais détruit en demandant autoritairement des réponses aux questions qui étaient toujours restées en suspens entre nous sans jamais être posées. J'aurais dû savoir que jamais je ne parviendrais à le comprendre comme je comprenais les autres ; notre ciment, c'était la confiance et non l'analyse. Mais j'avais brisé cet édifice comme un enfant qui démonte un objet pour en saisir le fonctionnement et se retrouve avec une poignée de pièces inertes. Peut-être était-il incapable de redevenir le fou, tout comme il m'était impossible de redevenir le garçon d'écurie de Burrich ? Peut-être notre relation avait-elle changé trop profondément pour que nous demeurions Fitz et le fou l'un pour l'autre ? Peut-être ne nous restait-il plus que Tom Blaireau et sire Doré ?

Soudain las et à nouveau sans force, je roulai sans un mot les plumes dans le tissu, les emportai dans ma chambre et fermai la porte ; j'ouvris l'issue secrète, la franchis, la rabattis derrière moi et entamai la longue montée jusqu'à ma salle de travail.

J'arrivai au lit titubant d'épuisement ; sans prendre la peine de me dévêtir, je me glissai entre les draps et sombrai peu après dans un profond sommeil. Quand je me réveillai des heures plus tard, j'avais faim et le feu se mourait dans la cheminée. Me lever, manger, alimenter la flambée... Non, rien de tout cela n'en valait l'effort. Je me renfonçai sous mes couvertures et trouvai de nouveau refuge dans l'inconscience.

Mon réveil suivant fut provoqué par la présence de quelqu'un qui se penchait sur moi. Je poussai un cri d'effroi et saisis le prince à la gorge avant d'avoir le temps de le reconnaître. L'instant d'après, je me rejetais en arrière, haletant, tandis que mon affolement s'apaisait. « Excusez-moi, excusez-moi », bredouillai-je.

Le prince, à bonne distance du lit, se massait le cou et me dévisageait, les yeux exorbités. « Qu'est-ce qui vous a pris ? » fit-il d'une voix rauque, entre peur et colère.

J'aspirai une grande goulée d'air, la gorge sèche ; j'étais couvert de transpiration, je tremblais, je me sentais les paupières collantes et la bouche pâteuse. « Excusez-moi, répétai-je. Vous m'avez réveillé trop brusquement ; j'ai eu peur. » Je me dépêtrai de mes couvertures et me levai, mal assuré sur mes jambes. Je n'arrivais pas à reprendre mon souffle ; j'avais le sentiment que ma frayeur se raccrochait à un cauchemar dont je ne parvenais pas à me souvenir. Je parcourus ma chambre du regard, l'esprit vague et désorienté. Lourd était assis dans le fauteuil d'Umbre, les chaussures tendues vers le feu ; il portait une tunique et un pantalon du bleu de la domesticité, apparemment neufs et taillés à ses mesures. À quand donc remontait ma promesse de lui fournir des vêtements en bon état ? Umbre avait dû s'en occuper. Les flammes crépitaient joyeusement dans la cheminée et un plateau chargé de victuailles reposait sur la table.

« C'est à vous que je dois tout cela ? Merci. » Je m'approchai de la table et me versai un verre de vin.

Le prince me regarda d'un air égaré. « Que vous devez quoi ? »

Je baissai le verre que je venais de terminer. J'avais toujours la bouche comme du parchemin. Je me servis une nouvelle rasade de vin, la bus cul sec et repris ma respiration. « La nourriture, le feu, le vin, répondis-je enfin.

— Non. Tout se trouvait là à notre arrivée. »

Je recouvrais peu à peu mes sens et mon cœur revenait à un rythme normal. Umbre avait dû passer pendant mon sommeil. Tout à coup l'évidence me sauta aux yeux. « Comment êtes-vous entré ici ? demandai-je au prince.

— C'est Lourd qui m'a montré le chemin. »

Le simple d'esprit tourna la tête en entendant son nom, et le prince et lui échangèrent un sourire de connivence. Je sentis un contact entre eux, une transmission trop rapide et trop maîtrisée pour que je la capte ; Lourd eut un petit rire puis se renfonça dans son fauteuil avec un soupir, face au feu.

« Vous n'avez rien à faire ici », dis-je d'un ton catégorique. Je m'assis à table et remplis mon verre encore une fois, puis je tâtai la marmite de soupe sur le plateau : malgré son couvercle, elle était à peine tiède. De toute manière, manger me paraissait au-dessus de mes forces. Je bus mon vin.

« Et pourquoi n'aurais-je rien à faire ici ? Pourquoi ne connaîtrais-je pas les dessous du château où je suis appelé à régner un jour ? Me juge-t-on trop jeune, trop stupide ou trop indigne de confiance ? »

Je n'avais pas pensé toucher un point aussi sensible, et je me rendis compte que je n'avais aucune bonne réponse à lui fournir ; aussi déclarai-je d'un ton apaisant : « Je croyais qu'Umbre ne voulait pas vous montrer cette pièce.

— C'est sans doute le cas. » Devoir vint s'asseoir à côté de moi tandis que je me servais un nouveau verre de vin. « Il doit y avoir bien d'autres secrets qu'Umbre préférerait garder pour lui ; il adore les cachotteries ; il en a rempli Castelcerf comme une pie accumule les cailloux brillants – et pour la même raison : il aime en faire collection. » Il me lança un regard critique. « Vos cicatrices sont revenues. Les effets de la guérison d'Art se sont dissipés ?

— Non. Umbre et moi les avons recréées ; ça nous a paru plus avisé, pour éviter les questions gênantes. »

Il acquiesça de la tête sans cesser de me dévisager. « Vous avez à la fois meilleure et moins bonne mine. Vous ne devriez pas boire tant sans rien dans l'estomac.

— Les plats sont froids.

— Eh bien, il suffit de les réchauffer ! » Ma bêtise l'impatientait. Je pensais qu'il allait charger Lourd du travail mais il prit lui-même la marmite, touilla la soupe qu'elle contenait et referma le couvercle ; puis, aussi adroitement que s'il avait l'habitude de ce genre d'exercice, il la suspendit au crochet de la cheminée qu'il fit ensuite pivoter pour la placer au-dessus du feu. Il rompit la petite miche de pain en deux et la mit à tiédir sur une assiette près des braises. « Voulez-vous de la tisane ? Ça vous ferait plus de bien que tout le vin que vous ingurgitez. »

Je posai mon verre vide sur la table mais ne le remplis pas. « Vous me sidérez parfois ; vous avez des connaissances inattendues pour un prince.

— Bah, vous savez les idées de ma mère : elle est au service du peuple. Quand j'étais enfant, elle souhaitait que je reçoive l'éducation d'un oblat, c'est-à-dire que j'apprenne à exécuter les tâches les plus communes aussi bien qu'un paysan. Comme elle rencontrait des difficultés pour atteindre son objectif à Castelcerf, elle a décidé de m'éloigner des domestiques qui se précipitaient pour obéir à mes moindres désirs et elle a voulu m'envoyer quelque temps au royaume des Montagnes ; mais Umbre l'a exhortée de ne pas me faire quitter les Six-Duchés, et il ne lui restait plus qu'une solution, de son point de vue. C'est ainsi qu'elle m'a confié à l'âge de huit ans à dame Patience dont je suis resté le page pendant un an et demi. Inutile de vous dire qu'elle ne m'a pas dorloté comme un petit prince ; d'ailleurs, les deux premiers mois, elle ne parvenait pas à se rappeler mon nom. Néanmoins, elle m'a enseigné quantité de choses dans des domaines extraordinairement divers.

— Mais ce n'est pas d'elle que vous tenez vos talents culinaires, fis-je avant de pouvoir retenir ma langue.

— Et pourtant si, répondit-il avec un sourire malicieux, par nécessité. Elle avait souvent envie d'un plat chaud tard le soir, dans sa chambre, et, si elle tentait de se débrouiller seule, elle le laissait brûler et enfumait ses appartements. J'ai beaucoup appris auprès d'elle mais, vous avez raison, la cuisine n'était pas son fort. C'est Brodette qui m'a montré comment réchauffer un repas dans la cheminée, entre autres : grâce à elle, je manie mieux le crochet que la moitié des dames de la cour.

— Vraiment ? » demandai-je avec un intérêt poli. Dos à moi, il tournait la soupe dont l'odeur appétissante parvint soudain à mes narines. Il n'avait pas remarqué mon petit faux pas.

« Oui. Je vous apprendrai un jour, si ça vous tente. » Avec précaution, il décrocha la marmite, touilla encore une fois le contenu et la rapporta en même temps que le pain. Alors qu'il la déposait devant moi comme s'il était mon page, il poursuivit : « Brodette disait qu'enfant vous étiez incapable d'apprendre parce que vous ne teniez pas en place. »

J'avais pris ma cuiller ; je la reposai. Devoir retourna auprès du feu pour jeter un coup d'œil à la bouilloire. « Non, l'eau n'est pas encore assez chaude, fit-il, et il ajouta : Brodette me répétait toujours que la vapeur doit jaillir d'un bon empan du bec si on veut une tisane bien infusée ; mais j'imagine qu'elle vous l'a appris aussi. Dame Patience et elle me racontaient quantité d'anecdotes sur vous ; ici, à Castelcerf, je n'avais presque jamais entendu parler de vous, et c'était toujours avec colère ou regret. Mais, à Gué-de-Négoce, on aurait cru qu'elles ne pouvaient s'empêcher de m'entretenir de vous, même si Patience finissait souvent en larmes. C'est d'ailleurs un point que je ne comprends pas : elle vous croit mort et il ne se passe pas un jour sans qu'elle pleure votre disparition. Comment pouvez-vous la laisser dans cet état ? Votre propre mère !

— Dame Patience n'est pas ma mère, répondis-je d'une voix défaillante.

— C'est ce qu'elle prétend pourtant. Elle décidait tout le temps de ce que, selon elle, j'avais envie de manger, de faire ou de porter, et, si j'affirmais des préférences différentes, elle déclarait : "Ne dites pas de bêtises. Je sais ce que vous aimez. Je connais les petits garçons ! J'ai eu un fils autrefois." C'est de vous qu'elle parlait », expliqua-t-il au cas cette conclusion m'aurait échappé.

Je restais muet, pétrifié. Je songeais que je n'étais pas encore remis, que mon séjour douloureux dans une cellule glacée, la guérison d'Art, la recréation de mes cicatrices et... et même le dédain du fou pour mes offres de paix m'avaient épuisé et laissé sans forces ; c'était pour cela que je tremblais, que ma gorge se serrait et que je ne savais comment réagir quand un secret jusque-là parfaitement gardé éclatait soudain au grand jour. Une terrible obscurité m'engloutit, plus accablante que les plus noirs effets de l'écorce elfique, et les larmes me montèrent aux yeux. Peut-être, me dis-je, ne couleront-elles pas si je ne bats pas des paupières ; peut-être, si je conserve une totale immobilité, mes muqueuses finiront-elles par les réabsorber.

La bouilloire se mit à souffler des bouffées de vapeur et Devoir alla s'en occuper. J'en profitai pour m'essuyer rapidement les yeux. Revenu de la cheminée, le prince inclina le récipient d'où émanait un sourd grommellement, échauda les herbes de la tisanière, puis, alors qu'il allait le reposer dans l'âtre il s'adressa à moi par-dessus son épaule. À son ton préoccupé, je compris que mon impassibilité apparente ne l'avait pas trompé ; il avait dû percevoir qu'il avait failli me briser et cela le pénétrait d'angoisse. « Ma mère m'a tout raconté, fit-il, presque sur la défensive. Umbre et elle étaient dans tous leurs états à l'idée que vous croupissiez en prison, gravement blessé ; le ton montait entre eux et ils n'arrivaient pas à se mettre d'accord sur quoi que ce soit. Je me trouvais dans la même pièce qu'eux lors d'une de leurs disputes ; ma mère a décrété qu'elle allait descendre et vous sortir de votre cellule ; il a répondu que c'était à exclure, qu'une telle démarche n'aboutirait qu'à nous mettre, vous et moi, en plus grand danger encore. Elle a déclaré alors qu'elle allait me révéler l'identité de celui qui agonisait pour moi au fond d'une geôle ; Umbre a voulu le lui interdire, et elle a rétorqué qu'il était temps que j'apprenne ce que signifiait être l'oblat de son peuple ; ensuite, ils m'ont prié de sortir pendant qu'ils en débattaient entre eux. » Il posa la bouilloire dans la cheminée et revint s'asseoir avec moi à table. Je détournai les yeux quand son regard croisa le mien.

« Savez-vous ce que sous-entend le fait que ma mère vous décrit comme un oblat ? Savez-vous ce que ma mère voit en vous ? » Il poussa le pain dans ma direction. « Vous devriez manger ; vous avez une mine épouvantable. » Il s'interrompit, puis reprit : « Si elle vous baptise oblat, c'est qu'elle vous regarde comme le roi légitime des Six-Duchés, et cela sans doute depuis que mon père est mort – ou plutôt qu'il s'est infusé dans son dragon. »

Je levai brusquement les yeux vers lui. Elle lui avait tout raconté, en effet, et j'en étais ébranlé jusqu'à l'âme. Je jetai un coup d'œil à Lourd qui somnolait devant le feu. Le prince suivit mon regard ; il ne dit rien mais le petit homme ouvrit soudain les paupières et se tourna vers lui. « Ces plats n'ont rien d'appétissant, fit le prince. Crois-tu pouvoir nous trouver mieux aux cuisines ? Une douceur, peut-être ? »

Un sourire gourmand s'épanouit sur les traits de Lourd.

« Oui, je peux ; je sais ce qu'on prépare en bas : de la tourte aux pommes et aux baies tapées. » Et il se lécha les lèvres. Quand il se leva, je remarquai avec surprise l'emblème du cerf Loinvoyant sur le devant de sa tunique.

« Descends par où nous sommes venus et reviens par le même chemin, s'il te plaît. Ne l'oublie pas, c'est important. »

Lourd hocha vigoureusement la tête. « Important ; je n'oublie pas. Je le sais depuis longtemps. Sortir par la jolie porte, rentrer par la jolie porte, et seulement quand il n'y a personne.

— Bravo, Lourd ! Je me demande ce que je deviendrais sans toi. » Je perçus plus que de la satisfaction dans l'intonation du prince : non de la condescendance, mais... Ah ! J'y étais : une fierté de propriétaire. Il s'adressait au simple d'esprit comme on parle à un mâtin de bonne race.

Le petit homme sorti, je lui demandai : « Vous avez fait de lui votre homme lige ? Au vu et au su de tout le monde ?

— Si mon grand-père avait pris un gamin albinos et maigrichon comme bouffon et compagnon, pourquoi n'en ferais-je pas autant d'un idiot ? »

Je fis une grimace. « Vous ne permettez pas qu'on se moque de lui, n'est-ce pas ?

— Non, naturellement. Saviez-vous qu'il chante très bien ? Malgré son timbre de voix qui donne à la mélodie un son inattendu, il a une excellente oreille. Je ne le garde pas toujours près de moi, mais assez toutefois pour qu'on ne le remarque plus, et il est bien commode que nous soyons capables de communiquer sans être entendus ; je puis ainsi le prévenir quand je souhaite ou non sa présence. » Il hocha la tête, l'air content de lui. « Je le crois plus heureux aujourd'hui : il a découvert le plaisir des bains chauds et des vêtements propres, et je lui offre des jouets tout simples qui l'amusent beaucoup. Je n'ai qu'un seul souci : la femme qui l'aide à sa toilette m'a dit avoir connu deux autres personnes comme lui, et, d'après elle, elles ne vivent pas aussi longtemps que les gens ordinaires ; Lourd pourrait bien approcher déjà de la fin de ses jours. Savez-vous si cela est vrai ?

— Je n'en ai aucune idée, mon prince. »

Je lui avais donné son titre sans y prêter attention, mais cela fit naître sur ses lèvres un sourire malicieux. « Comment dois-je vous appeler si vous vous adressez ainsi à moi ? Estimé cousin ? Seigneur FitzChevalerie ?

— Tom Blaireau, répondis-je d'un ton catégorique.

— Évidemment. Et sire Doré. Je l'avoue, j'ai beaucoup moins de mal à vous concevoir en seigneur FitzChevalerie qu'à imaginer sire Doré en livrée de bouffon.

— Il a parcouru une longue route depuis cette époque, dis-je en m'efforçant d'empêcher le regret de percer dans ma voix. Quand la reine a-t-elle décidé de vous confier tous les secrets de la famille ?

— Quelques heures après que nous vous avons guéri. Elle m'a emmené dans votre chambre par les passages secrets et nous avons passé la nuit à votre chevet. Au bout d'un moment, elle s'est mise à parler ; elle m'a dit que, sans vos cicatrices, vous ressembliez beaucoup à mon père, que parfois, quand elle vous regardait, elle le voyait dans vos yeux. Et c'est alors qu'elle m'a tout raconté – pas en une fois, bien sûr : il lui a fallu trois nuits, je crois, pour venir à bout de son récit, installée sur un coussin près de votre lit, sans lâcher votre main. Elle me faisait asseoir par terre et ne laissait entrer personne.

— Je n'avais aucune conscience de votre présence ni de la sienne. »

Il haussa les épaules. « Votre corps était guéri mais votre esprit côtoyait le néant de si près que vous étiez quasi mort. Vous ne répondiez pas à l'Art, et mon Vif vous percevait comme l'ultime brasillement d'une mèche de bougie ; vous risquiez de vous éteindre à tout instant. Mais, lorsque ma mère vous tenait la main et parlait, vous paraissiez briller un peu plus fort, et je crois qu'elle le sentait aussi ; on aurait dit qu'elle cherchait à vous ancrer à la vie. »

Je levai les mains puis les laissai retomber sur la table dans un geste d'impuissance. « Je ne sais que dire, avouai-je brusquement. J'ignore comment réagir au fait que vous êtes au courant de tout.

— Je pensais que vous éprouveriez du soulagement. Même s'il faut préserver votre rôle de Tom Blaireau quelque temps encore dans le reste du château, au moins ici, en privé, vous pouvez reprendre votre véritable identité sans avoir à surveiller sans cesse votre langue – ce que vous faites avec un bonheur relatif, de toute façon. Mangez votre soupe ; je n'ai pas envie d'être obligé de la remettre à chauffer. »

La suggestion me parut opportune et me laissa le temps de réfléchir sans avoir à parler ; cependant, Devoir me dévisageait si intensément que je me sentais comme une souris sous le regard d'un chat. Je finis par lui lancer un coup d'œil furieux et il éclata de rire en secouant la tête. « Vous n'imaginez pas ce que je ressens. Je vous observe et je me demande : "Atteindrai-je sa taille une fois adulte ? Mon père fronçait-il les sourcils ainsi avec cet air mauvais ?" Je regrette que vos cicatrices soient revenues ; j'ai plus de mal à me reconnaître dans vos traits. Vous êtes assis devant moi, je sais qui vous êtes... c'est comme si mon père faisait irruption pour la première fois dans ma vie. » Il s'agitait, s'excitait sur son siège tel un chiot impatient de sauter sur mes genoux. Je ne parvenais pas à soutenir son regard : une flamme y brûlait que je n'étais pas préparé à affronter ; je ne méritais pas cette adulation.

« Votre père valait beaucoup mieux que moi », dis-je enfin.

Il eut une infime hésitation. « Apprenez-moi quelque chose sur lui, fit-il d'un ton suppliant, quelque chose que seuls lui et vous saviez. »

Je perçus l'importance qu'il attachait à cette prière et ne pus la rejeter ; je me creusai la cervelle. Devais-je lui révéler que Vérité n'avait pas eu le coup de foudre pour Kettricken mais qu'il avait appris peu à peu à l'aimer ? Non, cela évoquait trop sa propre absence de sentiments pour Elliania. La dissimulation n'entrait pas dans le caractère de Vérité, mais il ne me semblait pas que Devoir me demandait un secret. « Il aimait l'encre et le papier de bonne qualité, déclarai-je. Et il taillait ses plumes lui-même ; il était très exigeant sur leur choix. Et... il me traitait gentiment quand j'étais petit, sans raison particulière ; il me donnait des jouets, entre autres une petite charrette en bois et des figurines de soldats et de chevaux.

— Vraiment ? Cela m'étonne. Je le croyais obligé de garder ses distances avec vous. Je savais qu'il avait l'œil sur vous mais, dans ses lettres à votre père, il se plaignait de ne jamais voir Tom, le petit matou, que lorsqu'il trottait sur les talons de Burrich. »

Je demeurai figé sur place. Il me fallut un moment pour songer à reprendre mon souffle, et je demandai alors : « Vérité parlait de moi dans des lettres qu'il écrivait à Chevalerie ?

— Pas ouvertement, bien entendu. Patience a dû me les décrypter. Elle me les a montrées quand j'ai exprimé mon regret d'en savoir si peu sur mon père, et je les ai trouvées très décevantes : il n'y en a que quatre, la plupart brèves et ennuyeuses : il se porte bien, il espère que Chevalerie et dame Patience vont bien aussi ; en général il demande à son frère d'intervenir auprès de tel ou tel duc pour aplanir quelque différend politique. En une occasion, il le prie de lui envoyer un bilan de la répartition des impôts pour l'année précédente. Puis viennent quelques lignes sur les récoltes ou la chasse. Mais il y a toujours une phrase ou deux sur vous à la fin : "Tom, le matou que Burrich a adopté, semble s'acclimater." "Hier, j'ai failli marcher sur Tom, le petit chat de Burrich, qui traversait la cour à toute allure. J'ai l'impression qu'il grandit de jour en jour." C'est ainsi qu'ils vous désignaient afin de tromper les espions et même, au début, Patience elle-même, si jamais elle avait lu ces missives. Dans la dernière, on ne parle plus que de "Tom", sans préciser qu'il s'agit d'un chat : "Tom a fait une bêtise et Burrich l'a corrigé d'importance, mais il a manifesté une absence étonnante de contrition. En vérité, c'est Burrich que j'ai plaint le plus." Et, pour terminer, il écrit toujours qu'il attend impatiemment la nouvelle lunaison ou qu'il espère une bonne récolte de palourdes aux marées de pleine lune. Patience m'a expliqué qu'ils se fixaient ainsi une date pour artiser à l'unisson, un moment où ils pouvaient se retirer au calme. Nos pères respectifs étaient très proches, et leur séparation a été difficile quand Chevalerie s'est installé à Flétribois ; chacun manquait profondément à l'autre. »

Tom ! Et Patience qui m'avait baptisé ainsi par pure désinvolture, croyais-je ! J'avais repris ce nom, ignorant tout de son histoire. Le prince avait raison : le château débordait de secrets ; la moitié n'en était d'ailleurs pas : il s'agissait seulement de questions que nous n'osions pas poser de peur que les réponses ne se révèlent insupportablement douloureuses. Je n'avais jamais interrogé Patience sur mon père, je ne lui avais jamais demandé, pas plus qu'à Vérité, ce que je représentais aux yeux de Chevalerie. Les secrets de ma vie n'avaient leur origine que dans ma réticence ; le silence de mon père m'avait laissé supposer les pires jugements sur moi. Jamais il n'était venu me voir ; me regardait-il par les yeux de son frère ? Devais-je leur reprocher de m'avoir tu ce que, selon eux peut-être, je savais ? Ou bien devais-je me faire grief à moi-même de n'avoir jamais exigé la vérité ?

« La tisane est prête », annonça Devoir en brandissant la bouilloire. Je pris conscience tout à coup qu'il me servait comme je l'eusse fait pour Umbre ou Subtil à son âge : avec déférence et respect. « Cessez », dis-je, et, repoussant sa main, je le forçai à reposer le récipient sur la table ; je m'en emparai et, tout en me servant moi-même, je le mis en garde : « Devoir, mon prince, écoutez-moi : dans tous nos rapports, tenez-vous-en à me considérer comme Tom Blaireau. Aujourd'hui, nous évoquons ce qui se cache sous les apparences, mais ensuite il me faudra réendosser mon personnage de serviteur et vous devrez me voir sous cet aspect, tout comme vous ne devrez voir en sire Doré personne d'autre que sire Doré. C'est une épée sans garde ni poignée dont on vous a fait cadeau ; il n'est pas possible de la saisir ni de la manier sans vous couper. Vous vous réjouissez de connaître ma véritable identité et vous me regardez comme un trait d'union entre votre père et vous ; de tout mon cœur, je souhaiterais que la situation soit aussi simple et heureuse, mais le secret que vous avez appris, s'il parvenait à de mauvaises oreilles, causerait notre perte à tous. Je sais comme vous que votre mère chercherait à me protéger, et alors songez aux conséquences : je suis non seulement un vifier notoire mais aussi l'assassin présumé du roi Subtil, sans compter que j'ai tué plusieurs membres du clan d'Art de Galen devant une salle entière de témoins. En outre, je ne suis pas aussi mort que beaucoup l'aimeraient. Ma résurrection porterait la haine et la peur qu'inspirent les vifiers à un nouveau paroxysme au moment où la reine s'efforce de mettre un terme à leur persécution.

— À notre persécution », me reprit le prince avec douceur. Il s'adossa dans son fauteuil et prit une expression pensive, comme s'il essayait d'imaginer ce qu'entraînerait la divulgation de mon secret. L'air mal à l'aise, il dit : « Sans le vouloir, vous avez déjà entravé les plans de la reine. Malgré tous les efforts d'Umbre afin de ne laisser transparaître aucun intérêt officiel pour votre sort, des rumeurs se sont quand même propagées selon lesquelles l'assassinat de "Keppler", de Paget et du troisième larron reste impuni parce qu'ils avaient le Vif.

— En effet, Umbre m'en a fait part. Et on vous accuse d'avoir le Vif vous aussi. »

Le prince inclina la tête. « Oui. Mais c'est exact, après tout. Les Pie le savent, et peut-être aussi certains de ceux qui se réclament du Lignage. Pour l'instant, ces derniers ont intérêt à garder le secret : ils souhaitent cette rencontre avec la reine autant que ma mère ; mais la mort de ces trois hommes les pousse à redoubler de prudence, et ils parlent à présent d'exiger des garanties supplémentaires avant de se risquer à Castelcerf. »

Je tirai la conclusion logique de ces propos : « Ils veulent des otages ; ils désirent un échange, la vie de certains des nôtres entre leurs mains tant que les leurs restent dans nos murs. Combien demandent-ils de personnes ? »

Il secoua la tête. « Posez la question à Umbre ou à ma

mère. D'après ce que j'entends de leurs discussions, j'ai l'impression qu'elle communique directement avec le Lignage et rapporte à son conseiller uniquement ce qu'elle juge nécessaire de lui apprendre, et ça le met en rage. Je crois qu'elle a réussi à calmer les inquiétudes de ses interlocuteurs et à fixer une nouvelle date de réunion ; Umbre jurait que ce serait impossible sans accéder à des revendications démesurées de la part du Lignage, et pourtant elle y est parvenue. Mais elle refuse de lui révéler par quel moyen et il se ronge les sangs. Elle lui a rappelé qu'elle a grandi dans les Montagnes et qu'accepter une exigence qu'il qualifierait de "démesurée" ou un risque "inadmissible" relève pour elle d'une question de principe.

— Ça ne m'étonne pas. Je crois qu'on ne pourrait trouver pire torture pour lui qu'une affaire dans laquelle il n'aurait pas le droit de fourrer son nez. » Je m'exprimais avec calme, mais je me demandais avec inquiétude où la morale montagnarde de Kettricken concernant son rôle d'oblat allait nous entraîner.

Devoir parut percevoir mes réserves. « En effet ; pourtant, en l'occurrence, je me battrai aux côtés de ma mère. Il est temps qu'elle l'oblige à céder le pas devant elle. Si elle ne l'exige pas aujourd'hui, cela augure mal du pouvoir dont je disposerai vraiment une fois sur le trône. »

Un frisson glacé me parcourut. Il avait raison. Le seul point qui me rassurait était le calme et la mesure avec lesquels il analysait la situation. Puis une pensée sarcastique modifia ma perception du prince : il voyait clair dans les machinations d'Umbre parce qu'il était autant son élève que le fils montagnard de Kettricken.

D'un ton aussi détaché que s'il parlait du temps qu'il faisait, il poursuivit : « Mais ce n'est pas le sujet dont nous nous entretenions. Vous prétendez que votre véritable identité doit rester dissimulée ; actuellement, c'est exact, j'en conviens. Certaine faction aurait tout intérêt à ce que vous mouriez pour de bon, et vous vous retrouveriez l'objet de la haine et de la peur de bon nombre de gens, sans compter qu'on accuserait les Loinvoyant de protéger un régicide au seul motif qu'il fait partie de la famille royale. Plus intéressant encore serait l'impact de la nouvelle sur le Lignage et les Pie : le Bâtard-au-Vif représente pour eux une figure de ralliement depuis des années, et la rumeur selon laquelle il serait toujours vivant est devenue une sorte de mythe intouchable. À écouter Civil, on vous croirait l'égal d'un dieu.

— Vous n'avez pas parlé de moi à Civil, tout de même ? » L'angoisse m'envahit soudain.

« Bien sûr que non ! Enfin, pas de vous en tant que vous. Non, nous avons discuté de la légende de FitzChevalerie, le Bâtard-au-Vif, et seulement au détour d'une conversation, n'ayez crainte, même si j'estime que votre secret serait aussi en sécurité entre ses mains qu'entre les miennes. »

Je soupirai de lassitude et de découragement. « Devoir, votre loyauté est admirable mais je doute de celle de Civil. Les Brésinga vous ont trahi deux fois déjà ; voulez-vous leur fournir l'occasion d'une troisième ? »

Il prit l'air buté. « On les y a contraints, Tom... Ça me fait un drôle d'effet de vous appeler ainsi maintenant. »

Je refusai de mordre à l'appât. « Il faudra vous y faire. Et si les Pie menacent Civil à nouveau et qu'il recommence à espionner pour leur compte, ou pire ?

— Il ne lui reste plus personne dont ils puissent se servir pour peser sur lui. » Il s'interrompit soudain et me regarda. « Je me rends compte tout à coup que je ne vous ai ni présenté mes excuses ni remercié ; je vous ai envoyé au secours de Civil sans même penser que vous vous exposiez au danger. Et vous avez obéi et vous avez sauvé mon ami alors que vous ne l'appréciez guère. Et pour cela vous avez failli mourir. » Il pencha la tête vers moi. « Comment vous exprimer ma gratitude ?

— Ce n'est pas nécessaire. Vous êtes mon prince. »

Ses traits se figèrent et j'entrevis Kettricken dans ses yeux quand il dit : « Je n'aime pas ces relations ; j'ai l'impression qu'elles nous éloignent l'un de l'autre. Je souhaiterais que vous et moi fussions seulement cousins. »

L'œil scrutateur, je répondis : « Et pensez-vous que j'aurais agi différemment dans ce cas ? Que j'aurais refusé d'aider votre ami sous prétexte que vous étiez "seulement" mon cousin ? »

Il sourit puis poussa un grand soupir de satisfaction. « Je n'arrive pas encore à y croire », fit-il à mi-voix. Une expression proche du remords passa fugitivement sur son visage. « Lourd et moi n'avons pas l'autorisation de vous voir ; Umbre nous a interdit les visites ainsi que les tentatives de contact d'Art tant que vous n'avez pas repris davantage de forces. Je n'avais pas l'intention de vous réveiller ; je voulais vous regarder à nouveau, rien de plus, mais, quand j'ai constaté la réapparition des cicatrices, je n'ai pas pu m'empêcher de m'approcher trop.

— J'en suis heureux. »

Je me tus, à la fois mal à l'aise et béat sous le regard émerveillé dont il me gratifiait. Quelle étrange impression d'être aimé simplement pour ce que j'étais ! J'éprouvai presque du soulagement au retour de Lourd. Il ouvrit la porte secrète de l'épaule ; les mains encombrées d'une grosse tourte prévue pour une bonne dizaine de convives, il haletait de sa montée dans les escaliers.

Je le regardai porter son butin vers la table : il arborait un large sourire, l'air très satisfait de lui-même. Je me rendis alors compte que je ne lui avais jamais vu cette expression. Ses petites dents écartées et sa langue à demi sortie au milieu de sa large face lunaire lui donnaient l'aspect d'un gobelin hilare. Si je ne l'avais pas connu, j'aurais sans doute trouvé le spectacle effrayant, mais le prince répondit à sa mine réjouie par un sourire de connivence et je me surpris à les embrasser tous deux dans un regard ravi.

Avec un claquement, il posa la tourte sur la table, puis repoussa gravement mon couvert afin de se donner la place d'œuvrer et se mit au travail en fredonnant ; je reconnus la mélodie de sa chanson d'Art. Son humeur maussade paraissait l'avoir quitté. Je remarquai qu'il se servait, pour trancher des parts monumentales, du couteau que je lui avais acheté le jour fatal où j'étais descendu à Bourg-de-Castelcerf ; ainsi donc mes emplettes avaient été rapportées au château et on les lui avait remises. Le prince sortit des assiettes et Lourd les garnit du résultat de sa découpe ; il veilla soigneusement à ne pas salir sa belle tenue, puis se mit à manger avec la prudence d'une grande dame étrennant une nouvelle robe. Nous nous partageâmes la monstrueuse pâtisserie sans rien en laisser dans le plat et, pour la première fois depuis que j'avais reçu ma blessure, je pris plaisir à ce que j'avalais.

10

RÉVÉLATIONS

Ceux qui n'ont pas le Vif racontent souvent d'effrayantes histoires où des vifiers se changent en animaux dans de sinistres desseins. Dans le Lignage, on répond catégoriquement qu'il est impossible à quiconque, si fort que soit le lien qui l'unit à la bête qui l'accompagne, d'adopter l'apparence de cette créature ; en revanche, c'est avec réticence qu'on évoque le fait qu'un humain peut occuper le corps de son animal de Vif. Ordinairement, il s'agit d'un phénomène temporaire qui ne se produit que dans des circonstances exceptionnelles. L'enveloppe charnelle de l'homme ne disparaît pas, au contraire : elle reste très vulnérable et peut même donner l'illusion de la mort. Dégâts physiques extrêmes, imminence du trépas peuvent pousser l'esprit d'un homme à chercher refuge dans le corps de son compagnon de lien. Ceux du Lignage minimisent l'extension de cette pratique et la prohibent formellement.

Chez eux, il est strictement interdit de pérenniser un tel arrangement. L'homme qui fuit son corps moribond pour trouver abri dans celui de son animal devient un paria aux yeux de la communauté ; cela est vrai aussi de celui qui donne asile à l'âme de son compagnon de Vif. Pareille attitude est considérée comme suprêmement égoïste autant qu'immorale et malavisée. On enseigne à tous les enfants dès leur plus jeune âge que, si tentante que puisse paraître cette solution, aucun des deux membres du couple n'y trouvera le bonheur ; la mort est préférable.

Sur ce détail, qui n'est pas des moindres, les pratiquants du Lignage se différencient des Pie : ceux-ci accordent à leurs animaux de Vif un statut inférieur à celui de leurs compagnons humains et ne voient aucun mal dans le choix de celui qui prolonge son existence en partageant le corps de sa bête de lien après la mort de sa propre enveloppe physique. Dans certains cas, l'esprit de l'homme prend le pas sur celui de son hôte qu'il dépossède pratiquement de sa propre chair. Étant donné la grande espérance de vie de certaines créatures comme les tortues, les oies et quelques oiseaux tropicaux, le vifier sans scrupule peut adopter à l'hiver de sa vie l'une d'elles comme partenaire dans l'intention de profiter de son corps après que le sien aura péri. Un homme est ainsi en mesure de prolonger son existence d'un siècle ou davantage.

Contes du Lignage, de TOM BLAIREAU

*

J'émergeai de ma convalescence comme un oisillon fraîchement éclos émerge dans le soleil : le monde me submergea, m'éblouit, et la vie m'emplit de stupéfaction. Mieux encore, la nouvelle considération de Devoir pour moi m'enveloppait comme un chaud vêtement. Je sentis cette solidité renaissante un matin où je me tenais dans la cour de Castelcerf et observais les gens du château qui allaient et venaient autour de moi, affairés à leurs tâches quotidiennes. Le ciel me paraissait éclatant et, à ma grande surprise, je humais dans l'air la fin de l'hiver. La neige tassée me semblait plus épaisse et plus lourde qu'avant, l'azur céleste plus profond. J'inspirai profondément, puis m'étirai et entendis alors craquer mes articulations depuis trop longtemps inactives. Je décidai d'y remédier le jour même.

Encore incertain que mes jambes me soutiennent jusqu'à Bourg-de-Castelcerf, je me rendis aux écuries. Le palefrenier qui entretenait régulièrement Manoire me jeta un coup d'œil et me dit qu'il allait préparer ma jument ; je m'accoudai à la mangeoire pour souffler et l'observai faire. Il la traitait bien et elle répondait docilement à son contact. En lui prenant les rênes des mains, je le remerciai d'avoir soigné ma monture que j'avais négligée ; il m'adressa un regard intrigué, puis me confia : « Ma foi, vous n'aviez pas l'air de lui manquer ; c'en est une qui se contente de sa propre compagnie, celle-là. »

À mi-chemin de la ville, sur la route en pente raide, je commençai à regretter ma décision de monter la jument : elle paraissait acharnée à désobéir aux rênes et à me démontrer le peu de vigueur que j'avais récupéré dans les mains et les bras. Pourtant, malgré nos petites confrontations, elle me transporta jusqu'à la boutique de Gindast ; là, j'appris avec déception et plaisir à la fois que Heur avait peu de temps à me consacrer. Il s'approcha promptement en m'apercevant à la porte, mais s'excusa en m'expliquant qu'un des compagnons l'avait autorisé à participer au dégrossissement d'un dosseret de lit avant sculptage ; s'il sortait avec moi, l'homme choisirait certainement un autre apprenti à sa place. Je lui assurai que repasser un autre jour ne me dérangeait pas et que, de toute façon, je n'avais rien de neuf à lui dire sinon que je me rétablissais bien. Je le regardai repartir au trot vers l'atelier, ciseau et pointe à tracer à la main, et je n'éprouvai que de la fierté pour lui.

Comme je remontais en selle, je repérai trois petits apprentis qui m'observaient derrière l'angle d'un hangar en chuchotant entre eux. Eh oui : j'étais désormais connu à Bourg-de-Castelcerf comme l'homme qui en avait tué trois ; meurtre ou légitime défense, là n'était pas la question : je devais m'attendre à être montré du doigt et à faire l'objet de commérages. J'espérais que Heur n'en souffrirait pas parmi ses pairs. Feignant de n'avoir rien vu, je m'éloignai.

Je passai chez Jinna. Quand elle m'ouvrit, elle eut un

sursaut de surprise devant mon apparence ; elle me regarda fixement un instant puis jeta un coup d'œil dans la rue comme si elle pensait voir Heur. « Je suis seul aujourd'hui, dis-je. Puis-je entrer ?

— Mais bien sûr, Tom, entre. » Elle me dévisagea, l'air bouleversé par ma maigreur, puis recula pour me céder le passage. Fenouil en profita pour se faufiler dans la maison entre mes jambes.

À l'intérieur, c'est avec soulagement que je me laissai tomber dans le fauteuil près de la cheminée. Fenouil sauta aussitôt sur mes genoux. « Tu n'as pas le moindre doute d'être le bienvenu, hein, le chat ? On a dû inventer le mot exprès pour toi. » Je le caressai un moment puis levai les yeux et découvris le regard empreint d'angoisse de Jinna posé sur moi. Son inquiétude me toucha et je me forçai à sourire. « Je vais bien, Jinna. J'avais les deux pieds dans la tombe mais j'ai réussi à m'en extirper ; le temps aidant, je me remplumerai. Pour l'heure, je suis consterné de l'épuisement où me met le simple fait de descendre en ville.

— Ah ! » Ses mains se crispèrent l'une sur l'autre, puis elle tressaillit comme si elle revenait à elle. Elle s'éclaircit la voix et poursuivit plus fort : « Ça ne m'étonne pas : tu n'as plus que la peau sur les os, Tom. Regarde les poches que fait ta chemise ! Ne bouge pas, je vais te préparer une tisane revigorante. » Remarquant mon expression, elle reprit : « Ou peut-être une simple tasse de thé, avec du pain et du fromage. »

Du poisson ? me demanda Fenouil.

Jinna dit du fromage.

Le fromage, ce n'est pas du poisson mais c'est mieux que rien.

« Oui, du thé, du pain et du fromage, ça m'ira très bien.

Je me suis dégoûté du gruau, des tisanes et de la panade pendant ma convalescence ; mais surtout j'en ai assez de jouer les invalides. J'ai décidé de me lever et de me promener un peu tous les jours.

— C'est sans doute le mieux dans ton cas », répondit-elle d'un ton distrait. Elle pencha la tête et me regarda soudain. « Mais, dis-moi, ta mèche blanche a disparu ! » fit-elle en désignant mes cheveux.

Je fis un effort pour rougir. « Oui, j'avoue, je l'ai teinte pour me donner l'air un peu plus jeune. La maladie m'a laissé la mine ravagée.

— Je ne peux pas te contredire, mais se soigner en se teignant les cheveux... Ces hommes ! Enfin ! » Elle secoua légèrement la tête comme pour s'éclaircir les idées ; je me demandai ce qui la troublait mais elle parut s'en désintéresser quelques secondes plus tard. « Es-tu au courant de ce qui s'est passé entre Heur et Svanja ?

— Oui.

— Je le sentais venir. » Là-dessus, tout en mettant de l'eau à chauffer, elle entreprit de me raconter avec force moues réprobatrices ce que je savais déjà : Svanja avait délaissé Heur pour son marin de retour de campagne et montré ses boucles d'oreilles en argent à toutes les jeunes filles de la ville.

Je la laissai parler tandis qu'elle coupait des tranches de pain et de fromage ; quand elle eut fini, je déclarai : « Ma foi, c'est sans doute le meilleur dénouement pour tous les deux ; Heur se concentre davantage sur son apprentissage et Svanja s'est trouvé un prétendant qui plaît à ses parents. Mon garçon a le cœur un peu meurtri mais il s'en remettra, je pense.

— Oh, certainement, tant que le joli marin de Svanja restera au port, fit Jinna d'un ton aigre en déposant un plateau sur la petite table entre nos fauteuils. Mais, tu peux m'en croire, dès l'instant où ce garçon aura remis le pied sur le pont d'un navire, elle se rabattra sur Heur.

— Ça m'étonnerait, répondis-je avec douceur. Et, quand bien même, Heur aura retenu la leçon, à mon avis. Brûlé une fois, prudent toujours.

— Hmf ! "Au lit une fois, avide toujours" me semblerait plus pertinent en l'occurrence. Tom, tu dois le mettre en garde, et sérieusement ; empêche-le de se laisser à nouveau prendre à ses appas. Elle n'est pas méchante, non, mais, quand elle veut quelque chose, elle le veut tout de suite ; elle fait autant de mal à elle-même qu'aux jeunes gens qu'elle collectionne.

— Eh bien, j'espère que mon garçon aura plus de bon sens qu'elle, fis-je alors que Jinna s'asseyait à son tour.

— Moi aussi, mais je n'y crois guère. » Puis, comme elle me regardait, je vis son visage se fermer ; on eût dit qu'elle se trouvait en présence d'un inconnu. Par deux fois elle s'apprêta à parler puis se tut.

« Quoi ? demandai-je enfin. D'autres aspects de l'histoire de Svanja m'échapperaient-ils ? Qu'y a-t-il ? »

Après un long silence, elle murmura : « Tom, je... Nous sommes amis depuis quelque temps, et nous nous connaissons assez intimement. J'ai entendu dire... non, peu importe les potins. Que s'est-il vraiment passé ce fameux jour, rue du Revers ?

— Rue du Revers ? »

Elle détourna les yeux. « Tu sais bien : trois morts, Tom, et une histoire de bourse volée, pleine de pierres précieuses, et d'un serviteur décidé à la récupérer. Tout autre que moi s'y laisserait prendre ; mais, alors que tu es toi-même à moitié mort, tu trouves encore le temps de tuer un cheval ? » Elle se leva, retira la bouilloire murmurante du feu et versa l'eau dans la théière. D'une voix très basse, elle poursuivit : « On m'avait mise en garde contre toi la semaine précédente, Tom ; on m'avait prévenue qu'il était dangereux de faire partie de tes amis, qu'il risquait de t'arriver un grave accident et qu'il vaudrait mieux que cela ne se passe pas chez moi. »

Je fis descendre délicatement le chat de mes genoux et pris la bouilloire brûlante des mains tremblantes de Jinna. « Assieds-toi », dis-je avec douceur. Elle obéit, les mains crispées l'une sur l'autre. Tout en raccrochant le coquemar dans l'âtre, je m'efforçai de réfléchir posément. « Peux-tu me révéler qui t'a prévenue ? » demandai-je en me retournant vers elle. Je connaissais déjà la réponse.

Elle baissa les yeux un moment, puis elle secoua la tête. Enfin, elle déclara : « Je suis née à Bourg-de-Castelcerf. Je vagabonde de-ci, de-là, mais c'est ici que je reviens toujours quand la neige commence à tomber. Les gens de cette ville sont mes voisins, ils savent qui je suis, je sais qui ils sont... J'en connais beaucoup, de toutes sortes, certains depuis l'enfance. J'ai lu les lignes de la main de nombre d'entre eux et je suis au courant de quantité de leurs secrets. Je t'aime bien, Tom, mais... tu as tué trois hommes, dont deux habitants de Bourg-de-Castelcerf. Est-ce vrai ?

— J'ai tué trois hommes, en effet. Si cela peut changer ton point de vue, c'est eux qui voulaient me tuer. » Une sensation de froid s'insinuait lentement en moi : l'attitude hésitante et inquiète que j'avais remarquée chez Jinna exprimait-elle bien sa préoccupation pour moi ? Je n'en étais plus si sûr.

Elle hocha la tête. « Je n'en doute pas, mais il n'en demeure pas moins que c'est toi qui es allé les débusquer ;

ils ne sont pas venus te chercher. Tu t'es rendu chez eux et tu les as tués. »

Je me rabattis sur le mensonge qu'Umbre avait concocté. « Je poursuivais un voleur, Jinna, et, une fois sur place, ils ne m'ont pas laissé le choix. Je devais les éliminer ou mourir. Je n'y ai pris aucun plaisir et je ne l'ai pas voulu. »

Elle continua de me regarder sans répondre. Je me rassis ; Fenouil se dressa, les pattes avant sur ma cuisse, attendant que je l'invite à monter sur mes genoux, mais en vain. Au bout d'un moment je repris : « Tu aurais préféré que je ne revienne plus chez toi.

— Je n'ai pas dit cela. » La colère perçait dans sa voix, mais je pense qu'elle provenait de ce que j'avais trop clairement énoncé ses propres sentiments. « Je... C'est difficile pour moi, Tom, tu le comprends sûrement. » À nouveau, un silence qui en disait long. « Quand nous sommes devenus intimes, je... eh bien, j'ai cru que nos différences n'auraient pas d'importance ; j'ai toujours répété que les histoires colportées sur les vifiers n'étaient pour la plupart que des mensonges. Je l'ai toujours répété ! »

Elle s'empara vivement de la théière et nous servit tous les deux d'un air de défi, comme pour me prouver que je restais le bienvenu chez elle. Elle but une gorgée de son infusion et reposa sa tasse ; elle prit une tranche de pain, un morceau de fromage, remit le tout sur la table et déclara : « Je connaissais Paget depuis ma plus tendre enfance ; je jouais avec ses cousines quand nous étions petits. Il avait ses défauts mais ce n'était pas un voleur.

— Paget ?

— Un de ceux que tu as tués ! Ne joue pas les innocents ! Il fallait bien que tu aies appris son nom pour le trouver ! Et il te connaissait, je le sais ; ses malheureuses cousines avaient si peur qu'elles n'ont pas osé récupérer sa dépouille : elles craignaient qu'on ne les voie et imagine qu'elles étaient comme lui. Mais c'est justement ce que je ne comprends pas, Tom. » Elle s'interrompit, puis poursuivit à mi-voix : « Tu es comme lui ; tu en es un toi aussi. Pourquoi pourchasser et assassiner tes semblables ? »

J'avais levé ma tasse pour la porter à mes lèvres ; je la reposai avec soin. Je m'apprêtai à répondre, me tus, attendis un instant puis déclarai : « Je ne m'étonne pas que des rumeurs circulent ; il y a un monde de différence entre ce que les gens rapportent aux gardes et ce qu'ils se disent entre eux. J'ai appris que les Pie ont affiché des placards dans toute la ville où ils soutenaient toute sorte d'affirmations échevelées. Maintenant, parlons sans ambages : Paget avait le Vif, comme moi ; ce n'est pas pour cela que je l'ai tué, mais c'est vrai. Vrai aussi le fait qu'il appartenait aux Pie ; ce n'est pas mon cas. » Devant son expression égarée, je lui demandai : « Sais-tu ce que sont les Pie, Jinna ?

— Des vifiers, répondit-elle ; certains d'entre vous emploient le terme “Lignage”. C'est tout un.

— Pas tout à fait. Les Pie sont des vifiers qui trahissent d'autres vifiers ; ce sont eux qui clouent des affiches où l'on peut lire : “Jinna a le Vif et sa bête de lien est un gros chat roux.”

— C'est un mensonge ! » s'exclama-t-elle d'un ton indigné.

Je sentis qu'elle croyait à une menace de ma part. « En effet, acquiesçai-je calmement, c'est faux ; mais, dans le cas contraire, je pourrais anéantir ton gagne-pain, voire ta vie, en dévoilant publiquement ce secret. C'est ainsi qu'agissent les Pie envers les autres vifiers.

— Mais ça ne tient pas debout ! À quoi cela leur servirait-il ?

— À les forcer à leur obéir.

— Et que veulent-ils d'eux ?

— Les Pie cherchent à gagner du pouvoir ; pour cela, il leur faut de l'argent et des gens prêts à exécuter leurs ordres.

— Je ne comprends toujours pas leur but. »

Je soupirai. « Ils partagent la même aspiration que la plupart des vifiers : celle de pouvoir exercer leur magie au grand jour, sans craindre ni la corde ni le bûcher ; ils désirent être acceptés et ne plus devoir vivre en dissimulant leur don. Imagine que tu risques la mort au simple motif d'être une sorcière des haies ; ne souhaiterais-tu pas changer cet état de choses ?

— Mais les sorcières des haies ne font de mal à personne. »

Je répondis en la regardant dans les yeux : « Les vifiers non plus.

— Si, objecta-t-elle aussitôt. Oh, pas tous, ça non ! Mais, quand j'étais petite, ma mère possédait deux chèvres ; elles sont mortes toutes les deux le même jour sans raison apparente ; or, la semaine précédente, ma mère avait refusé de les vendre à une vifière. Tu vois donc que ces gens-là sont pareils à tout le monde : certains sont rancuniers et cruels et ils emploient leur magie pour assouvir leur vengeance.

— Le Vif n'opère pas ainsi, Jinna. C'est comme si je prétendais qu'une sorcière des haies pouvait ajouter une ligne dans ma paume qui me ferait mourir plus tôt que prévu, ou que je t'en veuille parce que tu aurais lu dans les mains de mon fils que sa vie serait brève et puis qu'il serait mort. Pourrais-je te reprocher d'avoir annoncé ce que tu aurais vu ?

— Non, naturellement, mais tuer les chèvres de quelqu'un d'autre, c'est différent.

— C'est ce que je m'escrime à t'expliquer : je ne peux pas me servir du Vif pour tuer. »

Elle pencha la tête vers moi. « Voyons, Tom ! Ton grand loup aurait massacré les porcs de l'homme, au marché près de chez toi, si tu lui en avais donné l'ordre, non ? »

Je me tus un long moment puis répondis à contrecœur : « Oui, probablement. Si j'avais cette mentalité, j'aurais peut-être utilisé ainsi mon loup et mon Vif ; mais ce n'est pas le cas. »

Elle demeura silencieuse encore plus longtemps que moi. Pour finir, avec une grande réticence, elle déclara : « Tom, tu as tué trois hommes plus un cheval. N'est-ce pas le loup en toi qui agissait ? N'était-ce pas ton Vif ? »

Je restai quelque temps à la regarder sans rien dire puis je me levai. « Au revoir, Jinna. Merci pour les nombreux services que tu m'as rendus. » Je me dirigeai vers la porte.

« Ne pars pas ainsi », fit-elle d'un ton implorant.

Je m'arrêtai, tenaillé par l'affliction. « Je ne vois pas d'autre façon. Pourquoi m'as-tu laissé entrer ? demandai-je avec amertume. Pourquoi as-tu cherché à me rendre visite quand j'étais inconscient ? Il aurait été beaucoup plus charitable de me tourner carrément le dos plutôt que de me montrer ce que tu penses vraiment de moi.

— Je désirais te donner une chance, répondit-elle d'un ton lugubre. Je voulais... j'espérais qu'il y avait une autre raison en dehors de ton Vif. »

Je posai la main sur la poignée mais ne la tournai pas. Ce dernier mensonge me faisait horreur mais je devais le prononcer. « Il y en avait une ; il y avait une bourse qui appartenait à sire Doré. » Et je sortis sans regarder si elle paraissait convaincue ou non ; elle connaissait déjà une trop grande part de la vérité pour sa propre sécurité.

Je fermai doucement la porte derrière moi. Le ciel s'était assombri et les ombres sur la neige prenaient une teinte gris de plomb. Le temps avait changé brusquement comme cela se produit parfois aux premières journées du printemps. Sans que je le remarque, Fenouil était sorti avec moi. « Tu devrais rentrer, lui dis-je. Il commence à faire froid dehors. »

Ce n'est pas grave. Le froid ne tue que si on reste immobile. Il suffit de ne jamais cesser de bouger.

Bon conseil, le chat. Bon conseil. Adieu, Fenouil.

Je montai en selle sur Manoire et la fis pivoter en direction de Castelcerf. « Retournons chez nous », lui dis-je.

Elle ne se fit guère prier pour prendre le chemin de son box et de sa mangeoire. Je la laissai choisir son allure pendant que je méditais sur ma vie. Hier j'avais été un objet d'adulation pour Devoir ; aujourd'hui, de peur et de rejet pour Jinna ; pire encore, elle m'avait révélé la profondeur et l'étendue que pouvait atteindre le préjugé anti-vifiers. Je croyais qu'elle avait accepté ma nature, mais je me trompais ; elle avait bien voulu faire une exception pour moi mais, par les meurtres dont j'étais l'auteur, j'avais confirmé la règle : les vifiers étaient indignes de confiance, ils employaient leur magie pour le mal. Je me sentis sombrer dans le désespoir quand j'en mesurai l'abîme, car mes réflexions ne s'arrêtaient pas là ; j'avais découvert une fois encore qu'il m'était impossible de servir les Loinvoyant en conservant une vie privée.

Ne recommence pas, Changeur. À qui les moments de ta vie peuvent-ils appartenir sinon à toi ? Vous êtes les

Loinvoyant, de sang et de meute. Vois l'ensemble ; ce n'est ni une union forcée ni une division. La meute, c'est toi entier ; la vie du loup est dans la meute.

Œil-de-Nuit! fis-je dans un souffle, sachant bien pourtant qu'il n'était pas là, Rolf le Noir m'en avait prévenu : en certaines occasions, mon compagnon disparu revenait, plus qu'un souvenir, moins que la part de moi-même qu'il occupait autrefois ; celle que je lui avais donnée demeurait vivante. Je me redressai sur la selle et saisis les rênes plus fermement. Manoire renifla mais toléra mon autorité. Alors, songeant que cela nous ferait peut-être du bien à tous les deux, je la piquai des talons et la lançai à l'assaut de la route escarpée qui menait au château de Castelcerf, chez nous.

Je la conduisis à son box et la pansai moi-même ; j'y passai deux fois plus de temps que d'ordinaire, humilié de n'être plus capable de soigner convenablement ma propre monture, et encore davantage de son obstination à me compliquer la tâche. Sans entrain, je me rendis ensuite aux terrains d'exercice, où je dus emprunter une épée ; j'étais descendu à Bourg-de-Castelcerf armé seulement de mon poignard, attitude inconséquente, certes, mais je n'avais pas eu le choix : en parcourant ma chambre à la recherche de mon arme de service, j'avais constaté sa disparition ; sans doute l'avait-on égarée ou bien un garde de la ville opportuniste l'avait-il adoptée. Au mur brillait l'épée que le fou m'avait donnée ; j'avais envisagé de la ceindre mais n'avais pu m'y résoudre : elle symbolisait une estime qu'il ne me portait plus et j'avais décidé de ne l'arborer que dans mon rôle de garde du corps. De toute façon, mieux valait une épée d'exercice si je voulais seulement m'entraîner. Mon arme émoussée à la main, je me mis en quête d'un partenaire.

Ouime était absent mais je trouvai Vallarie. En peu de temps, en se servant indifféremment de ses deux armes, elle me tua tant de fois que j'en perdis le compte. J'éprouvais les pires difficultés à soulever mon épée et encore plus à la manier. La jeune femme finit par rompre le combat : « Je ne peux pas continuer : j'ai l'impression de me battre contre un squelette. Chaque fois que je vous touche, je sens ma lame heurter vos os.

— Moi aussi », lui assurai-je. Par un effort de volonté, j'éclatai de rire, la remerciai puis m'en allai clopin-clopant aux étuves. Là, devant l'air apitoyé des gardes, je regrettai de m'être dévêtu ; aussi me rendis-je ensuite directement aux cuisines, où une aide du nom de Malie me dit se réjouir de me voir à nouveau sur pied et, par pure charité, j'en suis sûr, me coupa une tranche sur l'extérieur d'un gigot en train de rôtir et me l'offrit sur une grande tartine de pain frais du matin, avant de m'apprendre que le jeune serviteur du seigneur Doré m'avait cherché un peu plus tôt. Je la remerciai mais, loin de me hâter de répondre à l'appel de mon maître, je sortis dans la cour, m'adossai au mur et regardai aller et venir les gens du château en dévorant mon pain et ma viande. Il y avait des années que je n'avais pas pris le temps d'observer le spectacle de cette activité. Je songeai à tout ce que j'avais omis depuis mon retour sur les lieux de mon enfance : je n'étais pas monté au Jardin de la reine au sommet de la tour, je n'avais pas mis le pied dans le jardin des femmes... Je ressentis soudain l'envie pressante d'accomplir ces petits pèlerinages et d'autres encore, aussi simples : me promener avec Manoire dans les collines boisées derrière Castelcerf, m'installer un soir dans la grand'salle, regarder les archers empenner leurs flèches, les écouter spéculer sur les perspectives de chasse, appartenir à nouveau à ce monde au lieu de le traverser comme une ombre.

Mes cheveux encore humides et ma carcasse trop émaciée pour conserver sa chaleur m'interdisaient de rester immobile, dehors, par un après-midi d'hiver. Avec un grand soupir, je rentrai et entrepris de gravir les escaliers, partagé entre le plaisir et l'inquiétude à la perspective de rencontrer sire Doré. Il ne me manifestait plus aucun intérêt personnel depuis des jours, et son indifférence indulgente me navrait plus durement que s'il avait observé un silence maussade ; on eût dit que l'abîme qui s'était ouvert entre nous lui était devenu égal et que nous n'avions jamais été l'un pour l'autre que sire Doré et Tom Blaireau. Une petite flamme de colère jaillit en moi puis mourut aussitôt ; je n'avais pas l'énergie de l'alimenter. Et tout à coup, avec une équanimité dont j'ignorais disposer, j'acceptai ma situation. Tout avait changé ; les rôles que je jouais s'étaient modifiés, non seulement vis-à-vis du prince Devoir, de Jinna et de sire Doré, mais d'Umbre aussi, qui ne me voyait plus sous le même jour. Je ne pouvais pas obliger sire Doré à redevenir le fou, et peut-être en aurait-il été incapable quand bien même il l'aurait souhaité. Me trouvais-je dans un cas différent ? J'étais autant Tom Blaireau que FitzChevalerie Loinvoyant aujourd'hui. Il était temps de lâcher prise.

Mon maître ne se trouvait pas chez lui. J'entrai dans ma chambre, retirai ma chemise trempée de sueur et en enfilai une propre, puis j'ôtai l'amulette nouée à mon cou que Jinna m'avait offerte. Quand le marguet de Devoir m'avait attaqué, ses crocs avaient laissé des marques sur deux perles ; je ne m'en étais jamais aperçu. Alors que j'observais le petit collier, je constatai que j'éprouvais encore pour Jinna de la reconnaissance pour ce cadeau, geste de bonne volonté – mais pas assez toutefois pour continuer à le porter : elle me l'avait donné parce qu'elle m'aimait bien malgré mon Vif. Cette idée l'entacherait toujours désormais. Je le laissai tomber dans un coin au fond de mon coffre à vêtements.

Comme je sortais de ma chambre, je croisai sire Doré qui regagnait la sienne. Il s'arrêta. Je ne l'avais pas vu et je ne lui avais pas parlé depuis l'épisode des plumes. Il me toisait à présent comme s'il me rencontrait pour la première fois ; au bout d'un moment, il déclara d'un ton guindé : « Je me réjouis de vous trouver capable de vous déplacer à nouveau, Blaireau ; mais, à votre mine, je crois qu'il s'en faut encore de quelques jours avant que vous ne puissiez remplir vos devoirs. Prenez le temps de vous rétablir. » Il s'exprimait curieusement, comme s'il avait le souffle court.

Je m'inclinai gravement. « Merci, monseigneur, et merci également de ce délai supplémentaire. Je compte le mettre à profit ; je suis déjà descendu aux terrains d'exercice aujourd'hui. Comme vous l'avez fait remarquer, quelques jours risquent de s'écouler avant que je ne sois en mesure d'assumer ma fonction de garde du corps. » Je me tus puis poursuivis : « On m'a rapporté aux cuisines que vous avez envoyé un page à ma recherche.

— Un page ? Ah, oui ! Oui, en effet. À vrai dire, c'était à la demande du seigneur Umbre. Cela m'était sorti de la tête. Sire Umbre s'est présenté pour vous parler, et, constatant votre absence, j'ai dépêché un page vous mander aux cuisines. Il souhaitait que vous le rejoigniez, je crois. Je n'ai pas... À la vérité, nous avons eu un entretien qui... » Sire Doré s'interrompit sur une note indécise. Le silence tomba, puis, d'une voix proche de celle du fou, il reprit : « Umbre est venu me parler d'un sujet qu'il vous avait demandé d'aborder avec... Je désire vous montrer quelque chose. Avez-vous un moment à m'accorder ?

— Je suis à vos ordres, monseigneur », répondis-je.

Je m'attendais à une réaction à cette petite pique, mais il dit d'un ton distrait : « Évidemment. Un instant, je vous prie. » Il avait perdu toute trace d'accent jamaillien. Il se rendit dans sa chambre et ferma la porte.

En attendant son retour, je m'approchai du feu, le tisonnai un peu puis y ajoutai une bûche ; je m'assis ensuite dans un fauteuil, observai que mes ongles avaient poussé et les taillai à l'aide de mon poignard. Enfin, je me levai avec un soupir d'agacement et allai toquer à sa porte ; peut-être avais-je mal interprété ses ordres. « Sire Doré, désiriez-vous bien que je vous attende ici ?

— Oui. Non. » Puis d'une voix empreinte d'hésitation : « Voulez-vous entrer, je vous prie ? Mais vérifiez d'abord que la porte du couloir est bien verrouillée. »

Elle l'était. Je la secouai pour m'en assurer puis ouvris celle de la chambre. Les volets fermés, la pièce baignait dans la pénombre. Plusieurs bougies éclairaient sire Doré qui me tournait le dos. Un drap de lit serré autour de ses épaules retombait autour de lui comme une cape. Il me lança un regard par-dessus son épaule, et dans ces yeux d'or je vis quelqu'un que je ne connaissais pas. Quand j'eus fait trois pas, il murmura : « Ne bougez plus, s'il vous plaît. »

D'une main, il écarta ses cheveux pour dégager sa nuque. Le drap glissa sur son dos nu mais il le maintint contre sa poitrine de sa main libre. J'eus un hoquet de saisissement et avançai d'un pas sans le vouloir. Il se tassa sur lui-même mais se redressa aussitôt. D'une petite voix tremblante, il demanda : « Les tatouages de la narcheska... étaient-ils semblables à ceux-ci ?

— Puis-je m'approcher ? » questionnai-je, retrouvant mon souffle. Ce n'était pas vraiment nécessaire : si ses tatouages n'étaient pas identiques à ceux d'Elliania, ils étaient extrêmement similaires. Il acquiesça d'un hochement de tête saccadé et je fis un pas de plus. Son regard resta perdu dans un angle obscur de la chambre. Il ne faisait pas froid et pourtant il frissonnait. L'étrange tableau débutait sur sa nuque et couvrait tout son dos avant de disparaître sous la taille de ses chausses ; serpents entrelacés et dragons aux ailes déployées aux détails exquis s'étalaient sur l'ambre lisse, et leurs brillantes couleurs luisaient d'un éclat métallique comme si l'on avait injecté de l'or et de l'argent sous sa peau pour les aviver. Griffes, écailles, crocs scintillants, yeux étincelants, tout était parfait. « Ils leur ressemblent beaucoup, dis-je enfin non sans mal, hormis le fait que les tiens restent à plat ; l'un de ceux de la narcheska, le plus gros serpent, saillait sur son dos comme enflammé, et paraissait lui causer une grande souffrance. »

Il prit une inspiration hachée puis s'exclama d'un ton amer, avec un imperceptible claquement de dents : « Ah ! Et moi qui croyais qu'elle avait touché les frontières de la cruauté. La pauvre, la malheureuse enfant !

— Les tiens te font-ils mal ? » demandai-je avec circonspection.

Il secoua la tête toujours sans me regarder. Quelques mèches s'échappèrent de sa main et retombèrent sur ses épaules. « Non, plus maintenant. Mais leur application a été extrêmement pénible et très longue. On m'immobilisait des heures durant tout en s'excusant et en s'efforçant de me réconforter. Cela rendait l'épreuve pire encore de me la voir imposée par des gens qui me traitaient par ailleurs avec tant d'affection et de respect. Ils prenaient grand soin de planter leurs aiguilles précisément là où elle l'ordonnait. Infliger un tel traitement à un enfant, à n'importe quel enfant, l'empêcher de bouger et le faire souffrir, est atroce. » Il se balançait légèrement d'avant en arrière, les épaules voûtées. Il s'exprimait d'un ton lointain.

« Qui, ils ? » demandai-je dans un murmure.

D'une voix soudain tendue et tremblante d'où toute mélodie avait disparu, il répondit : « Je me trouvais dans une sorte d'école, avec des enseignants et des gens érudits. Je t'en ai déjà parlé. Je m'en suis enfui. Mes parents m'y avaient envoyé ; ils avaient accepté de se séparer de moi avec chagrin et fierté à la fois parce que j'étais un Blanc. C'était très loin de chez moi ; ils savaient qu'ils ne me reverraient sans doute plus jamais mais aussi que leur décision était la bonne : je devais accomplir ma destinée. Cependant, mes professeurs ont affirmé que notre temps avait déjà son Prophète blanc ; c'était une femme, elle avait étudié auprès d'eux et elle était partie loin dans le Nord réaliser son destin. » Il tourna brusquement la tête et me regarda dans les yeux. « As-tu deviné de qui je parle ? »

Je hochai la tête avec raideur, saisi d'un froid terrible. « La Femme pâle, la conseillère de Kebal Paincru pendant la guerre des Pirates rouges. »

Il me retourna mon hochement de tête, puis détourna son regard qui se perdit à nouveau dans un angle obscur de la chambre. « J'avais beau être un Blanc, je ne pouvais pas devenir le Prophète blanc ; il fallait donc considérer mon cas comme une anomalie, ma naissance en ce temps et en ce lieu comme une erreur. Je les fascinais, ils recueillaient le moindre mot qui tombait de mes lèvres, ils transcrivaient le plus anodin de mes rêves ; ils prenaient grand soin de moi, ils me traitaient très bien ; ils m'écoutaient, mais ils ne tenaient jamais compte de ce que je disais. Et, quand elle a appris mon existence, elle leur a ordonné de me garder chez eux, et ils ont obéi ; plus tard, elle leur a commandé de me marquer comme tu le vois, et ils l'ont fait.

— Pourquoi ?

— Je l'ignore. Peut-être parce que nous voyions tous deux en songe ces créatures, les serpents de mer et les dragons. Mais c'est peut-être aussi la pratique quand on se retrouve avec un Prophète blanc en trop : on le repeint afin d'effacer sa blancheur. » Sa voix se tendit à nouveau et ses mots se durcirent comme des nœuds. « J'ai ressenti comme une profonde humiliation de me voir ainsi marqué selon son bon plaisir, et c'est encore pire aujourd'hui de savoir la narcheska ornée des dessins de la Femme pâle ; on a l'impression que nous devenons sa propriété, ses instruments, ses créatures... » Sa voix mourut.

« Mais pourquoi tes maîtres se sont-ils pliés à ses ordres ? Comment peut-on accepter de commettre un tel geste ? »

Il eut un rire empreint d'amertume. « Elle est la Prophétesse blanche qui vient orienter le temps vers une voie meilleure ; elle voit clair dans l'avenir. On ne discute pas sa volonté ; la mettre en doute peut avoir de graves conséquences. Demande à Kebal Paincru : on obéit à la Femme pâle, un point, c'est tout. » Les frissons qui le parcouraient s'étaient transformés en violent tremblement.

« Tu as froid. » J'aurais volontiers posé une couverture sur ses épaules mais il aurait fallu pour cela que je m'approche encore de lui ; il ne me l'aurait pas autorisé, sans doute.

« Non. » Il m'adressa un sourire contraint. « J'ai peur ;

je suis terrifié. Je t'en prie... Je t'en prie, sors pendant que je me rhabille. »

Je me retirai, fermai la porte sans bruit puis attendis qu'il sorte. Il lui fallut longtemps pour enfiler une simple chemise.

Il apparut enfin, tiré à quatre épingles, sans une mèche de cheveux qui ne fût à sa place ; il refusa pourtant de croiser mon regard. « Je t'ai préparé de l'eau-de-vie près du feu », lui dis-je.

Il traversa la pièce à pas nerveux, saisit le verre mais ne le porta pas à ses lèvres ; les bras croisés sur la poitrine comme s'il était glacé, il resta au plus près de la flambée, l'alcool serré sur son cœur. Ses yeux demeuraient obstinément baissés.

J'allai dans sa chambre prendre un de ses chauds manteaux de laine, revins l'en envelopper, puis je tirai son fauteuil près de la cheminée et l'obligeai à s'y asseoir. « Avale ton verre », lui conseillai-je. Je m'exprimais d'une voix rude. « Je vais mettre de l'eau à chauffer.

— Merci », fit-il dans un murmure, et je vis avec horreur des larmes commencer à rouler sur son visage ; elles traçaient des sillons dans son fard soigneusement appliqué et tombaient sur sa chemise en y laissant des marques pâles.

Je me brûlai et renversai de l'eau en accrochant la bouilloire au-dessus du feu. Une fois l'opération menée à bien, j'approchai mon siège de son voisin. « Qu'est-ce qui te terrorise à ce point ? demandai-je. Qu'est-ce que ça signifie ? »

Il renifla, bruit incongru chez l'aristocratique seigneur Doré, puis, pire encore, il prit le coin de son manteau pour s'essuyer les yeux, ce qui effaça une partie de son maquillage jamaillien et laissa voir sa peau nue.

« Convergence », dit-il d'une voix rauque. Il reprit son souffle. « Cela signifie qu'il y a convergence. Tout vient à tout. Je suis sur la bonne route ; je craignais de m'en être écarté, mais ce que tu m'apprends m'affirme le contraire. Convergence et confrontation, et le temps réorienté sur une voie meilleure.

— Je croyais que c'était justement ton but ; je croyais que c'était la mission des Prophètes blancs.

— Oui, en effet, c'est notre mission. » Un calme étrange parut l'envahir. Il me regarda dans les yeux et je lus dans les siens un chagrin trop ancien et trop profond pour que j'eusse envie de le sonder davantage. « Un Prophète blanc trouve son Catalyseur, le pivot sur lequel de grands événements peuvent changer de direction, et il s'en sert sans ménagement pour arracher le temps à son ornière. À nouveau, les voies que j'ai ouvertes convergeront avec celles de la Femme pâle, et nous confronterons nos volontés pour voir qui l'emportera. » Sa voix s'étrangla soudain. « Et, à nouveau, la mort tentera de s'emparer de toi. » Ses larmes avaient cessé de couler mais ses joues luisaient encore d'humidité. Il reprit l'ourlet de son manteau et s'en frotta de nouveau le visage. « Si je ne vaincs pas, nous mourrons tous les deux. » Voûté dans son fauteuil, l'air pitoyable, il leva les yeux vers moi. « Tu as été à un cheveu d'y laisser la vie la dernière fois. À deux reprises je t'ai senti mourir ; mais je t'ai retenu, je t'ai empêché de t'en aller en paix, parce que tu es le Catalyseur et que je ne peux l'emporter que si je te maintiens en ce monde, que si je te garde en vie par tous les moyens. Un ami t'aurait laissé partir. J'entendais les loups qui t'appelaient, je savais que tu désirais les rejoindre, mais je te l'ai interdit ; je t'ai ramené de force parce que je devais me servir de toi. »

Je m'efforçai de conserver un ton calme : « C'est ce dernier point que je n'ai jamais compris. »

Il me considéra d'un œil empreint de tristesse. « Si, tu comprends, mais tu refuses de l'accepter. » Il se tut un moment puis expliqua : « Dans le monde que je cherche à créer, tu es vivant ; je suis le Prophète blanc et tu es mon Catalyseur ; la lignée des Loinvoyant a un héritier et il règne. Dans celui que prépare la Femme pâle, tu n'existes pas. Ce n'est qu'un élément parmi d'autres, mais c'est un élément clé ; sans lui, tu ne survis pas ; il n'y a pas d'héritier Loinvoyant ; la lignée s'éteint définitivement ; le monde ne connaît pas de Blanc renégat. » Il enfouit son visage dans ses mains et poursuivit d'une voix étouffée : « Elle ourdit ta mort, Fitz. Ses machinations sont subtiles ; elle est plus âgée que moi et beaucoup plus retorse ; c'est un jeu affreux auquel elle joue. Henja, la servante de la narcheska, est son âme damnée, ne t'y trompe surtout pas. Je ne saisis pas le sens de sa manœuvre de ce côté-là, ni la raison pour laquelle elle offre la jeune fille à Devoir, mais c'est elle qui tire les ficelles, j'en suis certain. Elle lance la mort sur toi et je m'efforce de t'écarter de son chemin. Jusqu'ici, nous avons réussi à neutraliser ses attaques, toi et moi, mais c'est toujours ta chance plus que mon ingéniosité qui t'a sauvé – ta chance et... oserais-je le dire ? Tes magies, les deux. Pourtant, ta survie reste éternellement problématique, et, plus nous nous enfonçons dans ce jeu, moins elle est probable. La dernière fois... c'était la fois de trop. Je ne veux plus être le Prophète blanc ; je ne veux plus que tu sois mon Catalyseur. » Sa voix n'était plus qu'un murmure rauque. « Mais il n'est pas possible d'arrêter. Seule ta mort peut mettre un terme à cette partie. » Il jeta des coups d'œil éperdus autour de lui. Je pris la bouteille d'eau-de-vie et la plaçai à sa portée. Il s'en empara, la déboucha et, sans prendre la peine de remplir un verre, but au goulot. Quand il la baissa enfin, je la lui ôtai des mains.

« Ça ne résoudra rien », lui dis-je d'un ton sévère.

Les lèvres molles, il me sourit. « Je ne supporterai pas de te voir mourir encore une fois. Je ne le supporterai pas.

— Tu ne le supporteras pas ? Et moi ? »

Il émit un gloussement de rire désespéré. « Tu vois : nous sommes pris au piège. Je t'ai pris au piège, mon ami. Mon bien-aimé. »

Je tâchai de me pénétrer de son explication. « Si nous perdons, je meurs », fis-je.

Il acquiesça de la tête. « Si tu meurs, nous perdons. C'est pareil.

— Et que se passe-t-il si je vis ?

— Nous gagnons. C'est peu probable désormais, et, à mon avis, nos chances ne cessent de se réduire. En toute vraisemblance nous perdrons ; tu mourras et le monde sombrera dans les ténèbres, l'horreur, le désespoir.

— Tant d'optimisme, c'est lassant. » Cette fois, c'est moi qui bus à la bouteille, après quoi je la lui rendis. « Mais si je survis contre vents et marées ? Si nous gagnons ? Que se passe-t-il alors ? »

Il écarta le goulot de ses lèvres. « Que se passe-t-il ? Ah ! » Il eut un sourire béat. « Le monde continue, mon ami ; les enfants dévalent les rues en criant à tue-tête, les chiens aboient au passage des charrettes, les amis boivent de l'eau-de-vie ensemble.

— Je ne vois guère de différence avec la situation présente, dis-je avec aigreur. Se donner tant de mal pour ne rien changer.

— En effets », répondit-il d'un air de parfait bonheur. Ses yeux s'embuèrent. « Il n'y a guère de différence avec la prodigieuse merveille qu'est notre monde actuel : des garçons qui tombent amoureux de filles qui ne leur conviennent pas, des loups qui chassent sur les plaines enneigées, et le temps, un temps infini qui se déploie pour nous tous. Et les dragons, naturellement. Des dragons qui sillonnent le ciel comme de magnifiques vaisseaux incrustés de pierres précieuses.

— Des dragons ? Ça, c'est différent.

— Crois-tu ? » Sa voix ne fut de nouveau plus qu'un murmure. « Crois-tu vraiment ? Je ne le pense pas. Fouille la mémoire de ton cœur, remonte en arrière, remonte et remonte encore. Les ciels de notre monde sont faits depuis toujours pour accueillir des dragons ; quand ils en sont absents, ils manquent aux hommes. Certains n'y songent jamais, naturellement, mais des enfants, dès leur plus jeune âge, lèvent les yeux vers l'azur de l'été et le sondent en vain du regard ; ils savent ; ils cherchent ce qui devrait s'y trouver mais s'est estompé et a disparu. Ce que nous devons y ramener, toi et moi. »

Je baissai le visage et me massai le front de la main, « Il me semblait que nous devions sauver le monde ; quel est le rapport avec les dragons ?

— Tout est lié. Quand tu sauves une partie du monde, c'est tout entier que tu l'as sauvé. C'est d'ailleurs la seule façon d'y parvenir. »

Ses devinettes m'agaçaient au plus haut point. « J'ignore ce que tu attends de moi. »

Il se tut. Quand je levai les yeux vers lui, il me regardait avec le plus grand calme. « Je puis te le dire sans risque car tu ne me croiras pas. » Il respira profondément, la bouteille d'eau-de-vie au creux du bras comme un nourrisson, et déclara : « Nous devons accompagner le prince dans sa quête sur Aslevjal et l'aider à trouver Glasfeu ; à ce moment, il faudra l'empêcher de le tuer et libérer le dragon noir de sa gangue de glace pour qu'il puisse prendre son envol et s'apparier avec Tintaglia. Tous deux pourront alors s'accoupler et repeupler le monde de vrais dragons.

— Mais... c'est impossible ! Devoir doit couper la tête du dragon et l'apporter à l'âtre de la maison maternelle d'Elliania, sans quoi elle refusera de l'épouser ! Toutes nos négociations, tous nos espoirs seront réduits à néant ! »

Au regard qu'il posa sur moi, je pense qu'il sentit le dilemme qui me déchirait ; il dit à mi-voix : « Fitz, n'y songe plus ; ôte cette préoccupation de ton esprit. La convergence et la confrontation nous attendent ; inutile de nous hâter à leur rencontre. Le temps venu, je t'en fais la promesse, tu décideras seul de rester fidèle à ton serment d'allégeance aux Loinvoyant ou de sauver le monde pour moi. » Il s'interrompit un instant. « Je veux te dire encore une chose. Je ne le devrais pas mais j'y tiens, pour que tu ne te croies pas responsable quand l'heure sonnera : tu ne seras en rien fautif, je te l'assure. C'est une prophétie que j'ai faite il y a longtemps, et je ne l'ai comprise qu'en démêlant cette affaire de tatouages. Elle m'est venue en rêve, lors d'un cauchemar échevelé de mon enfance, et je la vivrai bientôt ; aussi, quand elle se réalisera, je veux que tu me promettes de ne pas te faire de reproche. »

Il s'était remis à frissonner et il claquait des dents en parlant.

« De quoi s'agit-il ? demandai-je avec angoisse, car j'avais déjà compris.

— Cette fois-ci, sur Aslevjal... » Un sourire terrifié

tremblait aux coins de sa bouche. « Ce sera mon tour de mourir. »

11

CONTACTS

On décrirait peut-être mieux la légende du Prophète blanc et de son Catalyseur en expliquant qu'il s'agit d'une religion des lointaines régions méridionales dont seuls des échos sont parvenus jusqu'à Jamaillia. À l'instar de nombreuses philosophies du Sud, elle déborde de superstitions et de contradictions si bien que nul homme intelligent n'accepterait de souscrire à de pareilles fadaises. Au cœur de cette hérésie se trouve l'idée que chaque « époque » (on ne définit jamais cet espace de temps) voit naître un Prophète blanc qui vient orienter le monde vers une voie meilleure. Il ou elle (et, dans cette dualité du sexe, on peut subodorer un emprunt à la vraie foi de Sâ) œuvre par le biais de son Catalyseur, personne désignée par le Prophète blanc pour sa position privilégiée au point charnière où s'effectuent les choix universels. En modifiant les événements que vit le Catalyseur, le Prophète blanc permet au monde d'emprunter une route plus juste, plus heureuse. Il n'est guère besoin de réfléchir pour comprendre que, étant donné l'impossibilité de comparer ce qui a été à ce qui aurait pu être, les Prophètes blancs ont beau jeu de prétendre avoir amélioré le destin général. Les adeptes de cette hérésie sont également incapables d'expliquer le concept d'un monde et d'un temps parcourant un cercle et se répétant à l'infini. L'étude de l'histoire que nous avons compilée montre à l'évidence qu'il n'en est rien, mais cela n'empêche pas les partisans de cette fausse croyance de s'obstiner dans leur aveuglement,

Delnar, vénérable et sage prêtre de Sâ, écrit dans ses Opinions *qu'il faut prendre en pitié non seulement les disciples de cette hérésie mais aussi les « Prophètes blancs » eux-mêmes, et démontre sans contestation possible que ces fanatiques soumis à leurs illusions souffrent en réalité d'un mal rare qui détruit la pigmentation de leur peau et provoque des hallucinations sous l'aspect de rêves prophétiques envoyés par les dieux.*

Cultes et hérésies du Sud,
de WIFLEN, prêtre de Sâ, monastère de Jorepin

*

UMBRE ! J'ai besoin de vous, j'ai besoin de vous tout de suite ! Venez me rejoindre dans la salle de travail ! UMBRE ! Par pitié, entendez-moi, venez !

J'émettais frénétiquement cet appel en gravissant d'un pas chancelant les escaliers qui menaient à la tour du vieil assassin. Je ne sais même plus quelle mission urgente j'avais prétextée pour m'enfuir et laisser le fou qui n'était plus le fou assis près du feu avec sa bouteille d'eau-de-vie. Le cœur cognant dans ma poitrine, j'obligeais mes jambes à me porter tout en maudissant mon corps débile. J'ignorais si Umbre captait mon message. Puis, en me traitant de tous les noms, je tournai mon attention sur Devoir et Lourd. *Je dois voir sire Umbre immédiatement ; c'est de la plus grande importance. Trouvez-le et envoyez-le dans ma salle de travail.*

Pourquoi ? La question émanait de Devoir.

Obéissez !

Quand enfin je pénétrai dans la pièce, titubant, en nage et à bout de souffle, je découvris Umbre assis devant la cheminée, l'air impatient ; il me foudroya du regard. « Qu'est-ce qui t'a retenu ? J'ai appris que tu étais revenu au château, et je sais que sire Doré t'aurait transmis mes messages. Je n'ai pas toute la journée à t'accorder, mon garçon ; des événements importants se préparent qui réclament ta présence.

— Non, fis-je en haletant. Laissez-moi d'abord parler.

— Assieds-toi, grommela-t-il, et reprends ta respiration. Je vais te chercher de l'eau. »

Je me traînai jusqu'au fauteuil près de l'âtre et m'y effondrai. J'avais poussé mon organisme au-delà de ses limites ; mon tour à cheval et ma séance d'exercice à l'épée avaient suffi à eux seuls à m'épuiser, et je tremblais à présent aussi violemment que le fou.

Je bus le verre qu'Umbre me présenta puis, avant qu'il pût ouvrir la bouche, je lui rapportai tout ce que le fou m'avait dit. Quand je me tus, je haletais encore. Le conseiller de la reine ne répondit pas et réfléchit pendant que ma respiration se calmait peu à peu.

« Des tatouages, marmonna-t-il enfin d'un ton agacé, la Femme pâle... » Il soupira. « Je ne crois pas à ses prédictions, mais j'ai peur de les négliger. » Les sourcils froncés, il se replongea dans ses réflexions puis déclara : « Tu as vu le compte rendu de mon espion ? Il n'a trouvé nulle trace de dragon sur Aslevjal.

— Je n'ai pas l'impression qu'il ait effectué une recherche très approfondie.

— Possible. C'est l'ennui des agents à gages : quand l'argent s'amenuise, leur loyauté aussi.

— Qu'allons-nous faire, Umbre ? »

Il me regarda d'un air étonné. « C'est évident. Vraiment, Fitz, tu as encore besoin de te reposer ; un rien suffit à te mettre dans tous tes états. J'avoue toutefois être aussi surpris que toi par les tatouages du fou, ainsi que par les rapprochements qu'il en tire. Quand je lui ai demandé, plus tôt dans la journée, s'il avait connaissance de ce genre de pratique dans les îles d'Outre-mer, il a répondu par la négative et changé calmement de sujet. J'ai peine à croire à une telle dissimulation de sa part à mon endroit, mais... » Il se tut le temps que son esprit réorganise tous ses renseignements sur le fou et sire Doré, puis il poussa un grand soupir et dit : « Nous savons en effet qu'une femme au teint pâle a conseillé Kebal Paincru pendant la majeure partie de la guerre des Pirates rouges, mais nous supposions qu'elle avait péri en même temps que lui. Quel rapport pourrait-elle avoir avec Elliania ? Et, même si elle a survécu, pourquoi voudrait-elle se mêler de notre accord de mariage, et surtout, pourquoi s'intéresserait-elle à toi ou à sire Doré ? Non, tout cela est trop tiré par les cheveux. »

J'avalai ma salive. « La domestique, Henja, la servante d'Elliania, elle parlait de quelqu'un en disant "elle", tout comme la narcheska et Ondenoire, qui évoquaient cette personne avec crainte. Il s'agit peut-être de la Femme pâle, qui est peut-être elle-même "l'autre Prophète blanc" du fou. Dans ce cas, il se pourrait qu'elle nourrisse des projets de son côté, des projets qui risquent de contrarier les nôtres de façon imprévisible. »

Le vieil assassin se tut, examinant toutes les éventualités qui découlaient d'une telle situation, puis il haussa les épaules. « Peu importe, répondit-il d'un ton décidé. Notre solution ne change pas. » Il leva deux doigts. « Premièrement, le fou t'a promis que la décision t'appartiendrait de tenir ton serment envers les Loinvoyant ou de tenter de sauver le dragon de sa prison de glace. Tu resteras fidèle à ton allégeance ; je ne doute pas de ta loyauté. »

La question ne me paraissait pas aussi simple que cela, mais je gardai le silence.

Il replia son deuxième doigt. « Ensuite, sire Doré ne nous accompagne pas sur Aslevjal ; par conséquent, si nous trouvons un dragon dans la glace, ce dont je doute fort, il n'empêchera pas Devoir de le tuer – ou du moins de trancher la tête d'une vieille carcasse gelée, ce qui est à mon sens beaucoup plus probable. Ainsi, même si cette fameuse « Femme pâle » est toujours de ce monde et représente un danger pour lui, il restera hors de sa portée et sire Doré ne mourra pas.

— Et s'il se rend sur Aslevjal quand même, avec ou sans nous ? »

Umbre braqua son regard sur moi. « Fitz, réfléchis donc, mon garçon. Il n'est pas facile d'y accéder, même en venant des îles d'Outre-mer ; d'ailleurs, il n'ira pas si loin. Il est en mon pouvoir de donner des ordres interdisant qu'on laisse monter sire Doré à bord d'aucun navire en partance de Bourg-de-Castelcerf. Ce sera discret mais ce sera fait.

— Et s'il change d'apparence ? »

Le vieil assassin haussa ses sourcils blancs. « Souhaites-tu que je le garde enfermé dans un cachot pendant notre absence ? Je dois être en mesure d'arranger cela, si cela peut te tranquilliser. On lui fournira un cachot confortable, naturellement, avec toutes les commodités. » À l'évidence, il pensait que je m'inquiétais inutilement, et, face à son scepticisme et à son sang-froid, la peur panique que le fou avait suscitée chez moi avait du mal à ne pas retomber.

« Non, bien sûr, ce n'est pas ce que je souhaite, marmonnai-je.

— Alors fais-moi confiance ; fais-moi confiance comme autrefois. Fie-toi un peu à ton vieux mentor. Si je décide que sire Doré ne quittera pas Castelcerf par bateau, il ne quittera pas Castelcerf par bateau. »

JE NE LE TROUVE PAS ! QUE DOIS-JE FAIRE ? Devoir paraissait complètement affolé.

Umbre pencha la tête de côté. « Tu n'as pas entendu quelque chose ?

— Un instant », dis-je en levant la main. *Ce n'est pas grave, Devoir ; il est avec moi. Tout va bien maintenant.*

Que se passe-t-il ?

Rien de grave, je vous le répète. Ne vous inquiétez pas. Je revins à Umbre. « Ce que vous avez "entendu", c'était Devoir en train de me crier qu'il ne vous trouvait pas ; il artise encore sur tous les toits quand il est angoissé. »

Tandis qu'un sourire se peignit lentement sur ses traits, Umbre déclara : « Non, tu dois te tromper. Je suis certain d'avoir entendu un cri au loin.

— C'est l'impression que donne l'Art au début, tant que l'esprit n'a pas appris à interpréter ce qu'il perçoit.

— Tiens donc », murmura-t-il ; son regard et son sourire se firent pensifs, puis il tressaillit et se tourna vers moi. « J'ai failli oublier pourquoi je t'ai appelé : il s'agit de la rencontre entre la reine et les vifiers. Elle aura bel et bien lieu, à ma grande surprise. On nous a annoncé la venue des représentants dans six jours ; il leur a fallu un peu de temps pour se rassembler, et ils demandent que la reine charge sa propre garde de les escorter sous pavillon de sauf-conduit. Ils désiraient aussi un échange d'otages mais j'ai réussi à persuader Sa Majesté de ne pas donner suite à ces enfantillages. Dans six jours ils nous enverront un oiseau messager pour nous indiquer où les trouver ; ils ont promis d'attendre à moins d'un jour de cheval de Castelcerf. Quand nous arriverons au point de rendez-vous, ils se présenteront à leur tour, encapuchonnés afin de préserver leur identité. J'aimerais que tu les accompagnes quand ils se mettront en route.

— Cela ne risque-t-il pas de paraître bizarre ? Le garde du corps de sire Doré qui participe à une mission aussi délicate ?

— C'est exact à un détail près : à ce moment-là, tu auras quitté le service de sire Doré pour t'enrôler dans la garde royale.

— Vous ne trouvez pas ce changement de statut un peu soudain ? Quand l'avez-vous décidé, vieux renard que vous êtes ? Et comment allons-nous l'expliquer ?

— Sans difficulté : le capitaine Bonnefoire tient absolument à t'engager, car tu l'as fort impressionné en réussissant à tuer trois hommes rien qu'en tentant de récupérer la bourse de ton maître. Un homme aussi efficace à l'épée aura toujours une place dans la garde royale. Si on te pose des questions, tu n'auras qu'à répondre qu'on t'offrait une solde alléchante et que sire Doré ne demandait qu'à gagner les faveurs royales en laissant la reine te débaucher ; peut-être se sent-il à présent assez à l'aise à la cour pour se passer de garde du corps. »

La logique d'Umbre était imparable, mais je le soupçonnais de nourrir un autre dessein que celui de mieux me placer comme espion. Souhaitait-il m'éloigner de sire Doré de peur que celui-ci n'érode ma loyauté envers les Loinvoyant ? Je décidai de biaiser. « Pourquoi tenez-vous tant à ce que j'entre dans la garde royale ?

— Eh bien, tout d'abord, cela me permettra d'expliquer beaucoup plus facilement ta présence auprès du prince lors de son voyage dans les îles d'Outre-mer au printemps : tu feras partie des heureux privilégiés à qui cet honneur sera échu. Mais surtout les vifiers ont exigé, en signe de bonne volonté de notre part, que le prince Devoir soit inclus dans leur escorte. »

Mon esprit suivit aussitôt cette nouvelle direction. « Êtes-vous sûr qu'il ne risque rien ? Il pourrait s'agir d'un piège. »

Il eut un sourire sinistre. « Pourquoi crois-tu que je te veuille à ses côtés ? Il peut s'agir d'un piège, c'est évident ; mais les vifiers entretiennent sans doute les mêmes inquiétudes à notre égard, non ? C'est pourquoi ils demandent sa présence, sachant que nous n'exposerons jamais l'unique héritier Loinvoyant au danger d'une embuscade.

— Le Lignage, dis-je. Vous devez vous habituer à parler du "Lignage", non des "vifiers". Vous allez donc l'envoyer les escorter ? »

La mine sombre, il avoua : « Il n'a guère le choix, et moi pas davantage. La reine leur en a déjà donné sa parole.

— À l'encontre de vos recommandations. »

Umbre eut un grognement dédaigneux. « La reine ne tient guère compte de mes avis ces temps-ci ; elle pense peut-être en avoir appris assez pour se passer de mes services de conseiller. Eh bien, nous verrons cela. »

Je ne sus que répondre. À vrai dire, et bien que ma loyauté envers Umbre en fût un peu froissée, je me réjouissais secrètement que ma reine impose enfin son autorité.

Les jours suivants furent si bien remplis et si empreints de tension qu'ils chassèrent presque de mon esprit mes inquiétudes pour le fou. Malgré ma santé encore fragile,

Umbre, Lourd, Devoir et moi reprîmes nos séances matinales dans la tour du Guet de la mer. Le fou n'y participait pas, et Umbre se gardait de tout commentaire ; étant donné ce que je lui avais rapporté, peut-être jugeait-il préférable qu'il restât hors de notre clan. Quant à moi, je ne mis jamais le sujet sur le tapis. Nous nous réunissions tous les quatre et poursuivions notre étude de l'Art avec une avidité qui m'effrayait et enthousiasmait les autres ; nous accomplissions des progrès, prudents et maîtrisés, qui ne satisfaisaient que moi. Lourd apprit à contenir sa musique, bien que cela parût lui causer une angoisse qu'il ne parvenait pas à expliquer ; Devoir sut bientôt mieux diriger ses messages sur un destinataire précis ; Umbre, comme c'était à prévoir, restait à leur traîne. Si nos mains se touchaient, il était capable d'établir un vague contact avec mon esprit, et moi avec le sien ; même lorsque Lourd lâchait sur lui un raz de marée d'Art, il ne le percevait qu'à peine et n'en captait pas le sens. Pour Devoir, il se révélait indétectable, à moins que ce ne fût l'inverse ; dans l'impossibilité de trancher, nous travaillions sur les deux éventualités. Ces matinées me laissaient épuisé physiquement et nerveusement, et je souffrais encore de migraines, en rien comparables, par bonheur, à celles dont j'étais affligé autrefois.

Obéissant aux ordres stricts d'Umbre, je prenais chaque jour un déjeuner solide et reconstituant. J'étais devenu son maître d'Art, mais il demeurait mon mentor et restait convaincu de savoir mieux que moi ce qui était bon pour ma santé. C'est à cette époque qu'il me prit à partie à propos de l'écorce elfique et du carryme qu'il avait découverts dans ma chambre et confisqués alors que je me remettais de ma « guérison » ; notre dispute fut âpre et nous laissa tous deux mal à l'aise. Il soutenait que mon devoir m'interdisait de risquer de dégrader, voire de tarir mon Art, dès lors surtout que je remplissais le rôle de maître d'Art du prince et de son clan, à quoi je rétorquais que mes possessions ne regardaient que moi et que nul n'avait le droit d'y fourrer son nez. Chacun refusant de céder ou de s'excuser, nous décidâmes par accord tacite d'éviter le sujet à l'avenir.

Sire Doré m'avait donné mon congé peu après qu'Umbre m'avait annoncé mon changement de statut ; on me proposa d'entrer chez les gardes royaux et j'acceptai avec empressement. Les hommes m'accueillirent avec une équanimité qui m'étonna : à l'évidence, je n'étais pas le premier qu'Umbre introduisait dans leurs rangs, et je me demandai combien d'entre eux dissimulaient plus qu'un simple soldat. Ils me posèrent peu de questions et préférèrent mesurer ma compétence lors de leurs exercices et de leurs manœuvres habituels ; tous les débuts d'après-midi, je m'entraînai avec eux sur les terrains prévus à cet effet, et mes multiples bleus témoignèrent rapidement de mon manque d'efficacité.

Je disposais d'un lit de camp dans les baraquements mais je dormais la plupart du temps dans ma salle de travail ; si certains s'interrogèrent sur l'étrange absence de rigueur de mon intégration dans la garde royale, ils se turent. Lorsque j'affrontai un jour Ouime, il me félicita ensuite d'avoir « retrouvé le niveau d'un honnête combattant ». En matière vestimentaire, je repris l'uniforme bleu des gardes de Cerf, avec une tunique blanc et violet pour les jours où je devais montrer mon allégeance à la reine, et j'éprouvai un plaisir immodéré à arborer son blason au renard sur la poitrine ; il répondait à l'épingle au même motif piquée à l'intérieur de ma chemise, sur mon cœur.

J'avais l'impression de me fatiguer plus vite et de me

rétablir beaucoup plus lentement que jamais auparavant mais, malgré les encouragements d'Umbre, je me refusais à employer l'Art pour accélérer ma convalescence. En fin d'après-midi, tandis que le conseiller de la reine s'occupait des affaires diplomatiques, Lourd pillait les cuisines et nous nous gorgions ensuite de pâtisseries onctueuses et de viandes dégoulinantes de graisse. Nous découvrîmes à cette occasion que Girofle portait aux raisins secs la même adoration que Lourd, qui pleurait de rire devant le ballet suppliant qu'exécutait la petite bête pour en obtenir quelques grains. Nous commençâmes à nous étoffer, le petit homme plus sans doute qu'il n'était bon pour lui : il devint aussi rondouillard que le chien de manchon d'une noble dame, le cheveu aussi luisant que le poil du bichon. Le couvert assuré, rassasié de bons soins et se sentant bien accueilli, il manifestait parfois une nature placide et affable, et je savourais les heures simples que nous passions ensemble.

Je parvins même à obtenir plusieurs soirées en compagnie d'Heur. Nous ne nous rendîmes pas au *Porc Coincé* mais dans un débit de bière tranquille et relativement récent ; à l'enseigne du *Pirate Rouge Naufragé*. La cuisine était peu chère et sentait le graillon, mais nous pouvions bavarder comme les vieux amis que nous devenions ; ces moments me rappelèrent les jours que j'avais vécus avec Burrich peu avant que Royal ne me tue. Nous nous voyions mutuellement comme des hommes, désormais. Un soir parmi les plus agréables, il me régala d'un long récit sur le jour où Astérie était entrée majestueusement dans l'atelier, avait ébloui maître Gindast de son charme et de sa renommée, puis entraîné Heur pour la journée dans la visite de « son » Bourg-de-Castelcerf. « C'était très bizarre, Tom, déclara-t-il d'un ton encore perplexe :

on aurait cru qu'il n'y avait jamais eu ni querelle ni froid entre nous ; quelle attitude pouvais-je adopter, sinon celle de l'imiter ? Crois-tu qu'elle a vraiment oublié ce qu'elle m'a dit ?

— Ça m'étonnerait, répondis-je, songeur. Une ménestrelle sans mémoire meurt de faim rapidement. Non ; connaissant notre Astérie, elle pense, à mon avis, qu'elle parviendra à modifier la réalité si elle joue la comédie de façon assez convaincante ; tu as pu constater toi-même que c'est parfois efficace. Cela veut-il dire que tu lui as pardonné ? »

Il resta un moment interdit, puis il me demanda avec un sourire mi-figue mi-raisin : « S'en rendrait-elle compte si ce n'était pas le cas ? Elle a réussi à faire croire à Gindast que j'étais son fils, ou peu s'en fallait, avec tant de virtuosité que j'en étais moi-même à demi convaincu ! »

Je ne pus m'empêcher d'éclater de rire en haussant les épaules. Astérie l'avait emmené dans une taverne fréquentée par des ménestrels itinérants et présenté à plusieurs jeunes musiciennes qui l'avaient gavé de petits gâteaux fourrés et abreuvé de bière et de chansons en se disputant son attention. Narquois, je le mis aussitôt en garde contre les mœurs relâchées et le cœur de pierre des membres de cette confrérie ; ce fut une erreur. « Nulle femme ne pourra prendre mon cœur ; il est anéanti », répondit-il gravement. Néanmoins, d'après les descriptions qu'il me fit de plusieurs jeunes filles, il me parut que, si son cœur avait disparu, il avait bel et bien conservé l'usage de ses yeux. En mon for intérieur, je remerciai Astérie et formai le vœu que mon garçon se remît vite de sa peine.

*

Le fou comme sire Doré s'appliquaient à m'éviter. À plusieurs reprises, descendant le soir de la salle de travail et pénétrant chez sire Doré par mon ancienne chambre, je trouvai ses appartements déserts. Devoir m'apprit qu'il s'adonnait à présent aux jeux de hasard à Bourg-de-Castelcerf, où ces divertissements gagnaient en popularité, aussi souvent qu'au château, lors de parties privées. Il me manquait mais je redoutais aussi de le rencontrer : je ne voulais pas qu'il lût ma trahison dans mes yeux. Je me répétais que j'avais agi pour son bien, et tant pis pour les dragons ; si l'empêcher d'approcher d'Aslevjal me permettait de lui sauver la vie, encourir son déplaisir était un prix bien mince à payer. Voilà les pensées qui me traversaient lorsque je me laissais aller à croire à ses folles prophéties ; le reste du temps, je tenais l'histoire du dragon prisonnier des glaces et de la Femme pâle pour une simple fable, ce qui lui retirait donc tout motif de se rendre sur Aslevjal. Je justifiais ainsi de comploter avec Umbre contre lui. Quant à la raison qui le poussait à m'éviter, je soupçonnais qu'elle provenait de quelque étrange sentiment de honte à mon égard maintenant que je connaissais l'existence de ses tatouages. Je ne pouvais pas plus exiger sa compagnie que lui imposer la mienne ; je n'avais qu'à espérer que, le temps aidant, l'abîme déjà clos à demi entre nous se refermerait complètement.

Et les jours s'écoulaient ainsi.

Jamais je ne l'aurais avoué, mais c'était la crainte nouvelle que m'inspirait la quête du prince sur l'île d'Aslevjal qui sous-tendait mon ardeur accrue à lui enseigner l'Art. Le délai qui nous séparait de notre départ au printemps me paraissait toujours trop court ; je partageais l'avis d'Umbre qu'il fallait un clan à Devoir, dont les membres connussent au moins les rudiments du fonctionnement de la magie, aussi m'appliquais-je à développer le talent particulier de chacun, avec des degrés de bonheur différents. Les capacités d'Umbre croissaient lentement durant nos séances matinales, ce qui le mécontentait fort et contrariait sa concentration ; j'avais beau l'exhorter à se calmer et à faire le vide dans son esprit, je ne parvenais pas à obtenir qu'il se détende. Devoir paraissait se divertir fort de mes démêlés avec mon élève chenu, tandis qu'ils ennuyaient profondément Lourd, et ces deux attitudes ne concouraient pas à rendre Umbre plus aimable avec moi. Celui qui avait été un professeur doux et patient se révélait un étudiant épouvantable, têtu et rebelle. Je réussis finalement à l'ouvrir à la magie après quatre jours d'efforts acharnés, et, dès qu'il perçut le fleuve d'Art, il s'y précipita la tête la première. Je n'avais pas le choix : je devais le suivre. Interdisant formellement à Devoir et à Lourd de m'imiter, je plongeai dans le courant d'Art.

Je n'aime pas me remémorer cet incident. Umbre se dévidait comme une bobine, mais une bobine composée d'innombrables fils, et tous les instants de ses longues années d'existence paraissaient jaillir dans des directions différentes. Après m'être évertué un long moment à le rassembler, je compris que ce n'était pas l'Art qui le réduisait en lambeaux, mais le vieil homme lui-même qui émettait des extensions inquisitrices en tous sens. Semblable aux racines d'une plante assoiffée, il s'étendait de plus en plus loin sans prendre garde à l'Art qui effilochait et emportait ses filaments. Alors même que je le rattrapais par petits bouts, il s'extasiait de sa capacité de contact démesurée. Pour finir, je l'arrachai au flot tumultueux grâce à un sursaut d'énergie que je puisai autant dans ma magie que dans ma violente colère, et, quand nous regagnâmes nos corps respectifs, je me découvris sous la grande table, agité de tremblements et de tressaillements, au bord de la convulsion.

« Espèce de vieille bourrique stupide ! » fis-je entre deux hoquets ; je n'avais plus la force de crier. Umbre gisait avachi dans son fauteuil ; ses paupières papillotèrent, il reprit vaguement conscience et ne trouva rien de mieux à dire que : « Magnifique ! Magnifique ! » Puis sa tête tomba sur la table et il sombra dans un sommeil léthargique dont rien ne put le tirer.

Devoir et Lourd me soulevèrent et me déposèrent dans mon siège ; le prince me remplit ensuite à ras bord un verre de vin d'une main tremblante tandis que Lourd me regardait fixement, les yeux écarquillés. Je bus la moitié du verre et le jeune garçon déclara d'un ton déconcerté : « Je n'ai jamais rien vu d'aussi effrayant. Est-ce ce qui s'est produit quand vous vous êtes lancé à ma recherche ? »

Encore sous le choc et trop furieux contre Umbre et moi-même, je ne pus avouer que je n'en savais rien. « Que cela vous serve de leçon à tous les deux aussi, dis-je avec sévérité. Celui d'entre nous qui se risque dans ce genre d'aventure insensée nous met tous en danger. Je comprends maintenant pourquoi les maîtres d'Art de jadis dressaient parfois une barrière de douleur entre l'Art et un élève entêté ! »

Le prince eut l'air abasourdi. « Vous n'imposeriez pas un tel blocage à sire Umbre, tout de même ? » Il n'aurait pas paru plus choqué si j'avais proposé de mettre la reine aux fers pour son propre bien.

« Non », répondis-je à contrecœur. Je me levai et, les jambes flageolantes, fis le tour de la table ; je secouai l'épaule du vieil homme, d'abord doucement puis plus rudement. Il entrouvrit les yeux et me sourit sans décoller la tête du plateau de bois. « Ah, te voici, mon garçon ! »

Son sourire béat s'élargit. « M'as-tu vu ? M'as-tu vu voler ? » J'ignore si ses yeux se révulsèrent ou si ses paupières se fermèrent, mais il perdit conscience à nouveau, épuisé comme un enfant après une journée à la foire. J'étais atterré : il ne paraissait nullement mesurer à quel point nous avions frôlé de près la catastrophe. Il ne se réveilla qu'une heure plus tard et alors, malgré toutes ses excuses, son œil brillait d'une lueur qui me laissait craindre le pire. Même après qu'il m'eut promis de ne tenter aucune expérience irréfléchie, je demandai discrètement à Lourd de m'avertir aussitôt s'il sentait Umbre artiser ; le petit homme acquiesça gravement, ce qui ne me rassura guère : son esprit ne gardait pas longtemps la trace de ce genre d'engagement.

La séance du lendemain ne devait pas me tranquilliser davantage. Après avoir exhorté Umbre à rester spectateur et à observer le cours avec attention, je m'efforçai d'apprendre à Devoir à emprunter l'énergie de Lourd pour augmenter la puissance de son Art. Tous trois avaient vécu, lors de ma guérison, la fusion de leurs forces et ce dont cette union était capable, mais aucun ne savait expliquer comment il y avait puisé ni ce qui s'était passé ; il me semblait que le prince, tout au moins, devait être en mesure de se brancher à volonté sur l'énergie de Lourd, et, dans ce but, je leur donnai à effectuer un exercice simple ; c'est ce que je croyais, en tout cas.

Par ses propres moyens, Devoir ne parvenait à se faire entendre d'Umbre que sous la forme d'un murmure inaudible ; le vieil assassin captait ses efforts mais non le message qui lui était adressé. J'ignorais si Umbre était encore trop fermé à l'Art ou si le prince n'arrivait pas à concentrer suffisamment sa volonté sur lui, et je désirais voir si, en puisant dans l'énergie de Lourd, il réussirait à se rendre plus perceptible à Umbre. « Le prince Vérité m'a dit qu'on nommait le membre d'un clan ou un Solitaire ainsi employé le "servant du Roi". Donc, Lourd jouera le rôle de servant du Roi auprès de Devoir. Voulez-vous essayer ? demandai-je.

— C'est un prince, pas un roi, fit le simple d'esprit d'un air soucieux.

— En effet ; et alors ?

— Alors je ne peux pas faire le servant du Roi. Ça ne marchera pas. »

Je contins mon impatience. « Ce n'est pas grave, Lourd. Ça marchera. Tu feras le servant du Prince.

— Servant... comme un serviteur ? » Il s'était aussitôt hérissé.

« Non. Tu l'aideras comme un ami. Lourd aidera Devoir comme servant du Prince. On essaye ? »

Devoir, amusé par la scène, arborait un large sourire où ne perçait nulle moquerie envers son « servant ». Lourd se tourna vers lui, sourit à son tour et se posta aux côtés du prince. « Ça ne devrait pas vous poser de difficulté, déclarai-je sans savoir si je mentais ou non. Lourd va s'ouvrir à l'Art mais sans tenter d'artiser ; Devoir puisera dans son énergie et s'efforcera de se faire entendre d'Umbre. Devoir, procédez lentement, et, si je vous ordonne d'arrêter, rompez le contact aussitôt. Allez-y. »

Je pensais avoir prévu toutes les éventualités : j'avais apporté des douceurs comme celles qu'adorait Lourd, de l'eau-de-vie si jamais nous avions besoin d'un cordial, et j'avais posé le tout sur la table ; je commençais à me demander si cela n'avait pas été une erreur, car le regard de Lourd revenait sans cesse sur des petits pains à la groseille. N'allaient-ils pas le distraire de sa tâche ? J'avais voulu me munir également d'écorce elfique et tenir prête une bouilloire d'eau chaude, mais Umbre s'y était opposé. « Mieux vaut que le clan du prince n'ait jamais affaire à un produit aussi néfaste », avait-il déclaré d'un ton vertueux. Je m'étais retenu de lui rappeler que c'était lui qui m'en avait enseigné l'usage.

Tendu, je passai derrière le prince et le regardai approcher la main de Lourd. S'il me paraissait qu'il tirait exagérément sur les réserves du petit homme, j'étais préparé à briser physiquement le lien entre eux : j'étais bien placé pour savoir qu'un artiseur peut tuer de cette façon et je ne voulais pas d'accident.

La main du prince reposait sur l'épaule de Lourd. J'attendis un moment puis adressai un regard interrogateur à Umbre, auquel il répondit en haussant les sourcils.

« Allez-y, ordonnai-je à mes deux élèves.

— J'essaye, affirma Devoir d'un ton irrité. J'arrive à contacter Lourd mais je ne sais pas comment prendre son énergie ni l'utiliser.

— Hum ! Lourd, peux-tu l'aider ? »

L'intéressé ouvrit les yeux et me regarda. « Comment ? »

Je n'en avais aucune idée. « Ouvre-toi à lui ; concentre-toi sur la force que tu veux lui transmettre. »

Ils se remirent en position. Je surveillais l'expression d'Umbre dans l'espoir d'y lire le signe que Devoir avait touché son esprit, mais le prince se tourna bientôt vers moi avec un petit sourire. « Il m'artise “force, force, force”.

— C'est ce qu'il m'a dit de faire ! protesta le petit homme avec colère.

— C'est exact, fis-je d'un ton conciliant. Calme-toi, Lourd ; personne ne se moque de toi. »

Il me regarda d'un air mauvais, la respiration pesante, *Pue-le-chien !*

Devoir sursauta. Un tressaillement agita les lèvres

d'Umbre mais il contint son sourire. « Pue le chien. C'est bien le message que vous vouliez me transmettre ?

— Je crois qu'il m'était adressé en réalité, répondis-je d'un ton circonspect.

— Mais il a transité par moi et il est parvenu à ma cible, c'est-à-dire Umbre ! s'exclama Devoir, exultant.

— Bon, eh bien, au moins nous progressons, dis-je.

— Je peux prendre un petit pain maintenant ?

— Non, Lourd, pas tout de suite. Nous avons encore du travail. » Je réfléchis un moment. Devoir avait réorienté l'Art de Lourd ; fallait-il comprendre qu'il avait puisé dans son énergie pour se faire entendre d'Umbre ou bien qu'il avait simplement détourné sur le vieil homme le message qui m'était destiné ?

Je l'ignorais, et je ne pensais pas possible d'acquérir une certitude absolue. « Essayez ensemble, dis-je ; efforcez-vous tous les deux d'envoyer le même message à Umbre et rien qu'à Umbre. Tâchez de concerter votre effort.

— Concerter ?

— Travailler ensemble », expliqua Devoir à l'attention de Lourd. Ils conférèrent un instant en silence, sans doute pour choisir un message.

« Allez-y », fis-je en observant le visage d'Umbre.

Il fronça les sourcils. « Il est question d'un petit pain, non ? »

Le prince poussa un soupir exaspéré. « Oui, mais ce n'est pas ce qui était prévu. Lourd a un peu de mal à se concentrer.

— J'ai faim.

— Non : tu es gourmand, c'est tout », répliqua Devoir. Lourd se mit aussitôt à bouder et ni l'autorité ni la persuasion ne parvinrent à le convaincre de reprendre le travail.

Nous finîmes par le laisser se goinfrer et décidâmes d'en tirer la leçon pour le lendemain.

Hélas, le sort ne nous sourit pas davantage lors de la séance suivante. Le printemps était dans l'air ; j'avais ouvert les volets sur l'aube ; le soleil restait encore une promesse à l'horizon, mais dans le vent du large, frais et vif, on sentait une note de renaissance et de saison nouvelle. Je m'en imprégnai à longues inspirations en attendant mes élèves.

Mes machinations contre sire Doré me tourmentaient toujours et j'en venais à regretter d'avoir rapporté notre conversation à Umbre et de lui avoir parlé des tatouages du fou ; assurément, s'il avait souhaité que le vieil assassin en connût l'existence, il les aurait évoqués lors de son entretien avec lui à propos de ceux de la narcheska. Le sentiment tenace et profond d'avoir pris la mauvaise décision me tenaillait, mais je ne pouvais pas revenir en arrière, et l'idée de tout lui avouer était inconcevable. La seule qui m'épouvantât davantage, peut-être, était de le laisser se rendre sur Aslevjal s'il croyait devoir y trouver la mort. Aussi, même si cela paraît puéril, j'avais résolu de me taire, tout simplement, et d'abandonner l'affaire à Umbre ; c'est lui qui interdirait à sire Doré de nous accompagner. Je pris une grande bouffée d'air printanier en espérant me ragaillardir ; mes angoisses s'en virent seulement accrues.

Civil Brésinga était revenu à Castelcerf. Officiellement, la présence d'une escorte pendant son voyage exprimait les condoléances des Loinvoyant pour le deuil qui le frappait ; mais il savait, même si d'autres l'ignoraient, que des années de surveillance l'attendaient au château de Cerf, où il demeurerait jusqu'à sa majorité tandis que la Couronne assurerait avec mansuétude l'entretien de son fief; seul restait à Castelmyrte un personnel réduit fourni par la reine. La sanction me paraissait bien légère au vu de sa félonie. On avait gardé secret son don du Vif; je supposais que l'on conservait en réserve la menace de le révéler pour le décourager de nouveaux méfaits. Nul rapprochement n'avait été opéré entre l'assassinat de trois hommes à Bourg-de-Castelcerf et lui, et je bouillais de colère à l'idée qu'il se tirât si aisément d'avoir exposé mon prince à un si grand péril. D'après ce que m'avait rapporté Umbre, Devoir soutenait que Civil avait transmis très peu de renseignements sur lui aux Pie, la plupart accessibles même à la plus petite domesticité du château. Cela ne me rassurait nullement, et j'éprouvais une inquiétude plus grande encore à savoir que, non seulement Laudevin, mais aussi Paget avaient manifesté un vif intérêt pour toutes les informations que Civil pouvait glaner sur sire Doré et moi. Étant donné le peu qu'il savait, il n'avait pas pu leur dire grand-chose; toutefois, il avait avoué au prince que leur curiosité avait éveillé la sienne.

Je l'avais espionné dans ses appartements peu après son retour, et j'avais vu un jeune homme anéanti et accablé de chagrin; un seul domestique de sa famille restait avec lui à Castelcerf. Civil n'était plus qu'un adolescent réduit à ses dernières possessions, dépouillé de parents et de foyer, et sa bête de Vif demeurait consignée aux écuries. La modestie du logement et du mobilier qu'on lui offrait convenait à un nobliau mais il avait sans doute joui d'un luxe bien supérieur chez lui. Il avait passé une bonne partie de la soirée assis à regarder fixement le feu dans sa cheminée; j'avais cru tout d'abord qu'il communiait avec son marguet mais je n'avais détecté aucun flux de Vif entre eux; en revanche, j'avais perçu son abattement comme un miasme presque palpable dans la pièce.

Pourtant je ne lui faisais pas confiance.

Je contemplais encore la vue par la fenêtre quand j'entendis les pas du prince dans l'escalier; il entra peu après et ferma la porte derrière lui. Umbre et Lourd ne tarderaient pas, arrivant par le passage dérobé, mais je disposais de quelques instants pour m'entretenir avec lui en privé. Sans me retourner, je lui demandai : « Le marguet de Civil communique-t-il avec vous ?

— Pard ? Non. En tant que félin, il en serait capable, naturellement, s'il le désirait. Mais cela aurait quelque chose de... de grossier, il me semble. » Il prit un air songeur. « C'est curieux, quand j'y songe : parmi ceux du Lignage qui préfèrent ces animaux, on retrouve souvent des coutumes particulières. Par exemple, je n'oserais jamais entamer de ma propre initiative une conversation avec le marguet ou le chat de lien de quelqu'un d'autre; ce serait comme... comme conter fleurette à sa promise. Je connais Pard depuis un certain temps maintenant, mais jamais il n'a manifesté qu'il eût envie de me parler. Certes, le fameux jour où Civil s'est trouvé en danger, il m'en a averti, mais cela ressemblait plutôt à une menace. Civil me l'avait apporté dans un grand sac de toile; si j'ai bien compris ce qu'il m'a expliqué, il a réussi à l'y faire entrer en profitant d'une bagarre pour rire à laquelle ils se livraient, puis il a fermé le sac et l'a traîné jusqu'à mes appartements. Et quand je dis "traîné", c'est le terme exact : Pard n'est pas un petit marguet. »

Il poussa tout à coup un soupir. « Ce seul détail aurait dû me mettre la puce à l'oreille : il fallait qu'il soit complètement affolé pour traiter Pard avec un tel manque d'égards; mais il paraissait si angoissé et si pressé que j'ai accepté de garder son marguet dans ma chambre jusqu'à son retour, sans avoir le temps de l'interroger. Mais, après son départ, j'ai dû supporter les grondements et les gémissements pitoyables de Pard ; il s'efforçait de déchirer la toile à l'aide des griffes de ses pattes de derrière mais Civil avait pris soin de choisir un sac très résistant. Au bout d'un moment, il a cessé de s'agiter et il est resté couché, à bout de souffle, et j'ai commencé à craindre qu'il ne suffoque ; on l'aurait dit tout près de tomber en faiblesse. Mais, à l'instant où j'ai ouvert le sac, il a jailli brutalement et m'a jeté à terre. Ses crocs m'ont saisi ici (les doigts de Devoir se refermèrent de part et d'autre de sa trachée) et ses griffes postérieures se sont plantées dans mon ventre. Il a juré qu'il me tuerait si je ne le laissais pas sortir de ma chambre. Puis, avant que j'aie le temps de réagir, il a poussé un grand miaulement et m'a labouré la poitrine : Civil venait de se faire attaquer. Il a dit que c'était ma faute et qu'il me mettrait en pièces si je ne le sauvais pas ; c'est alors que je vous ai artisé. »

Il m'avait rejoint devant la fenêtre et regardait la mer scintiller sous le soleil levant qui tentait d'allumer des couleurs dans le creux ténébreux des vagues. Il se tut et se perdit dans sa contemplation.

Je le relançai : « Que s'est-il passé ensuite ?

— Hein ? Ah, je crois que je me suis demandé ce qui vous arrivait alors. Pourquoi ne m'avez-vous pas artisé ? Pensez-vous que je ne vous aurais pas envoyé de secours ? »

Sa question me prit au dépourvu et il me fallut un moment pour déceler la réponse au fond de moi. J'eus un petit rire. « Si, sûrement, si j'y avais songé ; mais, pendant des années, nous n'avons compté que l'un sur l'autre, le loup et moi. Et quand j'ai perdu Œil-de-Nuit... L'idée ne m'a même pas effleuré que je pouvais vous appeler à l'aide, ni même vous dire où je me trouvais. Ça ne m'a pas traversé l'esprit.

— J'ai tenté de vous contacter. Quand il ont commencé à... étrangler Civil, son marguet est devenu comme fou. Il a bondi de ma poitrine et s'est mis à courir à travers la pièce en détruisant tout sur son passage. Je n'imaginais pas qu'il pût provoquer autant de dégâts avec ses seules griffes. Les tentures du lit, les habits... J'ai encore une tapisserie roulée sous mon lit, dans un tel état que je n'ai osé en parler à personne ; elle avait une valeur inestimable, je le crains, mais elle est bonne à jeter.

— Ne vous en faites pas. J'en ai une en trop ; je vous la donnerai. » Mon sourire de côté le laissa manifestement perplexe.

« J'ai essayé de vous artiser tandis que Pard saccageait ma chambre, mais je n'ai pas réussi à vous contacter. »

Un vieux souvenir me revint soudain. « Votre père se plaignait du même problème autrefois : quand je m'engageais dans un combat, j'étais incapable de maintenir un lien d'Art avec lui, et, de son côté, il ne parvenait plus à me joindre. » Je haussai les épaules. « Je l'avais oublié. » Par réflexe, je tâtai du doigt la cicatrice de morsure à la jonction de mon cou et de mon épaule, puis je me rendis compte que Devoir me regardait à nouveau avec adulation et je baissai rapidement la main.

« Et c'est la seule fois où Pard s'est adressé à vous ? »

Il se ressaisit. « Presque. Il s'est arrêté brusquement de mettre mes affaires en pièces et il m'a remercié avec beaucoup de raideur. Je crois qu'un félin a toujours du mal à dire merci. Ensuite il est monté sur mon lit, s'est installé en plein milieu et s'est désintéressé de moi ; il est resté là jusqu'au moment où Civil est venu le reprendre. Ma chambre empeste depuis : j'ai l'impression que Pard marque son territoire quand il se bat. »

Le peu que je connaissais des chats corroborait cette

idée ; je le lui dis, puis, en marchant sur des œufs, car le sujet était sensible, je lui demandai : « Devoir, pourquoi conservez-vous votre confiance à Civil ? Je ne conçois pas que vous continuiez à le fréquenter après ce qu'il a fait. »

Il me regarda d'un air étonné. « Il a confiance en moi ; je crois que personne ne pourrait me vouer une telle confiance sans que je la lui retourne. Par ailleurs, j'ai besoin de lui si je veux comprendre les gens du Lignage qui habitent mon royaume ; c'est ma mère qui me l'a enseigné : je dois bien connaître un de leurs membres au moins si nous désirons être capables de traiter avec eux. »

Je n'y avais pas songé, pourtant c'était évident : le mode de vie du Lignage représentait une culture à l'intérieur de celle des Six-Duchés. J'en avais eu un aperçu mais je n'aurais su l'expliquer à Devoir aussi bien qu'une personne qui y aurait baigné toute sa vie. J'insistai néanmoins : « On doit pouvoir trouver quelqu'un d'autre qui soit en mesure de vous servir ainsi ; je ne vois toujours pas en quoi Civil mérite votre estime. »

Il poussa un petit soupir. « FitzChevalerie, il m'a remis son marguet. Si vous aviez su que vous alliez au-devant d'une mort certaine et que vous ayez voulu empêcher Œil-de-Nuit de périr avec vous, où l'auriez-vous laissé ? À qui l'auriez-vous confié ? À quelqu'un que vous auriez trahi de votre propre chef ou à un ami capable de voir au-delà des apparences ?

— Ah ! fis-je une fois que je me fus pénétré de sa question. Oui, je vois ; vous avez raison. »

Nul n'abandonnerait la moitié de son âme à une personne qu'il ne respecterait pas.

Peu après, Umbre et Lourd entrèrent par le panneau de

la cheminée. L'air mécontent, le vieil homme agitait ses manches à dentelle pour les débarrasser de toiles d'araignée qui s'y étaient accrochées ; Lourd fredonnait des notes éparses qui comblaient les silences d'une mélodie d'Art adressée au matin, et il paraissait y prendre grand plaisir. Si je l'écoutais par mes seules oreilles, j'avais l'impression qu'il n'émettait que des sons dépourvus de lien entre eux et agaçants, mais comme ma compréhension changeait quand j'accédais directement à son esprit !

Dès son entrée, il porta le regard vers la table et je sentis sa déception en constatant l'absence de pâtisseries. Avec un soupir, j'espérai que sa désillusion n'affecterait pas notre travail du jour. Je disposai mes élèves comme la veille, Umbre d'un côté, Devoir et Lourd côte à côte en face de lui ; je repris place derrière le couple, prêt à intervenir physiquement si nécessaire. Devoir, je le savais, considérait que je dramatisais les risques, et même Umbre paraissait juger ma prudence exagérée, mais ni l'un ni l'autre n'avait failli mourir vidé de son énergie par un autre artiseur.

Le prince posa de nouveau la main sur l'épaule de Lourd, et, encore une fois, il tenta de transmettre un message simple à Umbre, en vain. Séparément, Devoir et Lourd me contactaient sans mal, mais ils ne parvenaient à rien ensemble. Je commençais à désespérer : une des tâches fondamentales d'un clan consistait à fondre l'Art de chacun de ses membres en un tout à la disposition de son roi, or nous n'en étions même pas capables. Nos échecs répétés mettaient nos nerfs à vif.

« Lourd, arrête de chanter ! Comment veux-tu que je me concentre avec cette musique de fond ? » fit sèchement Devoir après un essai sans plus de résultat que les précédents.

Le petit homme tressaillit, et, comme ses yeux s'emplissaient de larmes, je mesurai la force du lien qui le rattachait au prince. Devoir prit sans doute conscience de son erreur, car il secoua aussitôt la tête et dit : « C'est la beauté de ta musique qui me distrait, Lourd ; je comprends très bien que tu veuilles en faire profiter tout le monde, mais, pour le moment, il faut nous concentrer sur la leçon, d'accord ? »

Des éclats verts scintillèrent soudain dans les yeux d'Umbre. « Non ! s'exclama-t-il. Non, Lourd, n'arrête pas ! Devoir et Tom m'ont souvent parlé de ta merveilleuse musique mais je ne l'ai jamais entendue ! Fais-la-moi écouter, Lourd, rien qu'une fois. Mets la main sur l'épaule de Devoir et transmets-moi ta musique, je t'en prie. »

Le prince et moi restâmes pantois mais Lourd eut un sourire radieux. Il n'hésita pas : il saisit le bras de son voisin à peine celui-ci eût-il retiré sa main ; les yeux fixés sur Umbre, béant de ravissement, il ne laissa pas le temps à Devoir de se concentrer : la musique nous envahit comme un raz-de-marée. J'aperçus Umbre qui vacillait sous l'impact ; ses yeux s'arrondirent et, bien qu'une expression de triomphe se répandît sur ses traits, j'y lus aussi un soupçon de frayeur.

Je n'avais pas sous-estimé la puissance de Lourd : jamais je n'avais été témoin de pareil déferlement d'Art. Jusque-là, sa musique était restée à l'arrière-plan de ses pensées, processus aussi inconscient que sa respiration ou les battements de son cœur ; à présent, il s'ouvrait grand au monde dans l'allégresse de la chanson de sa mère.

Comme le flot limoneux d'une rivière en crue modifie la couleur de la baie tout entière où elle se jette, la mélodie de Lourd teintait le vaste courant de l'Art ; elle s'y insérait et le changeait. Cela défiait l'imagination. Envoûté par la musique, je me trouvais incapable de commander à mon propre corps : l'irrésistible fascination qu'exerçait la chanson de Lourd m'entraînait et me liait à son rythme et son harmonie. Je sentais que Devoir et Umbre y avaient été aspirés comme moi, mais la musique captait toute mon attention et m'empêchait de les voir. Nous n'étions pas les seuls dans cette situation : je percevais d'autres présences dans la cataracte chatoyante, certaines sous la forme de simples filaments, minces volutes de magie échappées à ceux qui possédaient un embryon d'Art. Quelque part, peut-être, un pêcheur s'étonnait de l'air inattendu qui avait surgi au fond de son esprit, ou bien la berceuse que fredonnait une mère avait pris une tournure nouvelle. D'autres se voyaient davantage emportés ; je sentis des gens s'interrompre dans leurs activités et jeter des regards autour d'eux à la recherche de la source de la musique murmurante.

Ils n'étaient guère nombreux, mais chez certains la conscience de l'Art faisait partie de leur vie, chuchotis de voix étouffées auxquelles ils avaient appris à ne pas prêter attention ; ce déluge de musique abattait toutes leurs barrières habituelles et ils se tournaient vers nous. Quelques-uns poussèrent sans doute un cri de saisissement, d'autres tombèrent peut-être comme des masses. Je n'entendis qu'une seule voix, claire et sans peur : *Que se passe-t-il ?* s'exclama Ortie. *D'où vient ce rêve éveillé ?*

De Castelcerf, répondit Umbre d'un ton joyeux. *Cet appel vient de Castelcerf, ô vous qui possédez l'Art ! Ouvrez les yeux et rendez-vous à Castelcerf afin de déployer votre magie et servir votre prince !*

À Castelcerf ? répéta Ortie.

Puis, telle une trompe lointaine, une grande voix intervint :

Je te connais à présent. Je te vois.

Rien d'autre, peut-être, n'aurait pu briser les chaînes de ma fascination. Je séparai Devoir de Lourd avec une violence qui nous laissa tous trois abasourdis, et la musique fit place à un silence fracassant. L'espace d'un instant, l'absence de l'Art me laissa sourd et aveugle ; mon cœur aspirait à le retrouver tant était plus pure que celle de nos pitoyables sens la relation qu'il établissait avec le monde. Mais je recouvrai bientôt mes esprits et tendis la main à Devoir que ma brutale poussée avait projeté au sol ; l'air égaré, il la saisit et se releva en me demandant : « Avez-vous perçu la voix de cette fille ? Qui est-ce ?

— Bah, c'est celle qui pleure tout le temps », dit Lourd d'un ton désinvolte, et je lui sus gré d'avoir parlé à ma place. Il s'adressa à Umbre d'un ton avide : « Vous avez entendu ma musique ? Elle vous a plu ? »

Le vieillard ne répondit pas tout de suite. Je me tournai vers lui : il était avachi dans son fauteuil, un sourire benêt aux lèvres mais le front plissé. « Oh oui, Lourd, je l'ai entendue ! fit-il enfin. Et elle m'a beaucoup plu. » Il s'accouda sur la table et appuya son menton sur ses paumes. « Nous avons réussi », poursuivit-il dans un souffle. Il leva les yeux vers moi. « Est-ce toujours ainsi ? Éprouve-t-on toujours cette exaltation, cette sensation d'être enfin complet, achevé, de ne plus faire qu'un avec le monde ?

— C'est un aspect dont il faut se méfier, l'avertis-je aussitôt. Si vous accédez à l'Art en quête de ce sentiment d'union, il risque de vous emporter. L'artiseur doit toujours garder son objectif en point de mire, sinon il peut se laisser entraîner et se perdre... »

Umbre m'interrompit avec impatience.

« Oui, oui, je n'ai pas oublié ce qui m'est arrivé la dernière fois. Mais je pense quand même qu'il faut fêter l'événement. »

Les autres paraissaient partager son enthousiasme et, devant mon silence, ils me jugèrent sans doute rabat-joie et ronchon. Je tirai néanmoins de sous la table le panier couvert d'un linge que j'y avais dissimulé, et même Lourd y trouva son bonheur. J'offris une tournée d'eau-de-vie, bien qu'à mon avis Umbre fût le seul qui eût vraiment besoin d'un cordial : les mains du vieil homme tremblaient, mais il sourit toutefois et leva son verre avant de le porter à sa bouche : « À tous ceux qui viendront peut-être former un véritable clan pour le prince Devoir ! » Il ne me jeta aucun regard en coin et je bus avec les autres en espérant que Burrich retiendrait fermement Ortie chez lui.

Puis, avec circonspection, je questionnai : « Que pensez-vous de l'autre voix ? Celle qui a dit : “Je te connais à présent”. »

Sans m'écouter, Lourd continua de grignoter des raisins secs. Devoir me considéra, l'air perplexe. « Une autre voix ?

— Tu parles de la jeune fille qui artisait avec tant de clarté ? » demanda Umbre, manifestement surpris que j'attire leur attention sur elle ; il avait sans doute déjà compris qu'il s'agissait d'Ortie.

« Non, répondis-je. L'autre voix, très étrange, très bizarre. Très... différente. » Je ne trouvais pas les mots pour exprimer l'inquiétude qu'elle avait suscitée en moi, comme une sombre prémonition.

Un silence suivit mes paroles, puis Devoir déclara :

« Je n'ai entendu que la jeune fille qui disait : "À Castelcerf ?"

— Moi aussi, renchérit Umbre. Je n'ai capté aucune pensée cohérente après celle-là. J'ai cru que c'était à cause d'elle que tu avais rompu notre liaison.

— Et pourquoi donc ? s'enquit Devoir avec curiosité.

— Non, fis-je en évitant la question du prince. Quelqu'un d'autre a parlé. Je vous le répète, j'ai entendu... quelque chose, une espèce d'être, d'entité. Elle n'était pas humaine. »

Cette affirmation extraordinaire détourna Devoir de ses efforts pour découvrir l'identité d'Ortie ; mais, comme tous assurèrent n'avoir rien perçu, ils ne la prirent pas au sérieux et, à la fin de la séance, je commençai moi-même à me demander si je n'avais pas été le jouet de mes sens.

12

CONVOCATION

... et rien n'y fit : la princesse voulait l'ours gui dansait. On n'avait pas vu pareille supplique depuis de longues années, mais elle parvint à ses fins et son père remit au propriétaire une pleine poignée d'or en échange de la bête. La princesse s'empara elle-même de la chaîne accrochée au mufle de l'animal et mena la grande et massive créature à sa chambre. Mais au plus profond de la nuit, alors que tous dormaient dans le château, le jeune homme se dressa et rejeta sa peau d'ours ; et, quand il se montra à la princesse, elle jugea n'avoir jamais vu

jouvenceau plus avenant. Et elle fut moins sa proie que lui la sienne.

L'enfant-ours et la princesse

*

Un après-midi, une brume rose se déploya sur les bouleaux, et la neige tassée de la cour s'amollit brusquement tant le printemps apparut vite sur Castelcerf cette année-là. Quand le soleil se coucha, la terre se dénudait sur les pistes les plus fréquentées. Il fit froid la nuit suivante et l'hiver figea tout de son doigt glacé, mais le lendemain matin, le pays s'éveilla au bruit de l'eau qui ruisselait et au souffle d'une grande brise tiède.

J'avais dormi à la caserne, et fort bien, ma foi, malgré les ronflements et les bruits d'une vingtaine d'hommes qui s'agitent dans leur sommeil. Je me levai avec eux, pris un petit déjeuner copieux dans le réfectoire puis regagnai le baraquement pour endosser l'uniforme blanc et violet de la garde royale. Nous ceignîmes nos épées, allâmes chercher nos montures et nous réunîmes dans la cour.

Suivit l'attente inévitable de l'apparition du prince. Quand il se présenta enfin, le conseiller Umbre et la reine Kettricken l'accompagnaient ; Devoir s'entretenait avec eux d'un air à la fois distingué et mal à l'aise. Une dizaine de nobles étaient venus le saluer avant son départ, et parmi eux les six représentants que les duchés du royaume avaient envoyés pour participer à la rencontre organisée par la reine sur la question des vifiers. À leur expression, ils n'avaient jamais imaginé se retrouver dans un face-à-face direct avec le sujet de leur débat et cette perspective ne les réjouissait guère. Sire Civil Brésinga se tenait au milieu de ceux qui piétinaient dans la neige fondue pour souhaiter bon trajet à Devoir. Du dernier rang de la garde royale, j'observai son visage impassible en me demandant quelles réflexions ce masque dissimulait. Par ordre exprès de la reine, nul ne devait quitter Castelcerf hormis le prince et son escorte : elle ne voulait pas risquer d'effrayer la délégation du Lignage déjà sur ses gardes.

Elle donna de brèves instructions à son commandant. Je n'entendis pas ce qu'elle dit à Closmarais, mais l'expression de notre chef se modifia ; il s'inclina gravement, cependant tous ses traits exprimaient la désapprobation, et je restai sidéré en voyant une femme apparaître brusquement à cheval, la monture royale à la bride, et se joindre à notre colonne. Il me fallut un moment pour reconnaître Laurier avec ses cheveux coupés court et teints en noir. Umbre s'avança en protestant mais la reine secoua la tête à ses propos et lui fit une réponse laconique. Encore une fois, je ne l'entendis pas, mais je distinguai la ligne résolue de sa mâchoire et les joues d'Umbre qui s'empourpraient. Elle salua sèchement de la tête son conseiller puis se mit en selle et fit signe à Closmarais qu'elle était prête. Sur un geste de notre commandant, nous enfourchâmes nos montures et franchîmes les portes de Castelcerf à la suite de notre chef et de notre prince. Jetant un coup d'œil en arrière, je vis Umbre qui nous regardait nous éloigner avec une expression horrifiée. *Pourquoi nous accompagne-t-elle ?* Lui transmis-je avec alarme, mais, s'il perçut ma question, il n'y répondit pas.

Je la posai au prince.

Je l'ignore. Elle a seulement prévenu Umbre que les plans avaient changé et qu'elle comptait sur lui pour que personne ne nous suive. Ça ne me plaît pas.

À moi non plus.

Devoir dit quelques mots à sa mère qui se contenta de secouer la tête, les lèvres serrées. Laurier regardait droit devant elle. Le bref aperçu que j'avais eu d'elle m'avait montré de nouvelles rides sur son front et un visage amaigri. Elle jouait donc le rôle d'émissaire de la reine chez les vifiers ; était-ce sa façon de combattre les Pie ? En s'efforçant d'avantager politiquement un groupe modéré ? Cela se tenait, mais la tâche n'avait sûrement pas été facile ni sans risques. Depuis quand n'avait-elle pas dormi autrement que d'un œil ?

La neige à demi fondue cédait inopinément sous les sabots de nos chevaux. Nous sortîmes par la porte ouest. En principe, seuls le prince et Closmarais connaissaient notre destination ; dans les faits, l'oiseau porteur du message était arrivé la veille et on m'avait mis aussitôt dans la confidence. La décision de la reine de rencontrer les délégués du Lignage avait suscité le mécontentement et la grogne de nombreux conseillers de la Couronne ; on avait donc jugé sage de garder secret le lieu du rendez-vous de peur qu'un noble trop inflexible ne sabote l'opération.

Le vent annonçait une averse de pluie ou de neige mouillée ; la sève montante nimbait d'un brouillard vert les arbres encore dépourvus de feuilles. À la bifurcation de la route, délaissant la branche qui descendait au fleuve, nous prîmes celle qui traversait les collines boisées derrière Castelcerf. Un faucon solitaire tournoyait dans le ciel, peut-être à l'affût d'une musaraigne aventureuse, à moins qu'il n'eût d'autres sujets de surveillance. Comme les arbres se resserraient aux abords de la route, Closmarais nous donna l'ordre de modifier nos positions afin que le prince et la reine se trouvent, non plus au-devant, mais au milieu de la colonne. L'inquiétude grandit en moi. Devoir n'avait en rien manifesté qu'il me savait derrière lui, mais la ferme conscience d'Art qui nous unissait me rassurait.

Nous chevauchâmes ainsi toute la matinée, et, à chaque embranchement, nous empruntâmes la route la moins fréquentée. Je n'aimais pas nous voir obligés d'avancer en une file de plus en plus longue et mal ordonnée à mesure que notre chemin se rétrécissait ; quant à Manoire, elle ne supportait pas de devoir freiner son allure pour suivre le cheval qui la précédait, et je menais une lutte constante pour l'empêcher de le dépasser. Son entêtement était d'autant plus malvenu qu'il me gênait pour étendre mon Vif sur la forêt qui nous entourait. Étant donné le nombre d'hommes et de chevaux à proximité immédiate, j'éprouvais les plus grandes difficultés à percevoir quoi que ce fût en dehors d'eux, un peu comme si je m'efforçais d'entendre les couinements d'une souris au milieu des aboiements d'une meute de chiens. Je captai néanmoins des présences humaines de part et d'autre de la piste ; jurant à part moi, j'artisai rapidement un avertissement au prince. Ils avaient fait preuve d'une discrétion extraordinaire ; j'en repérai deux, puis, avant d'avoir le temps de reprendre mon souffle, trois autres qui nous escortaient comme des ombres entre les arbres. Ils allaient à pied, le visage encapuchonné pour dissimuler leurs traits, et portaient des arcs.

Ce n'est pas ici qu'ils devaient nous attendre ! s'exclama Devoir d'un ton anxieux alors que Closmarais faisait brusquement signe à la colonne de s'arrêter. Nous nous regroupâmes du mieux possible autour du prince. Les vifiers que je voyais avaient encoché leurs flèches, mais sans bander leurs armes.

Une voix s'éleva dans les arbres : « Le Lignage vous salue !

— Devoir Loinvoyant vous rend votre salut », répondit le prince d'une voix claire, comme la reine gardait le silence. Il donnait l'apparence d'un calme parfait, mais j'avais l'impression d'entendre son cœur cogner dans sa poitrine.

Une femme de petite taille au teint sombre passa entre les archers et vint se camper devant nous. Contrairement à ses compagnons, elle ne portait ni arme ni capuche. Elle regarda le prince, puis se tourna vers la reine ; ses yeux s'agrandirent et un sourire imperceptible étira ses lèvres. « FitzChevalerie », dit-elle distinctement. Je me raidis mais Devoir se détendit.

Il adressa un hochement de tête à Closmarais en expliquant : « C'est le mot de passe convenu ; ce sont bien les gens que nous avons promis d'escorter. » Il revint à la femme. « Mais pourquoi nous retrouver ici au lieu du point de rendez-vous prévu ? »

Elle eut un rire léger mais amer. « Nous avons appris la prudence, monseigneur, lors de nos démêlés passés avec les Loinvoyant. Vous nous pardonnerez de nous y tenir ; elle a sauvé la vie à bien des nôtres ici présents.

— On ne vous a pas toujours traités avec équité ; j'excuse donc votre méfiance. Je suis venu en personne, selon votre désir, vous assurer que les émissaires peuvent se rendre au château de Castelcerf en toute sécurité. »

La femme acquiesça de la tête. « Et nous amenez-vous un otage de noble naissance, comme nous le demandions ? »

La reine sortit alors de son mutisme. « Il est ici. Je vous remets mon fils. »

Devoir blêmit. Closmarais s'exclama : « Ma reine, je vous en supplie, non ! » Il se tourna vers la représentante du Lignage. « Ma dame, s'il vous plaît, on ne m'a jamais parlé d'otage. Ne retirez pas mon prince de ma protection. Prenez-moi à sa place ! »

Étiez-vous au courant ? demandai-je à Devoir.

Non ; mais je comprends son raisonnement. Il réagissait avec une sérénité surprenante. Il poursuivit à haute voix autant à mon intention qu'à celle des autres gardes. « Paix, Closmarais. C'est la décision de ma mère et j'y obéirai. Nul ne vous reprochera de vous être plié à la volonté de la reine ; en l'occurrence, je suis l'oblat de mon peuple. » Il regarda Kettricken ; il restait pâle mais il s'exprimait d'une voix ferme. Je compris soudain qu'il éprouvait une grande fierté, fierté de servir ainsi, fierté de voir sa mère le juger assez mûr pour affronter ce défi. « Si tel est le vœu de ma reine, je placerai ma vie entre vos mains, et, s'il arrive le moindre mal à l'un des vôtres, je suis prêt à en payer le prix.

— Moi aussi, je resterai à titre de garantie de la parole de ma reine. » La voix douce de Laurier sonna clair dans le silence abasourdi qui avait suivi la déclaration du prince. La femme du Lignage hocha gravement la tête ; manifestement, elle connaissait bien Laurier.

Le cerveau en ébullition, je m'efforçai de rabouter toutes les parties du tableau. Il était normal que le Lignage eût demandé un otage ; tous les sauf-conduits et toutes les promesses d'anonymat du monde n'auraient pas protégé ses délégués une fois à l'intérieur des murs de Castelcerf. Malgré le refus qu'Umbre avait opposé à cette requête, j'aurais dû me douter que quelqu'un serait désigné. Mais pourquoi le prince ? Et pourquoi la reine ne m'avait-elle pas choisi, au lieu de Laurier, pour demeurer auprès de Devoir ? Je regardai ma souveraine d'un œil neuf. Son subterfuge me surprenait, de même que sa façon de passer outre à l'autorité d'Umbre : je savais pertinemment qu'il n'aurait jamais donné son accord à une telle tractation. Comment Kettricken l'avait-elle arrangée ? Par le biais de Laurier ?

Closmarais se jeta à bas de son cheval et tomba à genoux aux pieds de sa souveraine dans la neige détrempée, où il la supplia de revenir sur sa décision, de lui permettre de s'offrir en otage à la place du prince ou au moins de l'autoriser à rester avec cinq de ses hommes à ses côtés. Elle demeura intraitable. Devoir descendit de sa monture et obligea Closmarais à se relever. « Personne ne vous tiendra pour responsable même si cela tourne mal, lui assura-t-il. Ma mère la reine est venue pour m'échanger, et chacun saura que cette opération s'est effectuée par sa volonté, non par la vôtre. Je vous en prie, mon honnête commandant, remontez en selle et ramenez la reine saine et sauve à Castelcerf. » Il haussa la voix. « Et entendez-moi, vous tous qui l'accompagnez : protégez ces gens comme si ma vie en dépendait, car c'est le cas. C'est ainsi que vous me servirez le mieux. »

L'envoyée du Lignage s'adressa à Closmarais : « Je vous promets, à sa mère et à vous, qu'il sera bien traité tant que les nôtres le seront de même ; je vous en donne ma parole. »

Le chef des gardes ne parut guère rasséréné.

Cependant, j'avais écouté la discussion sans trop savoir quoi faire. *Je reviendrai sur mes traces pour vous suivre,* dis-je au prince.

Non. Ma mère a juré de traiter équitablement avec eux et nous nous y tiendrons. Si j'ai besoin de vous, je vous préviendrai, je vous le promets. Mais, pour le moment, laissez-moi jouer le rôle qu'elle m'a confié.

Les émissaires vifiers sortaient de la forêt par groupes de deux ou trois, certains accompagnés de leur animal de lien. J'entendis le cri aigu d'un faucon dans le ciel et compris que je ne m'étais pas trompé plus tôt dans la journée. Un chien tacheté suivait un homme à cheval ; une femme s'approcha escortée d'une vache laitière gravide ; mais, sur la dizaine de ceux qui s'agrégèrent à notre groupe, le visage caché, montés sur des chevaux de diverses races, la plupart étaient seuls ; laissaient-ils leurs bêtes de Vif chez eux ou bien n'avaient-ils pas de partenaire pour le moment ?

Un personnage attira tout de suite mon attention. Il devait avoir la cinquantaine mais il portait bien ses années, comme certains hommes actifs. De la démarche chaloupée d'un marin, il menait par la bride un cheval dont il se méfiait visiblement. Ses cheveux et sa barbe rase étaient gris acier, comme ses yeux auxquels s'ajoutait toutefois une nuance bleutée. Hormis la femme qui nous avait accueillis, il était le seul membre du Lignage qui allât nu-tête. Pourtant, plus que son apparence, c'est la déférence que les autres lui manifestaient qui me frappa : ils s'écartaient de son chemin comme devant un saint ou un fou. La femme le désigna d'un geste emphatique.

« Vous nous avez remis le prince Devoir ; nous ne l'espérions guère malgré la missive qu'on nous avait fait parvenir. Cependant, j'avais résolu, si vous nous confiiez un otage indiquant un véritable respect à notre égard, de vous rendre la pareille. Nous vous donnons Trame. Il est d'une des plus anciennes familles du Lignage, dernier héritier d'une lignée sans mélange. L'aristocratie n'existe pas chez nous, ni les rois ni les reines ; mais, de temps en temps, un homme comme Trame apparaît dans notre communauté. Il ne règne pas sur nous mais il nous écoute et nous l'écoutons. Traitez tous nos envoyés avec considération, mais traitez Trame comme s'il était votre prince. »

Je trouvai curieuse cette présentation : je n'en savais guère plus sur l'homme après ce discours et pourtant, à voir l'attitude des membres du Lignage présents, on eût dit qu'elle nous faisait un don somptueux. Je me promis d'en parler à Umbre plus tard.

J'envisageai un instant d'artiser Lourd afin qu'il transmette au vieux conseiller la décision de la reine, puis je préférai m'en abstenir : le petit homme embrouillait souvent les messages et je ne voulais pas risquer de pousser Umbre à des actions irréfléchies. J'en avais eu mon content pour la journée. Comme les deux groupes se séparaient, laissant le prince et Laurier sur leurs montures entourés de vifiers armés, la pluie s'abattit brusquement. La femme qui nous avait accueillis nous cria : « Trois jours ! Ramenez-nous nos émissaires sains et saufs dans trois jours ! »

La reine se tourna dans sa selle et lui répondit en hochant gravement la tête. L'avertissement n'était guère nécessaire : confier la vie du prince aux vifiers pendant trois jours paraissait déjà beaucoup trop long.

Closmarais fit de son mieux pour organiser sa troupe autour des délégués du Lignage afin d'assurer leur protection, mais ils étaient plus nombreux que prévu et les gardes durent s'écarter à l'extrême pour les entourer efficacement. Je me trouvais en queue de colonne, derrière la femme accompagnée de sa vache de Vif. Je m'étais attendu à ce que le barbu exige une place d'honneur dans le cortège, peut-être aux côtés de la reine, mais il chevauchait à l'arrière, juste devant moi. Un dernier coup d'œil me montra mon prince immobile sur sa monture, sous la pluie battante. Quand je ramenai mon regard devant moi, je constatai que Trame m'observait.

« Il est plus courageux que je n'en aurais cru capable un

garçon de son âge, et d'un caractère mieux trempé que je ne l'aurais cru possible à un prince », me dit-il. Le garde à ma droite fronça les sourcils, mais je me contentai de hocher gravement la tête. Trame me dévisagea encore quelques instants avant de détourner les yeux. Le fait qu'il avait choisi de m'adresser la parole me mettait mal à l'aise.

Je fus trempé des pieds à la tête bien avant que nous n'arrivions à Castelcerf. La pluie se transforma en neige fondue qui rendit la piste traîtresse et ralentit notre allure. Aux portes, les gardes nous laissèrent entrer sans questions ni retard mais, comme nous passions devant eux, j'en vis un écarquiller les yeux et je lus sur ses lèvres les mots qu'il chuchota à son voisin : « Le prince n'est pas avec eux ! » Et la rumeur nous précéda à tire-d'aile dans le château.

Dans la cour, Closmarais aida la reine à mettre pied à terre. Umbre nous attendait et il s'affola un instant en se rendant compte que le prince n'était pas parmi nous. Son vif regard vert se porta aussitôt vers moi, mais je détournai le mien : je ne disposais d'aucun renseignement à lui fournir et je voulais éviter qu'on soupçonne un lien entre lui et moi ; cela ne présentait d'ailleurs aucune difficulté, car une foule mouvante d'hommes et d'animaux piétinait désormais la neige à demi fondue de la cour, et les meuglements inquiets de la vache se mêlaient au brouhaha général. Des employés de nos écuries étaient sortis prendre en charge nos bêtes et celles de nos hôtes, et ils restèrent un peu déconcertés devant la vache gravide et la femme dégoulinante de pluie et masquée qui refusait de quitter sa bête, mais redoutait d'entrer seule dans le bâtiment.

Pour finir, Trame et moi nous proposâmes pour

l'accompagner. Je trouvai un box inoccupé et tâchai d'installer la vache fatiguée aussi confortablement que possible dans cet environnement étranger. La femme ne s'adressa guère à nous, apparemment tout entière au bien-être de l'animal ; en revanche, Trame se montra aimable et ouvert, non seulement avec moi, mais aussi avec les chevaux présents et les palefreniers que j'envoyai quérir de l'eau et de la paille fraîche. Je me présentai sous l'identité de Tom Blaireau, membre de la garde royale.

« Ah ! fit-il en hochant la tête comme si je venais de confirmer ce dont il se doutait déjà. Vous devez être l'ami de Laurier, dans ce cas ; elle nous a dit grand bien de vous et vous a recommandé à mon attention. »

Sur cette phrase inquiétante, il reprit son exploration des écuries. Il paraissait s'intéresser à tout ce qui se passait autour de lui et posait toutes sortes de questions : combien d'animaux nous abritions, quel genre de chevaux, si j'étais garde depuis longtemps, si j'avais envie autant que lui d'enfiler des vêtements secs et d'avaler une boisson chaude.

J'observai un laconisme courtois et j'éprouvai un grand soulagement quand on nous demanda de conduire nos invités dans l'aile Est du château, où la reine avait décidé de loger nos hôtes du Lignage. Ce vaste appartement leur permettrait de rester à l'écart des autres habitants de Castelcerf, et comptait une grande salle où ils pourraient se restaurer tous ensemble à visage découvert une fois le dîner servi et les domestiques sortis. Tous semblaient attacher une grande importance à leur anonymat – tous sauf Trame. Je les escortai, la femme à la vache et lui, à l'étage où se trouvaient les chambres ; ils furent accueillis par une servante qui les pria de la suivre. La femme lui emboîta le pas sans m'accorder un regard mais

Trame me serra le poignet d'un geste cordial en exprimant son espoir de pouvoir bientôt s'entretenir avec moi de nouveau. Il n'avait pas fait trois pas qu'il demandait à la domestique si elle aimait son travail, si elle résidait depuis longtemps au château et si elle ne trouvait pas dommage qu'une si belle journée de printemps s'achève par un tel déluge.

Déchargé de ses devoirs, le soldat que j'étais, fourbu et trempé, se rendit aussitôt à la salle de garde. Il y régnait le plus grand tumulte, car chacun débattait doctement et à tue-tête de la décision de la reine. La pièce était bondée non seulement des gardes récemment revenus mais aussi de tous ceux qui tenaient à entendre leur récit de leur bouche. C'était hélas trop tard : chez les gardes, les histoires croissent et se multiplient plus vite que des lapins. Tout en dévorant une assiettée de ragoût avec du pain et du fromage, j'appris ainsi que nous nous étions retrouvés encerclés par une soixantaine de vifiers armés d'arcs et d'épées et accompagnés d'au moins un sanglier qui n'avait cessé de nous regarder en grognant et en agitant ses défenses d'un air menaçant. Je dus avouer mon admiration pour ce dernier embellissement. Mais, tout de même, l'homme qui racontait son aventure de la voix la plus sonore mentionna le courage et le sang-froid de notre prince.

Toujours dégoulinant et glacé jusqu'aux os, je sortis et enfilai un couloir qui passait devant les cuisines et menait aux dépendances. Profitant de l'absence d'âme qui vive, je me faufilai dans la petite chambre de Lourd, puis, de là, dans les passages dissimulés du château. Je gagnai ma salle de travail au plus vite, me changeai et mis les vêtements mouillés à sécher sur des tables et des sièges. Le minuscule billet d'Umbre indiquait seulement :

« Chambre du conseil privé de la reine. » D'après les pâtés qui maculaient le message, je déduisis qu'il n'était pas du plus grand calme quand il l'avait rédigé.

Aussi repartis-je à toute allure dans les galeries tortueuses, en maudissant ses bâtisseurs et en me demandant s'ils étaient aussi courts sur pattes que semblait l'indiquer la hauteur des plafonds, alors que je savais pertinemment que la construction de ce labyrinthe n'avait jamais procédé d'aucune planification : son existence résultait de la jonction d'espaces entre les murs, d'escaliers de service tombés en désuétude et de sections ajoutées intentionnellement lors des réparations du château. C'est à bout de souffle que je parvins devant l'entrée secrète des appartements de la reine. Avant de frapper, j'attendis que ma respiration se calme et je perçus alors les éclats d'une violente altercation de l'autre côté de la porte dérobée.

« Et moi je suis la reine ainsi que sa mère ! déclara Kettricken d'un ton farouche. Croyez-vous que je risquerais l'héritier ou le fils si je ne pensais pas que le jeu en valait la chandelle ? »

Je n'entendis pas la réponse d'Umbre, mais la réplique de Kettricken fut claire, voire stridente. « Non, cela n'a rien à voir avec mon éducation montagnarde ! Mon but est d'obliger mes nobles à négocier avec le Lignage comme s'ils avaient à y perdre. Vous avez été témoin vous-même de la façon dont ils ont réduit mes efforts à néant ; pourquoi ? Parce que laisser la situation en l'état ne leur coûte rien. Les persécutions ne les dérangent pas ; la vie de leurs fils ou de leurs épouses n'est pas en jeu. Jamais ils n'ont passé de nuit blanche à redouter qu'on ne découvre le Vif d'un de leurs proches et qu'on ne l'assassine. Moi si ! Je vais vous dire une bonne chose, Umbre : mon fils ne court pas plus de risque otage des vifiers qu'hier, au château, où la preuve de son Vif aurait pu retourner ses propres ducs contre lui. »

Dans le silence qui suivit, je frappai fermement à la porte. Au bout de quelques instants, on répondit « Entrez », et, quand j'obéis, je trouvai la reine et son conseiller les joues encore rouges mais le visage composé. Je me sentais comme un enfant qui a surpris une querelle intime entre ses parents, et Umbre tenta aussitôt de m'y entraîner.

« Comment as-tu pu autoriser une telle décision ? me lança-t-il. Pourquoi ne m'as-tu pas averti ? Le prince va-t-il bien ? Lui a-t-on fait du mal ?

— Il va bien... », répondis-je, mais Kettricken m'interrompit brutalement.

« Comment a-t-il pu "autoriser" une telle décision ? Conseiller, vous passez la mesure ! Vous me prodiguez vos recommandations depuis des années, et de façon fort avisée ; mais si vous oubliez encore une fois votre place dans la hiérarchie, je me séparerai de vous. Votre rôle consiste à me conseiller, non à prendre des décisions et encore moins à tourner ma volonté ! Croyez-vous que je n'aie pas longuement pesé tous les aspects de la situation ? Eh bien, suivez mon raisonnement, vous qui m'avez enseigné à réfléchir de façon retorse. Fitz est là et, par lui, je saurai si l'on fait subir ne serait-ce qu'un affront à mon fils ; auprès de Devoir se trouve une femme qui connaît bien le Lignage, qui m'est fidèle et qui sait manier une arme si nécessaire. De mon côté, j'ai en mon pouvoir une dizaine de personnes, toutes en danger s'il arrive malheur à mon fils, et parmi elles un homme apparemment tenu en grande considération. Vous vouliez rejeter leur demande d'otage, car, selon vous, si nous refusions, ils protesteraient peut-être mais finiraient tout de même par nous envoyer leurs émissaires. Laurier m'a donné un avis différent : elle sait bien la méfiance que ces gens éprouvent pour les Loinvoyant et les générations d'exactions sur lesquelles elle se fondes ; elle était d'avis que nous fournissions un otage de haute naissance. Mais qui ? Moi ? J'y ai pensé tout d'abord, mais qui cela aurait-il laissé pour négocier ? Mon fils, que beaucoup considèrent comme un jeune garçon sans expérience ? Non. Il me fallait rester ici. J'ai mûrement évalué les autres choix possibles : un noble, plein de peur et de mépris pour eux, à rencontre des protestations de mes autres ducs ? Vous ? J'aurais alors été privée de vos conseils. FitzChevalerie ? Pour qu'il ait assez de valeur, il aurait fallu révéler son identité. Voilà comment j'en suis arrivée à désigner mon fils. Il est précieux pour les deux camps à condition qu'il reste en vie. Lors des négociations préalables, les gens du Lignage ne m'ont pas caché qu'ils le savaient doué du Vif ; en conséquence, par certains côtés, il est des leurs autant que des nôtres. Il est sensible à leur situation, car il la partage, et je ne doute pas que son séjour chez eux lui en apprendra bien plus que s'il était demeuré à mes côtés pendant les tractations officielles ; et ce qu'il aura acquis fera de lui, plus tard, un meilleur souverain pour tout son peuple. » Elle se tut puis, le souffle un peu court, elle ajouta : « Eh bien, conseiller, indiquez-moi où j'ai fait erreur. »

Umbre la contemplait d'un air hébété, la bouche entrouverte ; pour ma part, je ne cherchais pas à dissimuler mon admiration. Tout à coup, Kettricken m'adressa un sourire de connivence, et je vis des éclats verts étinceler dans le regard d'Umbre.

Il referma la bouche avec un claquement sec. « Vous auriez pu m'avertir, fit-il avec aigreur. Je n'apprécie pas d'avoir l'air ridicule aux yeux de tous.

— Dans ce cas, choisissez d'avoir l'air surpris, comme

tout le monde », rétorqua Kettricken d'un ton sec. Puis elle poursuivit avec plus de douceur : « Mon vieil ami, je le sais, j'ai suscité vos inquiétudes pour la vie de mon fils et j'ai froissé votre amour-propre ; mais, si je vous avais mis dans la confidence, vous m'auriez défendu d'agir. C'est vrai, n'est-ce pas ?

— Peut-être. Mais quand même, c'est...

— Paix, coupa-t-elle. Ce qui est fait est fait, Umbre ; acceptez-le à présent. Et, je vous en prie, que cela ne vous empêche pas d'aborder les négociations avec un esprit juste et inventif. » L'ayant ainsi réduit au silence, elle s'adressa à moi. « Vous, FitzChevalerie, vous vous tiendrez derrière le mur et assisterez à tout. Naturellement, vous devrez aussi garder l'œil sur mon fils ; peut-être sera-t-il en mesure de vous transmettre des renseignements dont nous pourrons tirer avantage. » Avec une tranquillité feinte, elle demanda : « Êtes-vous en contact avec lui en ce moment ?

— Pas de façon directe, répondis-je. Je ne le suis pas partout comme autrefois Vérité m'accompagnait. C'est un des aspects de l'Art qu'il ne maîtrise pas encore tout à fait. Mais... un instant. » Je pris mon souffle et l'artisai. *Devoir ? Je suis avec Umbre et la reine. Tout va bien ?*

Très bien. Umbre en veut beaucoup à ma mère ?

Ne vous inquiétez pas de ça : elle sait comment le prendre. Ils souhaitaient simplement vérifier que nous pouvions communiquer.

Eh bien, voilà qui est fait. Je suis en pleine conversation avec Fléria, la femme à la tête du Lignage ; laissez-moi l'écouter ou elle va croire qu'on peut avoir à la fois l'esprit du Vif et l'esprit lent.

Quand je reportai mon attention sur Umbre et Kettricken, le vieil homme fronça les sourcils. « Peut-on savoir ce qui te fait sourire ? demanda-t-il, hérissé comme si je me moquais de lui.

— Mon prince a seulement fait un jeu de mots. Il se porte comme un charme. Et, comme le supposait Sa Majesté, il discute avec le chef du Lignage, Fléria. »

Kettricken posa sur Umbre un regard triomphant. « Là ! Vous voyez ? Il nous a déjà fourni son nom, renseignement que nous cherchions depuis longtemps.

— Il nous a fourni un nom qu'elle-même lui a fourni, voulez-vous dire », rétorqua le vieil assassin avec humeur. Il s'adressa ensuite à moi : « Pourquoi n'ai-je pas entendu le prince ? Que faire pour améliorer mon talent afin qu'il opère comme je le désire ?

— Vous n'y êtes peut-être pour rien. Devoir a enfin appris à concentrer ses pensées exclusivement sur moi, et même Lourd n'aurait rien perçu de notre entretien. Réfléchissez : il est possible qu'à force de travailler ensemble, le prince et vous, vous créiez un lien solide entre vous ; peut-être aussi deviendrez-vous plus réceptif à la magie en la pratiquant plus souvent. Mais, en attendant...

— En attendant, vous devrez en discuter plus tard, intervint la reine. Même le plus lent de nos hôtes doit avoir changé de vêtements et s'être réchauffé à l'heure qu'il est. Venez, Umbre ; il est prévu que nous les retrouvions dans la salle d'assemblée est. Quant à vous, Fitz, gagnez votre poste ; s'il se prononce une parole qui laisse planer le doute sur la sécurité de mon fils, je veux qu'il en soit averti aussitôt. »

Une autre aurait vérifié qu'Umbre la suivait ou fait une brève halte devant un miroir, mais pas Kettricken : elle quitta son siège et sortit à grandes enjambées, sans douter un instant que son conseiller lui emboîterait le pas et que je me rendrais sur-le-champ à mon trou d'observation.

Dans le regard que me lança le vieil assassin avant de franchir la porte se mêlaient le dépit et la fierté. « J'ai peut-être été trop bon professeur », me souffla-t-il au passage.

J'empruntai à nouveau les galeries à rats du château. À la salle de travail, je me munis d'une provision de bougies et d'un coussin pour mon confort personnel, et, comme je suivais le chemin détourné qui me conduisait à mon affût, Girofle se joignit à moi ; avec déception, il constata que je n'avais pas emporté de raisins secs, et il décida de se consoler par le simple fait de participer à mon expédition.

Toutes les négociations auxquelles j'ai assisté débutent par au moins une journée mortellement ennuyeuse, et celle-là ne fit pas exception : malgré le mystère des émissaires masqués, cet après-midi s'enlisa dans un marécage de manœuvres et de méfiance dissimulée sous une courtoisie et une réserve extrêmes. Les délégués refusaient de révéler de quelle région des Six-Duchés chacun était originaire, et à plus forte raison leur identité ; le seul résultat, ou quasi, que nous obtînmes au bout de cette première réunion fut une résolution selon laquelle ils devaient au moins désigner le duché d'où ils provenaient et, s'ils avaient des plaintes à formuler contre ce duché, de fournir les noms des personnes lésées ainsi que des dates et des détails précis.

Trame seul se distingua sur tous ces points et me procura l'unique moment intéressant de toute cette première journée. Il se présenta comme natif de Cerf, habitant une petite ville côtière à la frontière de Béarns. Pêcheur de son métier, il était le dernier rejeton d'une famille du Lignage naguère fort nombreuse. La plupart de ses proches parents avaient péri pendant la guerre des Pirates rouges, et sa grand-mère âgée avait cédé sous le poids des ans le printemps précédent. Célibataire et sans enfants, il ne se sentait pourtant pas seul grâce au lien qui l'unissait à une oiselle de mer, occupée à cet instant même à chevaucher les vents au-dessus du château de Castelcerf ; elle se nommait Risque et, si la reine désirait faire sa connaissance, il serait heureux de lui demander de se poser au sommet d'une tour.

Seul parmi les émissaires du Lignage, il ne présentait pas une façade réticente et suspicieuse, et sa loquacité compensait amplement le mutisme de la plupart de ses compagnons. Il paraissait convaincu par le vœu de la reine Kettricken de mettre un terme à la persécution du Lignage, et il prit un moment pour la remercier publiquement non seulement de nourrir ce souhait mais d'avoir organisé l'assemblée à laquelle il participait ; il précisa qu'une telle réunion de membres du Lignage ne s'était plus produite depuis des générations, depuis l'époque où ils avaient dû cacher leur magie et quitter les communautés dans lesquelles ils vivaient. De là, il entreprit de souligner l'importance de permettre aux enfants du Lignage de déclarer ouvertement leur magie afin qu'ils puissent l'étudier et l'apprendre à fond ; il inclut parmi eux le prince Devoir et affirma partager le chagrin de la reine à l'idée que la magie de son fils dût rester cachée et inculte.

Il se tut alors, et je me demandai ce qu'il espérait ; des remerciements de la souveraine pour sa sympathie et sa sollicitude ? Je distinguai la tension qui habitait Umbre : malgré ce que le Lignage prétendait « savoir », il avait recommandé à Kettricken de ne pas reconnaître devant ses ambassadeurs qu'il avait le Vif. Elle esquiva la question avec adresse en répondant à Trame qu'elle partageait sa peine pour les enfants contraints de vivre dans une atmosphère de dissimulation et obligés de laisser leur don en friche.

La longue soirée se déroula ainsi. Trame seul paraissait plus que prêt à nous parler de lui-même et de son Vif : il en semblait désireux, et je commençais à comprendre que la distance qu'on maintenait avec lui dans la communauté du Lignage provenait d'un sentiment de perplexité autant que de respect. On ignorait que penser de lui, réaction classique devant un homme réputé fou ou touché par le doigt d'un dieu ; il mettait mal à l'aise et l'on ne savait trop s'il fallait l'imiter ou le chasser. Je conclus rapidement que, seul parmi les émissaires présents, il était venu de son propre chef. Nulle communauté ne l'avait choisi comme représentant ; il avait simplement entendu l'appel de la reine et y avait répondu. Dans la forêt, la femme avait paru faire grand cas de lui, mais je n'étais absolument pas convaincu que tous les vifiers de la salle partageaient cette estime. Et tout à coup il conquit le cœur de ma reine.

« Celui qui n'a rien à perdre, dit-il, occupe souvent la meilleure position pour se sacrifier au bénéfice des autres. »

À ces mots, le regard de Kettricken se mit à briller et je sus que, comme moi, Umbre avait compris l'écho qu'ils avaient trouvé en elle.

La réunion dura jusqu'au repas du soir. Umbre et la reine laissèrent les délégués dîner entre eux, mais je ne me fis pas scrupule de les observer pendant qu'ils ôtaient leurs capuches et leurs masques ; je ne reconnus personne de la communauté du Lignage que j'avais fréquentée avec Rolf ni des Pie que j'avais pourchassés. Ils se restaurèrent copieusement avec force commentaires sur la qualité de la cuisine. Une petite bête de Vif que je n'avais pas aperçue jusque-là fit son apparition : une des femmes était appariée à un écureuil qui grimpa sur la table et se mit à la parcourir vivement en prélevant des bribes de nourriture dans les plats, sans que personne émît la moindre protestation. C'étaient ce repas et la conversation détendue qui l'accompagnait que la reine et Umbre désiraient véritablement que je surveille, et je ne m'étonnai pas quand le vieil assassin me rejoignit bientôt à mon poste d'observation.

En silence, nous écoutâmes nos hôtes discuter sur l'orientation des négociations et la réalité de l'intérêt que leur portait la reine ; deux vifiers, un homme qui se donnait le nom de Jeunot et une femme qui se faisait appeler Mercurœil, se montraient particulièrement loquaces. Ils se connaissaient bien, je le sentais, et se considéraient comme les chefs du groupe ; ils s'efforçaient de convaincre leurs compagnons d'adopter une attitude ferme face à la souveraine. Jeunot débita une liste d'exigences à présenter tandis que Mercurœil hochait la tête avec enthousiasme ; plusieurs de ces revendications étaient irréalistes et d'autres soulevaient des questions ardues. Jeunot se réclamait d'une famille noble dépouillée de son titre et de ses biens à l'époque du prince Pie, où le royaume avait sombré dans une folie antivifière ; il voulait rentrer dans l'intégralité de son héritage et promettait à tous ceux qui l'aideraient dans cette entreprise de leur faire bon accueil comme habitants ou travailleurs sur ses domaines. Tous se rendaient compte, il en était sûr, qu'un aristocrate reconnu comme membre du Lignage profiterait à l'ensemble de la communauté et à son statut. Le rapport restait flou à mes yeux, mais certains délégués acquiesçaient à ce discours.

Mercurœil, elle, parlait davantage de vengeance que de réhabilitation. Selon elle, ceux qui avaient exécuté des vifiers devaient subir le même traitement. Tous deux soutenaient avec intransigeance que la reine devait offrir réparation des torts passés en préalable à toute discussion sur une cohabitation pacifique des vifiers et des non-vifiers.

L'accablement me saisit à ces paroles, et je vis, à la lueur de notre bougie sourde, qu'Umbre affichait une expression lasse. La reine, je le savais, avait espéré suivre l'approche opposée, tenter de résoudre les problèmes actuels et tuer dans l'œuf ceux qui se profilaient à l'horizon plutôt que rendre la justice sur des affaires remontant jusqu'à plusieurs dizaines d'années. Umbre se pencha pour me glisser à l'oreille : « S'ils s'en tiennent à ce parti, nous aurons œuvré en vain ; trois jours ne suffiront pas à régler toutes ces rancunes. En outre, s'ils soumettent ces demandes, cela encouragera les ducs à en présenter d'aussi extrêmes. »

Je hochai la tête, puis posai la main sur son poignet. *Espérons qu'il n'y a que deux trublions, et qu'un esprit plus calme prévaudra. Ce Trame, par exemple ; il ne paraît pas revanchard.*

Umbre avait plissé le front pendant que je l'artisais. Il acquiesça et je captai le sens général de la pensée qu'il me renvoya : *Où... Trame ?*

Dans l'angle, au fond. Il ne dit rien et observe ses compagnons.

On aurait même pu croire qu'il somnolait, mais je le soupçonnais d'ouvrir l'œil et de tendre l'oreille autant que nous. Nous nous tûmes et poursuivîmes notre surveillance quelque temps, accroupis côte à côte ; enfin, Umbre me chuchota : « Va te restaurer. Je resterai au poste en attendant ton retour ; il faut que tu y demeures aussi longtemps que possible ce soir. »

J'obéis. Après avoir dîné, je rapportai des coussins supplémentaires, une couverture, une bouteille de vin et une poignée de raisins secs pour le furet qui ne me lâchait pas les talons. Umbre émit un « Ah ! » dédaigneux devant ce qu'il considérait manifestement comme un luxe extravagant, puis il disparut. Les délégués du Lignage cachèrent leur visage avant de laisser les domestiques entrer pour débarrasser la table ; des musiciens et des jongleurs arrivèrent ensuite, puis la reine et Umbre qui vinrent partager ces divertissements. Ils amenaient avec eux les représentants des duchés, tous très jeunes et qui firent mauvaise figure, demeurant à part, ne parlant qu'entre eux, visiblement inquiets à la perspective de passer la soirée en compagnie de vifiers. Ils devaient participer le lendemain avec la reine et son conseiller à une discussion avec les émissaires ; je pressentis que la réunion n'apporterait guère de progrès et j'éprouvai quelque inquiétude pour mon prince.

Je tendis mon Art vers lui et il perçut ma présence au bout de quelques instants. *Où êtes-vous et que faites-vous ?* demandai-je.

J'écoute un ménestrel du Lignage qui interprète de vieilles chansons d'autrefois. Nous nous trouvons dans une espèce d'abri en haut d'une vallée ; d'après l'aspect du bâtiment, j'ai l'impression qu'on l'a construit pour la circonstance. Je suppose que nos hôtes ne tiennent pas à nous conduire là où ils habitent tous les jours par crainte de représailles ultérieures.

Vous traite-t-on bien ?

J'ai un peu froid et la cuisine est des plus rudimentaires, mais ce n'est pas pire qu'une nuit à la belle étoile pendant une partie de chasse. Oui, on nous traite bien ; dites à ma mère de ne pas s'inquiéter pour ma santé.

Je n'y manquerai pas.

Et comment vont les choses à Castelcerf ?

Lentement. Je suis assis derrière un mur et j'observe

les délégués qui regardent un jongleur. Devoir, je crains que les négociations n'avancent guère au cours de ces trois jours.

Je partage votre impression. Nous devrions adopter l'attitude d'un vieil homme de notre groupe : il répète à qui veut l'entendre que ce sera déjà une victoire si ces pourparlers s'achèvent sans effusion de sang, que de toute sa vie il n'aura jamais vu tant de mansuétude de la part d'un souverain Loinvoyant.

Hum ! Il n'a peut-être pas tort.

La soirée s'acheva tôt à la demande des représentants du Lignage, sans doute fatigués à la fois par leur trajet et la tension de l'après-midi. La perspective de retrouver mon lit me réjouit, mais je décidai de passer d'abord par la salle des gardes afin d'y recueillir des dernières rumeurs : j'avais constaté depuis longtemps qu'il n'y avait pas meilleur lieu pour se tenir au courant des potins et des calomnies et prendre le pouls de l'humeur du peuple.

En chemin, je restai interloqué en croisant Trame qui se promenait dans les couloirs silencieux du château. Il me salua cordialement en m'appelant par mon nom.

« Êtes-vous perdu ? demandai-je poliment.

— Non, curieux seulement. Et les idées qui se bousculent dans ma tête m'empêchent de dormir. Et vous, où allez-vous ?

— Prendre une collation tardive », répondis-je, et il se découvrit aussitôt un appétit similaire au mien. L'idée d'emmener un de nos hôtes du Lignage parmi les gardes ne me souriait guère, mais il repoussa ma suggestion de chercher un âtre tranquille dans la grand'salle et de m'y attendre. Comme il m'accompagnait, l'inquiétude grandissait en moi quant à l'accueil qui lui serait réservé, mais lui, apparemment indifférent à pareilles craintes, me posait mille questions sur les tapisseries, les bannières et les portraits devant lesquels nous passions.

Quand nous pénétrâmes dans la vaste pièce, les conversations se turent un moment. L'angoisse me saisit devant les regards hostiles qui se portèrent sur nous, et elle grandit encore quand j'aperçus Lame Havrebuse à l'extrémité de la table près de la cheminée. Détournant le visage, je déclarai : « L'invité de notre reine désirerait une tranche de gigot, les gars, et une chope de bière. » J'en appelai ainsi lourdement aux règles de l'hospitalité dans l'espoir de dégeler les humeurs, mais en vain.

« J'aimerais mieux les partager avec notre prince, fit un homme d'un ton sinistre.

— Moi aussi, acquiesça cordialement Trame, car j'ai eu à peine le temps d'échanger deux mots avec lui avant qu'il ne parte avec mes camarades. Mais, de même qu'il dîne avec eux ce soir en les écoutant narrer des histoires de notre communauté, je souhaiterais rompre le pain avec vous et entendre parler du château de Castelcerf.

— Je ne savais pas qu'on acceptait les vifiers à table, par chez nous », glissa un garde, perfide.

Je me raidis : je devais d'abord répondre puis trouver un moyen de sortir Trame indemne de la salle ; mais Lame me prit de court. « Autrefois, nous en acceptions un, dit-il d'une voix lente. Il était des nôtres et nous l'appréciions tous avant d'avoir la bêtise de laisser Royal le tuer.

— Oh non, encore cette vieille rengaine ? » s'exclama un homme, et un autre renchérit : « Et quand il a assassiné notre roi, Lame, tu l'appréciais toujours autant, après ?

— FitzChevalerie n'a pas assassiné le roi Subtil, petit crétin ! J'étais là, je sais ce qui s'est passé et ce ne sont pas les chansons fielleuses de quelques ménestrels à langue de vipère qui me feront changer d'avis. Fitz aimait son roi, il ne l'a pas tué ; en revanche, il a bel et bien éliminé les artiseurs, et je me porte garant de ce qu'il a affirmé : c'étaient eux, les meurtriers de Subtil.

— En effet, c'est toujours ainsi qu'on m'a présenté l'histoire. » Trame s'exprimait avec enthousiasme. Horrifié, je le vis se faufiler entre les hommes, qui ne firent pas un mouvement pour s'écarter, et s'arrêter devant Lame. « Y a-t-il de la place à côté de vous sur ce banc, vieux guerrier ? lui demanda-t-il d'un ton affable. J'aimerais entendre à nouveau ce récit, mais de la bouche d'un témoin direct. »

S'ensuivit pour moi la plus longue soirée que j'eusse passée dans la salle des gardes. Trame interrompit cent fois Lame qui narrait les événements de cette nuit fatale par des questions pénétrantes qui eurent tôt fait d'attirer les hommes autour de la table et de les inciter à exprimer à leur tour leurs interrogations. La flamme des torches était-elle vraiment devenue bleue et avait-on réellement aperçu le Grêlé la nuit où Royal s'était emparé du Trône ? La reine s'était-elle enfuie ou non lors de cette nuit sanglante ? Et, à son retour, n'avait-elle jeté aucune lumière nouvelle sur le drame ?

Quelle étrange impression je ressentais à écouter ce débat et à me rendre compte que les spéculations allaient toujours bon train au bout de tant d'années ! La reine avait affirmé, sans jamais en démordre, que FitzChevalerie avait tué, dans un accès de fureur compréhensible, les véritables assassins du roi, mais aucune preuve n'étayait cette assertion. Les hommes reconnaissaient néanmoins que leur souveraine n'était point sotte, et n'avait au surplus nul motif de mentir à ce sujet. Comme si une Montagnarde avec son éducation pouvait mentir ! De là, ils dévièrent sur la vieille légende selon laquelle je serais sorti de ma tombe en creusant la terre de mes doigts nus et en ne laissant derrière moi qu'un cercueil vide. Si on avait bel et bien vu la caisse, nul n'avait pu dire si quelqu'un avait volé ma dépouille ou si je m'étais vraiment changé en loup et m'en étais échappé. Les gardes écoutèrent d'une oreille sceptique Trame affirmer que pareille transformation était impossible à un vifier. La conversation se porta sur sa propre bête, sorte de mouette, et il réitéra sa proposition de la présenter le lendemain matin à qui le souhaitait. Quelques-uns secouèrent la tête, saisis d'une crainte superstitieuse, mais d'autres, manifestement intrigués, assurèrent qu'ils viendraient au rendez-vous.

« Et qu'esstu veux qu'y t'fasse, ce piaf ? lança l'un d'eux d'une voix d'ivrogne à un de ses camarades timorés. Qu'y t'chie d'ssus, p't-être ? Tu d'vrais avoir l'habitude, Roussin ; t'y as droit assez souvent avec ta gueuse ! »

Aussitôt la rixe éclata, malaisée par manque de place, et fort brève de ce fait : les deux adversaires furent promptement éjectés dans la nuit froide par leurs voisins. Trame en profita pour déclarer qu'il avait eu son content d'histoires et de bière pour la soirée, mais qu'il serait ravi de revenir le lendemain si l'on voulait bien de lui. À mon grand effarement, Lame et plusieurs autres assurèrent qu'il serait le bienvenu, vifier ou non, et sa mouette aussi.

« Hélas, Risque n'aime pas se trouver entre des murs ni voler dans l'obscurité ; mais je m'arrangerai pour que vous la voyiez demain, si le cœur vous en dit. »

Comme nous quittions les hommes d'armes et traversions le château en direction de l'aile Est, je pris conscience peu à peu qu'à lui seul Trame avait sans doute contribué davantage à la cause du Lignage que toutes les palabres de la journée entière. Peut-être sa présence était-elle réellement un don du ciel pour nous.

13
NÉGOCIATIONS

Un seul homme armé du mot juste peut accomplir ce qui sera impossible à une légion de soldats.

Proverbe montagnard

*

Je rapportai l'attitude de Trame à Umbre, naturellement, qui en rendit compte à la reine. C'est ainsi que, lorsque débuta la réunion du lendemain, à laquelle assistaient les mandataires des Six-Duchés, elle fit en sorte qu'il eût le premier l'occasion de s'exprimer. Accroupi derrière mon mur, l'œil à la fente, je ne perdais rien des échanges. Avant de lui donner la parole, elle le présenta aux envoyés du royaume comme le descendant de la plus ancienne famille du Lignage et déclara désirer qu'on le traitât avec la plus grande courtoisie. Toutefois, quand elle lui céda la place, il assura l'assemblée qu'il n'était qu'un humble pêcheur dont le hasard seul voulait qu'il fût issu d'une lignée d'ancêtres plus sages qu'il ne le serait jamais ; là-dessus, d'une façon si abrupte que j'en restai le souffle coupé, il exposa ses propositions pour mettre fin à l'injuste persécution des vifiers. S'adressant autant à ses compagnons qu'à la reine, il suggéra que la meilleure méthode pour réunir les deux communautés consisterait peut-être à introduire quelques vifiers dans l'entourage royal.

Il évoquait plus un sage de Jhaampe en train de régler une querelle qu'un porte-parole du Lignage, et ma reine l'écoutait les yeux brillants. Je vis non seulement Umbre mais aussi deux représentants au moins des Six-Duchés acquiescer de la tête d'un air songeur à ses conclusions. Pas à pas, il dévoila le raisonnement qui l'y avait conduit : pour lui, il fallait attribuer les persécutions en grande partie à la peur, et la peur en grande partie à l'ignorance, qu'il imputait à l'obligation des vifiers de se dissimuler pour survivre. Où commencer à combattre l'ignorance mieux qu'au sein même de l'entourage de la reine ? Qu'une femme du Lignage douée d'affinité avec les oiseaux travaille à la fauconnerie, et qu'un garçon lié à un chien donne la main à la grand'veneuse ; que Sa Majesté prenne un page ou une servante personnelle douée du Vif afin de montrer à tous qu'ils n'étaient en rien différents des pages et servantes dépourvus de leur talent. Que les nobles constatent que ces gens ne nuisaient nullement à son service ni au travail de ses domestiques mais au contraire les amélioraient. La reine s'engagerait naturellement à les protéger tant que ceux qui œuvreraient à leurs côtés ne se seraient pas montrés fermement convaincus ; de leur côté, ceux du Lignage ainsi introduits prêteraient serment de ne provoquer aucune friction.

Puis, avec une égalité de ton qui me laissa bouche bée, il offrit ses propres services à la reine, avec la courtoisie et la correction d'un rejeton d'aristocrate, à tel point que je me pris à douter qu'il fût bien issu d'une famille de pêcheurs. Il mit un genou en terre devant Kettricken et la pria de l'autoriser à demeurer à Castelcerf après le départ de ses compagnons, à vivre au château afin d'apprendre et d'enseigner à la fois. Évitant soigneusement de dévoiler le secret du prince devant les conseillers des Six-Duchés, il se proposa néanmoins de devenir son professeur, « précepteur certes rustique mais qui se ferait une joie d'instruire le prince sur la vie et les coutumes du Lignage, afin qu'il approfondît ses connaissances sur cette communauté de ses sujets ».

Umbre intervint : « Mais, si nous ne vous rendons pas aux vôtres comme nous en avons pris l'engagement, certains n'iront-ils pas affirmer que nous vous retenons contre votre volonté ? » Je soupçonnai mon vieux mentor de voir d'un mauvais œil un membre du Lignage conseiller du prince.

Son inquiétude fit rire Trame. « Chacun dans cette salle est témoin que je propose mes services de mon plein gré. Si, une fois repartie notre délégation, vous décidez de me démembrer et de brûler mon cadavre, qu'on en fasse reproche à mon seul entêtement et à mon manque de discernement. Mais je ne pense pas avoir à craindre une telle fin, n'est-ce pas, ma dame ?

— Assurément non ! s'exclama Kettricken. Et, quoi qu'il résulte par ailleurs de ces réunions, je considère d'ores et déjà comme un bénéfice de compter désormais dans mon entourage un homme à l'esprit aussi clair. »

L'analyse soigneuse de la situation et les suggestions de Trame avaient pris toute la matinée. Quand l'heure du déjeuner sonna, il déclara qu'il mangerait parmi ses nouveaux amis de la salle des gardes, après quoi il leur présenterait sa mouette. Avant qu'Umbre pût émettre une protestation, la reine annonça qu'elle se joindrait à eux, ainsi que son conseiller et les délégués des Six-Duchés, car elle aussi souhaitait faire la connaissance de Risque.

Comme j'aurais aimé assister à cette scène ! J'aurais voulu y participer, certes, mais surtout voir la tête des gardes se découvrant honorés de la présence de la reine à leur table. Trame se trouverait grandi à leurs yeux d'avoir été l'agent d'un tel événement, et sans doute ils se presseraient plus nombreux autour de l'oiseau si la reine elle-même ne manifestait nulle crainte de sa bête de Vif.

Mais, en l'absence d'Umbre dans la salle de réunion, j'étais bloqué à mon poste d'observation. Les délégués du Lignage ôtèrent leurs masques après qu'on leur eut servi le repas, et, comme précédemment, Jeunot et Mercurœil évoquèrent avec véhémence les injustices passées et les réparations qu'ils jugeaient nécessaires. Cependant, ils n'étaient plus les seuls à parler ; certains commentaient avec étonnement l'intervention de Trame, et j'entendis au moins une femme affirmer que, connaissant à présent Kettricken, elle n'hésiterait pas à lui confier un de ses fils comme page, car on disait qu'on apprenait les chiffres et l'écriture à tous les enfants du château. Un jeune homme, sans doute ménestrel d'après son timbre de voix, songeant tout haut, tentait de s'imaginer quelle impression il ressentirait à chanter des ballades du Lignage au coin de la cheminée de la reine et se demandait si cela ne serait pas le meilleur moyen d'enseigner aux non-vifiers que ses semblables n'avaient rien d'effrayant ni de monstrueux.

Une brèche s'était ouverte. Les possibilités de l'avenir prenaient de la vigueur et croissaient à l'éclat de l'optimisme de Trame ; grandiraient-elles assez pour plonger dans l'ombre les mauvaises herbes des torts passés ?

Hélas, l'après-midi, long et ennuyeux, se révéla décevant. Au retour de la reine et de ses conseillers accompagnés de Trame, Jeunot se leva et demanda la parole. Prévenue à son sujet par Umbre et moi-même, ma reine l'écouta calmement énumérer les préjudices que les Loinvoyant avaient infligés de tout temps au Lignage, puis donner les détails de son cas particulier. Kettricken put là enfin le museler : d'un ton ferme mais courtois elle déclara que, pour l'heure, son rôle n'était pas de réparer les dommages personnels. Si on avait indûment dépouillé sa famille de ses terres et de sa fortune, la question devait être portée à son attention lors d'une journée de justice et non aujourd'hui. Umbre l'aiderait à prendre le rendez-vous nécessaire et lui indiquerait les pièces à présenter, dont la plupart viseraient sans doute à dégager clairement une ligne de succession le reliant à son ancêtre dépossédé, y compris un ménestrel capable d'attester de sa relation directe par les aînés avec cet aïeul.

Très adroitement, elle réussit à donner l'impression qu'il faisait passer ses intérêts personnels avant ceux de ses compagnons, ce qui était le cas ; sans refuser de lui rendre justice, elle refoula sa requête sur la voie que devait emprunter n'importe quel citoyen des Six-Duchés, et elle rappela à l'assemblée que sa convocation avait pour objectif une réflexion commune sur la façon de mettre fin à la persécution du Lignage.

Mercurœil souleva une vase plus difficile à faire retomber : elle parla des assassins de sa famille. Sa voix forcit, empreinte de colère, de haine et de douleur, et je vis ces émotions se peindre sur bien des visages autour d'elle. Trame paraissait abattu et attristé, et les traits de ma reine se figèrent peu à peu, tandis que ceux d'Umbre semblaient sculptés dans la pierre. Mais la colère engendre souvent la colère, et la mine des représentants des Six-Duchés s'assombrit progressivement pour se pétrifier en un masque maussade ; la femme exigeait une vengeance et un châtiment bien trop extrêmes pour qu'on songeât seulement à les lui accorder.

On eût dit qu'elle avait imposé une distance impossible à franchir d'un bond et déclaré qu'elle n'en retrancherait pas un pouce. Il n'existait pas d'autre moyen d'arrêter la persécution du Lignage, selon elle : il fallait en faire un crime puni de façon si terrible que nul n'oserait plus imaginer de le commettre. On devait en outre traquer et éliminer tous ceux qui avaient participé aux atrocités dont avaient été victimes des membres du Lignage ou qui les avaient tolérées. Prenant sa douleur personnelle comme point de départ, Mercurœil étendit ses doléances à tous les vifiers exécutés au cours du siècle écoulé, exigea sanctions et réparations, les punitions devant refléter exactement ce qu'avaient subi les victimes. Avec sagesse, ma reine la laissa parler jusqu'à essoufflement complet de son discours ; je n'avais sûrement pas été le seul à sentir la folie percer sous ses exigences. Cependant, si c'était le chagrin qui alimentait cette folie, qui étais-je pour la critiquer ?

Quand Mercurœil se tut, plusieurs de ses compagnons s'engouffrèrent dans la brèche pour reprendre l'énumération des exactions infligées à leur communauté ; on désigna nommément des gens qui méritaient la mort, et la fureur se mit à tournoyer dans la salle comme une tornade naissante. Mais ma reine leva la main et demanda d'un ton calme : « Où faudrait-il s'arrêter, dans ce cas ?

— Au châtiment des derniers coupables ! déclara Mercurœil avec feu. Que les gibets craquent sous leur poids et que la fumée de leurs bûchers assombrisse le ciel tout l'été ! Que j'entende leurs familles se répandre en lamentations semblables à celles que nous avons dû cacher par peur d'être reconnus comme membres du Lignage ! Que les sanctions soient exactement proportionnées aux crimes ! Pour un père tué, qu'un père meure ; pour une mère, une mère ; pour un enfant, un enfant ! »

La reine soupira. « Et quand ceux qui auront souffert de votre vengeance viendront me demander vengeance à leur tour ? Comment pourrai-je la leur refuser ? Vous proposez, si un homme a tué les enfants d'une famille du Lignage, qu'on exécute ses propres enfants en même temps que lui ; mais que faites-vous des cousins de ces enfants et de leurs grands-parents ? Ne serait-il pas normal qu'ils viennent réclamer ce que vous exigez aujourd'hui ? Ne seraient-ils pas en droit, eux aussi, de soutenir que des innocents ont été victimes d'une persécution aveugle ? Non, c'est impossible. Vous me demandez ce que je ne puis vous donner, vous le savez fort bien. »

Le regard de Mercurœil étincela de haine et de rage. « Je m'en doutais, déclara-t-elle avec aigreur. Vous n'avez que des promesses creuses à nous dispenser.

— Je vous offre la justice à laquelle tout habitant des Six-Duchés est en droit de prétendre, répondit la reine avec lassitude. Présentez-vous devant moi un jour où je la rends, avec des témoins des torts qu'on vous a faits. S'il y a eu meurtre, le meurtrier sera puni, mais pas ses enfants. Ce à quoi vous aspirez n'est pas justice mais vengeance.

— Non, vous n'avez rien à nous offrir ! s'exclama la femme. Vous savez bien que nous n'osons pas venir protester devant vous ; trop de gens se dresseraient entre Castelcerf et nous, prêts à nous tuer pour nous réduire au silence. » Elle s'interrompit. La reine Kettricken restait sans réaction devant sa fureur, et elle commit l'erreur de presser ce qu'elle prenait pour un avantage. « À moins que ce ne soit votre intention, reine Loinvoyant ? » Elle parcourut l'assistance d'un regard empreint d'une juste colère. « Agite-t-elle de vaines promesses pour mieux nous attirer à découvert et se débarrasser de nous ? »

Le silence tomba un instant à la suite de ces paroles, puis Kettricken déclara d'un ton calme : « Vous jetez des mots auxquels vous ne croyez pas vous-même, dans le but de blesser. Toutefois, si vos accusations avaient le moindre fondement, je ne me sentirais pas meurtrie mais plutôt justifiée de haïr le Lignage.

— Vous avouez donc haïr le Lignage ? lança Mercurœil, sûre de son bon droit.

— Je n'ai pas dit cela ! » répliqua Kettricken d'un ton où se mêlaient l'horreur et la colère.

Les esprits s'échauffaient, et pas seulement dans les rangs des vifiers : les conseillers des Six-Duchés paraissaient outragés mais aussi effrayés devant la tempête qui s'amoncelait dans la salle. J'ignore comment auraient tourné les négociations si le destin n'était pas intervenu en la personne de la femme à la vache. Elle se leva soudain et dit : « Je dois me rendre aux écuries. L'heure est venue pour Sagemufle et elle souhaite ma présence. »

Un rire résigné éclata dans le fond de la pièce, et quelqu'un d'autre jura. « Tu savais qu'elle était sur le point de mettre bas ; pourquoi l'avoir amenée ?

— Tu aurais préféré que je la laisse seule chez nous ? Ou que je ne vous accompagne pas, Cellan ? Tu me prends pour une écervelée, je le sais, mais j'ai autant le droit que toi de me trouver ici !

— Du calme », déclara Trame tout à coup d'une voix rauque. Il s'éclaircit la gorge et répéta : « Du calme. Le moment en vaut un autre pour laisser le temps aux esprits et aux cœurs de s'apaiser, et, si Sagemufle a besoin de sa compagne, nul ne s'opposera au départ de notre camarade, j'en suis sûr. Moi-même, je lui apporterai mon aide, si elle le souhaite, et peut-être qu'à notre retour chacun ici se sera rappelé que nous cherchons une solution à notre situation actuelle, non un moyen de modifier le passé, si douloureux qu'il soit. »

Je pris alors conscience que Trame dominait l'assemblée mieux que la reine elle-même, mais je doute qu'aucune des personnes présentes dans la salle s'en aperçût. C'est l'avantage d'observer de l'extérieur, comme Umbre me l'avait souvent répété : tout devient spectacle et l'on étudie tous les acteurs avec une parfaite égalité de jugement. La délégation des Six-Duchés sortit derrière la reine et son conseiller, puis Trame se mit en route pour les écuries avec la femme à la vache. Je demeurai à mon poste, pensant surprendre des échanges des plus révélateurs.

Je ne m'étais pas trompé. Certains, parmi lesquels le ménestrel et la femme qui envisageait de placer son fils comme page auprès de la reine, demandèrent à Mercurœil si elle était prête à étouffer dans l'œuf leur avenir au nom d'un passé auquel il n'était point de remède ; même Jeunot semblait estimer qu'elle avait poussé trop loin ses exigences. « Si cette reine Loinvoyant est femme de parole, peut-être pourrons-nous soumettre nos doléances à sa justice. On la dit équitable dans ses décisions ; nous devrions peut-être accepter son offre. »

D'une voix sifflante, Mercurœil répliqua : « Vous êtes tous des lâches ! Des couards et des lèche-bottes ! En échange d'un pot-de-vin, la sécurité d'un ou deux de vos enfants, vous êtes prêts à tirer un trait sur le passé ! Avez-vous oublié les hurlements de vos cousins, les amis à qui vous rendiez visite et dont vous ne retrouviez comme seule trace qu'un tas de cendres près d'une rivière ? Comment pouvez-vous trahir ainsi votre propre sang ? Comment pouvez-vous oublier ?

— Comment ? Ce n'est pas ce qu'on oublie qui importe, mais ce qu'on garde en mémoire. » Celui qui parlait ainsi était un homme auquel je n'avais pas attaché d'attention particulière jusque-là, d'âge moyen, frêle, d'apparence citadine. Mauvais orateur, il avalait la moitié de ses mots en jetant des regards inquiets autour de lui, mais tous l'écoutaient pourtant. « Je vais vous dire ce dont je me souviens, moi ; je me souviens que, quand on est venu prendre mes parents dans leur chaumière, c'était à cause d'un Pie qui les avait dénoncés, et qu'un autre Pie faisait partie de la bande qui les a pendus et démembrés. La secte de Laudevin avait eu l'audace de déclarer mes parents traîtres au Lignage et de menacer de les châtier parce qu'ils refusaient de donner asile à ceux qui attisaient la haine contre nous. Qui a véritablement trahi ce jour-là ? Mes parents qui souhaitaient seulement vivre dans la paix qu'on voulait bien leur laisser, ou le Pie qui portait la torche dont la flamme a brûlé leurs cadavres ? Nous avons des ennemis bien plus redoutables que cette reine Loinvoyant, et j'ai l'intention, lorsqu'elle reviendra, de lui demander justice contre ceux qui nous terrorisent et nous dénoncent : justice contre les Pie. »

Un silence épais comme du sang à demi coagulé emplit la salle. Le ménestrel s'approcha de l'homme et posa la main sur son bras. « Elle ne peut rien pour nous dans ce domaine, Bosc ; c'est à nous de nous débrouiller. Tu n'arriverais qu'à te mettre en plus grand danger encore, ainsi que ta femme et tes filles. » Il parcourut la pièce d'un regard où se lisait comme de l'appréhension, et mon cœur se serra soudain : les membres du Lignage se méfiaient les uns des autres. Des agents des Pie avaient pu se glisser dans le groupe même des émissaires. Cette idée pénétra sans bruit en chacun d'eux et les glaça ; bientôt, plusieurs trouvèrent des prétextes pour regagner leur chambre et la salle se vida rapidement. Seuls restèrent Mercurœil, assise devant la cheminée, le regard perdu dans les flammes, le ménestrel qui déambulait sans but entre les sièges, et quelques autres, avares de paroles.

J'entendis un bruit de frottement dans la galerie derrière moi et un instant plus tard Umbre me rejoignit. « Du nouveau ? » murmura-t-il.

Je lui pris le poignet et lui transmis ce que j'avais vu. Son expression devint pensive, puis il dit à mi-voix : « Voilà qui donne une orientation nouvelle à mes réflexions. Ce ne serait pas la première fois que j'aurais tiré avantage d'une erreur. Poursuis ta surveillance, Fitz. » Puis il ajouta, comme s'il venait d'y songer : « As-tu faim ?

— Un peu, mais ça ira.

— Et notre prince ?

— Je n'ai pas lieu de m'inquiéter pour lui.

— Oh, que si ! Si l'on peut craindre qu'il y ait des agents Pie dans la salle devant nous, on peut imaginer qu'il s'en trouve parmi ceux qui le tiennent en otage. Préviens-le, mon garçon, et ouvre l'œil. »

Et il s'en alla, presque plié en deux dans le passage bas de plafond. Je le suivis du regard en me demandant ce qu'il avait derrière la tête, puis je contactai Devoir. Tout allait bien de son côté ; il avait froid, il s'ennuyait, mais nul ne l'avait maltraité ni même insulté. La conversation avait consisté principalement en conjectures sur ce qui se passait à Castelcerf ; apparemment, un oiseau, peut-être Risque ou le faucon, effectuait de fréquents allers et retours pour transporter des messages, et les nouvelles se révélaient rassurantes jusque-là. Mais, selon Devoir, l'ambiance était à l'expectative et à l'inquiétude.

Le travail de la vache se passa sans difficulté et elle donna le jour à un joli veau mâle. Sa compagne se réjouit que l'opération se fût déroulée dans un bâtiment fermé où régnait une température agréable, car le petit était né anormalement tôt dans la saison. Le temps que Trame et elle revinssent à la salle de réunion, l'heure du dîner avait déjà sonné. Les délégués du Lignage se rassemblèrent tandis qu'on apportait le repas, puis ôtèrent leurs masques une fois les domestiques sortis. J'étudiai les traits de chacun avec soin mais, si l'un d'eux avait fait partie du groupe de Laudevin, je ne pus le reconnaître.

Ils achevaient de se restaurer quand on frappa à la porte. Plusieurs d'entre eux crurent qu'on venait desservir la table et crièrent qu'ils n'avaient pas fini de manger ; alors une voix dit derrière l'huis : « Laissez-moi entrer. Le Lignage salue le Lignage. »

Ce fut Trame qui se leva pour ouvrir. Il déverrouilla le loquet, tira le battant, et Civil Brésinga entra, accompagné de son marguet. Sur la table, l'écureuil se mit à pousser de petits cris effrayés et escalada rapidement sa compagne de Vif pour se cacher sous ses cheveux. Sans ciller, Pard avança d'un pas flânant jusqu'au milieu de la salle, jeta quelques regards alentour et alla s'installer devant la cheminée. En observant l'entrée du marguet, nul n'aurait pu douter qu'il était lié par le Vif au jeune garçon qui referma doucement la porte puis se tourna vers la tablée.

Les regards qui l'accueillirent en auraient intimidé plus d'un ; néanmoins, Trame monta encore une fois au créneau, posa une main amicale sur l'épaule de Civil et déclara haut et fort : « Le Lignage souhaite la bienvenue au Lignage. Joignez-vous à nous, jeune homme ! Comment vous appelez-vous ? »

L'intéressé prit une inspiration et carra les épaules.

« Civil Brésinga. Aujourd'hui sire Civil Brésinga de Castelmyrte, sujet loyal de la reine Kettricken, ami et compagnon du prince Devoir Loinvoyant. Je suis du Lignage, et ma reine comme mon prince le savent. » Il se tut un instant afin de permettre à ses interlocuteurs de se pénétrer de l'idée qu'ils contemplaient un aristocrate doué du Vif et appartenant à la cour de Castelcerf. « Je me présente à vous à la demande du conseiller Umbre pour vous dire comment on me traite ici, et aussi pour vous parler de mes démêlés avec les Pie, qui m'auraient certainement assassiné sans l'intervention des Loinvoyant. »

Je regardai la scène dans une sorte de stupeur admirative. Son récit n'était absolument pas préparé, c'était évident : il s'y avançait avec force détours et devait souvent revenir sur ses pas afin d'expliquer certains événements antérieurs. Quand il évoqua ce que sa mère avait dû supporter et la mort qu'elle s'était donnée, sa voix s'étrangla et il dut s'interrompre. Trame le fit alors asseoir, lui servit du vin et lui tapota le dos d'une main apaisante comme s'il n'était qu'un enfant. Je cillai soudain et me revis à quinze ans, plongé dans des intrigues qu'il m'était impossible de maîtriser, et je me rendis compte que, de fait, Civil n'était guère plus qu'un enfant. Doué du Vif, constamment en danger, manipulé, acculé, obligé de jouer les espions pour sauver sa mère et sa fortune familiale, il avait échoué et s'était retrouvé orphelin, sans foyer, à la dérive, petit noble sans influence dans une cour où le poids politique était prépondérant. Et, à dire le vrai, il était encore de ce monde uniquement parce qu'il jouissait de l'amitié d'un Loinvoyant. Il l'avait trahi non pas à une mais deux reprises, et avait pourtant obtenu son pardon chaque fois.

« Ils m'ont donné asile, dit-il en conclusion. La reine,

le prince et le conseiller Umbre savent parfaitement que j'appartiens au Lignage ; ils savent aussi qu'on m'a employé contre eux – et ce que cela m'a coûté. » Il s'interrompit et secoua la tête. « Je n'ai pas le talent de manier les mots ; je ne suis pas capable d'établir les parallèles que je voudrais vous faire voir. Mais... ils ne me jugent pas sur mes actes passés ; ils ne jugent pas le Lignage sur les attentats des Pie contre le prince ; la reine ne rejette pas son fils, bien qu'il ait le Vif. Ne pouvons-nous adopter la même attitude à leur égard ? Traiter avec les Loinvoyant tels qu'ils sont aujourd'hui sans nous appesantir sur le passé ? »

Mercurœil eut un grognement méprisant, mais Jeunot, se reconnaissant peut-être dans cet aristocrate doué du Vif, porteur d'un titre qu'il revendiquait lui-même, hocha la tête, la mine songeuse. Civil se tourna soudain vers Trame, et je sentis qu'une idée lui était venue, une idée que nul ne lui avait soufflée. Comme en réponse à ma prière fervente, j'entendis à nouveau le pas bruissant d'Umbre ; à gestes frénétiques, je lui fis signe de me rejoindre et de se taire. Le jeune garçon parlait à Trame et sa voix nous parvenait à peine.

« Le conseiller Umbre m'a rapporté votre proposition d'inviter des gens du Lignage à résider à Castelcerf sans se cacher et à se mêler à ceux qui n'ont pas notre don, afin qu'ils se rendent compte que nous ne sommes pas des monstres et qu'ils n'ont rien à craindre. Il m'a aussi répété vos paroles : "Celui qui n'a rien à perdre occupe souvent la meilleure position pour se sacrifier au bénéfice des autres." Je n'ai guère eu le loisir d'y réfléchir, mais je ne crois pas qu'il faille longtemps pour conclure que je n'ai plus rien à perdre. La seule menace qu'on pourrait brandir contre moi serait de m'ôter la vie ;

je n'ai plus de parents qui risqueraient de souffrir de mes actes. » Il parcourut du regard les visages qui l'entouraient. « Nombre d'entre vous, je le sais, craignent de se faire tuer par leurs voisins s'ils se montrent au grand jour. Longtemps, trop longtemps, cette peur s'est révélée fondée, et je l'ai partagée, ainsi que ma mère. » Il se tut brusquement, puis il prit sur lui et poursuivit, la voix rauque. « Nous sommes donc restés cachés, et, ce faisant, nous avons permis à nos "amis" de nous éliminer. Je ne vois plus l'intérêt de me dissimuler. » L'émotion lui nouait-elle la gorge ou bien s'interrompit-il pour songer à ce qu'il allait dire ? Je l'ignore. Il jeta un coup d'œil à Trame et hocha la tête.

« Tout le château a entendu parler désormais de Trame le vifier qui se promène parmi nous sans peur ni hostilité. Je ressens presque de la honte à ce que lui, un étranger à Castelcerf, ait eu le courage de se présenter en pleine lumière tandis que moi, l'ami le plus proche du prince Devoir, je n'ai jamais osé quitter les ombres ni cesser de raser les murs. Demain, cela changera ; j'affirmerai fièrement mon appartenance au Lignage et jurerai de démontrer que quelqu'un comme moi peut être entièrement acquis à son prince, car il mérite ma fidélité.

» Je lui enseigne notre façon de vivre et il apprend de tout cœur. Il m'a dit que, lorsqu'il se rendrait au printemps dans les îles d'Outre-mer pour tuer un dragon et obtenir la main de sa future épouse, je pourrais l'accompagner ; j'irai à titre de compagnon doué du Vif. Il n'y a pas de maître d'Art à Castelcerf et mon prince partira seul, sans clan d'Art comme ceux dont disposaient autrefois les souverains Loinvoyant. Puisqu'il est privé de cette magie, je mettrai la nôtre à son service et je prouverai qu'elle est tout aussi efficace, je vous le promets. Je ferai à tous et avec fierté la démonstration de la magie du Lignage. »

La main d'Umbre crispée sur mon poignet me disait qu'il ne s'attendait nullement à cette déclaration ; il ignorait non seulement que Civil projetait de révéler publiquement son Vif mais aussi que Devoir lui avait laissé miroiter qu'il pourrait le suivre dans sa quête. Malgré son Art erratique, il parvint à me contacter. *Ai-je affirmé pouvoir changer une erreur en avantage ? J'ai peur d'y être trop bien parvenu, et notre avantage risque de nous retomber sur le nez. Je souhaitais qu'il se dise satisfait de la façon dont la reine le traite, non qu'il endosse la fonction d'ambassadeur du Lignage à la cour !*

Je répondis : *Il ne voit pas le risque pour le prince de reconnaître qu'il a un ami dans le Lignage ; il perçoit seulement le danger personnel qu'il court, et il est prêt à l'affronter pour Devoir. Croyez-vous pouvoir le dissuader ?*

Je ne sais pas si ce serait judicieux. Vois comme son ardeur capture leur imagination.

L'exaltation n'était pourtant pas à son comble ; seul Trame affichait un sourire radieux et affirmait bien haut la fierté que lui procurait Civil. Les autres, à l'exception de Mercurœil qui gardait un air sombre, manifestaient leur approbation avec divers degrés de réserve. Le ménestrel et Jeunot paraissaient plus enthousiastes, et la femme à la vache, déjà partiellement conquise grâce aux soins dont son animal avait été entouré, souriait avec douceur. Certains échangeaient des points de vue plus terre à terre : la reine ne pouvait guère faire exécuter Civil Brésinga alors qu'il lui avait demandé asile et qu'elle-même avait promis qu'aucun vifier ne se verrait plus condamner au seul motif de sa magie ; non, il ne craignait sans doute rien, et il n'était pas inconcevable qu'un jeune homme de haute naissance et de belle tournure à la fois parvînt à gagner quelques partisans à la cause du Lignage. Sa déclaration ne pouvait faire de mal à leur communauté.

Soudain, le citadin, Bosc, s'approcha de Civil ; il se tordait tant les doigts qu'on eût cru qu'il voulait les arracher de ses mains. Il interrogea, hésitant : « Les Loinvoyant ont tué des Pie... Vous en êtes sûr ?

— Oui », répondit le jeune garçon à mi-voix. Il se toucha la gorge. « Tout à fait sûr.

— Leurs noms, fit l'homme dans un murmure. Savez-vous leurs noms ? »

Civil se tut un moment, puis dit : « Keppler, Paget – et Swoskin. C'est sous ces identités qu'ils s'étaient présentés à moi ; mais le prince Devoir avait connu Keppler sous un autre nom à l'époque de son enlèvement par les Pie ; il l'appelait Laudevin. »

Bosc secoua la tête, manifestement déçu. Mais une voix féminine répéta : « Laudevin ? » La femme s'avança : il s'agissait de Mercurœil. « C'est impossible ! C'est le chef des Pie. S'il était mort, je l'aurais appris.

— Vraiment ? fit le ménestrel, la mine soudain menaçante.

— Oui, répliqua-t-elle sèchement. Tirez-en les conclusions que vous voulez. J'ai des relations qui connaissent Laudevin, et certaines font partie des Pie, en effet. Pour ma part, je ne suis pas des leurs, encore que les récents entretiens auxquels j'ai participé m'aient permis de mieux comprendre pourquoi ils en sont arrivés à de telles extrémités. » Elle tourna le dos au ménestrel et demanda sèchement à Civil : « Quand est-ce arrivé ? Et quelle preuve avez-vous de ce que vous avancez ? »

Le jeune garçon recula d'un pas mais répondit : « Il y a

plus d'un mois. Quant à vous fournir une preuve... Comment voulez-vous que je vous en donne une ? J'ai vu ce que j'ai vu, mais je me suis sauvé dès que j'en eus l'occasion. J'ai honte de l'avouer, mais c'est ainsi. Toutefois, je doute que les histoires qui se racontent à Bourg-de-Castelcerf soient infondées : un manchot et son cheval ont été tués, ainsi qu'un petit chien et les deux hommes qui se trouvaient dans la maison où s'est déroulée la scène.

— Son cheval aussi ! s'exclama Mercurœil, et je la sentis accablée par cette double perte.

— Si c'est vrai, le coup est terrible pour les Pie, dit Bosc. Il pourrait bien sonner leur glas.

— Non ! Jamais ! s'écria la femme avec violence. Les Pie ne s'arrêtent pas à un seul homme ! Ils ne cesseront pas le combat tant que nous n'aurons pas obtenu justice ! Justice et vengeance ! »

Bosc se leva et s'approcha d'elle à pas lents tandis que ses poings se serraient au bout de ses bras frêles. Son air menaçant aurait été risible s'il n'avait pas été aussi sincère. « Je devrais peut-être me venger, moi aussi, quand l'occasion s'en présente », dit-il, le souffle court. Il poursuivit d'une voix au bord de la fêlure : « Si j'affichais un placard où je vous dénonçais comme vifière et qu'on brûle votre cadavre après vous avoir pendue, cela échauderait-il vos amis Pie ? Je devrais peut-être suivre votre conseil et leur infliger ce que j'ai moi-même subi.

— Bande d'imbéciles ! Vous ne comprenez donc pas qu'ils se battent pour nous tous et qu'il faut les soutenir ? J'ai entendu des rumeurs selon lesquelles Laudevin avait fait une découverte capable de jeter les Loinvoyant à bas de leur trône. Peut-être a-t-il emporté son secret dans la tombe, mais il est possible aussi qu'il l'ait confié à quelqu'un.

— L'imbécile, c'est vous ! intervint Civil. Renverser les Loinvoyant ? Quelle idée de génie ! Éliminez la seule reine qui ait jamais tenté de mettre un terme aux exécutions et qu'y gagnerez-vous ? Des persécutions à plus grande échelle encore, sans crainte de châtiment ni d'interposition de la garde du royaume ! Si le Lignage fait seulement mine de vouloir se débarrasser de la monarchie, on y verra la preuve que nous sommes aussi dangereux et sournois que l'affirment nos ennemis ! Êtes-vous donc folle ?

— Oui, répondit Trame d'un ton calme. C'est pourquoi il faut avoir pitié d'elle, non la condamner.

— Je ne veux pas de votre pitié ! cracha Mercurœil. Je n'ai besoin de la pitié de personne, ni de votre aide ! Aplatissez-vous devant votre reine Loinvoyant, pardonnez tout ce qu'on vous a fait subir, laissez-vous traiter comme des larbins ! Moi, je ne pardonne rien et l'heure viendra où j'aurai ma vengeance, je le jure !

— Nous avons réussi, me chuchota Umbre. Enfin, il faudrait peut-être en remercier Mercurœil : elle a poussé dans notre camp tous ceux qui ne rêvent ni de sang ni de feu, et c'est la majorité, je pense. Vois si je ne me trompe pas. »

Sur ces mots, il s'éloigna dans le boyau comme une grande araignée grise. Ce n'est que tard ce soir-là que je quittai enfin mon poste pour aller me restaurer et prendre du repos. Tout s'était déroulé comme il l'avait prévu : Civil demeura en compagnie des émissaires du Lignage, et, au retour de la reine, d'Umbre et des conseillers des Six-Duchés, il s'avança devant eux et se présenta comme un noble doué du Vif. Je vis le trouble envahir l'expression des délégués quand il leur assura que dans chaque duché existait une aristocratie vifière, contrainte depuis des générations à garder secrète sa magie. Plusieurs des jeunes gens à qui il s'adressait le connaissaient bien : ils avaient chevauché, bu et joué en sa compagnie ; à présent, ils échangeaient des regards où se lisait clairement cette question : « S'il a le Vif, qui d'autre parmi nous le possède ? » Mais Civil, sans remarquer leur attitude réservée ou sans y prêter attention, poursuivit sa déclaration : il comptait désormais faire briller vivement la flamme de sa magie au service du prince Devoir et de la couronne Loinvoyant, et, alors qu'il en prêtait solennellement serment, je crus voir une admiration contrainte se peindre sur les traits des trois délégués du royaume. Peut-être ce jeune homme du Lignage parviendrait-il à leur prouver l'erreur de leurs préjugés.

Le dernier jour d'assemblée fut marqué par d'évidents progrès. Le ménestrel y apparut à visage découvert et demanda la permission à Sa Majesté de rester à la cour. La reine remit à ses représentants des duchés une proclamation selon laquelle, dorénavant, aucune exécution ne pouvait légalement avoir lieu sans l'aval de la maison régnante de chaque duché, et le chef de chaque maison était tenu pour responsable des injustices commises dans ses frontières. Un seul gibet devait désormais se dresser dans chaque duché et rester sous l'autorité de la maison ducale. Non seulement chacune des six divisions du royaume avait le devoir d'empêcher ses autorités locales d'exécuter sommairement des prisonniers, mais les ducs et les duchesses avaient l'obligation d'étudier personnellement chaque cas. Toute mise à mort en dehors de ces règles serait considérée comme un meurtre et l'on pourrait faire appel à la reine elle-même pour procéder au jugement de l'assassin. Ces décrets ne réglaient pas le problème de la façon dont les gens du Lignage pourraient présenter leurs accusations sans crainte de représailles, mais ils avaient au moins le mérite d'établir formellement les conséquences qu'entraînerait toute tentative de vengeance.

C'est par des pas de fourmi comme ceux-là que nous avancerions, Umbre me l'assura. Quand, avec la garde royale, j'escortai nos délégués du Lignage pour les ramener à leurs amis et recevoir en échange notre prince et Laurier, j'observai chez eux un net changement : ils bavardaient et riaient entre eux, et s'adressaient même parfois aux gardes. La femme à la vache, sa compagne et son veau derrière elle, chevauchait aux côtés de Civil Brésinga et paraissait prendre comme un grand honneur que le jeune aristocrate distingué s'entretînt avec elle. Jeunot se trouvait sur l'autre flanc de Civil ; ses efforts évidents pour se montrer au parage du seigneur Brésinga se voyaient sapés par l'attitude égalitaire du jeune homme à l'égard de la femme à la vache. Le marguet de Civil était couché derrière lui sur son coussin de selle.

Dans toute la forêt, le manteau de neige s'était réduit à de minces doigts glacés qui s'accrochaient au sol dans les zones d'ombre. De jeunes pousses commençaient à braver le monde ensoleillé, et la brise légère qui soufflait sur nous semblait un vent de changement. Dans notre groupe, Mercurœil restait seule et se taisait. Trame avait pris place à côté de moi et discourait de tout et de rien : la reine et Umbre avaient insisté pour qu'il nous accompagne afin que tous pussent attester qu'il retournait au château de Castelcerf de son plein gré.

Quand nous arrivâmes au lieu de rendez-vous, Pard manifesta autant que Civil sa joie de revoir le prince ; pour sa part, Devoir témoigna ostensiblement sa surprise et son plaisir à constater qu'ils étaient venus à sa rencontre, et l'accueil chaleureux qu'il fit à son ami et à son animal de

Vif impressionna vivement les membres du Lignage, autant ceux qui revenaient de Castelcerf que ceux qui les avaient attendus. Naturellement, je l'avais prévenu par l'Art de la présence parmi nous de son ami.

Nous prîmes le chemin du retour en compagnie non seulement du prince et de Laurier mais aussi de Trame et du ménestrel, dont le nom était Nielle. Il se mit à chanter et je serrai les dents lorsqu'il entonna « La Tour de l'île de l'Andouiller » ; ce lai dégoulinant d'émotion et de mièvrerie racontait la défense de l'île de l'Andouiller contre les Pirates rouges, en mettant l'accent sur le rôle joué par le fils bâtard de Chevalerie. J'avais participé à cette bataille, en effet, mais une bonne moitié des exploits attribués à ma hache me laissait dubitatif. Trame éclata de rire devant mon expression chagrine. « Ne faites pas cette tête, Tom ! Reconnaissez que le Bâtard-au-Vif est un héros commun à nos deux groupes : il appartenait à la fois à Castelcerf et au Lignage. » Et, de sa voix de basse, il se joignit au ménestrel pour chanter la strophe sur « le fils de Chevalerie aux yeux ardents, dont à défaut du nom il partageait le sang ».

N'est-ce pas Astérie qui a écrit cette ballade ? demanda Devoir avec une inquiétude feinte. *Elle risque de ne pas apprécier que Nielle la chante à Castelcerf.*

Elle ne serait pas la seule. Je pourrais bien étrangler moi-même ce ménestrel pour lui économiser la peine.

Néanmoins, au refrain suivant, non seulement Civil et Devoir se joignirent au chant mais la moitié des gardes aussi. Je songeai que c'était l'effet d'une première journée de printemps, et je formai le vœu fervent qu'il se dissipât rapidement.

14

DÉPART

Au commencement du monde existaient les hommes et les femmes du Lignage, les bêtes des champs, les poissons de l'eau et les oiseaux du ciel. Tous vivaient dans l'équilibre sinon dans l'harmonie. Le Lignage ne comprenait que deux tribus ; l'une comptait les preneurs de sang, liés aux créatures qui mangeaient la chair d'autres créatures, l'autre les donneurs de sang, liés aux animaux qui se nourrissaient de plantes. Les deux tribus n'avaient rien en commun, pas plus qu'un loup et un mouton ; elles ne se retrouvaient que dans la mort. Toutefois, chacune voyait en l'autre un élément de la terre et la respectait, tout comme un homme respecte un arbre et un poisson.

Les lois qui les séparaient étaient justes et rigoureuses. Mais il se trouve toujours des gens pour se croire au-dessus des lois ou considérer que leur cas constitue une exception. C'est ce qui arriva quand la fille d'un preneur de sang liée à un renard s'éprit du fils d'un donneur de sang lié à un bœuf. Quel mal, se dirent-ils, pourrait-il bien naître de leur amour ? Ils ne s'attaqueraient pas les uns les autres, ni l'homme la femme, ni le renard le bœuf. Et ils quittèrent leurs deux peuples, vécurent leur amour et firent des enfants. Mais le premier, un fils, était un preneur de sang, le second, une fille, un donneur de sang, et le troisième un malheureux simple d'esprit, sourd à tout animal de toute terre et condamné à ne se mouvoir que dans son seul corps. Grande fut la peine de la famille quand l'aîné se lia à un loup et la puînée à un daim, car le loup tua le daim, et, pour se venger, la sœur tua le frère. Ils reconnurent alors la sagesse des anciennes coutumes et surent qu'un prédateur ne peut se lier à une proie ; mais le pire restait à venir, car leur enfant à l'esprit lent n'engendra que des enfants qui n'étaient pas plus vifs que lui, et c'est ainsi qu'apparurent les hommes sourds à toutes les bêtes du monde.

Contes du Lignage, de TOM BLAIREAU

*

Le printemps envahit la terre. Une brume vert pâle nimba les bois derrière le château ; dans les deux jours suivants, les feuilles se déployèrent et grandirent, et la forêt recouvrit les collines. Les herbes poussèrent en hâte, écartant les tiges brunes et sèches de l'année passée, le blanc inattendu des agneaux nouvelets apparut dans les troupeaux en pâture, et l'on commença d'évoquer la fête du Printemps. Pour ma part, je restai ébahi qu'une seule année se fût écoulée depuis que, dans ma paisible chaumière, j'avais laissé Astérie emmener Heur à Castelcerf : trop d'événements s'étaient produits entre-temps, trop de changements étaient intervenus.

Le château bruissait d'un enthousiasme et d'une activité que les préparatifs de la fête annuelle ne suffisaient pas à expliquer : c'était au cours de cette période de réjouissances que le prince prendrait la mer pour les îles d'Outre-mer, et tout devait être prêt à temps. Le capitaine et l'équipage du *Fortune de Vierge* étaient ravis que leur navire eût été choisi pour le transport, et l'on se disputa fort parmi les gardes l'honneur d'escorter le prince ; pour finir, devant le nombre excessif de volontaires, dont j'étais, il fut décidé de procéder à un tirage au sort afin de déterminer qui ferait partie des heureux élus. C'est sans surprise que je me vis choisi : la veille au soir, Umbre m'avait remis le lot que j'allais « tirer ».

Civil Brésinga serait bel et bien de l'expédition, de même qu'Umbre, et Lourd aussi, au grand étonnement de l'entourage du prince. Trame, en route pour devenir rapidement un des favoris de la reine, avait imploré la permission de Sa Majesté de suivre son fils et l'avait obtenue ; il promit que sa mouette se porterait loin en avant, lors de la traversée, pour surveiller le temps.

Civil n'était pas le seul aristocrate qui espérât escorter le prince. Un grand nombre de seigneurs et de dames exprimèrent leur désir de l'accompagner, et il me revint à l'esprit l'immense caravane qui avait pris la route des Montagnes bien des années auparavant, alors que Kettricken n'était encore que fiancée à Vérité. Comme à l'époque, chaque noble qui se joignait à nous apportait avec lui toute une suite de domestiques et d'animaux, et il fallut louer d'urgence de nouveaux bateaux. Les personnages de haut rang qui n'avaient pas le temps ou les moyens de participer au voyage tinrent néanmoins à marquer leur présence, et des cadeaux s'amassèrent au château, destinés non seulement à la narcheska mais aussi à sa maison maternelle et au clan de son père.

Dans la tour de Vérité, les leçons d'Art se poursuivaient, mais mes élèves se montraient distraits et rétifs. Lourd percevait clairement l'inquiétude et l'impatience de Devoir et il y réagissait par une excitabilité qui l'empêchait de se concentrer convenablement. Le prince se présentait aux séances et en repartait avec l'expression d'un homme aux abois, constamment obligé de se rendre à un essayage ou à un cours de langue ou de manières outrîliennes.

J'avais de la pitié pour lui, mais je m'apitoyais bien davantage sur moi-même quand je m'évertuais à glaner toutes les informations possibles dans ma collection de manuscrits. Même Umbre n'avait pas la tête à nos séances d'Art : il dirigeait en sous-main trop d'opérations au château pour quitter Castelcerf sans prendre une infinité de dispositions. Malgré son vif intérêt pour l'apprentissage de sa magie, la plus grande partie de son attention était consacrée à choisir des gens à qui déléguer ses responsabilités. J'appris avec soulagement que Romarin ne serait pas du voyage, mais l'inquiétude me regagna quand je songeai qu'elle resterait en charge d'une bonne portion du réseau d'informateurs et d'espions du vieil assassin. Je me doutais aussi qu'Umbre continuait ses expériences sur sa poudre explosive, mais moins j'en savais sur ce sujet mieux je me portais.

Notre départ imminent suffisait amplement à m'occuper l'esprit, mais la vie ne permet à personne de tourner toutes ses pensées vers une tâche unique. Devoir et Civil assistaient aussi à des leçons vespérales que donnait Trame sur l'histoire et les traditions du Lignage ; elles avaient lieu devant une des cheminées de la grand'salle, et Trame avait largement annoncé qu'il les ouvrait à quiconque s'intéressait au sujet. La reine elle-même s'y était présentée à plusieurs reprises. Tout d'abord, le public était resté clairsemé et de nombreux visages fermés ; mais Trame possédait un incontestable talent de conteur et beaucoup de ses histoires étaient inconnues des habitants de Castelcerf. Il gagna vite un auditoire, en particulier chez les enfants du château, et bientôt ceux qui demeuraient à l'écart pour filer la laine, empenner des flèches ou raccommoder des vêtements se rapprochèrent à portée d'oreille. J'ignore si beaucoup furent convaincus qu'il n'y avait rien à craindre du Lignage, mais au moins ils acquirent une certaine connaissance des modes de vie et de pensée de ses membres.

Trame comptait dans son cours un autre élève que je n'aurais jamais cru voir à Castelcerf : Leste, le fils de Burrich, qui l'écoutait en silence à l'extrême limite de son cercle d'auditeurs.

La reine Kettricken avait déclaré ouvrir les bras aux vifiers et la nouvelle s'était répandue dans le pays, mais peu y avaient répondu, du moins publiquement. La difficulté sautait aux yeux : comment proposer son fils ou sa fille comme page doué du Vif sans révéler que la magie coulait dans le sang de la famille entière ? À la cour, peut-être la reine avait-elle les moyens de protéger l'enfant, mais ceux qui restaient chez eux ? Pourtant, sire Barnache, de la petite aristocratie cervienne, avait amené son fils de dix ans et unique héritier, et déclaré à la reine qu'il appartenait au Lignage, en précisant qu'il tenait sa magie de sa mère, morte depuis six ans et sans plus guère de parents survivants. La reine avait accepté l'enfant sur la foi de son père. Je soupçonnais aussi une couturière récemment arrivée à Castelcerf, mais si elle ne souhaitait pas révéler son Vif je préférais la laisser tranquille.

Kettricken avait pris un second page : nul autre que Leste. Il était venu seul, à pied, chaussé de bottes et vêtu d'une veste neuve, et porteur d'une lettre de Burrich ; j'avais observé sa présentation devant la reine depuis mon poste de surveillance habituel. Dans sa missive, Burrich confiait le jeune garçon aux Loinvoyant et avouait avoir tout tenté pour le détourner du chemin qu'il avait choisi, mais en vain ; s'il refusait de renoncer à sa vile magie, il pouvait la pratiquer à son gré, mais son père en avait fini avec lui et s'opposait à ce qu'il demeurât auprès de ses jeunes frères. Il demandait aussi à ce qu'on ne le présentât pas comme son fils à la cour. Avec douceur, Kettricken avait alors interrogé l'enfant sur le nom qu'il souhaitait porter ; Leste avait relevé son visage pâle et répondit à mi-voix mais d'un ton ferme : « Vifier. C'est ce que je suis et je ne veux pas le cacher.

— Tu seras donc Leste Vifier, avait-elle déclaré avec un sourire ; c'est un nom qui te conviendra, je pense. Je te remets à présent entre les mains de sire Umbre, mon conseiller ; il te trouvera des tâches appropriées à ton âge, ainsi que des leçons. »

L'enfant avait poussé un petit soupir puis s'était incliné profondément, soulagé à l'évidence que l'épreuve de l'audience royale fût terminée ; il était sorti d'une démarche raide, le dos droit.

J'avais été choqué jusqu'au tréfonds de mon âme que Burrich rejette ainsi son fils, mais je m'en réjouissais également : tant que Leste restait sous le toit de son père et que le Vif faisait litige entre eux, seuls le malheur et l'affrontement pouvaient en résulter. La décision avait dû être difficile et amère pour Burrich, et je passai une nuit presque blanche à me demander ce qu'en pensait Molly et si elle avait pleuré au départ de son fils. La tentation me taraudait de contacter Ortie, mais je m'en étais abstenu depuis la folle aventure de Devoir, Lourd et Umbre dans le courant d'Art. Certes, je ne voulais pas mélanger notre relation avec l'appel que le vieil assassin avait lancé, mais surtout je tremblais encore au souvenir de la voix inconnue. Une trop forte émission risquerait d'attirer l'attention de l'entité sur ma fille ou sur moi, et je n'y tenais pas du tout.

Pourtant, cette nuit-là, mon cœur trahit ma raison et l'esprit d'Ortie toucha le mien. On eût dit un hasard, comme si nous avions rêvé l'un de l'autre au même instant. Je m'émerveillai à nouveau de notre facilité à nous joindre et me demandai si Umbre n'avait pas raison : peut-être, sans m'en rendre compte, avais-je enseigné l'Art à ma fille dès son plus jeune âge. Je la vis assise dans l'herbe sous les vastes branches déployées d'un arbre; elle dissimulait dans ses mains en coupe quelque chose qu'elle contemplait d'un air accablé.

Pourquoi ce chagrin ? lui demandai-je. Quand elle me regarda, je me sentis prendre l'apparence qu'elle me donnait toujours; je m'assis, rabattis ma queue sur mes pattes avant et lui adressai un sourire de loup. *Ce n'est pas mon véritable aspect, tu sais.*

Et comment pourrais-je le connaître ? répliqua-t-elle avec humeur. *Tu ne me dis jamais rien sur toi.* Tout à coup, des pâquerettes poussèrent à ses pieds; un petit oiseau bleu se posa sur une branche au-dessus de sa tête et déploya ses ailes délicates.

Que regardes-tu là ? fis-je, curieux.

Peu importe; c'est à moi, comme tes secrets sont à toi. Ses mains se refermèrent sur le trésor qu'elle tenait et elle le pressa sur sa poitrine, le dissimulant dans son cœur. Était-elle amoureuse ?

Voyons si je suis capable de deviner le tien, proposai-je par jeu. L'idée que ma fille fût amoureuse et chérît jalousement ce sentiment m'emplissait d'un bonheur démesuré. J'espérais que l'élu était digne d'elle.

Elle parut effrayée. *Non! N'y touche pas! Ce secret ne m'appartient même pas; on me l'a seulement confié.*

Quelque jeune homme t'aurait-il ouvert son cœur ? fis-je d'un ton enjoué.

Son regard s'emplit d'épouvante. *Va-t'en! Ne cherche pas à savoir!* Une rafale de vent agita les branches de l'arbre et nous vîmes l'oiseau se transformer en un lézard bleu vif. Ses yeux d'argent papillotants, il dévala le tronc jusqu'à la hauteur du visage d'Ortie. « Raconte-moi, pépia-t-il. J'adore les secrets ! »

Elle le contempla avec dédain. *Ta ruse ne me trompe pas.* Elle fit mine de chasser le lézard d'une main méprisante. *Va-t'en, espèce de casse-pieds !*

Mais la créature bondit dans ses cheveux, enfonça ses griffes dans ses boucles, et se mit soudain à grandir jusqu'à la taille d'un chat tandis que des ailes poussaient à ses épaules. Ortie poussa un cri strident et battit des mains pour s'en débarrasser, mais l'animal ne bougea pas. Il leva sa tête soudain prolongée d'un long cou et fixa sur moi son regard fascinant et argenté. Petit mais parfait, un dragon bleu me contemplait d'un air narquois. Sa voix aussi avait changé de façon effrayante ; étrange et glaçante, elle écorchait mon âme comme une râpe. *Dis-moi ton secret, Rêve de Loup !* ordonna-t-il. *Parle-moi d'un dragon noir et d'une île ! Vite, ou je lui arrache la tête des épaules !*

La voix tentait de s'accrocher à moi ; elle voulait s'emparer de moi afin de découvrir ce que j'étais. Je me dressai d'un bond, m'ébrouai et voulus rejeter mon apparence de loup afin de m'échapper du rêve, mais la créature me tenait. Je sentais son regard, la pression de son esprit qui cherchait à ouvrir le mien de force tout en exigeant en silence que je lui révèle mon vrai nom.

Ortie se leva brusquement et saisit à deux mains la créature sifflante agrippée à ses cheveux ; elle me foudroya du regard alors que je restais bouche bée devant elle. *Ce n'est qu'un rêve ! Rien qu'un rêve ! Tu ne me soutireras pas mes secrets ainsi ! Ce n'est qu'un rêve, je le brise et je me réveille ! COMME ÇA !*

J'ignore comment elle s'y prit. Au lieu d'extraire sa propre forme du songe, elle emprisonna le dragon : il se changea en verre bleu entre ses mains et elle le projeta loin d'elle. Il heurta le sol à mes pieds et explosa en une tempête d'éclats tranchants. La douleur des entailles qu'ils m'infligèrent me tira brutalement du sommeil. Je m'assis dans mon lit avec un hoquet de souffrance, les mains crispées sur la vieille couverture d'Umbre, puis je me levai d'un bond et me frottai vivement la poitrine pour en faire tomber les morceaux de verre, en m'attendant à ressentir la piqûre de dizaines de coupures sanglantes. Mais je ne trouvai que de la sueur sous mes paumes. Je fus parcouru d'un frisson, puis je me mis à trembler, comme pris d'un accès de fièvre, et je passai le reste de la nuit dans un fauteuil, devant le feu, emmitouflé dans ma couverture, le regard perdu dans les flammes. J'avais beau tourner en tous sens l'expérience que je venais de vivre, je n'y comprenais rien. Qu'est-ce qui était du rêve et qu'est-ce qui était de l'échange d'Art avec Ortie ? Je n'arrivais pas à tracer de limite précise et j'avais peur, non seulement terrifié à l'idée qu'un être issu du flot d'Art pût nous avoir repérés tous les deux mais aussi effrayé de la puissance que j'avais perçue chez Ortie quand elle nous avait sauvés du regard mortel de la créature.

Je ne parlai de ce rêve à personne. Je savais quelle réponse Umbre donnerait à mes inquiétudes : « Fais venir Ortie à Castelcerf ; ici, nous pourrons la protéger et la former à l'Art. » Je ne le voulais pas. Je restais simplement sous le coup de la fin bizarre d'un songe auquel s'étaient mêlées mes pires craintes : je m'accrochais à cette explication de toutes mes forces, comme si je pouvais en faire la vérité par ma seule volonté d'y croire.

Le jour, il m'était plus facile de remiser ces peurs : bien

d'autres préoccupations se disputaient mon attention et j'avais de nombreuses affaires à régler avant de partir. Je descendis chez Gindast verser une considérable avance sur la formation de Heur ; mon garçon paraissait s'épanouir dans son apprentissage ; Gindast lui-même me dit qu'il l'étonnait presque tous les jours, « maintenant qu'il s'est décidé à travailler », ajouta-t-il avec insistance, et je sentis dans cette remarque un reproche à ma négligence de parent. Mais c'était Heur qui s'imposait cette nouvelle discipline, et je lui en attribuais tout le mérite. Tous les trois ou quatre jours, je prenais sur mon temps pour passer le voir, même rapidement ; nous parlions, non de Svanja, mais de ses progrès à l'atelier, de la prochaine fête du Printemps et d'autres sujets semblables. Je ne lui avais pas encore appris que je quitterais Castelcerf avec le prince : il n'aurait pas manqué de s'en vanter auprès des autres apprentis, voire d'en parler à Jinna, qu'il continuait à voir de temps en temps ; par habitude, je préférais garder secrets mes plans de voyage jusqu'à la dernière minute. Mieux valait ne donner à personne l'occasion d'établir un lien entre le prince et moi, me disais-je ; je refusais de m'avouer que ma réticence provenait en partie de ma répugnance à me séparer de mon fils adoptif pendant une longue période, d'autant plus que je m'attendais à rencontrer du danger.

J'avais prêté garde à l'avertissement du fou et, après m'être muni, dans l'armurerie d'Umbre, d'une impressionnante panoplie de petits objets à vocation meurtrière, j'avais entrepris de modifier mes vêtements pour les dissimuler. Ce fut un travail laborieux qui mit mes nerfs à rude épreuve et au cours duquel j'appelai souvent de mes vœux les suggestions astucieuses du fou et ses doigts habiles. Je le vis peu au cours de cette période ; il m'arrivait d'apercevoir sire Doré dans les salles et les cours du château, mais toujours entouré de jeunes aristocrates fringants, comme on en voyait d'ailleurs partout dans Castelcerf : la quête du prince paraissait exercer une étonnante fascination sur un certain type de jeunes hommes, à la fois désireux de prouver leur valeur et prêts à dilapider la fortune de leur famille pour s'amuser. Ils allaient à sire Doré comme les papillons à la lampe. Puis, un jour, j'entendis une rumeur selon laquelle il enrageait contre les navires chalcédiens qui désorganisaient le commerce et retardaient l'arrivée de manteaux jamailliens qu'il avait commandés spécialement pour l'expédition dans les îles d'Outre-mer ; on les disait ornés de dragons brodés en fils noir, bleu et argent.

Je questionnai Umbre qui était monté à la tour ce soir-là pour m'aider à apprendre les rudiments de la conversation outrîlienne. La langue partageait de nombreux mots avec le parler commun des Six-Duchés, mais déformés et prononcés de façon gutturale ; mes efforts m'avaient laissé la voix éraillée. « Saviez-vous que sire Doré compte toujours nous accompagner ? demandai-je.

— Je ne lui ai pas donné lieu de croire le contraire. Réfléchis, Fitz : il est très ingénieux ; tant qu'il croira devoir voyager avec le prince, il ne prendra pas d'autres dispositions, et moins nous lui laisserons de temps pour en trouver de nouvelles, moins il y a de risques qu'il parvienne à contrecarrer notre volonté.

— Mais vous disiez être capable de l'empêcher de quitter Castelcerf par bateau.

— En effet, je le puis ; mais il dispose apparemment de fonds considérables, Fitz, ce qui lui ouvre bien des portes. Pourquoi lui laisser plus de temps que nécessaire pour découvrir une solution de rechange ? » Il détourna le visage. « Quand le jour viendra d'embarquer, on lui dira simplement qu'une erreur de calcul a été commise, qu'il n'y a pas de place pour lui à bord, et qu'il pourra peut-être prendre un autre navire plus tard. Mais je veillerai à ce qu'ils soient tous complets eux aussi. »

Je me tus un moment, essayant d'imaginer la scène, et secouai la tête. Puis je répondis à mi-voix : « C'est une façon bien grossière de traiter un ami, il me semble.

— Si nous le traitons ainsi, c'est précisément parce qu'il est ton ami. C'est toi qui m'as demandé de le retenir à Castelcerf ; il t'a révélé avoir prévu sa mort sur Aslevjal et il t'a pressé d'empêcher le prince de tuer le dragon noir. Je te le répète, je ne crois guère à ces deux éventualités. Si le seigneur Doré ne nous accompagne pas, il ne pourra pas mourir sur cette île, ni t'inciter à entraver la mission du prince. De toute manière, je ne m'attends pas à une épopée ; il n'aura manqué que des travaux de terrassement rendus pénibles par le froid. À mon avis, le « haut fait » du prince consistera simplement à couper la tête d'une créature morte et ensevelie dans la glace depuis une éternité. Comment vous entendez-vous en ce moment ? »

Il avait glissé si adroitement la question à la suite de ses réflexions que j'y répondis sans réfléchir. « Ni bien ni mal ; en vérité, je ne le vois guère. » J'examinai mes ongles et me décollai une envie. « Il me fait l'effet d'être devenu quelqu'un d'autre, quelqu'un que je ne connais guère, et que je n'aurais aucune raison d'apprendre à connaître davantage étant donné nos rôles respectifs.

— J'éprouve le même sentiment. J'ai l'impression qu'il est très occupé, ces derniers temps, mais j'ignore à quoi exactement ; d'après les potins, je sais seulement qu'il mise gros dans des jeux de hasard. Il dépense son argent sans compter en dîners, bonnes bouteilles et vêtements raffinés qu'il offre à ses amis, mais il en dépense encore davantage en jouant avec eux. Aucune fortune ne permet de tenir pareil train bien longtemps. »

Je fronçai les sourcils. « Cela ne ressemble pas au personnage que je connais. Il est rare qu'il agisse sans motif, mais j'avoue n'en discerner aucun à son attitude. »

Umbre éclata d'un rire sans joie. « Ah ! C'est ce qu'on dit souvent quand on voit un ami succomber à une faiblesse. Il ne serait pas le premier homme intelligent à tomber victime d'un appétit déraisonnable pour les jeux de hasard ; d'ailleurs, tu y as ta part de responsabilité : depuis que Devoir a introduit celui des Cailloux à la cour, il fait fureur. Les jeunes l'ont rebaptisé "Pierres du prince" et, comme dans toutes les modes, ce qui a débuté modestement est devenu terriblement onéreux. Non seulement les adversaires parient les uns contre les autres mais à présent l'assistance mise sur ses joueurs préférés, et les enjeux d'une seule partie peuvent se monter à de petites fortunes. Même les carrés de tissu et les cailloux ont pris de la valeur : sire Valsope a créé un tablier en noyer incrusté de lignes d'ivoire, accompagné de pions en jade, en ivoire et en ambre. Une des meilleures tavernes de la ville a transformé tout son premier étage à l'usage exclusif des amateurs de ce jeu ; il faut débourser rien que pour y monter, on n'y propose que les vins et les mets les plus raffinés, servis par les servantes les plus avenantes. »

J'étais effaré. « Et tout ça à partir d'un petit exercice destiné à aider Devoir à se concentrer sur l'Art ! »

Umbre s'esclaffa. « Nul ne peut prévoir la carrière des choses les plus insignifiantes ! »

Une question me revint à l'esprit. « En parlant d'effets inattendus, certains des gens que nous avons sentis réagir lorsque Devoir et Lourd ont artisé se sont-ils présentés à Castelcerf ?

— Pas encore, répondit Umbre en s'efforçant de dissimuler sa déception. J'espérais qu'ils se précipiteraient, mais je suppose que mon appel leur a paru trop étrange et les a pris par surprise. Il faudra un jour nous réunir tous et tendre notre Art de la même façon, mais de manière consciente et intentionnelle. La dernière fois, j'ai compris que nous pouvions battre le rappel de ceux que nous avions éveillés, mais je me suis précipité et je n'ai pas été clair ; et, aujourd'hui, il reste si peu de temps avant notre départ qu'il est inutile de les contacter à nouveau. Toutefois, il devra s'agir d'une de nos préoccupations essentielles à notre retour. Ah, que ne donnerais-je pour que notre prince s'en aille en compagnie d'un clan traditionnel composé de six artiseurs confirmés à ses ordres ! Mais nous ne sommes que cinq, et l'un de nous est le prince lui-même !

— Quatre : nous n'emmenons pas sire Doré, le repris-je.

— Quatre », confirma Umbre d'un ton lugubre. Il me regarda et le nom d'Ortie resta en suspens entre nous sans qu'aucun de nous le prononce. Puis il ajouta comme s'il s'adressait à lui-même : « Et nous n'avons pas le temps d'en former de nouveaux ; d'ailleurs, il en reste à peine assez pour former ceux dont nous disposons. »

Je l'interrompis avant qu'il n'eût le temps de formuler ses récriminations contre lui-même. « Cela viendra avec le temps, Umbre. Forcer ne sert à rien, j'en suis convaincu ; on ne peut s'améliorer à l'épée par la seule volonté : il faut y adjoindre un entraînement incessant et des exercices qui n'ont apparemment rien à voir avec le but recherché. Soyez patient, Umbre, avec vous et avec nous. »

Il n'entendait toujours aucun des membres du clan l'artiser sauf s'il se trouvait en contact physique avec lui. Il avait conscience de l'Art de Lourd, mais seulement comme un bourdonnement d'insecte à son oreille et dépourvu de sens. J'ignorais pourquoi nous ne parvenions pas à l'atteindre et j'ignorais pourquoi il n'arrivait pas à nous joindre. Il possédait l'Art : ma guérison et le rétablissement de mes cicatrices prouvaient qu'il jouissait d'un grand talent dans ce domaine ; mais c'était un homme consumé d'ambition et il n'aurait de cesse qu'il ne maîtrisât le spectre tout entier de sa magie.

Cependant, mes efforts pour le rassurer avaient seulement orienté ses réflexions vers une autre voie. « Préférerais-tu une hache ? » fit-il à brûle-pourpoint.

Je le regardai fixement, un instant égaré, puis je compris sa question. « Il y a des années que je n'en ai plus manié au combat, répondis-je. Naturellement, je puis reprendre quelques leçons avant de partir, mais vous venez de dire, me semble-t-il, que c'est surtout l'ennui que nous aurions à craindre dans ce voyage. Après tout, qui voudrait nous attaquer ?

— Simple précaution. Et puis une hache pourrait se révéler plus utile qu'une épée contre la prison de glace du dragon. Demandes-en une au maître d'armes demain et pratique quelques exercices pour te la remettre en main. » Il pencha la tête et sourit. Je connaissais ce sourire et je m'étais préparé à un choc quand il m'annonça : « Tu enseigneras le maniement des armes à Leste, ainsi que la lecture et le calcul. Il n'est pas à sa place dans les cours de la grand'salle avec les autres enfants : sous la férule de Burrich, il a beaucoup appris et il est en avance, si bien qu'il s'ennuie avec ceux de son âge et se sent mal à l'aise avec les plus grands. Kettricken estime qu'il travaillera mieux avec un précepteur, et c'est toi qu'elle a désigné.

— Mais pourquoi moi ? » rétorquai-je. Ce que j'avais observé du garçon durant les leçons de Trame ne me donnait nullement envie de le prendre comme élève dans quelque discipline que ce fût. Sombre et renfermé, il écoutait d'un air grave et solennel les histoires qui faisaient pleurer de rire ses camarades. Il parlait peu et observait beaucoup, avec les yeux noirs de Burrich ; il avait le maintien raide et toute la bonne humeur d'un garde qui vient de recevoir le fouet. « Je n'ai pas les qualités d'un précepteur ; en outre, je pense que moins j'aurai de rapport avec cet enfant, mieux cela vaudra pour lui et moi. Imaginons que son père vienne lui rendre visite et que le petit veuille lui présenter son professeur : ça poserait de sérieux problèmes. »

Umbre secoua la tête d'un air attristé. « J'aimerais que ce risque existe. Depuis dix jours que cet enfant se trouve au château, Burrich n'a pas envoyé un mot pour dire qu'il regrettait de l'y avoir envoyé ; je crains qu'il n'ait bel et bien désavoué son fils. C'est une des raisons pour lesquelles Kettricken juge très important que quelqu'un se charge de lui seul. Il a besoin d'un homme adulte dans sa vie ; donne-lui le sentiment qu'on ne le laisse pas à l'abandon, Fitz.

— Pourquoi moi ? » répétai-je d'un ton funèbre.

Umbre sourit. « À mon avis, Kettricken perçoit dans cette situation une symétrie qui lui plaît, et j'avoue y voir moi aussi une certaine forme de justice, quoiqu'un peu rudimentaire. » Il s'interrompit puis reprit plus sérieusement : « À qui d'autre voudrais-tu que nous le confiions ? À quelqu'un qui méprise le Vif ? Quelqu'un pour qui la responsabilité de cet enfant serait un fardeau et qui ne se sentirait aucune obligation envers lui ? Non. Il est à toi désormais, Fitz ; aide-le à grandir – et apprends-lui à manier la hache. Il devrait acquérir la carrure de Burrich avec l'âge. Pour le moment, il n'a que la peau sur les os ; emmène-le tous les jours aux terrains d'exercice et muscle-moi cette carcasse.

— D'accord, à mes heures perdues », promis-je, la mine sombre. Burrich m'avait-il regardé avec la même angoisse que m'inspirait son fils ? Probablement. Mais, si forte que fût mon inquiétude, les paroles d'Umbre avaient inéluctablement scellé ma décision ; à l'instant où il avait demandé : « À qui d'autre voudrais-tu que nous le confiions ? », la peur m'avait saisi en songeant à ce qui risquait d'arriver à Leste si je me désistais. Je n'avais certes pas envie d'assumer une nouvelle charge, surtout alors, mais je ne supportais pas l'idée qu'on le remette à un autre qui ne lui manifesterait que cruauté ou indifférence. Telle est l'illusion dont se bercent tous les hommes une fois qu'ils ont été parents : ils sont convaincus que nul n'est mieux fait qu'eux pour ce rôle.

La perspective de reprendre la hache m'emplissait de crainte elle aussi : j'allais souffrir. Pourtant Umbre avait raison : c'est avec cette arme que j'avais toujours été le plus doué. L'épée était trop raffinée pour moi. Je songeais avec regret à celle, magnifique, que le fou m'avait offerte ; elle était restée chez lui en même temps que ma garde-robe extravagante quand j'avais quitté son service. Jouer son domestique m'avait gêné, mais je me découvrais à présent nostalgique de cette période ; j'avais au moins l'occasion de passer du temps en sa compagnie. Notre dernière conversation avait comblé en partie l'abîme qui nous séparait mais, d'un autre côté, elle avait établi une distance entre nous : elle m'avait confronté au fait que le fou ne représentait qu'une facette de l'homme que je croyais connaître ; je désirais retrouver son amitié, mais comment le pouvais-je, sachant que le fou n'était qu'un de ses aspects ? C'était, je m'en fis sombrement la réflexion, comme être l'ami d'une marionnette et s'efforcer de ne pas voir l'homme qui lui donnait parole et mouvement.

Pourtant, tard le même soir, je me rendis à ses appartements et frappai doucement à la porte. Une faible lueur sourdait en dessous, mais je dus attendre un long moment dans le couloir avant qu'une voix demande d'un ton irrité : « Qui est-ce ?

— Tom Blaireau, sire Doré. Puis-je entrer ? »

Après un bref silence, j'entendis la clenche se lever et je pénétrai dans une pièce que je reconnus à peine. La discrète élégance avait fait place au luxe ostentatoire : d'épais tapis se chevauchaient sur le sol, les bougeoirs de la table luisaient avec l'éclat inimitable de l'or et, à en juger par le parfum capiteux qu'exhalait la flamme des longues chandelles, il aurait aussi bien pu faire brûler des pièces d'argent. L'homme qui se tenait devant moi portait une somptueuse robe de chambre en soie brodée de pierres précieuses. Même la décoration des murs avait changé : les simples scènes de chasse, communes à de nombreuses tapisseries du château, avaient été remplacées par des représentations chamarrées de jardins et de temples jamailliens.

« Comptez-vous entrer et fermer la porte ou bien préférez-vous rester planté là à bayer aux corneilles ? fit-il avec agacement. Il est tard, Blaireau ; l'heure n'est plus aux visites de voisinage. »

Je fermai le battant derrière moi. « Je sais et je m'en excuse, mais, chaque fois que je me suis présenté plus tôt, vous étiez absent.

— Avez-vous oublié quelque affaire en déménageant votre chambre après avoir quitté mon service ? La hideuse tapisserie qui pend au mur, peut-être ?

— Non. » Avec un soupir, je résolus de refuser le rôle qu'il voulait me faire endosser à nouveau. « Tu me manques. Et je me reproche constamment la querelle stupide que j'ai provoquée lors du séjour de Jek. Tu m'en avais prévenu : je suis condamné à me la rappeler tous les jours et à regretter tous les jours de ne pouvoir effacer les mots que j'ai prononcés. » M'approchant de la cheminée, je me laissai tomber dans un des fauteuils près du feu déclinant ; sur une petite table toute proche étaient posés une carafe d'eau-de-vie et un verre dans lequel subsistait un fond d'alcool.

« J'ignore de quoi vous parlez, et je m'apprêtais à me coucher. Allez au fait. Blaireau.

— Garde-moi rancune si tu veux ; je le mérite sans doute. Reproche-moi ce qui te plaira, mais cesse cette comédie et sois toi-même. C'est tout ce que je demande. »

Il se tut un moment et me toisa avec une hauteur désapprobatrice ; puis il prit place dans le second fauteuil et remplit son verre d'alcool sans m'en proposer. À l'odeur, je reconnus l'eau-de-vie d'abricot que nous avions partagée dans ma chaumière moins d'une année plus tôt. Il but une gorgée puis dit : « Que je sois moi-même... Et qui cela serait-il ? » Il posa son verre, s'adossa dans son fauteuil et croisa les bras sur sa poitrine.

« Je l'ignore. J'aimerais que ce soit le fou, murmurai-je, mais il est trop tard désormais, je pense, pour revenir en arrière et croire de nouveau à cette fiction. Pourtant, si c'était possible, je serais prêt à me convaincre de sa réalité. » Je détournai les yeux et, du pied, repoussai une bûche dans le feu ; de nouvelles flammes naquirent dans une gerbe d'étincelles. « Quand je songe à toi aujourd'hui, je ne sais même plus par quel nom te désigner. À mes yeux, tu n'es pas vraiment sire Doré, et tu ne l'as jamais été. Cependant tu n'es plus le fou non plus. » À mesure que les mots me venaient, impromptus et pourtant évidents, je me bardais de tout mon courage. Pourquoi la vérité était-il si difficile à dire ?

Pendant une effrayante fraction de seconde, je craignis qu'il ne se méprît sur mes propos, puis j'eus la certitude qu'il en comprendrait parfaitement le sens. Des années durant, il m'avait prouvé, dans ses silences, qu'il percevait mes sentiments avec exactitude, et je devais réparer, Eda savait comment, la déchirure entre nous avant que nous ne nous séparions. Je ne disposais pas d'autre outil pour cela que les mots ; en eux résonnait la magie ancienne, le pouvoir que l'on acquérait sur l'autre quand on découvrait son vrai nom. J'étais résolu, et pourtant j'avais du mal à exprimer ce que j'éprouvais.

« Un jour, tu m'as dit que je pouvais t'appeler « Bien-Aimé » si je ne voulais plus te nommer “fou”. » Je pris une longue inspiration. « Bien-aimé, ta compagnie me manque. »

Il porta brusquement la main à sa bouche, puis, déguisant son geste, se frotta le menton comme s'il réfléchissait profondément. J'ignore quelle expression il dissimulait derrière sa paume. Quand il la baissa, il affichait un sourire narquois. « Ne crois-tu pas que cela risque de susciter quelques commentaires dans le château ? »

Je me tus, car je ne connaissais pas la réponse à cette question. Il s'était adressé à moi du ton moqueur du fou mais, bien que j'en eusse le cœur apaisé, je ne pouvais m'empêcher de me demander s'il ne s'agissait pas d'un rôle qu'il endossait à mon seul profit. Me montrait-il ce que je souhaitais voir ou ce qu'il était réellement ?

« Bah ! » Il soupira. « S'il te fallait absolument un nom pour me désigner, j'imagine que celui de “fou” resterait encore le plus approprié. Tenons-nous-y donc, Fitzounet : pour toi, je suis le fou. » Il plongea le regard dans les flammes et un petit rire l'agita. « L'équilibre est rétabli, je pense : quoi que le destin nous réserve, je pourrai toujours me raccrocher au souvenir de cette conversation. » Il se tourna vers moi et hocha gravement la tête comme s'il me remerciait de lui avoir rendu un bien précieux.

Les sujets dont j'aurais voulu parler avec lui ne manquaient pas : la mission du prince, Trame, la raison de son subit intérêt pour le jeu et de ses dépenses extravagantes. Mais quelque chose me retint d'ajouter un mot à ce que nous avions dit ce soir-là. Selon ses propres termes, l'équilibre était rétabli. Nous nous trouvions sur une balance sensible et je ne tenais pas à prononcer un mot qui pût la faire pencher à nouveau. Je lui retournai son hochement de tête et me levai lentement. Parvenu à la porte, je murmurai : « Eh bien, bonne nuit, fou. » J'ouvris le battant et sortis dans le couloir.

« Bonne nuit, Bien-Aimé », répondit-il de son fauteuil devant la cheminée. Je fermai doucement l'huis derrière moi.

ÉPILOGUE

La main qui a manié autrefois la hache et l'épée n'aspire plus qu'à tenir pour un soir la plume. Quand j'en nettoie la pointe d'une, je me demande souvent combien de seaux d'encre j'ai utilisés au cours de ma vie ; combien de mots ai-je confiés au papier ou au vélin, croyant ainsi capturer la vérité ? Et, de ces mots, combien en ai-je jeté au feu parce que je les jugeais sans valeur ou erronés ? Comme d'innombrables fois auparavant, j'écris, je sable l'encre pour la sécher, j'examine mon texte puis je le brûle. Peut-être alors la vérité s'échappe-t-elle par la cheminée sous forme de fumée ? Est-elle détruite ou au contraire, délivrée, se répand-elle sur le monde ? Je l'ignore.

J'avais peine à croire le fou, jadis, quand il affirmait que le temps était une grande boucle et que nous étions à jamais condamnés à répéter ce qui avait déjà été fait. Mais, plus je vieillis, plus je constate qu'il avait raison. Il voulait dire, pensais-je à l'époque, que nous étions tous enfermés dans un vaste cercle ; en réalité, à mon avis, chacun de nous naît sur sa propre voie circulaire, et, tel un poulain au bout de sa longe de dressage, nous suivons le chemin qui nous est fixé. Nous accélérons, ralentissons, nous arrêtons à la demande, puis recommençons ; et, chaque fois, nous sommes convaincus que nous empruntons une route nouvelle.

L'éducation de mon père a été confiée, il y a bien longtemps, au demi-frère de mon grand-père, Umbre ; à son tour, mon père m'a donné à élever à son homme de confiance, et, une fois adulte, je n'ai pas douté que cet homme était le plus apte à protéger ma fille et à lui donner une instruction convenable. Pour ma part, j'ai pris l'enfant d'un autre et j'ai fait de Heur mon fils. Le prince Devoir, qui est mon fils sans l'être, est devenu mon élève, et, plus tard, le fils de Burrich est venu apprendre auprès de moi ce que son père refusait de lui enseigner.

Tout cercle donne naissance à un autre cercle. Il paraît nouveau mais c'est une illusion : il représente notre dernière tentative en date pour corriger d'anciens manquements, réparer d'anciens torts dont nous avons été victimes et suppléer à nos négligences passées. À chaque cycle, nous rattrapons peut-être de vieilles fautes mais je crois que nous en commettons aussi de nouvelles. Toutefois, quel autre choix s'offre à nous ? Répéter indéfiniment les mêmes bévues ? Avoir le courage de trouver une voie nouvelle, c'est peut-être oser risquer des erreurs nouvelles.

À paraître prochainement, chez le même éditeur, la suite de Serments et deuils.

TABLE

Photocomposition C*MB* Graphic
44800 Saint-Herblain

Achevé d'imprimer par GGP Media GmbH, Pößneck
en janvier 2005
pour le compte de France Loisirs
Paris

N° d'éditeur: 42143
Dépôt légal: février 2005
Imprimé en Allemagne